Jacquelyn Frank écrit de la romance depuis l'âge de treize ans. Elle a une quinzaine de romans publiés à son actif, qui lui ont permis d'être classée dans la prestigieuse liste des auteurs à succès du *New York Times*. Ex-enseignante, elle milite pour la maîtrise de la lecture et de l'écriture. Selon elle, rien n'est plus valorisant que l'imagination, et rien n'est plus tragique que l'illettrisme.

Du même auteur, chez Milady :

Le Clan des Nocturnes :
   1. *Jacob*
   2. *Gideon*

www.milady.fr

Jacquelyn Frank

Jacob

Le Clan des Nocturnes – 1

Traduit de l'anglais (États-Unis) par Zeynep Diker

Milady

Milady est un label des éditions Bragelonne

Titre original : *The Nightwalkers: Jacob*
Copyright © 2006 by Jacquelyn Frank

Suivi d'un extrait de : *The Nightwalkers: Gideon*
Copyright © 2007 by Jacquelyn Frank

© Bragelonne 2012, pour la présente traduction

ISBN : 978-2-8112-0835-6

Bragelonne – Milady
60-62, rue d'Hauteville – 75010 Paris

E-mail : info@milady.fr
Site Internet : www.milady.fr

À Laura,
ma correctrice, mon éditrice, ma « supportrice »,
ma critique qui m'épargne le ridicule,
mon admiratrice la plus loyale et l'une de mes meilleures amies.

À Tanya,
qui a cru en moi tout autant que Laura
et de la même manière.
Dieu bénisse Internet !

Et…
à Pat,
qui m'a offert ma toute première machine à écrire
et m'a permis de gagner ma croûte
à l'âge précoce de treize ans.
J'ai fini par y arriver !

Je remercie tout particulièrement :
Kate, Robin, Sulay et Diana.
Merci pour tout, et notamment d'avoir supporté
toutes mes… excentricités !

Sans oublier, bien sûr, Lori Foster
et les nombreux auteurs qui l'ont aidée à organiser
l'imparable concours qui a changé ma vie !
Un grand merci pour m'avoir permis de réaliser mon
rêve en étant publiée !

Chapitre premier

Il serait si facile de leur faire du mal.
D'en haut, il les observait de ses yeux noirs perçants tandis qu'ils longeaient le trottoir plongé dans l'obscurité. L'homme était si absorbé par son badinage avec sa compagne qu'il serait bien incapable de la protéger si d'aventure ils se trouvaient surpris par un danger quelconque. Et s'il tombait sur eux de sa présente hauteur ?

Dans ce cas-là, cependant, « surpris » ne serait pas le qualificatif adéquat. La possibilité de se défendre ? Débat inutile. Sauf à vouloir perdre son temps. Un humain contre une créature de son sang ?

Jacob l'exécuteur se fendit d'un rire sardonique.

La femme aux cheveux roux avait bien mal choisi, d'après lui. Aucun homme respectable n'aurait encouragé sa partenaire à sortir en une si funeste nuit. Tous présages mystiques mis à part, ce quartier était malfamé, ce n'était un secret pour personne. Des ombres inquiétantes se dessinaient, augurant des menaces imperceptibles aux simples humains tandis que les nuages voilaient l'inconstante lueur de la lune.

Le couple passa en dessous de lui, sans même le remarquer.

Ni lui, ni l'autre, d'ailleurs.

Jacob pencha la tête, et étudia avec attention les mouvements lointains de ce dernier. Même si cette ville de verre et de béton créée par l'homme avait tendance à engourdir les sens exceptionnels de l'exécuteur, il parvenait à suivre l'avancée de l'individu sans difficulté. Le jeune démon, moins expérimenté, se montrait imprudent, toute sa concentration était dirigée sur sa cible.

La femelle humaine.

Jacob reconnut la faim qui tenaillait son congénère, il la sentit tourbillonner en lui, oppressante et poignante, empreinte d'un désir effréné. Ce dernier, Kane de son prénom, oscillait entre forme éthérée et solide à mesure qu'il s'approchait de la femme rousse. Guidé par sa seule obsession, il agissait avec une détermination qui ne lui ressemblait pas. Il ignorait que l'exécuteur l'avait poursuivi, et l'attendait à présent de pied ferme.

Kane apparut brusquement sur le pavé en contrebas dans un nuage de fumée trouble aux effluves caractéristiques de soufre. Il se tenait à plusieurs mètres du couple qui ne se doutait de rien, sa téléportation étant passée complètement inaperçue malgré son manque de discrétion.

Jacob patienta, la tension crispait ses muscles de plus en plus. Même s'il brûlait d'intervenir, il devait laisser l'autre aller jusqu'au bout. Alors seulement posséderait-il un motif valable pour l'appréhender en vertu des lois de son peuple. Dans l'intervalle, il pria le destin que Kane recouvre ses esprits et rebrousse chemin.

Après lui avoir offert une chance de changer d'avis, Jacob s'assit, immobile comme une statue, et regarda Kane s'engager sur la voie que le couple venait de parcourir. Quand, pour s'approcher davantage de sa proie, il passa sous l'exécuteur juché sur son perchoir, Jacob se propulsa dans les airs avec légèreté pour se poser sur le réverbère quelques mètres plus loin. Il ne produisit aucun son lorsque ses pieds touchèrent le métal froid ni le moindre bruissement de vêtements quand il s'agenouilla, à nouveau en parfait équilibre. Seule la lumière vacillante aurait pu trahir sa présence. Il lui suffit d'un instant pour y remédier sans éveiller les soupçons des individus en bas, même si en vérité l'ampoule continuait de clignoter avec agacement comme pour manifester son désaccord.

Il dissimula aussi ses pensées derrière le camouflage qu'il projetait. S'il s'en abstenait, Kane, même en proie à ses plus bas instincts, le détecterait. Pourtant, un murmure dans le tréfonds de son esprit priait l'exécuteur en lui de commettre une erreur, juste une fois, rien que pour cette fois. *Une toute petite erreur, et Kane, qui t'est si cher, te flairera corps et âme. Laisse-lui la chance que tu as refusée à tant d'autres.*

Personne ne saurait jamais ce que Jacob sacrifia pour faire taire ce chuchotement insidieux. Peu importait la supplique de la voix, il ne pouvait renier son devoir.

Alors, il se contenta de regarder Kane jeter son dévolu sur le couple vulnérable. Soudain, l'homme se retourna et s'éloigna de la femme, l'abandonnant sans raison, et sans même en avoir conscience. La rouquine fit demi-tour, et se retrouva face au démon qui approchait. Elle était magnifique, remarqua Jacob quand le lampadaire l'éclaira, grande et voluptueuse, avec de jolies boucles auburn qui lui tombaient dans le dos. Il comprenait pourquoi Kane avait été attiré par elle. L'exécuteur en lui avait beau désapprouver la situation, Jacob, d'ordinaire implacable, esquissa un sourire narquois.

Kane s'avança vers elle d'un pas nonchalant, ne doutant pas de son emprise, et tendit la main pour lui toucher le visage. Jacob discernait la fascination dans les yeux de la jeune femme, la manipulation de son esprit qui la rendait soumise et docile la poussait à tourner la joue pour profiter de cette caresse affectueuse.

La tendresse était un leurre. Ce qui commençait avec raffinement ne pouvait se terminer de la même manière. Cela faisait partie de leur nature profonde, et c'était inévitable. Voilà pourquoi il ne pouvait accorder à Kane davantage de mises en garde. Il lui en avait déjà adressé des centaines… non… des milliers.

Jacob en avait assez vu.

Il bondit dans les airs avec délicatesse, réalisant un élégant salto arrière pour atterrir sans un bruit derrière la femme. Il dissipa son camouflage si brusquement que Kane en eut le souffle coupé. Il se figea quand il aperçut Jacob, et l'aîné devina sans peine les pensées du jeune démon.

L'exécuteur était venu pour le punir.

Cela suffit à effrayer Kane qui déglutit avec appréhension. Il ôta aussitôt la main de la joue de la rousse comme s'il avait été brûlé, et détourna son attention d'elle. Elle cligna des yeux, se rendant soudain compte qu'elle se trouvait coincée entre deux inconnus et ignorait comment elle s'était retrouvée là.

— Prends possession de son esprit, Kane. N'aggrave pas les choses en la terrorisant.

Kane obéit sur-le-champ, et la jeune femme se détendit, ébauchant un sourire comme si elle partageait la douce compagnie de vieux amis, à présent complètement apaisée.

— Jacob, que fais-tu donc dehors par une nuit pareille ?

Ce dernier resta de marbre malgré la boutade de Kane ou ses tentatives pour sauver la face avec des plaisanteries. L'exécuteur savait déjà que l'autre mâle n'avait pas un mauvais fond. Kane manquait encore d'entraînement et, vu les conditions de la nuit, il lui était facile de se laisser fourvoyer par sa nature triviale.

Cela ne changeait rien aux faits. Kane s'était fait prendre la main dans le sac. Guidé par son instinct, il essayait, et c'était compréhensible, de négocier pour échapper au châtiment imminent. Il tenterait d'abord l'humour et continuerait en usant de tous les subterfuges dont il pouvait disposer.

— Tu sais pourquoi je suis là, répondit l'exécuteur tuant dans l'œuf les efforts de justification de Kane d'un ton glacial et discipliné pour l'avertir de ne pas tester ses limites.

— Peut-être bien, lui concéda Kane, qui baissa ses yeux bleu profond tandis qu'il enfonçait les mains dans ses poches. Je n'aurais rien fait du tout. J'étais juste… agité.

— Je vois. Et donc tu as voulu séduire cette femme pour apaiser ton agitation ? s'enquit Jacob sans ambages en croisant les bras.

Tout dans son comportement évoquait le parent en train de réprimander un enfant turbulent. Cela aurait pu l'amuser vu que Kane allait bientôt fêter ses cent ans, mais le sujet était beaucoup trop grave.

— Je ne lui aurais fait aucun mal, s'indigna Kane.

Jacob comprit que le démon croyait vraiment à la véracité de ses paroles.

— Ah non ? rétorqua-t-il. Que comptais-tu lui faire au juste ? Lui demander poliment si tu pouvais assouvir tes pulsions sauvages sur elle ? Tu peux me dire comment on appelle ça ?

Kane se borna à garder le silence. L'exécuteur avait deviné ses intentions dès l'instant où il avait décidé de traquer une proie, il le savait. Protester ou nier ne ferait qu'aggraver la situation. De plus, la preuve accablante de sa transgression se trouvait devant eux.

L'espace d'une seconde brève et passionnée, les nombreuses images illustrant des péchés plus graves fourmillèrent dans l'esprit de Kane. Il réprima un frémissement de concupiscence, les yeux baissés avec convoitise sur la femme qui se tenait devant lui, belle et sereine. Si seulement l'exaspérante perfection de Jacob lui avait fait défaut pour une fois et qu'il était arrivé une demi-heure plus tard…

— Kane, les temps sont difficiles pour notre peuple. Tu risques de céder à ces pulsions bestiales comme n'importe quel autre démon, déclara l'exécuteur d'un ton résolument implacable, comme s'il était capable de sonder l'esprit de Kane. Il te reste à peine deux ans avant de devenir adulte. Je n'en reviens pas de devoir te poursuivre comme un jeune néophyte. Pense à ce que je pourrais être en train d'accomplir si je ne me trouvais pas ici à te sauver de toi-même.

Le visage buriné de Kane s'empourpra de honte sous l'effet des paroles incisives de Jacob. Cette réaction soulagea l'exécuteur. Elle lui indiquait que la conscience de Kane opérait de nouveau, il recouvrait peu à peu son sens moral d'ordinaire aiguisé.

—Je suis désolé, Jacob, vraiment, finit-il par dire, cette fois avec sincérité, et sans user de stratagème pour désarmer l'exécuteur.

Jacob ne douta pas de sa franchise, car le démon cessa enfin de dévorer la rouquine des yeux comme si elle était destinée à lui être servie sur un plateau d'argent.

Alors que la vigoureuse présence de l'exécuteur stabilisait ses principes, Kane se rendit compte qu'il avait mis Jacob dans une position intenable, d'une façon qui pouvait à jamais entacher leur relation. Tourmenté par un vif remords, il sentit sa gorge se serrer.

Ce sentiment était aussi écrasant que la peur qui le taraudait. Il avait violé leur loi la plus sacrée, un acte pour lequel il existait une punition, un châtiment à cause duquel une espèce entière retenait son souffle et fuyait à reculons chaque fois que l'exécuteur arrivait dans les parages. Kane comprit soudain la pesante situation de Jacob et le regret lui transperça la poitrine.

—Tu vas retrouver son ami et t'assurer que cette femme regagne son domicile, saine et sauve. Veille à ce qu'elle ne se souvienne pas de ta mauvaise conduite, ordonna Jacob avec douceur, le regard braqué sur le visage de Kane en proie au tumulte de ses émotions. Puis, tu rentreras à la maison. Ta pénitence viendra plus tard.

— Mais je n'ai rien fait! protesta Kane, un léger sursaut d'inéluctable peur renforçant son objection.

— Ce n'était qu'une question de temps, Kane. Ne rends pas les choses plus difficiles en te berçant d'illusions. Tu n'y gagneras rien, si ce n'est de te convaincre que je suis le méchant pour qui on adore me faire passer. Tu ne ferais que nous blesser tous les deux.

Kane se rendit compte qu'il disait vrai, et n'en éprouva que plus de culpabilité. Il soupira d'un air résolu, ferma les yeux et se concentra pendant une longue seconde. Quelques instants plus tard, le compagnon de la rousse remonta la rue à grandes enjambées, un sourire aux lèvres, et l'appela.

— Te voilà! Où étais-tu passée? J'ai tourné à l'angle, et soudain tu avais disparu!

— Je suis désolée. Quelque chose a attiré mon attention, et je n'ai pas remarqué que tu étais parti, Charlie.

Ce dernier enlaça le bras de son amie et, sans soupçonner la présence des deux démons à quelques pas, l'entraîna au loin.

— Bien.

Jacob félicita Kane. C'était simple et direct. Plus il grandissait, plus le jeune démon gagnait en efficacité.

Kane soupira, il paraissait effondré.

— Elle est si belle. Tu as vu ce sourire? Je n'avais qu'une envie, le contempler. Je ne pensais qu'à ça quand…

Kane jeta un coup d'œil à l'exécuteur et rougit. Jacob se doutait bien que ce sourire n'avait pas été son unique motivation.

—Jamais je n'aurais pensé que ça puisse m'arriver, Jacob. Je te le jure!

—Je te crois.

Jacob hésita un instant, montrant pour la première fois que l'intervention avait été un déchirement pour lui, même s'il s'évertuait à prouver le contraire.

—Ne t'en fais pas, Kane. Je connais ton cœur. Je sais que combattre cette malédiction représente un dur défi. Maintenant, reprit-il de retour dans son rôle d'exécuteur, rentre à la maison, s'il te plaît. Abram t'attend.

Cette fois, Kane réprima la peur qui grondait en lui. Il le fit pour Jacob, conscient que cela l'affectait au plus haut point, même si les pensées bien protégées de l'aîné lui étaient hermétiques.

—Tu accomplis ton devoir sans traitement de faveur. Je le comprends, Jacob.

Kane le salua d'un petit hochement de tête. Il balaya les alentours du regard pour s'assurer que personne ne les observait, puis disparut dans une explosion de fumée et de soufre tandis qu'il se téléportait à des kilomètres de là.

Jacob resta un long moment sur le trottoir, les sens en éveil, jusqu'à ce qu'il soit convaincu que Kane retournait vraiment chez lui. Il était déjà arrivé qu'un démon essaie de s'enfuir pour se cacher par crainte du châtiment. Cependant, Kane se trouvait sur la bonne voie, à plus d'un titre, de nouveau.

Jacob fit volte-face et jeta un coup d'œil à la rue que le couple venait de remonter. Le manque d'instinct de conservation des humains n'avait de cesse de l'étonner. Malgré les progrès de leur civilisation et de leurs technologies, ils avaient perdu un élément crucial en renonçant à leurs intuitions animales. Cette femme ignorerait à jamais qu'elle avait échappé à la mort de peu. Aucun mortel ne souhaiterait croiser un démon en perdition sous la lune maudite.

Jacob se libéra de l'emprise de la gravité et s'éleva dans une brise légère. Son corps élancé et athlétique transperça la nuit comme une lame superbement affûtée. Il survola les hauts immeubles, sur son passage les lumières aux fenêtres de certains étages clignotèrent en signe de protestation. Il traversa le clair ciel nocturne comme un éclair.

Là, Jacob hésita. Il s'arrêta pour étudier l'étincelant astre croissant d'un air perplexe dont il ne pouvait se défaire. Cela se passait toujours ainsi aux alentours des pleines lunes de Beltane au printemps et de Samhain en automne. Ces fêtes, sacrées pour les démons, constituaient également le fondement de leur malédiction. L'agitation qui les frappait ne cesserait de s'accroître au fil de la semaine pour atteindre son apogée à la pleine lune. Le nombre de néophytes et d'adultes s'écartant du droit chemin augmenterait encore. Même les aînés devaient s'attendre à voir leur sang-froid ébranlé par une cruelle tentation.

Jacob avait été choisi comme exécuteur pour une bonne raison. Sa retenue était sans commune mesure. Cette folie était susceptible de toucher le roi des démons plus que lui, ce qui n'était pas peu dire : en quatre siècles Jacob n'avait jamais été appelé à surveiller Noah, leur monarque, de près.

Jacob en était reconnaissant. Il préférait ne pas avoir à affronter Noah. Ce dernier n'avait pas gagné son trône par la seule filiation, comme c'était le cas des souverains humains. La supériorité de ses pouvoirs et son talent de meneur lui avaient valu sa position.

Tandis que Jacob fendait les airs, il se mit à réfléchir. Était-il plus difficile d'être l'exécuteur ou celui chargé d'élire ce dernier ? Lorsque Noah avait effectué son choix, le roi avait été forcé de reconnaître qu'il pouvait lui aussi, un jour, se trouver face à face avec Jacob.

C'était un dirigeant courageux, capable de prendre les meilleures décisions tout en sachant qu'il pourrait le regretter un jour.

Noah leva les yeux de son livre. Le tourbillon d'énergie signalant l'approche de Jacob l'avait atteint bien avant qu'il s'engouffre dans la pièce par une haute fenêtre sous la forme d'une douce pluie de poussière. Le roi démon comprit que Jacob l'avait autorisé à flairer son arrivée, comme il le faisait toujours, en signe de respect. S'il l'avait souhaité, l'exécuteur aurait pu dissimuler sa présence jusqu'à ce qu'il reprenne son apparence habituelle, comme c'était le cas en cet instant même.

Noah observa l'autre aîné, qui flottait à présent au-dessus du sol sous forme solide. Jacob accepta d'obéir de nouveau aux lois de la gravité, et se posa avec la grâce et la souplesse qui caractérisaient tous ses mouvements.

Le roi se rassit, son imposante stature remplissait le cadre en chêne de son fauteuil à haut dossier. Le gabarit de Jacob seyait à son pouvoir tout en agilité et célérité, mais Noah possédait une carrure et une musculature plus puissantes. Cela se voyait à la coupe ajustée de son pantalon et à la chemise en soie taillée spécialement pour ses larges épaules. Ce qui n'empêchait pas Noah d'être élégant. Il suffisait de le regarder. Chaussé de fines bottes noires, il croisa la cheville sur le genou opposé, et resta assis en silence pendant quelques secondes, étudiant avec soin l'exécuteur.

— J'en déduis que tu as retrouvé ton plus jeune frère avant qu'il ne provoque de catastrophe ?

— Évidemment, répliqua Jacob d'un ton sec, rayant aussitôt le jugement de Kane de la liste des sujets dont il voulait bien discuter à cet instant.

Noah reçut le message, et accepta ces conditions avec courtoisie. Il examina Jacob qui s'avança pour se servir un verre, s'arrêta et en renifla le contenu avant de lui jeter un coup d'œil interrogateur.

— Du lait, répondit Noah.

— Je m'en doute, rétorqua Jacob avec impatience. Mais de quoi ?

— De vache. Importé du Canada, non pasteurisé et non traité.

— Hmm. Je m'attendais à mieux sur ta table, Noah.

— Les enfants étaient là. Quelque chose de mieux aurait été trop fort pour eux. Ils auraient bu jusqu'à l'ivresse, et tu te serais retrouvé à traquer les six trublions soûls de ma sœur. Tu te souviens comme elle nous en faisait voir de toutes les couleurs à leur âge ? Imagine un peu l'audace de ses rejetons !

À cette pensée, Jacob afficha un large sourire, porta le verre à ses lèvres et prit une petite gorgée. Jugeant le lait assez rafraîchissant, il en avala la moitié.

— Ta cadette Hannah, se rappela-t-il, était une semeuse de troubles dès le berceau. Crois-moi, je ne risque pas de tourner le dos aux membres de ta famille de sitôt.

D'un geste désinvolte, il leva son verre en direction du roi.

— J'exclus, bien entendu, Legna de cette particularité génétique tristement célèbre, ajouta Jacob.

— Bien entendu, répliqua Noah.

— Alors, comment vont les enfants ? Ta sœur doit avoir un mal fou à essayer de les contrôler tous étant donné les circonstances, releva Jacob.

Il regarda en l'air par habitude, indiquant la lune qu'aucun d'eux ne pouvait voir.

— Pourquoi Hannah les a amenés ici, d'après toi ? Elle comptait, je pense, sur la sinistre présence de leur royal oncle pour les maîtriser.

Noah se massa la nuque.

— Ton aide m'aurait été précieuse. Imagine comme ils auraient été sages si l'exécuteur en personne avait franchi le seuil de cette porte.

Jacob savait que Noah le taquinait, mais cela ne l'amusait pas vraiment. L'exécuteur, dans le monde des démons, jouait le rôle du croque-mitaine, bien utile aux mères pour obliger les bambins à se tenir à carreau. C'était un mal nécessaire, vu les bêtises terribles dont les plus jeunes étaient capables. Pour autant, cette situation n'enchantait guère Jacob. En fait, cela le contraignait à mener une existence assez solitaire. Ces enfants démons grandissaient, devenaient des adultes, puis des aînés, mais leur peur de l'exécuteur ne disparaissait jamais vraiment.

En fin de compte, cela lui facilitait le travail, et représentait un sacré avantage. Sa seule apparence suffisait à terroriser les plus courageux, ce qui réduisait considérablement les passages à l'acte musclés. Le stratagème avait même si bien fonctionné avec son frère que cela le surprenait. Kane affirmait à qui voulait l'entendre que l'exécuteur ne l'intimidait pas, ce dernier l'ayant élevé. À l'évidence, c'était faux, et Jacob ne savait pas trop comment le prendre. Certes, il s'estimait heureux de n'avoir pas eu à affronter son petit frère, mais se réjouissait-il que son cadet le craigne tout autant que les autres ?

— Eh bien ? As-tu appris quelque chose d'utile ?

Jacob désigna le grand volume poussiéreux qui trônait, entrouvert, sur la table.

— Je ne dirais pas ça.

Le roi s'arrêta un instant, ses yeux plissés rivés sur Jacob. Ses iris gris-jade, si pâles comparés à son teint de bronze, semblaient étinceler à la lumière du feu. L'examen attentif de Noah indiquait que l'habile changement de sujet ne lui avait pas échappé.

— Même si notre culture et nos traditions demeurent archaïques, ces livres prouvent à quel point nous nous sommes modernisés. J'ai l'impression de lire une langue étrangère.

— Une langue est vivante. En tant qu'érudit, tu dois sans doute apprécier que même un langage aussi ancien que le nôtre évolue au fil du temps.

— Eh bien, ça ne m'aide pas beaucoup pour le moment. Nous nous trouvons au cœur d'une crise sans précédent, et j'ai le sentiment de m'éloigner de la solution un peu plus chaque jour.

— Dans ce cas, il faudra maintenir le cap, comme on l'a toujours fait, répondit Jacob avec douceur, d'un ton rassurant destiné à calmer l'agacement et la frustration de son roi.

Noah était dix fois plus réputé pour son tempérament sanguin que Hannah, même si, d'ordinaire, il témoignait aussi d'une maîtrise dix fois supérieure, car il croyait dur comme fer qu'un individu incapable de dominer ses émotions n'était pas en mesure de diriger les siens.

— J'en ai affronté des épreuves, et persévéré malgré tout, Noah. Nul ne sera blessé ou ne pourra nuire à autrui tant que je vivrai.

— Mais cela devient de plus en plus difficile, non ?

Noah leva des yeux sévères et croisa le regard de Jacob.

— Chaque année, je te vois t'atteler à cette tâche accablante avec un peu moins d'envie. Chaque année, je vois davantage d'aînés, parmi les plus talentueux, perdre leur sang-froid comme s'ils avaient de nouveau un siècle. Dis-moi que je me trompe.

— Je ne peux pas, répondit Jacob dans un long soupir tandis qu'il passait une main dans ses épais cheveux bruns. Noah, j'ai dû juger Gideon il y a à peine dix ans. Parmi la poignée de démons que je croyais imperméables à cette folie, Gideon l'Ancien occupait la première place. Gideon !

Jacob secoua la tête, muet sous l'effet des émotions déplaisantes que ravivaient les souvenirs glaçants de cette effroyable rencontre.

— Et il en souffre encore. Gideon n'a pas quitté sa forteresse depuis huit ans.

— Et il ne risque pas de la quitter tant que la situation ne fera qu'empirer.

Jacob fronça les sourcils, l'air grave, et s'affala dans un fauteuil face à Noah.

— Son siège à la table du Conseil prend la poussière et nous laisse… comme amputés.

Noah se rendait bien compte de la profonde angoisse de Jacob, mais refusait qu'il s'y complaise.

— Cela vaut mieux pour le moment, souligna le monarque. Je ne pense pas que tu te réjouisses à l'idée de devoir l'entraver à nouveau.

— Non. En effet. Mais se cloîtrer on ne sait où est la pire des solutions, ça, j'en suis sûr. Tôt ou tard, ce choix nous conduira, Gideon et moi, à un conflit dévastateur.

Le roi ne manqua pas de remarquer l'amertume dans la voix de Jacob. Jusqu'à présent, Noah n'avait pas connu d'homme plus responsable, plus loyal et plus vertueux que l'exécuteur. Seule la mort pouvait l'amener à renoncer. Il continuerait d'exercer son métier jusqu'à son dernier souffle.

Mais quelque chose tracassait Jacob depuis un moment déjà. Année après année, il se trouvait contraint de mettre au pas les aînés qu'il respectait le plus alors qu'ils succombaient l'un après l'autre à cette folie passagère. À l'évidence, cela accablait l'âme et l'esprit de l'exécuteur.

Le pire, supposait Noah, avait été cette fameuse confrontation avec Gideon. Jadis, Jacob avait été le seul démon en mesure de se considérer comme l'ami du grand Ancien. Et il l'était resté jusqu'à ce que l'exécuteur ait été obligé de choisir entre cette amitié et le respect de la loi. En réalité, il n'avait pas vraiment été question de choix. Pas pour Jacob. La loi faisait office de fluide vital pour lui. Un exécuteur dévoué à sa fonction et conscient de ses obligations comme l'était Jacob se détruirait psychologiquement s'il la défiait.

Noah savait que si lui-même perdait le contrôle de ses facultés lors de ces pleines lunes sacrées et que Jacob devait le ramener dans le droit chemin comme un gamin rétif, il devrait se faire violence pour ne pas en vouloir à l'exécuteur. Certes, cela serait pour son bien, celui de tous ses sujets, et sans conteste celui des humains sans défense avec qui ils coexistaient, mais la caste des aînés avait sa fierté, et Noah n'échappait pas à la règle. Succomber à la faiblesse était répréhensible en soi, mais que Jacob en soit témoin était bien pire. Et subir le châtiment brutal de l'exécuteur, comme l'exigeait la loi, était insupportable.

Noah n'enviait pas du tout la position de Jacob.

À cet instant précis, celui qui occupait les pensées inquiètes du roi se redressa, et inclina sa tête maussade sur le côté, son expression légèrement détendue se crispant aussitôt. Noah eut la chair de poule lorsque les pouvoirs sensoriels de son ami emplirent l'espace. Chaque démon possédait un talent particulier qu'il exerçait à la perfection, et les instincts de chasseur de Jacob figuraient parmi ses dons les plus remarquables.

— Myrrh-Ann arrive, dit Jacob qui posa son verre sur le bureau de Noah avant de se lever. Elle est très agitée.

À ce moment-là, les deux grandes portes au bout de la salle s'ouvrirent avec fracas. Un tourbillon de poussière noire et de vent s'engouffra dans la pièce et fonça vers les deux hommes. Il cessa brusquement de tournoyer pour endosser les traits d'une femme magnifique aux doux cheveux blancs comme des nuages d'argent, ses yeux d'ordinaire bleus presque obscurcis par de larges pupilles noires qui reflétaient une terreur indicible.

— Noah! haleta-t-elle.

Elle tendit les mains vers le roi, à tâtons, car le violent courant d'air causé par son entrée avait fait vaciller toutes les flammes allumées.

— Il a été capturé! Il faut que tu m'aides! Je ne peux pas le perdre! Il est tout pour moi!

— Calme-toi, la rassura Noah avec douceur, contournant son bureau pour lui offrir le réconfort de ses bras. Tranquillise-toi, Myrrh-Ann, reprit-il tout bas. Si je comprends bien, il s'agit de Saul?

— C'était horrible! sanglota la jeune femme, s'agrippant à la chemise de Noah. Il s'est volatilisé sous mes doigts! Noah, tu dois nous venir en aide!

Les deux hommes se figèrent, échangeant un coup d'œil au-dessus de la tête étincelante de Myrrh-Ann. Ils n'avaient pas besoin de parler pour deviner leurs pensées respectives, sentir la soudaine panique qui s'était emparée de l'un comme de l'autre.

—Qu'entends-tu par «volatilisé»? demanda Jacob.

—Je veux dire qu'il a été invoqué! Emprisonné! s'écria Myrrh-Ann, virevoltant sur elle-même malgré l'étreinte de Noah, pour foudroyer l'exécuteur d'un regard empli d'effroi et de rage. Il était à mes côtés, il me caressait, berçait l'enfant que je porte en moi.

Elle posa les mains sur son ventre rond par automatisme, comme si elle craignait qu'on le lui retire aussi.

—Et l'instant d'après, son visage se tordait de douleur en proie à une torture inimaginable. Ô Destinée miséricordieuse! Il a commencé à se désintégrer, par les pieds d'abord, dans un tourbillon de fumée âcre et fétide comme je n'en avais jamais senti.

Elle se tourna de nouveau vers le roi et se cramponna à sa chemise de soie, rongée par le désespoir, ses ongles entaillant l'étoffe.

—Il hurlait! Oh, Noah, un cri déchirant!

—Myrrh-Ann, assieds-toi, je t'en prie, dit Noah avec douceur afin de l'apaiser. Il faut que tu te calmes si tu ne veux pas faire une fausse couche. Tu as eu raison de venir nous trouver. Jacob et moi découvrirons de quoi il retourne.

—Mais s'il a été capturé…

Un violent frisson parcourut la jeune femme des pieds à la tête.

—Noah, comment est-ce possible? Pourquoi? Pourquoi mon Saul?

Myrrh-Ann baissa la voix et, le souffle court, se mit à murmurer un flot de paroles paniquées. Les deux autres éprouvaient des difficultés à suivre toutes les implications de ses pensées tourmentées tandis qu'elle divaguait.

Était-ce possible ? La dernière invocation remontait à près d'un siècle. Myrrh-Ann se trompait peut-être. Jadis, les démons avaient frôlé l'extinction à cause de cet ignoble acte d'aliénation. Ils le devaient au mauvais tour d'un sorcier, à un sortilège de magie noire qui avait peu à peu disparu avec l'avènement du christianisme, de la science et de la technologie. Avec l'éradication de ces formes d'envoûtement, la paix était revenue.

Les exceptions à cette harmonie étaient évidentes : les incontrôlables périodes de folie qui les accablaient pendant les lunes sacrées, les chasseurs humains acharnés qu'il fallait éviter, et les batailles occasionnelles avec les autres Nocturnes.

Les Nocturnes existaient depuis que le monde est monde. Ces créatures de la nuit respiraient après le coucher du soleil, se rafraîchissaient au clair de lune, et s'en remettaient à l'astre de feu pour rythmer leur sommeil. Démons, vampires, garous et autres partageaient ces caractéristiques, même si leur éthique et leurs croyances différaient parfois.

Depuis toujours, des humains englués dans leur ignorance et bercés par les légendes cherchaient à les exterminer. Ces fanatiques, qui craignaient ce qu'ils ne comprenaient pas, avaient fait preuve d'un zèle redoutable pour purger la terre de ces prétendus monstres maléfiques. Si les chasseurs ordinaires n'inquiétaient pas tellement la race des démons, il n'en allait pas de même pour ceux qui pratiquaient la magie, les sorciers et autres nécromanciens. Leurs sorts vouaient les démons capturés à un destin pire que la mort.

Les affirmations de Myrrh-Ann pouvaient signifier une effroyable rupture de leur équilibre, le bouleversement de leur monde. Cette menace magique suprême pouvait les frapper de nouveau. Certains affirmeraient que cela était inéluctable, car la récente fascination des mortels pour les cultes anciens et la sorcellerie n'avait fait que s'intensifier, mais spéculation et réalité étaient deux choses différentes. Un humain praticien de magie ? Après tout ce temps ? L'histoire de Myrrh-Ann rendait envisageable cette terrible éventualité.

— Noah, prends soin de Myrrh-Ann. Je vais pister Saul.

— Non ! Par pitié ! s'écria celle-ci.

Elle se jeta sur Jacob, qui lui échappa sans difficulté et s'éleva doucement dans les airs, bien décidé à poursuivre son sinistre devoir. Alors, il sentit le vent se lever dans la pièce, et l'ardente fureur de Myrrh-Ann, suscitée par sa peur, s'abattre sur lui.

— Myrrh-Ann, le temps presse, déclara Jacob d'un ton brusque.

Sa voix résonna tandis qu'il s'approchait du haut plafond. Le souffle court, la jeune femme interrompit néanmoins sa crise d'hystérie. L'air se condensa et se figea lorsqu'il capta son attention.

— Si je le trouve avant qu'il soit trop tard, je peux essayer de le sauver. Si je n'y parviens pas, tu sais ce qu'il me restera à faire. Crois-moi, je préférerais vous le ramener, à toi et au bébé.

Après quoi, l'exécuteur, rapide comme l'éclair, disparut dans une traînée de poussière.

— Il va le tuer ! Il va assassiner mon Saul ! gémit Myrrh-Ann, le corps secoué par des sanglots.

— S'il en arrive à cette extrémité, Myrrh-Ann, murmura Noah avec douceur, cela voudra dire que Saul, celui que nous avons aimé, nous a déjà quittés.

Isabella tourna le dos à la fenêtre quand elle entendit sa sœur triturer la serrure.

— Salut, Co', c'était bien ? lança-t-elle avant de se remettre à contempler les étoiles.

— Ça pouvait aller, répondit l'intéressée, jetant ses clés sur la table avant d'ôter sa veste. C'est un mec gentil. Peut-être même un peu trop.

Isabella roula des yeux, comme pour implorer l'aide des cieux.

— Comment un homme peut-il être « trop » gentil à notre époque ?

— Dixit l'experte en rendez-vous galants, répliqua Corrine d'un ton acerbe.

Autant qu'elle s'en souvienne, Isabella n'était jamais sortie avec un garçon, pas même quand elle était au lycée. Corrine haussa les épaules. À l'évidence, elle avait du mal à comprendre l'insociabilité de sa sœur. Isabella cessa d'étudier la lune.

— Explique-moi donc ce que signifie « trop gentil » ?

— Bien, voyons voir..., réfléchit Corrine qui s'avança vers Isabella, se posta à ses côtés et, comme sa sœur, se mit à admirer cette nuit d'octobre. Il est très courtois, très poli, et très prévisible. Voilà. Il est sympa, mais pas très passionnant. Tu devrais peut-être le fréquenter, tiens !

Isabella éclata de rire et écarquilla les yeux.

— Je rêve ou tu viens de m'insulter ?

— Non, pas du tout.

Corrine gloussa, passa un bras autour des épaules d'Isabella et l'étreignit avec fermeté.

— J'aimerais tellement que tu rencontres un type chouette. Même s'il est « trop gentil ». Cela dit, les trucs qui sortent parfois de ta bouche risqueraient de le choquer. Ah, et je ferais mieux de le prévenir que malgré ma chevelure flamboyante, c'est toi qui as hérité d'un tempérament de feu.

— Quoi ? Ce n'est pas moi qui ai fait vivre l'enfer à maman quand j'étais ado !

Corrine rit.

— Et ce n'est pas nous, non plus, qui avons rendu la vie impossible à papa !

Les deux sœurs furent prises d'un violent fou rire. Chacune savait de qui elle tenait sa franchise et son opiniâtreté. Voilà pourquoi elles éprouvaient une infinie compassion pour leur père.

— Eh bien, merci de m'offrir ton petit copain d'occasion, répliqua Isabella le sourire aux lèvres, mais je préfère décliner.

— C'est toi qui vois.

Corrine haussa les épaules et se dirigea vers la cuisine. Elle jeta un coup d'œil dans le réfrigérateur.

Isabella se tourna de nouveau vers la fenêtre et étudia la lune encore un moment. Elle s'était toujours sentie attirée par cet astre. Ces derniers temps, elle était agitée, en manque… mais de quoi ? Elle l'ignorait. Être enfermée entre quatre murs la rendait dingue. Elle mourait d'envie de sortir, de marcher dehors. Ou de courir.

Elle s'ébroua mentalement. Courir après minuit dans les coins les plus glauques du Bronx ? Pas étonnant que l'on accusait jadis la pleine lune d'aliéner les esprits. Si à cet instant précis quelqu'un avait pu deviner ses pensées, il aurait été surpris de découvrir une Isabella très différente de la douce et discrète jeune femme férue de livres qu'elle semblait être. Sans compter qu'il la clouerait sûrement au sol pour sa propre sécurité.

En réalité, Isabella s'était souvent demandé si ses proches la connaissaient vraiment. Comment le pouvaient-ils alors qu'elle-même n'était pas sûre de se connaître ?

Elle menait une existence paisible et douillette, un parfait stéréotype de la bibliothécaire célibataire qui en devenait pathétique. Elle possédait même les deux chats requis. Elle adorait ses ouvrages. Ils regorgeaient de données précieuses, de renseignements inédits, d'histoires à dévorer. Son appétit n'avait eu de cesse d'augmenter depuis le jour où elle avait déchiffré l'alphabet. Elle avait sans doute oublié plus d'informations que la plupart des gens n'en avaient lu.

Cependant, alors que les livres avaient toujours suffi à la combler, Isabella se sentait à présent quelque peu… insatisfaite.

Elle tendit le bras vers la fenêtre, se hâta de l'ouvrir, et se pencha par-dessus le rebord dans la nuit fraîche et radieuse. Tout semblait si différent quand la lune brillait aussi fort que le soleil. Contrairement à Hélios avec ses reflets dorés, tout, à la lueur de Sélène, se parait d'ivoire ou d'argent.

Les ombres s'allongeaient, se faisaient mystérieuses, l'asphalte d'un noir insipide devenait une allée d'un gris incandescent.

— Si tu tombes sur la tête, ce sera bien fait pour toi, lui fit remarquer Corrine, plantée derrière elle, sur un ton sarcastique. Tu ne comptais pas fixer une grille à cette fenêtre ?

— Tu n'allais pas te coucher ? demanda Isabella sans daigner la regarder.

Sa sœur la gratifia d'un reniflement fort peu élégant, la réponse classique de Corrine quand elle manquait de repartie.

— Si, j'y vais. N'oublie pas de fermer la porte à clé avant d'aller au lit. Ne rêvasse pas trop, tu as dit que tu devais te lever tôt demain.

— Je sais. Bonne nuit, répliqua Isabella, agitant la main derrière elle sans même se retourner.

Elle ne vit pas Corrine lever les yeux au ciel avant de longer le couloir jusqu'à sa chambre.

Isabella se pencha un peu plus à la fenêtre, et croisa les bras tandis qu'elle observait le trottoir cinq étages plus bas. Sa chevelure retomba doucement sur ses épaules, glissa le long de ses seins tel un serpent noir soyeux jusqu'à pendre dans le vide.

Elle balaya les alentours du regard et finit par déceler un homme, habillé de couleurs sombres, l'air digne, qui se dirigeait vers son immeuble. Ses pas résonnaient faiblement dans la nuit, sa démarche était lente et assurée. Elle ignorait comment, mais malgré la distance, elle savait qu'il feignait son allure décontractée. Quelque chose dans cette élégante silhouette masculine semblait alerte, et totalement… impitoyable.

Elle compara sa taille à celle des portes qu'il venait de dépasser et parvint à la conclusion qu'il était grand. Ses cheveux étaient vraiment très foncés malgré la lune qui s'y reflétait, sans doute noirs ou d'un brun profond, attachés en queue-de-cheval lui semblait-il. Il portait une longue veste grise, ouverte, dont les pans s'enroulaient sur ses cuisses à chaque foulée, révélant une chemise bleu cendré et un pantalon noir. Coûteux, sophistiqué et qui brillait dans la nuit. Il avançait avec nonchalance, les mains enfoncées dans les poches.

Elle n'habitait pas un quartier chic, et croisait rarement des personnes bien habillées, aux allures d'aristocrate. Dans ce coin-là, ces derniers faisaient plutôt office de portefeuille sur pattes. Au niveau de l'entrepôt en contrebas, certains devaient être en train de se passer le mot.

Cette idée lui avait à peine effleuré l'esprit que l'homme s'arrêta brusquement. Dans l'obscurité adoucie par la lune, elle vit son visage s'illuminer et crut qu'il venait de sourire, même si cela lui parut étrange. Il balayait les environs du regard, à l'évidence à la recherche de quelque chose.

Puis il leva la tête.

Quand il la regarda en face, Isabella en eut le souffle coupé, son cœur bondit dans sa poitrine sans qu'elle puisse se l'expliquer. Cette fois, il lui sourit distinctement, un éclair étincelant dans la pénombre. Il fit un pas en avant, jeta un coup d'œil à droite et à gauche, puis s'adossa avec désinvolture à un poteau téléphonique avant de l'observer de nouveau.

—Vous allez tomber.

La jeune femme cligna des yeux quand la voix puissante s'éleva et retentit tout autour d'elle. Il ne criait pas. Sa voix n'avait fait que flotter cinq étages plus haut pour atteindre l'oreille d'Isabella sans le moindre effort.

—On croirait entendre ma sœur.

Elle ne cria pas non plus, son instinct lui soufflait que c'était inutile. Pourquoi ne trouvait-elle pas cela bizarre ? En fait, cela lui paraissait étrange, mais ne la dérangeait pas, voilà tout.

—Eh bien, nous sommes donc deux à penser que vous ne devriez pas vous pencher à la fenêtre comme ça.

—Je prends bonne note de votre inquiétude, lui rétorqua-t-elle sur un ton sec.

Il rit. Le son profond et enivrant s'enroula autour d'elle comme une spirale, lui procurant une sensation d'amusement partagé. Elle sourit et croisa les bras avec fermeté.

—J'ajouterai, poursuivit-elle, que c'est l'hôpital qui se moque de la charité. Qu'est-ce que vous fichez dans ce quartier au beau milieu de la nuit ? Vous voulez mourir ou quoi ?

—Je sais me défendre. Ne vous en faites pas.

—D'accord. Mais vous n'avez pas répondu à ma première question.

—Je le ferai, répliqua-t-il. Si vous me dites pourquoi vous vous balancez ainsi à la fenêtre.

—Je ne me balance pas. Je me penche. J'observe les alentours.

—Ah, on est curieuse ?

— Non. Si vous tenez à le savoir, je contemplais la lune.

Il jeta un coup d'œil à l'astre par-dessus son épaule, et à son air détaché Isabella comprit que cela l'impressionnait beaucoup moins qu'elle.

— Pendant que vous admiriez les étoiles, vous n'auriez pas remarqué quelque chose d'inhabituel par hasard ? lui demanda-t-il avec nonchalance, mais Isabella devina que sa réponse l'intéressait au plus haut point.

— Ce qui est inhabituel est devenu ordinaire de nos jours. Vous pensiez à quelque chose en particulier ?

Elle le sentit hésiter. En son for intérieur, il débattait de quelque chose. Il poussa un profond soupir.

— Peu importe. Désolé de vous avoir importunée.

— Non, attendez !

Isabella fit un mouvement brusque, et tendit le bras vers l'homme comme pour le rattraper. Le geste la déséquilibra, et elle sentit son corps prendre de l'élan. Ses chaussettes glissèrent sur le parquet lisse, et ses pieds quittèrent le sol alors qu'elle basculait par la fenêtre. Un cri de surprise étouffé lui échappa lorsqu'elle tomba la tête la première dans la nuit d'encre et d'argent. La chute lui retourna l'estomac et elle songea qu'elle aurait sans doute vomi si elle n'avait pas été sur le point de mourir.

Mais au lieu de s'écraser sur l'impitoyable béton, elle atterrit contre quelque chose de dur mais souple. L'arrêt brutal lui donna l'impression de se rompre le cou, et elle vit trente-six chandelles.

Isabella respirait avec difficulté, encore secouée par cette décharge d'adrénaline, tandis qu'elle s'accrochait à la masse robuste qui l'avait rattrapée.

— Tout va bien. Vous pouvez ouvrir les yeux maintenant.

Cette voix. Chaude, virile, sensuelle et… vivante.

Isabella souleva une paupière et examina ses mains crispées, agrippées au col de son sauveur.

— Bordel de merde ! haleta-t-elle, écarquillant les deux yeux pour dévisager l'individu qui lui avait, semblait-il, évité de se fracasser le crâne. Bordel de…

Elle s'interrompit, prit enfin le temps d'étudier son visage, ce qui ne manqua pas de la bouleverser de nouveau.

Sa beauté sans commune mesure était presque insoutenable.

Elle ne pouvait se le décrire en d'autres termes. Il était bien plus que beau. Beau est un adjectif masculin commun, limité, voire insipide. Cet homme était simplement sublime. Ses traits si élégants incarnaient la noblesse même. Dans l'obscurité de la nuit, la couleur de ses iris et de ses sourcils au tracé impeccable demeurait indéterminée. La longueur angélique de ses cils contrastait avec son expression sévère. Un petit éclair d'amusement illumina ses yeux magnifiques tandis que ses lèvres sensuelles se retroussaient en un sourire qu'elle ne pouvait que qualifier de tentateur.

— Comment avez-vous… Mais c'est… Ce n'est pas possible ! bafouilla-t-elle, ouvrant et refermant machinalement les pans de sa veste.

— Je l'ai fait. Pas du tout. Et apparemment, c'est possible.

Il arborait à présent un immense sourire, et Isabella était persuadée qu'il riait d'elle, même si la raison lui en échappait. Elle le fusilla du regard, oubliant complètement qu'il venait de lui sauver la vie. Sans lui, elle se serait littéralement rompu le cou.

—Je suis ravie que vous trouviez ça divertissant !

Jacob sourit de plus belle sans pouvoir s'en empêcher. Toute focalisée sur lui, elle n'avait pas remarqué qu'ils flottaient encore à plusieurs mètres du sol, à l'endroit exact où il avait arrêté sa chute vertigineuse. Il valait mieux, d'ailleurs, se dit-il, profitant de la distraction d'Isabella, obnubilée par ses moqueries, pour redescendre. Déjà qu'il allait avoir du mal à lui expliquer comment il avait réussi à rattraper une femme fonçant vers la mort du haut du cinquième étage. Voyons voir… cinq étages multipliés par grosso modo cinquante-cinq kilos multipliés par la gravité…

—Je ne trouve pas votre situation amusante, dit-il avec honnêteté. En fait, je suis heureux que vous ne soyez pas blessée.

Isabella cligna des yeux à deux reprises, prenant soudain conscience de ce que cet étranger venait d'accomplir pour elle.

L'indignation teintée d'irritation de la jolie demoiselle se transforma en horreur totale sous le regard de Jacob. Il se gifla mentalement pour lui avoir rappelé qu'elle avait failli mourir, même si, en toute logique, il n'aurait pu faire autrement. Il la vit se mordre la lèvre inférieure pour l'empêcher de trembler. Sa vulnérabilité apparente lui serra le cœur, le laissant pantois. Bouleversé, Jacob se surprit à examiner la femme dans ses bras avec attention.

C'était une petite chose fragile aux formes généreuses, menue mais dotée de courbes féminines là où les hommes les appréciaient. Le clair de lune rehaussait son teint diaphane parfait comme celui, presque translucide, de certains Nocturnes qu'il avait pu croiser au cours de son existence pluriséculaire. Elle avait des cheveux noirs ondulés, incroyablement longs et épais, dont il pouvait sentir le poids sur son torse et ses biceps. Ses traits étaient fins et délicats, sa bouche pulpeuse, ses yeux immenses comme ceux d'un enfant innocent. Une fée aux iris violets qui se paraient de reflets lavande à la faveur de l'astre d'argent. La façon dont il l'embellissait était tout bonnement renversante. Tandis que Jacob la berçait, il s'émerveilla de sa chaleur, se rendant compte pour la première fois à quel point celle-ci pouvait être attrayante.

À deux doigts de céder à des pensées illicites, Jacob se ressaisit et la réalité lui explosa en pleine figure. Pressé de l'éloigner, il manqua de la faire tomber dans sa précipitation. Par-dessus l'épaule, il jeta un regard amer à la lune, enfonça les mains dans ses poches, et réprima l'étrange besoin impérieux de la serrer de nouveau fort contre lui.

Debout, Isabella se sentit étourdie et désorientée. Cet homme avait pris ses distances de façon très brusque, comme si, soudain, il s'était aperçu qu'elle avait la peste. Il était vrai, après tout, que la plupart des hommes avaient tendance à s'effaroucher devant une demoiselle en détresse. Il resta néanmoins assez près pour lui venir en aide au cas où, mais il ne fallut que quelques secondes à Isabella pour recouvrer ses esprits et retrouver l'équilibre.

Avec prudence, Jacob la regarda repousser une large mèche de cheveux derrière une oreille bien trop petite pour la maintenir en place. L'épaisse boucle soyeuse retomba vers l'avant dès qu'elle la relâcha. Il réprima l'envie féroce de la recoiffer dans le seul but de découvrir la texture de cette abondante crinière. Il déglutit avec difficulté, jurant contre lui-même dans sa langue maternelle, la mâchoire serrée avec sévérité.

— Je ne sais pas comment vous remercier, monsieur…
— Jacob, répondit-il dans un grognement qui la fit sursauter et reculer d'un pas.
— Monsieur Jacob, dit-elle, mal à l'aise.
— Non. Simplement Jacob, rectifia-t-il, s'efforçant d'adopter un ton plus posé, révulsé par l'idée qu'elle le craigne, elle aussi, comme tous les autres.

Elle était humaine. Elle n'avait aucune raison d'avoir peur de lui.

— Eh bien, Jacob, reprit-elle, ses yeux violets rivés sur lui avec attention avant de poursuivre, non sans audace, moi c'est Isabella Russ et je vous suis extrêmement reconnaissante de… de ce que vous avez fait. Vous ne vous êtes même pas brisé la nuque. Je n'en reviens toujours pas !
— Je suis plus fort que j'en ai l'air, répliqua-t-il en guise d'explication.

Isabella trouva cela difficile à croire. Il semblait assez fort pour réussir à la rattraper de la sorte. Il n'était pas taillé comme une armoire à glace, mais son torse était bien sculpté et ses épaules larges. Il ne cachait rien de sa forme physique sous ses vêtements. Mince et athlétique, il était musclé et ferme aux bons endroits d'après ce qu'elle avait pu apercevoir et tâter par-dessus la veste grise. Cependant, mis à part sa beauté ténébreuse, son corps de statue grecque, et son catogan de corsaire, Jacob exhalait une véritable puissance, un pouvoir tel qu'elle n'en avait jamais vu. En effet, il était beaucoup plus fort qu'il en avait l'air, et ce à tous les niveaux.

Il donnerait des frissons à n'importe qui, même à une femme insensible. Rien chez lui n'était à jeter, et pour ne rien gâcher il parlait avec un accent européen – hongrois ou croate – riche et élégant, tout comme lui. Calme, gracieux, et flegmatique, il transpirait la confiance en lui et le danger sous-jacent qui, en fin de compte, ne manqua pas de faire frémir Isabella. Non, rien n'était à jeter chez cet homme-là !

À tous les coups, il devait être marié et père de six enfants.

La jeune femme soupira en revenant à la réalité, et son souffle fit gonfler sa frange.

— Bref, merci pour… vous savez quoi.

Elle désigna d'un geste las la fenêtre d'où elle était tombée, puis fronça les sourcils pendant un moment avec perplexité. Comment au juste avait-il réussi à la rattraper sans se briser les reins ? Cela paraissait impossible.

Soudain, Isabella eut la chair de poule.

Jacob vit la petite fée tourner brusquement la tête, et plisser les yeux avec méfiance. Cela suffit à titiller son propre instinct, et il sonda la nuit afin de découvrir ce qui avait bien pu l'alarmer ainsi. À sa grande stupéfaction, elle avait, semblait-il, détecté exactement ce qu'il cherchait.

Malveillance. Effroi. L'indescriptible terreur de Saul. Jacob pouvait flairer la peur, sentir sur sa langue l'âcreté de la magie noire. Saul se trouvait dans les parages, comme Jacob l'avait soupçonné quand sa trace avait subitement disparu une fois arrivé dans ce quartier. La créature qui avait traîné Saul, hurlant et se débattant, à travers les miasmes des ténèbres invoquait, empoisonnait, tourmentait de nouveau le démon emprisonné.

Pourtant, malgré ses sens de chasseur, Jacob ne discernait aucune piste, ne décelait aucune direction.

Perplexe, il se retourna et examina la petite humaine debout devant lui, la tête penchée vers l'inconnu au-delà. Était-ce possible ? Cette femme avait-elle pu conserver les instincts que Jacob qualifiait de perdus pour son espèce à peine quelques heures plus tôt ? Pouvait-elle sentir ce que même lui n'arrivait pas à localiser ? Jamais il n'avait entendu parler de pareille chose.

Cependant, Jacob ressentit sa gêne, huma la modification chimique de son organisme en proie à une violente décharge d'adrénaline qui lui dictait de fuir ou de se battre. De toute évidence, elle avait flairé le mal tapi dans les environs.

— On ferait mieux de rentrer, s'empressa-t-elle de déclarer en s'approchant pour lui tirer le bras.

— Pourquoi ? rétorqua-t-il.

— Parce que c'est dangereux, répliqua-t-elle comme si elle s'adressait à un enfant de deux ans. Arrêtez un peu de jouer les machos et faites ce que je dis.

Faire ce qu'elle dit ? Cette femme aux allures de lutin essaierait-elle de me protéger ? L'idée le déconcerta.

— Je ne joue pas les machos, protesta-t-il.

Il se montrait borné en connaissance de cause à présent qu'il remarquait ses réactions à mesure que son anxiété redoublait. C'était envoûtant de voir ses joues s'empourprer, son pouls battre avec violence au niveau de sa jugulaire, et sa poitrine généreuse se soulever pendant que sa respiration accélérait.

— Oh! là, là! (Isabella roula des yeux.) D'accord, si vous le dites! Contentez-vous de quitter la rue!

— Pourquoi? répéta-t-il.

Il la regarda avec fascination pousser un soupir exaspéré qui souleva de nouveau sa frange noire, puis planter les poings sur ses hanches rondes en écartant les jambes d'un air obstiné.

— Écoutez, il vaut mieux éviter de se disputer en pleine rue dans certains endroits, comme celui-ci par exemple! Libre à vous de rester si vous y tenez. Moi, je vais…

Elle s'arrêta, le souffle court, porta les mains à sa gorge de laquelle sortit un son guttural étouffé. Jacob tendit aussitôt le bras pour l'aider, n'aimant pas l'expression apeurée et farouche de ces yeux lavande écarquillés.

— Isabella? Que se passe-t-il? s'enquit-il, l'attirant vers lui d'un geste protecteur.

— Quelqu'un… Oh, Seigneur, vous ne sentez pas?

Oh si. L'odeur l'encerclait, légère mais reconnaissable entre toutes. Celle de la chair en train de brûler. Et du soufre. Malgré ses sens aiguisés de chasseur, ses instincts de prédateur, rien ne l'avait mis sur la voie. Il n'y avait pas de piste, pas d'indices. Ils se soustrayaient à sa vue. L'incertitude l'assaillait, mais il ne se laissa pas déconcentrer. Ces facultés faisaient défaut à cette humaine, et pourtant, elle haletait sous ses yeux, à bout de souffle, se comportait comme si elle respirait d'épais nuages de fumée alors que ce n'était pas le cas. Du moins physiquement.

Cela arrivait à quelqu'un d'autre.

À Saul.

Un éclair de lucidité traversa le cerveau de Jacob, même s'il était plus désorienté que jamais. L'exécuteur ne chercha pas à s'expliquer la situation, somme toute inhabituelle. Seule une chose l'intéressait.

— Où ? Pouvez-vous me le dire, Isabella ? Où est-il ?

— Près ! En moi !

Elle agrippa le col de son chemisier comme si elle voulait arracher cette présence. Elle pleurait, de grosses larmes ruisselaient sur ses joues, essayant de chasser la fumée imaginaire.

— Non. Écoutez-moi.

Il prit le visage d'Isabella entre ses mains, et se rendit compte à cet instant, alors qu'il lui levait le menton, combien elle était petite, fragile.

— Il n'est pas loin, mais pas en vous. Où ? Concentrez-vous et dites-le-moi.

Isabella tourna sur elle-même, échappant à sa prise, et se mit à courir sans cesser de tousser, asphyxiée par la fumée fantôme tandis qu'elle inspirait tant bien que mal. Jacob la talonnait de près. Ils bifurquèrent à l'angle et traversèrent la rue. Au coin, elle tourna de nouveau, et ils débouchèrent sur d'imposantes portes rouillées en tôle ondulée.

Un entrepôt désaffecté. Et pourtant une lumière aveuglante, froide et contre nature, jaillissait de l'une des fenêtres de l'étage. Avec naïveté, Jacob pensait ne plus jamais en voir de pareille. Il saisit sa petite guide par l'épaule, lui plaqua le dos contre son torse et se pencha vers son oreille. Malgré leur différence de taille, leurs gabarits s'emboîtaient à la perfection.

—Écoutez, murmura-t-il avec douceur tandis qu'elle luttait encore pour recouvrer sa respiration. Vous n'êtes pas à l'agonie, Bella. Ceci n'est pas votre combat.

Il jeta un coup d'œil à la sinistre lueur au-dessus d'eux, le cœur battant, pressé d'agir, mais ne put se résoudre à la laisser seule alors qu'elle suffoquait. Ses larmes et sa voix rauque prouvaient qu'elle se croyait vraiment à l'article de la mort, et il ne pouvait risquer qu'elle s'étouffe pour de bon.

—Vous voyez bien qu'il n'y a pas de fumée. Vous m'écoutez, Bella ?

Elle l'écoutait. Elle ne dit rien, mais inspira une profonde bouffée d'oxygène. Il lui semblait en avoir été privée depuis des lustres, et ce n'était pas Jacob qui la contredirait.

—Bien, chuchota-t-il, et elle sentit la caresse de son souffle chaud sur sa gorge douloureuse. Maintenant, restez ici, à l'abri des regards, et contentez-vous de respirer.

Jacob chercha la ligne entre les deux portes et les ouvrit d'un coup comme s'il déchirait du papier et non pas des tonnes d'acier, camouflant le bruit comme s'il avait fait ça toute sa vie. De l'intérieur, on aurait simplement cru que le métal grinçait à cause du vent.

N'obéissant qu'à son instinct, Isabella le suivit dans la pénombre, sans tenir compte de ses instructions. La tournure que prenaient les événements l'inquiétait, mais elle craignait encore plus de se retrouver seule. Elle ne le lâcha pas d'une semelle, s'agrippant aux pans de sa veste tandis qu'il défait l'ombre et l'obscurité. De temps à autre, un éclair violent illuminait les ténèbres, ce qui l'aveuglait. Jacob poursuivit son chemin sans hésitation, comme en plein jour. Il avançait vers la lumière, persuadé de se diriger vers le danger qu'Isabella percevait sans difficulté. Alors qu'elle ne s'y attendait pas, elle le sentit s'élever devant elle, comme s'il grimpait à une échelle. Il lui avait échappé, la laissant tâtonner derrière lui.

Elle ne parvint pas à mettre la main sur cette échelle, et fouilla scrupuleusement les alentours sans pour autant comprendre comment il avait fait pour gagner l'étage. Elle ne pouvait rien faire d'autre que de se tourner vers la source lumineuse qui éclairait à présent le dos de Jacob tandis qu'il s'en approchait en rampant. Isabella luttait pour ne pas manquer d'oxygène, et sa respiration haletante lui parut bruyante. Jacob s'avançait de plus en plus.

Soudain, il bondit.

Comme un félin.

Isabella hallucina peut-être dans ce clair-obscur brumeux, mais elle aurait juré que Jacob venait de faire un saut d'une dizaine de mètres en direction de la bataille qui semblait faire rage là-haut.

Puis, un chaos de tous les diables s'ensuivit.

La prenant au dépourvu, la fumée qui lui emplissait les narines s'éleva de la lumière blafarde, se déversant comme une cascade putride dans la pièce qu'elle recouvrit de volutes vertes, rougeâtres et noires. Puis, il y eut une explosion massive, des débris et des corps furent propulsés dans les airs comme des missiles, ce qui obligea Isabella à se baisser pour se protéger, alors que des jets fluorescents lui brûlaient les yeux.

Des hommes fendaient le ciel. Au sens propre du terme.

Jacob percuta le sol trois mètres à gauche d'Isabella dans un fracas assourdissant qui souleva un énorme nuage de poussière. Un autre s'écrasa sur des cartons non loin de lui. Un troisième atterrit près des portes ouvertes, parvenant toutefois à retomber sur ses pieds avec l'agilité et la souplesse d'un chat. Puis, dissimulé dans son manteau – ou était-ce une cape ? – il tournoya sur lui-même, fit volte-face et s'enfuit.

Sans prêter attention au reste, Isabella tendit le bras vers les larges épaules de l'homme à terre qui respirait avec difficulté.

— Jacob !

— Isabella, fichez le camp d'ici ! gronda ce dernier en guise de sommation.

Il se releva avec maladresse et la repoussa avec une telle force qu'elle trébucha en arrière et tomba sur les fesses. Elle bafouilla pendant un moment, maudit la douleur aussi embarrassante que cuisante, et se prépara à dire à monsieur Jacob le macho d'aller se faire voir.

Les mots restèrent bloqués dans sa gorge quand l'individu qui avait atterri sur les cartons en surgit littéralement, puis commença à s'élever dans les airs.

Isabella haleta en voyant ce spectacle et en remarquant un certain nombre de détails cruciaux. En fait, l'homme qui flottait au-dessus de leurs têtes n'en était pas un. Certes, c'était un bipède aux traits plus ou moins humanoïdes, mais c'était avant tout une créature gigantesque aux yeux verts diaboliques qui flamboyaient avec férocité sur son visage déformé. Elle avait de longues oreilles pointues qui se déployaient telles des nageoires.

Ah, et aussi des crocs et d'énormes ailes.

Isabella éprouva un besoin étrange, délirant, d'éclater de rire.

D'accord, quand me suis-je assoupie au juste ? C'était la seule explication plausible. Personne ne rattrapait au vol quelqu'un qui tombait du cinquième. Sans compter que jamais elle ne suivrait un étranger dans un entrepôt abandonné. Et puis, les bestioles à gueule de chauve-souris ne survolaient pas le Bronx.

À ce moment-là, la bête concentra toute son attention sur Isabella.

OK, c'est l'heure de se réveiller, songea-t-elle, soudain prise de panique.

La créature ailée fondait sur elle.

Tel l'éclair, Jacob s'élança dans un bond incroyable, et rejoignit le monstre dans les airs. Ils entrèrent en collision dans un vacarme atroce de chair et d'os, et Isabella sursauta. L'élan de Jacob propulsa leurs deux corps enchevêtrés au bout de la pièce où ils s'écrasèrent sur d'autres cartons.

Isabella s'empressa de sonder les alentours à la recherche d'une arme. Le premier objet qu'elle trouva fut une lourde barre dont la rouille s'accrocha à ses doigts et lui érafla la paume quand elle l'empoigna. Elle se remit debout à la hâte, la brandissant comme une batte de base-ball, et l'agita d'un air menaçant au cas où Jacob n'aurait pas tué le monstre.

Ce qui était le cas.

Soudain, Jacob et son adversaire surgirent des cartons qu'ils envoyèrent valdinguer à travers le loft. Cette fois, la bête visqueuse menait le jeu, ses énormes ailes augmentaient sa vitesse tandis qu'elle repoussait sans cesse Jacob vers le haut avant de le cogner de toutes ses forces contre le plafond. Le claquement des plaques de métal déformées résonna dans l'ombre, et Isabella vit avec effroi Jacob s'écraser au sol comme une masse.

Il le percuta avec une force impressionnante, soulevant de nouveau un gros nuage de poussière dans sa chute épouvantable. Isabella s'étrangla, horrifiée, à la vue de la flaque noire qui suintait sous la belle tête ténébreuse de son prétendu sauveur.

Elle resta sur place, paralysée, tandis que la créature tournoyait autour d'elle une fois puis deux fois, avant de descendre en piqué, tel un vautour fondant sur sa proie, pour se poser doucement sur les demi-pointes de ses pieds crochus, juste devant Isabella. Elle l'observa avec attention, remarqua sa peau roussâtre gluante, son torse saillant et son ventre creux. Ses lèvres étaient fines et retroussées de manière à exposer deux rangées de crocs et deux longues défenses qu'il arborait avec férocité. Le pire, c'était ses mains aux griffes verdâtres de près de quinze centimètres de long dont s'écoulait un liquide noir étrangement identique à la mare qui se formait sous Jacob.

— Jolie, siffla-t-il.

Bon, d'accord, sa voix est encore plus moche que sa tronche, nota mentalement Isabella.

—Hé, tu pourrais te faire un masque, ce ne serait pas du luxe !

Isabella plaqua sa paume couverte de rouille sur sa bouche.

Mais oui, Isabella, tu as raison, énerve donc le grand méchant monstre.

—Jolie viande, reprit l'immonde créature.

Oh, oh, ça sent le roussi, conclut-elle.

—Euh, tu sais… il paraît que le végétarisme a le vent en poupe de nos jours, suggéra-t-elle d'une voix de plus en plus aiguë à mesure que la bête s'avançait vers elle, la forçant à reculer.

—Viande chaude. Viande brûlante.

Puis il désigna de façon tout à fait obscène une zone bien spécifique de l'anatomie d'Isabella.

—Hé ! On reste poli ! Et ne bouge pas, ou… ou… (elle leva sa barre d'un air menaçant, essayant de trouver le meilleur moyen d'intimider une gargouille) ou je te plante ce truc dans les parties !

C'était un mâle après tout, et certaines choses devaient être universelles.

Ou pas, songea-t-elle lorsqu'il lui décocha un sourire pervers et tendit le bras pour se caresser l'entrejambe. Il la reluquait avec concupiscence, les yeux exorbités, un filet de bave sur le menton.

Et ça, c'était à n'en pas douter un signal universel !

Soudain, il en eut assez de jouer et bondit sur sa proie. Isabella cria d'effroi, se laissa tomber à terre sans réfléchir, et s'empressa de rouler hors de sa portée. Elle se releva à la hâte, avec aisance, ce qui ne manqua pas de l'étonner vu le rat de bibliothèque qu'elle était. Elle fit volte-face, le cœur battant la chamade, juste à temps pour voir la bête se redresser et foncer droit sur elle avec fureur. Cette fois, elle n'eut d'autre choix que d'essayer de le frapper avec son arme, espérant lui infliger un minimum de dégâts.

Mais elle manqua sa cible, et tournoya sur elle-même, décrivant un cercle complet, avant d'atterrir sur le dos.

La créature s'élança sur elle, un sourire extatique sur son visage lubrique… avant de pousser un terrible hurlement de douleur lorsqu'elle s'empala sur la barre que la jeune femme tenait encore et qui s'enfonça dans sa poitrine. Isabella cligna des yeux avec stupeur devant l'apparente facilité avec laquelle elle avait embroché la bête. Il ne lui avait pas semblé fournir le moindre effort. L'instant d'après, elle sentit des mains puissantes l'empoigner avec force pour l'éloigner du monstre à l'agonie, juste à temps pour lui éviter de se trouver en position critique quand ce dernier explosa dans un tourbillon de flammes.

Une fois le feu, ardent et sauvage, éteint, la bête se désintégra en un nuage de fumée et de cendres. L'odeur âcre et putride du soufre manqua de faire vomir Isabella, emmitouflée dans le pardessus désormais familier, alors même que Jacob l'entraînait dehors en toute hâte. Après avoir inspiré quelques bouffées d'air pur et séché les larmes qui lui marbraient le visage, elle leva la tête vers ces yeux noirs et tourmentés qu'elle commençait à peine à connaître.

— Jacob ! J'ai cru que vous étiez mort !

— Ce n'est pas près d'arriver, lui assura-t-il avant d'essuyer les traces qui lui striaient les joues. J'avais juste le souffle bloqué.

— Vous m'en direz tant! Vous saignez!

Elle voulut toucher son front blessé, mais il lui attrapa le poignet d'un geste ferme sans lui en laisser l'occasion.

— Je vais bien, insista-t-il. C'est moi qui devrais m'inquiéter. Comment avez-vous réussi à le repousser?

— Aucune idée. Je me suis emparée du premier truc que j'ai trouvé.

Elle ouvrit la main, se rendant compte qu'elle y serrait toujours la barre rouillée. Elle était recouverte d'une matière visqueuse qu'elle ne souhaitait pas identifier. Elle la tendit à Jacob, mais celui-ci recula d'un bond comme s'il risquait d'exploser. Il lui saisit le poignet, la maintint éloigné et la secoua légèrement pour qu'elle lâche le redoutable objet.

— Du fer, déclara-t-il d'une voix posée et néanmoins perplexe. Comment avez-vous su qu'il fallait utiliser du fer?

— Je l'ignorais. Il n'y avait rien d'autre. Un coup de chance, c'est tout.

Jacob en douta, mais il se tut. À l'évidence, cette rencontre fortuite prenait une tournure beaucoup plus complexe.

— Jacob, qu'est-ce que c'était? C'était bien réel? Non. Ne me répondez pas. Bien sûr que c'était réel. Mais comment? C'était le résultat d'une expérience qui aurait mal tourné? Je n'avais jamais rien vu de tel!

— C'était…, Jacob hésita, puis poussa un soupir. Il fut un temps où c'était mon ami.

Chapitre 2

Jacob faisait les cent pas dans son bureau, les mains dans ses cheveux qu'il triturait depuis un moment déjà. Même s'il n'avait éprouvé aucun plaisir à apprendre à Myrrh-Ann la mort de son mari, Jacob avait accompli son devoir. Elle savait ce qu'impliquait la capture de Saul, et Noah avait essayé de la préparer au pire, mais Myrrh-Ann, et c'était compréhensible, n'avait pu contenir sa rage et sa douleur. Elle s'était ruée sur Jacob et l'avait attaqué avec ses pouvoirs et toute la force de ses poings.

Elle n'avait pas eu le temps de lui infliger de blessures physiques, car Noah s'était interposé pour drainer d'un geste délicat l'énergie de son corps frénétique et agité. Elle s'était évanouie dans les bras de l'exécuteur. Jacob n'avait pas supporté de la tenir. Alors qu'elle reposait contre lui de tout son poids, il avait pu sentir la vie qu'elle portait dans ses entrailles remuer à travers son ventre rond. Partager une telle intimité avec Myrrh-Ann lui était apparu comme une trahison, car elle ne l'y aurait jamais autorisé si elle avait eu son mot à dire. Il en était bien conscient.

Myrrh-Ann n'avait pas besoin de savoir qu'une humaine avait tué Saul. Mieux valait qu'elle maudisse Jacob, qu'elle déteste celui chargé d'appliquer cette sentence au nom de la loi, plutôt qu'une femme vulnérable qui ignorait la portée de son acte. Noah avait deviné que l'exécuteur lui cachait quelque chose. Ce dernier sentait les soupçons de son souverain, mais n'avait pas jugé utile de lui révéler toute la vérité pour le moment. Il devait d'abord prendre le temps de réfléchir. Il fallait mesurer les conséquences de cette nuit avant que quelqu'un d'autre n'apprenne ce qui s'était passé dans l'entrepôt.

En premier lieu, il détenait la preuve irréfutable de l'existence d'un vrai nécromancien, doté de pouvoirs impressionnants, et assez doué en magie noire pour invoquer un démon. Il l'avait vu de ses propres yeux, même s'il éprouvait de la honte et de la colère à l'avouer, car cela le forçait à reconnaître qu'il avait laissé cette créature infâme s'enfuir sans l'inquiéter. L'apparition soudaine d'un sorcier n'augurait rien de bon pour Jacob et les siens. En fait, c'était un mauvais présage pour tous les clans de Nocturnes. Ces sinistres individus n'agissaient jamais seuls et ne s'en prenaient pas seulement aux démons.

Et puis, il ne fallait pas oublier…

Il s'arrêta un instant, leva les yeux vers le plafond et la chambre à l'étage où dormait Isabella. Il avait cassé sous son nez une gélule de plantes aux vertus soporifiques, ce qui lui avait permis de la ramener chez lui, en Angleterre, ni vu ni connu.

Cette femme avait réussi l'impossible. Elle avait anéanti l'un des leurs. Plus incroyable encore, avant même de le tuer, elle avait senti sa présence, partagé son agonie, et retrouvé sa trace. Un humain capable de supprimer un démon ? Voilà qui était inédit. À moins que l'humain en question ne soit un nécromancien.

Isabella ne pratiquait pas la magie. Jacob l'aurait su sur-le-champ. Les sorciers étaient toujours enveloppés d'une aura maléfique, une puanteur ignoble qui ne les quittait jamais. L'odeur putride du salaud qui avait capturé Saul empestait tout le loft et chatouillait encore les narines sensibles de l'exécuteur. Isabella, quant à elle, exhalait des effluves doux, propres, et d'une exquise pureté. Malgré la pestilence qui régnait dans l'entrepôt, Jacob avait pu humer les bienfaits envoûtants de son parfum. Ni eau de toilette, lotion pour le corps ou mœurs dissolues, ni même l'empreinte musquée d'un mâle, ne ternissait sa fragrance.

Elle n'appartenait pas non plus à ces autres races d'immortels qui vivaient la nuit. Même s'il était très difficile de repérer les Nocturnes qui choisissaient de se fondre dans le monde des mortels, ces espèces parvenaient à se reconnaître, à déceler les petits détails qui les trahissaient. Pour Jacob, cela ne faisait aucun doute, Isabella était humaine.

Mais une humaine capable de supprimer l'un des siens ? Déjà qu'il n'était pas facile pour un démon de tuer un congénère ! Voilà pourquoi l'exécuteur risquait sa vie à chaque mission. Seuls les plus anciens d'entre eux étaient assez puissants pour causer des blessures fatales, et seul Jacob en détenait l'autorisation officielle. Il n'infligeait le châtiment suprême qu'en ultime recours, tâche qui s'avérait bien ardue.

Comme l'avaient prouvé les événements de la soirée.

Isabella s'était contentée de ramasser une barre de fer et de la planter dans la poitrine de Saul. Jacob ne pouvait en faire de même. Les démons ne supportaient pas le fer, son simple contact leur brûlait la peau comme le plus corrosif des acides. En cas de plaie profonde, la douleur était terrible. Si le métal perçait le cœur ou le cerveau, c'était la mort assurée. Jacob examina ses mains, ses pouces irrités par la rouille qui s'était mêlée aux larmes d'Isabella. Il n'y avait pas prêté attention avant que cela commence à le picoter.

Cela dit, le squelette d'un démon était solide comme l'acier, presque indestructible. Comment avait-elle réussi à enfoncer cette barre à travers les côtes et le sternum jusqu'au cœur ? Par ailleurs, contrairement à la vulnérabilité des lycanthropes à l'argent dont traitaient tous les livres, la plupart des humains ignoraient la sensibilité des démons au fer. Connaissait-elle par hasard ce mystérieux détail ? Cela reviendrait à supposer qu'elle avait deviné la véritable nature de Saul. Ce qui était possible puisque, après sa transformation, ce dernier ressemblait en tout point aux créatures démoniaques que s'imaginaient les humains. Ou bien, comme le voulaient les apparences, avait-ce été simplement un coup de chance ?

Jacob se rappelait très bien la scène. Il avait gagné l'étage de l'entrepôt, s'était retrouvé par terre, puis, après avoir secoué la tête pour ôter les cheveux et le sang qui l'aveuglaient, avait vu le monstrueux Saul fondre sur la petite mortelle. Alors, il s'était rendu compte qu'il ne pourrait jamais la rejoindre à temps. Son crâne l'élançait si fort qu'il ne parvenait pas à se concentrer pour utiliser son pouvoir. Jamais auparavant il n'avait éprouvé semblables frustration et sentiment d'impuissance. Il avait commis des erreurs impardonnables au cours de cette confrontation, et ils avaient failli y rester. L'intervention de la providence aurait dû être évitée. Même si un siècle s'était écoulé depuis sa dernière rencontre avec un transformé, il n'aurait jamais dû oublier comment gérer ce genre d'attaque.

Jacob avait su ce qui avait accaparé l'esprit tourmenté de Saul et appelé son corps tandis qu'il avançait vers la séduisante femelle. Seuls deux besoins vitaux dictaient les actions d'un démon qui avait atteint ce degré de perversion. En premier lieu, l'instinct de conservation. C'est pourquoi, une fois asservis, ils représentaient un atout considérable. Enchaînée par le sort infâme et dépouillée de toutes traces de civilisation, la créature captive faisait tout pour son maître – y compris user de ses pouvoirs élémentaires en sa faveur – pour peu que ce dernier lui promette la vie sauve ou la liberté.

Sa survie assurée, le démon transformé n'avait qu'une seule autre idée en tête : satisfaire son insatiable lubricité qui atteignait son apogée lors de la pleine lune de Samhain. Une variante de la folie qui frappait les frères de Jacob et amenait ce dernier à les juger et à les punir. Voilà ce qu'aurait subi la rouquine s'il n'avait pas eu Kane à l'œil. Cela dit, le traitement que son cadet réservait à cette femme ne pouvait être comparé à la manière dont Saul, transformé et perverti, aurait violé Isabella. Cette pensée le révulsa profondément, et affola son cœur qui se mit à palpiter douloureusement. Jacob avait vu le sexe turgescent de Saul alors qu'il grimpait sur Isabella. Il ferma les yeux et serra les poings de toutes ses forces pour chasser de son esprit ces images insoutenables.

Il était interdit aux démons de blesser un humain innocent de quelque façon que ce soit. C'était la règle d'or que Jacob se devait de faire respecter avant toutes les autres. Rien, pas même les désirs de Noah, ne pouvait excuser un manquement à cette loi. En particulier, toute tentative de coït avec un humain était taboue. Trop fragiles, ces derniers ne survivraient pas à une épreuve aussi explosive. Jacob repensa à Isabella, si délicate et menue comparée aux siens. Les relations charnelles entre démons étaient régies par une férocité élémentaire qui frisait souvent l'agressivité. En proie à une telle passion, Isabella craquerait comme une frêle brindille.

Cela ne signifiait pas que Kane, Gideon, ou les nombreux autres que Jacob avait dû juger au fil des siècles étaient des pervers de la pire espèce. Ils étaient simplement victimes de la malédiction de leur race. Pendant les lunes sacrées de Samhain et de Beltane, les démons passaient leurs nuits à lutter pour garder le contrôle. Chaque minute de ces deux fêtes puissantes constituait une torture alors que leurs esprits et leurs corps brûlaient d'obéir à la furie lunaire. Lors de ces phases, le besoin de copuler supplantait tout le reste. C'était inscrit dans leurs gènes. Comme des bêtes en rut, ils souffraient d'une envie dévorante à laquelle ne résistaient ni le plus poli ni le plus civilisé. En général, ils assouvissaient ce désir entre eux, mais, comme ils vivaient parmi les humains, nul n'était à l'abri d'une erreur d'aiguillage.

Chaque année, Jacob se retrouvait à traquer les aînés les plus respectés qui succombaient à la tentation. Voir la démence sur ces visages tant estimés ou chéris, comme dans le cas de Kane, l'affligeait.

Jacob n'avait jamais cédé à la folie. Même néophyte, il n'avait jamais faibli au point de désirer une femelle humaine plus que tout. Mais cela remontait à plusieurs siècles, et à l'époque six milliards d'individus ne peuplaient pas la planète. De toute façon, il n'avait jamais vraiment compris cette attraction. Certes, humains et démons se ressemblaient, mais ils étaient très différents d'un point de vue chimique, mental et intellectuel. Cependant, il était vain de demander à un démon en proie à la pulsion d'expliquer les raisons de son attirance pour une créature inférieure. Et pour être tout à fait honnête, quelques heures auparavant, lui aussi s'était laissé séduire par un corps moelleux, et de grands yeux aux magnifiques reflets lavande.

Jacob jura tout bas, et se passa de nouveau la main dans les cheveux avant de se servir à boire. Pas de l'alcool de mortels, mais du lait à température ambiante même s'il le préférait encore chaud. Le lait de chèvre, de brebis, ou d'autres animaux plus exotiques s'avérait grisant pour les démons autant que les spiritueux pour les humains. Si le classique lait de vache du supermarché leur faisait l'effet d'un simple jus de fruits, le lait de girafe tenait plus de la liqueur corsée et originale. La puissance du breuvage dépendait en somme de la bête et de son environnement, comme la variété du raisin et le terroir influent sur le vin.

Jacob se servit un verre de lait de chèvre de l'Himalaya, et se laissa choir dans un gros fauteuil confortable. Il fit craquer sa nuque pour soulager ses cervicales douloureuses, ressassant les mêmes pensées, conscient que bientôt, qu'il parvienne à y comprendre quelque chose ou non, il devrait parler à Noah.

— Y a quelqu'un ?

Jacob sursauta au son de cette douce voix hésitante. Il se leva d'un bond et fit aussitôt volte-face pour se trouver devant Isabella qui frottait ses yeux ensommeillés et descendait les marches d'un pas lourd.

Impossible !

Contrairement à Kane, il ne pouvait persuader autrui de plonger dans un sommeil profond ni assommer sa victime en la vidant de toute son énergie comme le faisait Noah, mais il savait quelles plantes mélanger pour obtenir un résultat similaire. Elle aurait dû dormir pendant des heures !

— Oh ! Bonjour, dit-elle en lui décochant un sourire endormi lorsqu'elle l'aperçut qui l'observait bouche bée. Jacob, c'est ça ?

— C'est ça, acquiesça-t-il, ne sachant que faire sinon lui répondre.

Il l'examina avec attention, soucieux de trouver une solution au problème, mais parvint seulement à se rappeler quel sublime visage elle avait. Elle avait sali ses vêtements à l'entrepôt, c'est pourquoi il lui avait ôté jean, tee-shirt et chaussettes pour lui passer une de ses chemises. La voir ainsi, réveillée et vivante, excita ses sens. Elle se mouvait de manière fort alléchante, avec langueur et vulnérabilité, comme une chatte. Sa chevelure d'ébène, abondante et soyeuse, encadrait son col ouvert sur ses épaules menues.

Une longue mèche serpentait sur son profond décolleté, résultat de boutons négligés par Jacob dans sa précipitation, et descendait jusqu'au creux sensuel formé par ses seins. Elle offrait une vision époustouflante : des formes généreuses si prometteuses pour une silhouette si frêle. Une magnifique poitrine plantureuse, une taille de guêpe, des fesses fermes et rebondies. Il se représenta ses doigts sur son ventre chaud ou ses hanches de rêve, ou…

Jacob sentit son sang bouillonner en réponse à son imagination, son membre durcir de façon si brusque et inattendue qu'il en eut le souffle coupé. Il se hâta de détourner la tête, et marmonna dans sa barbe quelque juron enflammé. Il reposa avec fracas son verre sur la table avant de s'y appuyer, comme si le contact de ses paumes sur le bois pouvait lui permettre de recouvrer ses esprits. Son ouïe, fine comme toujours, perçut le bruissement de ses cheveux et de ses vêtements tandis qu'elle se dirigeait vers le bureau. Même si elle se trouvait à l'autre bout de la pièce, il pouvait la flairer. Son odeur avait un peu changé, exaltée par le sommeil et imprégnée du parfum des draps fraîchement lavés. Elle évoquait la volupté d'une nuit d'été, aux effluves de fleurs chauffées par le soleil, d'herbe, de rosée et de musc, doux et délicat, marquant son indéniable appartenance au sexe opposé.

Frais, piquant et authentique.

Et qui s'approchait de lui.

— Vous devriez être en train de dormir, déclara-t-il sur un ton brusque.

Il la sentit sursauter lorsqu'il rompit le profond silence.

— Je me suis réveillée.

Elle haussa les épaules. Cela tombait sous le sens pour elle, mais lui n'y comprenait rien. Elle fit un pas, puis un autre. Jacob voulut appeler Noah. Une pulsion irrépressible, pressante, et si absurde qu'il faillit éclater de rire. Jacob n'était pas du genre à avoir besoin d'assistance, et encore moins à requérir de l'aide. C'était une première, et le roi ne se gênerait sans doute pas pour le lui faire remarquer. *Mais qui,* se demanda-t-il soudain pris de panique alors que l'ardente proximité d'Isabella commençait à l'affoler, *qui juge donc l'exécuteur ?*

Non ! Bon sang ! Tu es plus fort qu'une minuscule femelle humaine ! Qui, en plus, ne fait rien ! Jacob ne laisserait pas la folie de cette lune maudite le priver de ses capacités. Jamais, de toute sa vie, il n'avait perdu le contrôle, et ce n'était pas près de changer. Depuis plus de quatre cents ans, il donnait l'exemple avec dignité, et il ne comptait pas ternir une si exceptionnelle réputation alors que des démons tels que Kane devaient être guidés et maîtrisés.

Il serra les mâchoires avec sévérité avant de se tourner vers elle.

— Qu'est-ce que je fais ici ? s'enquit-elle, promenant ses doigts graciles d'un air absent sur l'un des innombrables bibelots qui trônaient sur le bureau.

Elle le caressa avec douceur, analysant l'ouvrage avant d'afficher un sourire satisfait qui illumina aussitôt son regard de reflets violets électriques. Elle passa au suivant, l'un des préférés de Jacob au sein de sa vaste collection. Intriguée, elle l'effleura avec fascination, et Jacob se sentit comme envoûté par sa façon si particulière de toucher ses affaires.

— J'en déduis que nous sommes chez vous ?
— En effet.
— Je ne me souviens pas d'être venue jusqu'ici. C'est ravissant, le complimenta-t-elle, ses grands yeux rivés sur l'immense pièce aux ornements fastueux. Je vois que vous appréciez les antiquités.

Il hocha la tête, conscient que ces objets étaient neufs et en vogue quand il les avait achetés, des années auparavant. Bien entendu, c'était absurde de le lui avouer, donc il se tut.

— Vous n'êtes pas très bavard, hein ? fit-elle remarquer sur un ton désinvolte.

Elle s'avança vers une petite figurine en bois dont elle n'aurait jamais deviné qu'elle avait été polie à la salive des siècles plus tôt par une femme d'une tribu africaine éteinte depuis longtemps.

— Cela dit, après ce qui vient de nous arriver, poursuivit-elle, je comprends que vous n'ayez pas envie de causer.

Isabella reposa la statuette, et continua son exploration. Tous les sens en éveil, elle caressa avec délicatesse un objet après l'autre, soucieuse d'étudier en profondeur leurs formes et textures. Elle laissa courir ses doigts sur la surface de la haute table, et s'approcha de la main gauche, légèrement recroquevillée, de Jacob.

Il s'éloigna brusquement, reculant d'un pas maladroit et dépourvu de sa grâce habituelle. *Bon sang !* songea-t-il non sans agacement, *elle devrait éviter de se tenir aussi près d'un homme qu'elle connaît à peine !* L'humaine ne possédait aucun pouvoir, pas de talent inné pour se protéger, et pourtant elle déambulait devant lui en toute confiance.

Il est vrai, cependant, qu'elle avait tué l'un des siens à peine quelques heures plus tôt.

— Je ne voulais pas vous paraître impoli, parvint-il à répondre malgré les pensées qui tourbillonnaient dans son esprit. Je n'ai pas l'habitude d'avoir de la compagnie.

Au moins, c'était la vérité.

Isabella pencha la tête, ses cheveux noirs glissèrent vers l'avant et retombèrent comme du satin sur sa poitrine pendant qu'elle l'observait. Son regard lui fit l'effet d'une caresse. D'abord, elle parcourut avec curiosité le visage de Jacob, puis descendit jusqu'à ses épaules avant de dériver doucement vers son large torse. Dès que ces deux pépites violettes se posèrent sur lui, Jacob sentit sa peau brûler, ses muscles se crisper et saillir. Il avait l'impression d'être mis à nu. Tandis qu'elle le jaugeait sans relâche, l'abdomen de Jacob se tendit, les tendons de ses cuisses se raidirent. Elle devait bien voir qu'il était au supplice !

Elle l'inspectait avec une telle insistance qu'il l'éprouvait dans sa chair. Il serra les dents de toutes ses forces. Se rendait-elle seulement compte de sa beauté ? Ne lui avait-on jamais dit que l'épaisse rangée de cils bordant ses yeux candides incarnait la sensualité à l'état pur ?

— Un solitaire, déclara-t-elle enfin. (C'était un constat, et elle acquiesça pour elle-même.) Je devine que vous n'avez pas une ribambelle d'enfants à charge. Pas avec tous ces objets précieux à portée de main. Au fait… (Elle croisa son regard, et Jacob sentit son souffle se bloquer.) Vous m'avez déshabillée ?

À ce moment précis, il parvint à la conclusion qu'elle ne pouvait pas être humaine. Une simple mortelle ne pouvait pas nimber une banale question d'un si grand pouvoir. D'ailleurs, aucune femme saine d'esprit n'oserait la poser à demi nue, à quelques pas d'un étranger à l'évidence sexuellement excité.

Isabella ne le vit même pas bouger. En une fraction de seconde, il s'était emparé de son corps. Il l'empoigna avec force par les épaules et la souleva de terre pour la serrer contre son torse. Un petit cri de surprise lui échappa et sa respiration s'accéléra. Sans lui laisser le temps d'inspirer, il plaqua la bouche sur la sienne avec une férocité à peine maîtrisée.

Elle leva les bras par réflexe et s'agrippa à sa chemise, essayant de manifester un semblant de désaccord, mais cette tentative de protestation demeura en suspens quand la carrure robuste et athlétique de Jacob épousa de toute sa puissance virile ses courbes plus douces et souples. Il était si bien bâti, chaque muscle s'articulait à la perfection, et elle le sentait vibrer d'énergie. Il incarnait l'autorité et la vigueur. D'un geste sensuel et assuré, il l'attira à lui pour la presser contre son corps solide.

Jacob embrassa Isabella avec fougue, un art qu'il maîtrisait parfaitement, même si, à l'évidence, il avait hérité de ce talent à la naissance. Rien de comparable aux baisers maladroits qu'on lui avait prodigués par le passé. Malgré son comportement un brin cavalier, il éveillait en elle des sensations qui n'avaient rien de platonique ni de risible. Il l'étreignit avec ardeur, sa bouche brûlante contre la sienne, titilla ses lèvres du bout de la langue avec avidité, comme s'il avait percé un secret à son sujet qu'elle-même ignorait. Elle se sentit défaillir : vertige, bouffées de chaleur, pouls de plus en plus rapide… Un frisson d'excitation lui parcourut les seins, puis le bas-ventre jusqu'à la faire rougir. Une décharge d'adrénaline l'envahit, suivie d'un désir charnel insoupçonné qui la consuma tout entière. Blottie contre lui, elle se détendit, le cœur palpitant tel un oiseau sauvage pris dans un filet.

Cela n'échappa pas aux sens affûtés de Jacob. Il attendait l'invitation et l'accepta. Il renforça son baiser, et s'immisça entre les lèvres de la timide Isabella qui se refusait encore à lui. Elle l'obsédait. Il ne souhaitait plus qu'une chose : poursuivre ce contact, se délecter de sa saveur, s'imbiber de son parfum jusqu'à en perdre la raison. Et tandis qu'il s'abîmait dans ces pensées, il continuait de l'embrasser avec fougue et douceur. Rien d'autre n'existait.

Une vague torride monta du plus profond des entrailles d'Isabella et l'assaillit jusqu'au moindre vaisseau sanguin. La sensation était extraordinaire. Avant de l'éprouver elle-même, elle n'avait, en toute honnêteté, pas eu conscience de l'effet qu'elle produisait sur Jacob. À présent, la chaleur glissait sur sa peau comme de la lave en fusion, et elle se demanda s'il en allait de même pour lui. Sa langue le caressait comme mue par une volonté propre. Elle se montrait plus téméraire et nettement plus curieuse.

Jacob la dévorait de baisers, guidé par un besoin désespéré et primal que dans sa naïveté elle ne pouvait comprendre. C'était comme si elle était la dernière femme sur terre, la seule digne d'être embrassée. Elle sentit son haleine chaude sur son visage et dans sa bouche, et ses doigts s'aventurer le long de la cambrure de son dos.

Jacob poussa un grognement guttural lorsque Isabella le sollicita avec plus de ferveur. Son goût était sucré, doux, incroyable, délicieux comme un fruit défendu. Sa température corporelle augmentait au fur et à mesure, rien de comparable au contact froid d'une démone, et chaque degré supplémentaire lui apparaissait comme une provocation. Son propre corps, d'ordinaire glacé, atteignait des pics de chaleur anormaux pour un membre de son espèce. Un tourbillon de désir l'enveloppa, à tel point que son esprit s'obscurcit. Son instinct s'empara des rênes tandis qu'il effleurait la peau embrasée, laissait ses mains glisser des épaules vers la taille d'Isabella, puis descendre jusqu'à la courbure de ses reins. Elle était d'une douceur inouïe, et épousait ses caresses avec une exquise perfection. Il agrippa ses fesses avec fermeté, la soulevant un peu plus de terre pour mieux la plaquer contre lui.

Il interrompit brusquement son baiser et, toujours emmêlés, ils restèrent là à se balancer au rythme de leur souffle court et saccadé. Avec nervosité, il chercha des yeux le visage d'Isabella, l'examina comme si elle incarnait une énigme insolvable. Elle ne pouvait que s'accrocher à lui, prise au piège contre son corps puissant. Elle vit ses narines se dilater quand il inspira profondément et d'un air résolu comme pour humer son parfum. Mais elle n'en portait pas. Puis, il se pencha et se blottit contre sa nuque pour s'imprégner de son arôme. C'était un acte assez érotique, et elle sentit son ventre se contracter.

Jacob le ressentit. Il émit un grognement d'appréciation avant de l'embrasser de nouveau, la marquant de son sceau, mêlant sa saveur et son odeur à celles d'Isabella. Elle poussa un petit cri sensuel qui ne manqua pas d'aviver les instincts les plus sauvages du démon.

D'un ample geste du bras, il balaya la surface de la table derrière Isabella, ce qui les força à se séparer. Des dizaines de bibelots hors de prix valsèrent aux quatre coins de la pièce. Il s'empressa de soulever la jeune femme et la fit asseoir sur le bureau en bois, position qui l'amena naturellement à écarter les cuisses. Elle enserra la taille de Jacob, puis enroula les chevilles autour de ses jambes comme si elle avait réalisé cette action une bonne centaine de fois alors que c'était une première. Le cœur de Jacob cognait contre ses seins, les vibrations résonnaient dans tout son être. Jacob lui tint la tête, s'agrippa aux fines mèches de ses cheveux aux effluves fleuris, souples et doux comme la soie. Il émanait d'elle une chaleur envoûtante.

Seules ses pulsions le guidaient, les baisers enflammés dont il l'abreuvait reflétaient ce besoin insensé de satisfaction. Jacob enlaça de ses longs doigts enfiévrés les hanches d'Isabella pour l'attirer jusqu'à l'extrémité de la table, puis la maintint immobile tandis qu'il se glissait encore plus loin entre ses cuisses. Elle haleta, surprise par sa force, puis gémit contre ses lèvres quand elle remarqua la preuve de son incroyable excitation contre son ventre. Jacob était dur, brûlant, et son corps robuste luttait pour franchir la barrière des vêtements et posséder cette partenaire pourtant si proche. Elle laissa échapper un murmure de plaisir et se tortilla contre lui. Elle lui effleura le dos, la taille, et descendit jusqu'à son fessier bien ferme dont elle put sentir chaque muscle saillir vers elle.

Jacob poussa un grognement retentissant devant sa réaction enflammée. Toujours plaqué contre sa bouche, il l'embrassa jusqu'à la meurtrir. À bout de souffle, elle psalmodiait presque des encouragements qui ne firent qu'attiser ses sens en ébullition. Il était assailli par le parfum naturel d'Isabella, la moiteur de son sexe, et son sang qui gorgeait et réchauffait ses zones érogènes. Un mélange grisant dans lequel il avait l'impression de se perdre.

Isabella se noyait dans les flots de cette passion féroce, hypnotisée par le roc que formait le corps de Jacob qui continuait de l'embrasser, alliant fougue et technique. Il remuait contre elle, brûlant de la caresser tout entière. Puis, elle sentit ses doigts se glisser sous sa chemise, lui effleurer les hanches et le ventre avant d'atteindre ses seins qu'il recouvrit de ses paumes avides. Il savait la toucher comme personne, avec assurance et doigté, semblait sculpter sa chair moelleuse. Puis, il prit entre le pouce et l'index son mamelon déjà dressé qu'il fit rouler. Isabella haleta, et s'arc-bouta vers lui. Elle gémit lorsqu'il titilla l'autre de la même façon, et un liquide chaud imprégna le cœur de son intimité.

Elle prit conscience de l'odeur de Jacob, musquée, épicée, et s'arracha à son baiser pour enfouir le visage contre son cou et humer son parfum à pleins poumons, comme il l'avait fait avec elle. Elle lécha la zone sous laquelle pulsait sa carotide, il frissonna en retour et murmura à la hâte entre ses dents serrées une phrase dans une langue étrangère.

— Dis-moi ! lui ordonna-t-elle sans réfléchir.

Relâchant Jacob, elle saisit sa chemise et la déboutonna d'un coup sec sans se soucier de la lascivité de son geste.

Tandis qu'il la couvrait de caresses, elle baissa les yeux, surprise par le contraste du teint hâlé de Jacob contre ses seins d'albâtre. Elle posa les mains sur les siennes, le pressant de continuer.

—Dis-moi! répéta-t-elle, plus douce et enjôleuse.

Jacob s'enflamma, le moindre de ses nerfs transmettait à son corps la chaleur d'Isabella dont la moiteur mouillait la peau d'une souplesse délicieuse ainsi que leurs habits. Les ongles de Jacob s'allongèrent légèrement, par réflexe, et il sentit un frisson le parcourir. L'animal en lui était prêt à surgir, si proche qu'il l'entendait hurler dans le tréfonds de son esprit. Cette femme, dont le physique tentateur le mettait au supplice, lui appartenait.

—Mienne! gronda-t-il d'une voix grave et menaçante.

Le besoin de la posséder le submergea telle une vague torride. Il pouvait déchirer le restant de leurs vêtements à mains nues et s'abîmer en elle en l'espace d'une seconde.

—Oui! gémit-elle, pantelante, comme si elle lisait dans ses pensées.

Elle lui caressa les cheveux, y enfonça les doigts et les laissa courir sur son crâne, puis effleura avec volupté le duvet délicat à l'arrière de son cou, ce qui le fit durcir davantage. Elle lui griffa le dos et le torse à travers sa chemise tout en l'attirant dans le doux piège que formaient ses jambes entrecroisées.

—Isabella!

Son nom lui échappa dans un brusque grognement, l'excitation transparaissait dans sa voix, brute et sincère. Le besoin primal de la dominer, de la sentir frémir de plaisir, d'en faire sa partenaire, l'habitait. Il s'arc-bouta en arrière, l'attrapa par les épaules et, dans un moment de vertige mêlé d'avidité bestiale, la jeta par terre. Elle se retrouva à quatre pattes et, l'instant d'après, il était derrière elle. De son bras musclé, dur comme l'acier, il lui enserra les hanches. De l'autre main, il l'agrippa par les cheveux pour lui maintenir la nuque avec fermeté, puis la tira vers lui d'un geste sec, lui pressant les fesses contre son bassin tout en se glissant entre ses cuisses.

Isabella poussa un cri de surprise empreint de passion charnelle. Une voix dans son esprit essayait de lui dire qu'elle aurait dû avoir peur, mais il n'en était rien. Bien au contraire. Elle brûlait de désir, son corps, chaud et accueillant, le devenait davantage à mesure que Jacob se frottait lascivement contre elle. Elle ignorait qu'il pouvait flairer son excitation dans son parfum prononcé, ce qui lui faisait courir un danger imminent. Elle n'avait qu'une certitude : pour la première fois de sa vie, elle voulait être prise par un homme.

C'est alors que la pièce explosa.

Isabella fut projetée contre le sol par le souffle initial. Des vents violents la fouettèrent soudain, la soulevant de terre et l'agitant dans les airs comme une poupée de chiffon tandis que des mains s'obstinaient à la retenir, meurtrissant sa chair, alors qu'on l'arrachait à leur étreinte. Isabella atterrit dans un grognement sur un épais coussin. Elle se redressa, et secoua la tête pour recoiffer ses mèches désordonnées et se remettre les idées en place. Elle recouvra ses esprits et la vue à temps pour apercevoir Jacob, catapulté à travers la salle par une rafale terrible, percuter de plein fouet le mur de plâtre.

À ce moment-là, elle remarqua la présence d'un autre homme dans la pièce.

Percevant d'emblée l'étranger blond comme une menace et entendant le hurlement de rage de Jacob, Isabella se leva péniblement du canapé pour se jeter sur l'intrus. Malheureusement pour elle, c'était une armoire à glace. Elle se sentit comme une mouche s'échinant à déstabiliser un ours. Il se retourna avec désinvolture, arqua un sourcil doré, et darda sur elle un regard surpris et… amusé. Il agita la main dans sa direction et, de nouveau, elle se trouva emprisonnée dans un tourbillon qui lui coupa le souffle.

Une seconde plus tard, il lui sembla devenir aussi légère qu'une plume, son corps prit soudain la consistance de la poussière, laissant le vent passer à travers. Elle contempla avec effroi les débris voler vers elle dans le sillage du courant. L'inconnu proféra un juron et dirigea toute son attention sur Jacob. Isabella comprit aussitôt que le visiteur aux cheveux d'or s'apprêtait à le blesser encore plus. Une aura d'énergie émana du géant et elle vit la tornade s'abattre sur Jacob comme une éruption volcanique. Quand l'explosion souffla un côté de la maison et que Jacob fut éjecté dehors, Isabella retrouva son apparence solide et atterrit sur ses pieds de manière brusque et maladroite.

À partir de cet instant, seul son instinct lui dicta sa conduite. Jacob lui avait sauvé la vie, et un danger terrible le menaçait. Elle se devait d'agir. En l'espace d'une milliseconde, elle se propulsa de nouveau dans les airs. Comme si Bruce Lee l'habitait soudain, Isabella frappa l'homme à la tête si fort qu'elle faillit la lui arracher. Elle tournoya sur elle-même avant de lui assener un second coup, satisfaite de l'entendre pousser un grognement surpris, puis lança la jambe assez haut pour planter le talon dans son nez aquilin.

L'intrus fut projeté en arrière par l'impact et retomba sur les fesses avec un hoquet de stupéfaction. Sans lui laisser l'occasion de se ressaisir, elle fonça sur lui, puis à califourchon sur son torse puissant, s'empara du premier objet venu pour le menacer. Il s'agissait en l'occurrence d'une plante dans un gros pot en étain. Pas une barre de fer, certes, mais cela devrait suffire à infliger des dégâts. Elle le souleva au-dessus de sa tête, sûre et fière de sa trouvaille.

— Non, attendez! (Il leva les bras pour se protéger et, malgré elle, Isabella hésita.) Je vous ai sauvée!

— Vous plaisantez? hurla-t-elle, brandissant le pot d'un geste déterminé.

— Je le jure! Écoutez-moi, je vous en prie. Il vous aurait blessée! Vous ne comprenez donc rien, pauvre sotte!

— Attention… à votre place je n'insulterais pas une «pauvre sotte» en position de force, le tança-t-elle, agitant le pot jusqu'à secouer les feuilles vertes.

— Que se passe-t-il ici, bon sang?

Isabella et l'inconnu se dévisagèrent, s'octroyant chacun un instant pour se rendre compte que ni lui ni elle n'avaient parlé, même si cette phrase leur brûlait les lèvres à tous les deux. Ils tournèrent la tête de concert et Isabella vit un autre étranger, aux cheveux brun-roux cette fois, et entouré d'une aura de pouvoir qui n'était pas sans rappeler Jacob. Ce nouvel intrus, incarnant à lui seul puissance et autorité, ne franchit pas le seuil de la demeure.

—Noah! cria le géant blond, d'une voix empreinte de soulagement et d'embarras. Débarrasse-moi de cette furie.

—Un pas de plus et je lui écrabouille la cervelle, l'avertit Isabella.

L'homme ne bougea pas, mais ne parut pas très inquiet non plus. Il semblait plutôt à deux doigts d'éclater de rire. Il promena sur elle un regard détaché, Isabella s'en aperçut et remarqua alors sa chemise déchirée qui exposait en partie ses seins.

Elle hurla, lâcha le pot et s'agrippa aux pans de tissu pour masquer sa nudité. Malheureusement, elle avait oublié qu'elle se tenait au-dessus de son ennemi. Ce dernier poussa un cri perçant, et se retira brusquement. Il évita l'impact de l'arme potentielle, mais se retrouva quand même couvert de terreau quand le pot se brisa en mille morceaux.

Consternée, Isabella regarda l'homme toussoter et cracher des mots qui ressemblaient à s'y méprendre à des jurons dans une langue mystérieuse. Elle s'empressa de s'écarter de lui. Pour rien au monde elle ne voulait se trouver à sa portée quand il recouvrerait la vue. Le géant blond se redressa, et de deux coups de tête se débarrassa des grosses mottes de terre. Isabella s'éloigna des deux étrangers à reculons, les yeux braqués sur eux avec méfiance, les mains toujours crispées sur sa chemise.

Noah scruta la femme aux cheveux d'ébène qui sondait les environs d'un œil aiguisé. Tout un tas de questions taraudaient le roi, mais il doutait de réussir à lui soutirer la moindre information. Alors il s'adressa à l'autre homme dans la pièce.

—Elijah, pourrais-tu m'expliquer ce qui se passe?

L'imposant mâle bondit sur ses pieds, s'ébroua pour faire tomber le restant de terre dans un grognement mécontent et se tourna vers son souverain, une expression maussade sur le visage.

—J'étais dans le coin, et j'ai perçu une pression dans l'atmosphère. C'était si puissant que ça m'a littéralement éjecté du ciel. J'ai voulu voir de quoi il retournait, et j'ai découvert que c'était causé par une modification de la force gravitationnelle. Un effet secondaire de… Comment dire… Jacob était incontrôlable. Il était… J'ai trouvé Jacob… euh… (Elijah se dandina de droite à gauche, mal à l'aise.) Il forniquait avec cette femelle… ou s'y apprêtait. Je l'ai arrêté à temps.

—Jacob ? s'écria Noah sur un ton si outré qu'Isabella s'en offusqua.

—Personne ne vous a demandé d'intervenir, siffla-t-elle, foudroyant du regard le dénommé Elijah. Qu'est-ce que ça peut bien vous faire que Jacob… euh… fornique avec moi ?

—Cela requerrait une longue explication, répliqua Noah.

—J'ai tout mon temps, s'empressa-t-elle de rétorquer.

Noah avança d'un pas, la regarda bien en face, et remua la main d'un geste élégant.

—Vous avez l'air épuisée.

Isabella cligna des yeux, se sentit crouler sous le poids de la fatigue, et bâilla malgré elle. Elle s'obstina à lever le menton alors qu'elle vacillait.

Noah cessa de bouger et Elijah resta bouche bée.

Le roi manipula encore l'énergie d'Isabella, et la vida de ses forces avec une telle puissance qu'Elijah sentit sa peau picoter. La jeune femme recula comme si elle avait eu mal. Impuissante face à l'incroyable pouvoir de Noah, elle se recroquevilla par terre en position fœtale, et sombra aussitôt dans un profond sommeil.

Jacob entrouvrit les paupières et le regretta sur-le-champ. Une douleur effroyable, lancinante, lui vrillait le cerveau. Il poussa un grognement, se força à se redresser, et essaya de dissiper le brouillard qui nimbait son crâne. Il leva les yeux, et se concentra sur les deux formes floues devant lui, l'une noire et l'autre dorée.

Noah et…

— Qu'est-ce que tu fais là ? s'écria-t-il avec hostilité après avoir reconnu Elijah, prenant grand plaisir à réagir de la sorte même s'il ignorait pourquoi.

— Je te sauve les miches, lui rétorqua Elijah sur un ton malicieux, un sourire éclatant, à la fois juvénile et carnassier, sur le visage.

— Te fiche pas de moi ! aboya Jacob, blessé dans sa fierté.

Il était peut-être dans les vapes, mais il pouvait se débrouiller seul et n'avait besoin de personne.

— Je suis navré, mon ami, mais je crains qu'il ne dise vrai.

Jacob reporta son attention sur le roi. Les yeux gris-jade de Noah reflétaient la même expression sévère que ses lèvres pincées.

— Jacob, regarde.

Noah lui désigna une forme allongée sur le canapé, juste à ses côtés.

Isabella.

La sublime Isabella. Roulée en boule comme un chaton, et dont la profonde respiration l'amenait à ponctuer chaque expiration d'un petit ronflement guttural. Elle dormait comme un loir, ressemblait à un ange tombé du ciel, et…

Meurtri.

Il la contempla avec horreur lorsqu'il se rendit compte qu'elle portait ses marques de doigts sur la gorge, la nuque et le haut des cuisses. Tout lui revint aussitôt en mémoire, les conséquences de ses actes le frappèrent de plein fouet, lui coupant le souffle, et un flot de honte lui empourpra le visage.

—Oh, non, gémit-il d'une voix rauque, le désarroi et l'affliction gravés dans ces deux simples mots.

—Du calme, Jacob, s'empressa de dire Noah. Elijah est arrivé à temps pour t'empêcher de la blesser davantage.

À peine, songea Jacob. Il se rappela la concupiscence, le désir qui l'avaient submergé. Il avait été à deux doigts de la posséder, de s'unir à elle, en dépit des répercussions. En fait, ces dernières ne lui avaient même pas effleuré l'esprit. Et à présent, alors que son manque de maîtrise l'accablait, il ne pouvait toujours pas renoncer au besoin de s'approcher d'elle, de la toucher, d'étreindre son corps délicat pour y goûter de nouveau. Cette envie le gouvernait, enracinée dans ses entrailles, dévorait son âme, et jamais il ne parviendrait à l'en déloger. Jamais. Cette effroyable certitude le tourmentait.

— Je ne voulais pas lui faire de mal, déclara Jacob tout bas, prononçant les mêmes mots que Kane la nuit précédente.

L'ironie de la situation l'emplit de rage. Une profonde frustration attisa sa colère. Ceux qu'il tenait en haute estime avaient été témoins de son humiliation, et il ne pouvait le supporter.

— Nous le savons, répondit Noah avec douceur, espérant le réconforter quelque peu. Ce que nous ignorons, c'est comment elle est arrivée chez toi. (Il se pencha en avant.) Qu'est-ce qui t'a pris de ramener pareille tentation sur ton territoire ? demanda le roi à son champion. Tu n'es pas infaillible, Jacob. Même si tu es l'exécuteur, tu restes un démon. Toi aussi tu peux succomber à la folie de la lune sacrée.

— Je le sais bien !

— Alors pourquoi, renchérit Elijah, l'as-tu ramenée chez toi ?

— Parce qu'elle... parce que je devais découvrir quelque chose. Elle est différente des autres femelles humaines.

— Je veux bien te croire, rétorqua Elijah, sarcastique, effleurant du bout du doigt son nez meurtri.

— Pourquoi penses-tu cela ? s'enquit Noah.

Jacob prit une profonde inspiration avant de tout révéler.

— Elle a tué Saul.

Les deux démons en face de lui semblèrent soudain manquer d'oxygène. Jacob se leva pour s'asseoir sur l'accoudoir du canapé, au chevet d'Isabella, et passa le bras derrière le dossier dans un élan de protection manifeste.

— C'est impossible, déclara Noah à voix basse.

— Je l'ai vu de mes yeux. Saul avait complètement muté. J'ai sous-estimé son pouvoir… sa force. Je n'avais pas combattu de transformé depuis très longtemps. Il m'a mis KO, c'est elle qui a réussi à l'arrêter.

— Cette ridicule créature humaine a détruit l'un des nôtres ? Un transformé qui plus est ? rétorqua Elijah avec mépris et incrédulité. Il devait avoir perdu connaissance, ou alors il était blessé.

— Cette ridicule créature t'a cassé le nez il y a à peine vingt minutes, Elijah, lui rappela Noah sur un ton sec. Avais-tu perdu connaissance ? Étais-tu blessé ? (Le roi s'était rembruni, des rides d'inquiétude sillonnaient son large front.) C'est la première fois que j'entends une histoire pareille, les informa-t-il. Tu as eu raison de la retenir, mais tu aurais dû nous avertir plus tôt. Je ne comprends pas pourquoi tu as préféré risquer vos vies, Jacob. Qu'est-ce qui l'aurait empêchée de te tuer ? Sans compter la position dans laquelle Elijah vous a trouvés…

— Je ne peux pas l'expliquer. Tout cela m'échappe. C'est juste que… Je savais qu'elle ne représentait pas un danger pour moi. Maintenant que je connais son emprise, je ne la considère toujours pas comme une menace, et je ne pense pas en constituer une pour elle. Je ne peux rien dire de plus, Noah. Je suis l'exécuteur depuis quatre cents ans. Jamais, au cours de toutes ces années, je n'ai fléchi. Pas une seule fois, je n'en ai nourri le désir. Et pourtant, avec elle, ma conscience s'évapore. Je perds toutes notions de mœurs, de civilisation. Elle… (Il marqua une pause pour replacer une mèche de cheveux derrière l'oreille d'Isabella.) Je n'ai pas le sentiment d'avoir commis une faute. L'expérience et le savoir me portent à croire que j'ai mal agi, mais ce n'est pas ce que je ressens dans mes tripes.

— C'est la folie qui parle! éructa Elijah avec dégoût. Tu étais comme une bête quand je suis arrivé, Jacob. Tu l'aurais déchiquetée en mille morceaux.

— Jamais! hurla Jacob avant de se reprendre. Le besoin de m'accoupler à elle, gronda-t-il, les yeux rivés sur Elijah, n'était pas tout à fait celui d'un animal qui se jetterait sur n'importe quelle femelle pour l'assouvir. C'était différent. Je… (Il ne savait que dire, et détourna le regard des visages stupéfaits de ses compagnons.) C'était primal, oui, mais c'était plus qu'une simple pulsion lubrique. Bien plus… plus profond… irrésistible. Même pour moi.

Alors, Noah se leva, pensant soudain qu'il valait sans doute mieux ne pas se trouver aussi près de la femme qui avait réussi à obséder à ce point l'inflexible, l'inébranlable Jacob. Le code moral de ce dernier en faisait le meilleur exécuteur qu'ils avaient jamais connu. C'était ce qui le protégeait. Si même lui avait succombé à la folie, un détail crucial devait leur échapper.

Qui était cette mortelle capable de tuer un démon, de battre Elijah, le capitaine de la garde de Noah? D'envoûter Jacob, l'implacable exécuteur? Et que dire de sa résistance à son pouvoir quand il avait drainé son énergie? Oui, songea Noah, perplexe, il y avait sans l'ombre d'un doute plus à découvrir.

Il ne lui restait qu'à prier pour qu'il ne s'agisse pas des mauvaises nouvelles qu'il redoutait tant.

Chapitre 3

Isabella ouvrit les yeux, battant rapidement des paupières pour chasser le sommeil et y voir plus clair.

Elle se redressa à la hâte, même si elle avait l'impression de se hisser péniblement hors de l'eau. Elle poussa un grognement. Sa tête l'élançait, elle luttait contre l'irrépressible envie de s'affaler sur le canapé pour continuer à dormir.

Puis, tout lui revint en mémoire. Dans un sursaut de panique, elle balaya du regard les alentours à la recherche de Jacob, terrifiée à l'idée de l'avoir abandonné et d'avoir laissé les deux intrus le blesser. Elle l'aperçut à l'autre bout de l'immense salle en pierre, à côté d'une cheminée qui enveloppait sa longue silhouette d'un halo de lumières dorées mêlées d'ombres noires. Elle soupira, soulagée qu'il soit sain et sauf.

Jacob sentit comme un souffle chaud sur sa nuque puis dans son esprit. Le sentiment d'apaisement était si puissant qu'il aurait pu passer pour le sien, à un détail près : la douceur qui en émanait et dont il n'était pas capable. Il tourna la tête et vit Isabella, assise, en train de l'observer.

Sa résistance aux sorts de sommeil le choqua moins cette fois, mais l'interpella tout de même, surtout parce que cette dernière tentative avait été l'œuvre de Noah. Jacob glissa les mains dans les poches, et serra les poings. Il se mit à marcher dans sa direction, obligé d'affronter le fait qu'il l'avait blessée, l'âme lourde de regrets, d'amertume et de chagrin. Pourtant, il ne vacilla pas une seconde. Il avait honte, certes, mais il était assez fort pour reconnaître ses erreurs et en assumer les conséquences.

Isabella le regarda s'approcher de son allure féline, majestueuse, pleine de grâce et de détermination. Son cœur bondit dans sa poitrine au souvenir de ses caresses, de la fermeté de son étreinte, et de la volupté enivrante de ses baisers. Elle se remémora l'incroyable facilité avec laquelle il l'avait possédée, la douceur virile de ses paumes sur ses courbes, et l'habileté de ses doigts élégants et avides.

Jacob s'arrêta à mi-chemin, assailli par les réflexions d'Isabella, sans qu'il comprenne pourquoi, à mesure qu'elle revivait la scène. Elle lui transmettait ses réminiscences, image par image. Tout, y compris sensations et odeurs, semblait si réel qu'il aurait juré la tenir dans ses bras. Son corps frémit en réaction, son pouls s'accéléra tandis qu'elle se rappelait son désir intense et primitif.

Jacob n'était ni télépathe ni empathe, il ignorait donc pourquoi il partageait les pensées d'Isabella. De plus, il sentait qu'elle aussi parvenait à sonder son esprit, ce qui rendait leur échange encore plus intime. Cela aurait dû le décontenancer, mais un autre détail attira son attention.

Il ne perçut aucune peur chez Isabella. Même si elle se demandait comment elle avait pu s'abandonner ainsi, ce comportement ne lui ressemblant pas, elle n'éprouvait ni anxiété ni regret. En fait, elle acceptait la situation avec une facilité déconcertante. Elle était curieuse, intriguée, et se languissait de goûter à nouveau à ses caresses et à ses baisers. Jacob frissonna, son être tout entier cédant à cet appel physique et mental comme au chant d'une sirène.

— Jacob.

Son nom sonna comme un avertissement et l'arracha à l'envoûtement d'Isabella pour le ramener au moment présent, face aux trois individus qui venaient d'entrer dans la pièce. Isabella reporta le regard sur eux, et reconnut les deux hommes qui avaient fait irruption chez Jacob. Elle bondit sur ses pieds, affichant un air défensif, et s'avança pour se placer entre Jacob et eux.

Une femme les accompagnait cette fois. Isabella n'avait jamais vu pareille beauté de toute sa vie. Elle était très grande, dotée de jambes interminables et d'une somptueuse chevelure aux reflets miel qui lui tombait en cascade dans le dos. Sa longue toge aérienne flottait au vent, mais mettait en valeur sa poitrine grâce à deux bandes de brocart richement ornées d'entrelacs. Cela rehaussait son teint de bronze parfait et faisait ressortir ses yeux gris-vert. Elle se tenait aussi sereine et élégante qu'une déesse, mais le sourire de compassion qui illuminait ses traits délicats la rendait bien plus accessible que ses acolytes mâles. On aurait dit un ange au milieu de sinistres démons.

— Au nom de mon frère et de moi-même, je vous souhaite la bienvenue chez nous, Isabella, déclara-t-elle d'une voix envoûtante, mélange d'accent exotique et de diction sophistiquée. N'ayez crainte, poursuivit-elle, vous êtes en sécurité ici. Personne ne vous fera de mal.

Mon nom est Magdelegna. Mes amis m'appellent Legna, et vous le pouvez aussi, si vous voulez.

— Où suis-je ? Qui êtes-vous ? Qui sont ces gens ?

Puis, d'une voix plus forte, menaçante :

— Pourquoi avez-vous attaqué Jacob ?

Les trois démons regardèrent avec intérêt la petite humaine reculer vers ce dernier d'un geste protecteur. L'idée qu'une si frêle créature défende l'exécuteur leur arracha une grimace amusée.

— Il ne s'agissait pas tant de l'attaquer que de vous protéger. Quand Elijah s'est jeté sur vous, il craignait que Jacob ne vous blesse par mégarde, expliqua Legna.

— Eh bien, répliqua Isabella non sans agacement, plantant les poings sur les hanches et levant le menton avec irritation, je trouve ça assez présomptueux, pas vous ? Il ne faisait que… (Elle se rappela alors dans quelle position ils avaient été interrompus et rougit jusqu'aux oreilles.) Je veux dire…

Elle tapa du pied avec frustration lorsqu'elle aperçut de larges sourires se dessiner sur leurs visages. Elle entendit même Jacob glousser derrière elle.

— Bref, en quoi ça peut bien vous concerner de toute façon ? s'indigna-t-elle avec véhémence.

— Nous avons nos raisons. Et cela vous importera aussi une fois que vous saurez tout.

Un profond sentiment de terreur et de panique s'empara alors d'Isabella. Un millier de pensées lui traversèrent l'esprit tandis qu'elle essayait de trouver une explication logique à leur inquiétude. Elle se fixa sur la plus plausible.

— Vous êtes marié ! s'écria-t-elle avant de faire volte-face pour se dresser devant Jacob.

— Non, rétorqua-t-il, ses yeux noirs empreints de sérieux. Isabella, l'attaque dont j'ai été victime ne vous a-t-elle pas paru un brin étrange ?

Cette question la fit hésiter. Elle se rappela le vent, le vortex de pouvoir qui les avaient projetés dans la pièce comme deux feuilles mortes. Elle se souvint de l'inconnu dénommé Noah qui avançait vers elle, et de s'être réveillée la seconde d'après dans cet endroit. Elle se remémora sa chute de cinq étages et Jacob la sauvant, puis son combat contre une horrible créature qu'il avait qualifiée d'ancien ami.

— D'accord, qu'est-ce qui se passe à la fin ? demanda-t-elle.

Elle n'avait pas peur. Elle était née avec une insatiable curiosité qui surpassait la crainte qu'aurait pu lui inspirer cette situation bizarre. Elle comprenait à présent qu'elle n'avait pas tenu compte de certains détails essentiels. Si elle avait eu en sa possession l'un de ces gros maillets qu'on voit dans les dessins animés, elle se serait martelé le front en criant : « Bon sang, mais c'est bien sûr ! »

— Tout d'abord, souvenez-vous que vous êtes en sécurité avec nous, déclara Noah, d'une voix suave afin de la rassurer.

— Hé, n'oubliez pas que j'ai cassé le nez de Schwarzie ! Je n'ai pas peur de vous.

Isabella désigna Elijah de la tête et ce dernier s'empourpra d'embarras. Elle sourit pour elle-même. Au moins, celui-ci savait à quoi s'attendre. De plus, elle était persuadée que

Jacob, même s'il gardait ses distances, ne laisserait aucun d'eux poser la main sur elle.

— Isabella, reprit Legna, toujours aussi douce et apaisante. Malgré nos ressemblances, nous sommes très… différents de ceux de votre espèce.

— Espèce ? Vous êtes quoi ? Des genres d'extraterrestres ?

— Non, nous venons de la Terre, dit Jacob.

Au son de sa voix, Isabella se tourna vers lui, se rendant compte soudain qu'elle voulait entendre ces révélations de sa bouche.

— Dans ce cas, expliquez-vous, je vous prie. Je ne suis pas stupide, et je n'aurai pas la pétoche comme une héroïne de roman à l'eau de rose. Cessez de me couver et répondez-moi !

— Très bien.

Jacob s'approcha d'elle, regrettant de ne pouvoir la toucher tandis qu'il lui divulguerait ce que, avec ses convictions humaines, elle ne pouvait tout à fait appréhender. Cette pulsion qui l'assaillit alors même qu'il s'efforçait de la réprimer le frustra.

— Vos contes, poursuivit-il, abondent de légendes et de mythes sur les créatures qui peuplent la nuit. Vous les appelez « monstres ». Pour nous, ce sont simplement d'autres races. Elles existent, comme nous, aux côtés de l'espèce humaine. Les Nocturnes. Les civilisations des ténèbres. Nous autres qui vivons lors des phases sombres de la Terre.

Isabella pencha la tête, tentant d'assimiler cette information. Il pouvait sentir son cerveau opérer à toute allure tandis qu'elle tentait d'assembler certaines données, puis les séparait avant de recommencer de zéro. Elle était si intelligente, si vive, qu'il s'émerveilla devant le fonctionnement de son esprit pragmatique.

— Qu'essayez-vous de me dire ? Que vous êtes des vampires ?

L'idée modifiait quelque peu les implications de sa rencontre avec Jacob. Un frisson attisé par un sentiment qu'elle se refusait timidement à identifier la parcourut. Cela pouvait expliquer pourquoi les autres la croyaient en danger avec lui. Néanmoins, ces créatures censées fuir le soleil n'étaient-elles pas un peu trop bronzées ?

— Non, bien que ces derniers existent, affirma Legna.

— Sérieux ? Vous m'en bouchez un coin ! rétorqua Isabella sur un ton perplexe teinté de sarcasme.

— L'univers est peuplé d'êtres inconnus de l'homme.

— Certes, mais des morts-vivants suceurs de sang ?

Jacob gloussa tout bas avant de s'approcher d'elle pour lui effleurer le visage, laissant ses doigts suivre la douce courbe de sa joue avec révérence et délicatesse.

— Ces descriptions vexent les vampires. Mis à part quelques facultés extraordinaires, certaines faiblesses et la soif de sang, la plupart d'entre eux ressemblent assez aux gens que vous pouvez côtoyer. Si ça se trouve, il y en a un ou deux dans votre entourage, et vous ne le savez même pas.

— D'accord. C'est quoi la suite ? Le père Noël et les loups-garous existent aussi ?

— Eh bien, je ne m'avancerais pas pour le père Noël, mais vous pouvez croiser des lycanthropes. Et pas toujours sous la forme de loups.

Isabella dévisagea Jacob comme s'il venait de se couvrir de poils et d'exposer des crocs acérés.

—Bon, murmura-t-elle l'air hébété, si vous n'êtes aucune de ces créatures, qu'êtes-vous alors ?

—Je vais vous le dire, Isabella, répondit Jacob tout bas avant de lui caresser la joue de nouveau afin d'apaiser ses nerfs à vif, mais souvenez-vous : ce n'est pas parce qu'un mot renvoie à des choses terribles dans votre mythologie que c'est la réalité.

—Poursuivez s'il vous plaît, chuchota-t-elle comme une supplique, ses grands yeux rivés sur les siens.

—Nous sommes des démons. Une race d'élémentaires immortels et doués de pouvoirs puisés de la nature. Nous appartenons à une espèce très évoluée dotée d'un code de l'honneur strict, ainsi que d'éthique et de croyances. Nous désirons coexister de manière pacifique avec vos congénères, les protéger de nos aspects les plus vils. Voilà pourquoi Elijah m'a arraché à vous, Bella. Il nous est interdit de blesser un humain. Par conséquent, cela constitue un tabou de… d'essayer de s'accoupler à l'un des vôtres. Il en est ainsi depuis toujours.

—Mais… (Isabella secoua la tête, s'efforçant d'en chasser les corrélations et les pensées confuses qui y affluaient.) Alors cette chose dans l'entrepôt était aussi l'un des vôtres ? Un démon ?

—Oui et non. La plupart du temps, notre apparence est celle que vous voyez en ce moment. Nous nous comportons de façon civilisée, comme vous pouvez le voir, sauf lorsque nous cédons à nos pulsions primitives, faiblesses occasionnelles que nous tâchons de surveiller de très près. Saul, la créature que vous avez détruite, était un démon perverti, corrompu. Cette transformation extrême est le résultat d'un ensemble de circonstances bien précises qui n'avaient pas été réunies depuis plus d'un siècle. Jusqu'à ce jour.

— De plus, ajouta Legna attirant l'attention d'Isabella, nous avons appris, pour la première fois aujourd'hui, qu'une mortelle était capable de supprimer l'un des nôtres. Il y avait déjà eu des tentatives, mais aucune n'avait encore abouti.

— Et dans la liste des événements inédits, renchérit Noah, cette nuit, Jacob, l'un des membres les plus disciplinés et inflexibles de notre espèce, a perdu le contrôle avec une humaine. Même si vous n'en voyez rien, cela a une portée considérable pour nous.

— Pour moi aussi, vous pouvez me croire! répliqua-t-elle d'un ton sec. Donc, vous essayez de me dire que vous ne pouvez pas être tués? C'est bien ce que vous entendez par «immortels»? Parce que si c'est le cas, je vous assure que celui de l'entrepôt est bel et bien mort.

— On peut être tués. Les uns par les autres, par de puissants Nocturnes, et… par des praticiens de magie, déclara Noah avec précaution. Immortel signifie que nous vivons longtemps, plusieurs siècles pour la plupart d'entre nous.

— Plusieurs siècles? (Isabella déglutit de manière visible.) Combien? demanda-t-elle à Jacob.

— Pour moi, un peu plus de six.

— Vous avez six cents ans? (Elle réprima un de ces fous rires hystériques dont elle avait l'habitude depuis sa rencontre avec Jacob.) Eh ben, pour un vieil homme… Oh, j'oubliais! Vous n'êtes pas un homme. (Isabella écarquilla les yeux, prenant soudain conscience des implications de cette découverte.) Comment… euh… Que se serait-il passé si… Je veux dire… Vous me suivez ?

Cette fois, tous ceux qui étaient présents dans la pièce semblèrent mal à l'aise.

— En fait, nous n'en savons rien, répondit Noah. Cela n'est encore jamais arrivé. Du moins, pas avec des démons non corrompus. Pour ce qui est des transformés… Il y a eu des cas tragiques où hommes et femmes ont été retrouvés…

— Déchiquetés, termina Jacob, sans prendre de gants.

Il en avait vu la plus cruelle réalité. Il s'agissait de mort violente et atroce. C'était ce qui avait renforcé sa vigilance et l'avait contraint à ne commettre aucune erreur. Le prix à payer pour ses échecs était beaucoup trop élevé.

— Cela dit, s'empressa de poursuivre Legna, ses yeux empreints de compassion rivés sur Jacob, nous avons toujours estimé qu'un humain ne pourrait jamais survivre à un tel acte, même avec un démon non corrompu.

Isabella la croyait sur parole. Elle avait senti la domination primale de Jacob la consumer, elle refusait de penser à ce qui se serait produit si Elijah et Noah n'étaient pas intervenus à temps. Elle devina à l'expression de Jacob qu'il partageait ses réflexions.

— Je n'ai jamais voulu vous faire de mal. Je vous le jure, Bella, déclara-t-il tout bas.

— Jacob vous dit la vérité. Une affliction étrange frappe les nôtres à cette période de l'année, et rend notre besoin instinctif de reproduction très difficile à contrôler, expliqua Noah. Nous nous surveillons de près, mais parfois il nous arrive de capituler.

—Attendez. Attendez un peu. (Isabella leva les mains et secoua la tête, chamboulée par ce déluge d'informations.) Vous débordez d'imagination, mais je ne peux pas croire à cette histoire ! Enfin… Vous paraissez tous si normaux. D'une beauté effrayante, certes, mais normaux.

Jacob sentit ses lèvres se retrousser. Cette femme lui donnait envie de rire aux éclats. Rire de lui-même, de leur solennité habituelle, de toutes ces choses qu'il prenait, semblait-il, beaucoup trop au sérieux depuis fort longtemps. Au lieu de quoi, il serra les petites mains d'Isabella entre les siennes, ravi qu'elle s'agrippe à ses doigts, qu'elle lui fasse confiance malgré tout ce qu'elle venait d'apprendre.

—Ne craignez rien, murmura-t-il.

La jeune femme ouvrit la bouche pour lui demander ce qu'elle devait craindre, quand une soudaine sensation de légèreté s'empara d'elle et lui coupa le souffle. Elle l'observa, les yeux rivés sur son expression étrange, alors qu'elle décollait du sol sans effort, attirée par Jacob qui les soulevait tous deux dans les airs. Elle noua les bras autour de son cou, le cœur battant avec inquiétude et excitation tandis qu'ils montaient toujours plus haut. Il sentit Isabella trembler comme une feuille.

—Le destin a voulu que j'appartienne à la terre, Bella, lui susurra-t-il à l'oreille. Je peux manipuler la gravité, communiquer avec toutes les créatures vivantes, et bouger les plaques tectoniques à ma guise. Je peux provoquer la germination d'une graine par la simple pensée, ou au contraire la faire pourrir et mourir. Je suis capable de ressentir l'énergie vitale de tout être né de la terre. Armé des sens accrus des prédateurs les plus accomplis, je peux chasser tous ceux qui parcourent ce monde. Je suis la nature. Elle et moi ne faisons qu'un.

Isabella laissa échapper un petit « Oh » lorsqu'elle remarqua la distance qui les séparait à présent des trois autres démons tandis qu'ils s'élevaient jusqu'au plafond. À cet instant précis, alors qu'elle les observait d'en haut, elle comprit qu'ils devaient se trouver dans un château. C'était la seule explication possible vu les dimensions de la bâtisse.

Au bout d'un moment, Jacob redescendit doucement vers le sol en marbre, maintenant Isabella contre lui. Elle perçut dans ses yeux l'inquiétude et le besoin de la protéger. Plus encore, elle le sentit. Elle se rendit compte qu'elle commençait à être en phase avec les émotions et les pensées de Jacob. Elle en ignorait la cause, mais, après tout, elle venait de survoler la pièce dans ses bras, alors…

Pendant qu'elle testait cette nouvelle faculté, une petite voix lui susurra que le désir de Jacob était dompté, maîtrisé, mais qu'il n'avait pas disparu comme elle le soupçonnait. Cela la soulagea quelque peu. Même si c'était imprudent, une part importante d'Isabella ne voulait pas représenter une simple envie primale éphémère.

Elle quitta les bras de Jacob et dirigea le regard sur Elijah.

— Le vent ? demanda-t-elle.

— Le destin m'a choisi le vent, déclara-t-il d'une voix vibrante, tendant les mains dans un geste théâtral tout en lui décochant un clin d'œil. L'atmosphère, les températures, l'air répondent à mon appel.

Et il le prouva, faisant souffler une brise assez forte pour gonfler la robe de Legna. Soudain, sans le moindre avertissement, Elijah s'évapora et fusionna avec l'air. Sa voix tourbillonna tout autour d'Isabella tandis qu'il lui soulevait les cheveux avec entrain pour les dresser au-dessus de sa tête comme une bannière flottante, ce qui la fit rire.

— Le climat se plie à ma volonté, je manipule à mon gré tempêtes et pressions atmosphériques. Je peux insuffler l'oxygène vital dans une pièce ou l'en priver totalement. Le vent est le souffle de la vie, et il respire à travers moi.

— Elijah ! s'exclama Jacob, mécontent.

Il lui décocha un regard lourd de désapprobation avant de modifier légèrement la gravité pour le mettre en garde. Il n'aimait pas qu'Elijah s'amuse avec Isabella, et tenait à le faire savoir.

— Pour moi, le destin a choisi le feu, ajouta Noah lorsque Elijah reprit sa forme habituelle.

La brise se calma et tous reportèrent leur attention sur le roi. Les démons s'exprimaient avec une telle fierté, une telle déférence qu'Isabella en avait la chair de poule. La force qui se dégageait de leurs paroles lui procurait des frissons. Elle retint sa respiration quand le corps majestueux de Noah devint brumeux, puis se transforma en colonne de fumée. Il conserva cette apparence pendant quelques instants avant de regagner sa forme solide.

— Je suis la lave qui bouillonne dans les entrailles de la terre, l'incendie qui détruit ce qui doit mourir pour faire place nette au renouveau. Je suis celui qui jaillit, crépite et consume, imprévisible et explosif. Je suis la chaleur du soleil, qui régit toutes les énergies. Le feu brûle en moi et pour moi. Nous ne faisons qu'un.

— Les démons de feu et de terre comptent parmi les spécimens les plus rares et les plus puissants de notre espèce, dit Jacob. Noah est roi. Notre chef.

— Mais le feu ne peut exister sans l'air, lui fit remarquer Elijah, ses yeux verts empreints d'une lueur impudente.

— Et l'air ne peut être purifié sans la terre, répliqua Jacob.

— Messieurs, je vous en prie. (Legna poussa un soupir exaspéré.) Bella et moi devons-nous quitter la pièce pour que vous puissiez vous affronter en duel ?

Isabella se fendit d'un rire éhonté. Legna avait osé railler des hommes dotés de pouvoirs aussi phénoménaux. Soudain, la jeune femme songea que les mâles de ce peuple n'étaient peut-être pas les seuls doués de facultés exceptionnelles.

— Et vous, Legna ?

— Le destin m'a fait don de l'esprit, déclara-t-elle à voix basse. Je suis l'illusion, création de l'esprit qu'elle habite. J'incarne l'empathie, la logique et la raison, les pulsions et les désirs. Je n'ai qu'à souhaiter me trouver à un endroit pour y apparaître.

Elle illustra son propos, et se mua en un nuage de fumée empestant le soufre. Puis, une seconde explosion la ramena derrière une Isabella pantelante. Incapable de se retenir, cette dernière rit et applaudit la démonstration.

— Je suis la séduction, le charisme, la pacification, termina Magdelegna. Tels sont les véritables pouvoirs de l'esprit, et il les partage avec moi.

—Attendez un instant, feu, terre, vent et… esprit ? Qu'est-il arrivé à l'eau ?

—Il n'y en a pas dans cette pièce, mais je peux envoyer quérir un démon d'eau si vous le désirez, proposa Noah avec courtoisie.

—Il existe donc cinq sortes de démons ? Un par élément ? Cela dit, j'ignorais que l'esprit en était un.

—En fait, reprit Jacob avec un petit sourire, les quatre éléments sont une conception humaine. À l'heure actuelle, nous en dénombrons six. Terre, vent, feu, eau, esprit et matière.

—À l'heure actuelle ?

—On ne sait jamais ce que l'avenir nous réserve. Les démons de l'esprit sont apparus il y a à peine quatre siècles. C'est l'évolution.

—Je vois.

Elle jeta un coup d'œil à Legna, les sourcils froncés, l'air pensif.

—Un détail vous intrigue ? demanda celle-ci.

—Oui. Pardon, mais il leur suffit, semble-t-il, d'entrer dans une pièce pour tout faire exploser. Votre pouvoir est plus… bénin ?

—Nous sommes très différentes de nos homologues masculins. Nos facultés dérivent de la nature insidieuse de nos éléments dont les effets, bien que très puissants, ne se remarquent pas avant qu'il soit trop tard. Une démone de feu, par exemple, comparée à un mâle comme Noah, ne peut pas manier les températures trop élevées, mais son caractère véritable découle de son feu intérieur. Il brûle en chacun de nous, alimente nos rages, nos ardeurs, nos jalousies… Vous imaginez un peu la capacité de manipuler de telles émotions ? La passion à elle seule peut changer la face du monde.

— Par chance, il n'existe que trois démons de feu, plaisanta Elijah, donnant un coup de coude amical dans les côtes du roi.

— Parmi lesquels Noah et son autre sœur, Hannah, expliqua Jacob à voix basse.

— Sans oublier, poursuivit Legna, à l'évidence intéressée par son sujet, les aptitudes partagées qui franchissent la barrière des sexes, mais aussi des éléments. Par exemple, si Elijah peut devenir brouillard, un phénomène atmosphérique, un démon d'eau le peut aussi, car le brouillard est constitué d'eau. Les démons de l'esprit, mâles comme femelles, peuvent se téléporter, mais les hommes sont télépathes, et les femmes empathes.

— Je comprends, dit Isabella.

C'était la vérité. En fait, cela paraissait plutôt logique. Détenir un tel pouvoir au bout de ses doigts, songea-t-elle. Quelle perspective intimidante ! Cela pouvait vous corrompre jusqu'à la moelle, comme l'affirmait l'adage. Mais pas cette race fière, parangon de retenue et de sang-froid. Cette pensée la soulagea un peu. Elle devait bien se raccrocher à quelque chose pour contrebalancer le fait troublant que vampires et loups-garous existent. Elle saisissait aussi, de façon très claire, pourquoi ils veillaient à garder le secret. Si les humains découvraient le moyen d'emprisonner les démons, ces derniers pourraient être utilisés et pervertis à l'extrême.

C'est alors que l'ultime pièce du puzzle s'imbriqua.

—Qu'est-il arrivé à Saul? Vous avez dit qu'il avait été transformé. Comment? Vous le traquiez, ajouta-t-elle en se tournant vers Jacob. C'est pour ça que vous m'avez demandé si j'avais remarqué quelque chose. Et quand on l'a retrouvé, cette lueur bleuâtre… l'autre homme… Jacob, que s'est-il passé?

—Saul a été capturé. Invoqué, si vous préférez le terme exact. Certains humains, que nous appelons nécromanciens, ont appris il y a fort longtemps une méthode secrète pour emprisonner un démon et accaparer ses pouvoirs. (Jacob serra les mâchoires avec gravité.) À chaque ordre donné par le magicien, la transformation débute, progresse, et le démon finit par devenir ce que vous avez vu: une créature dénuée de conscience, de maîtrise, de morale. Notre pire cauchemar.

—Oh, Seigneur! (Elle se couvrit la bouche, les yeux écarquillés d'effroi.) Vous voulez dire que ça peut arriver à n'importe lequel d'entre vous?

Tous acquiescèrent, la même expression sinistre sur le visage, et Isabella sentit son estomac se tordre en signe de protestation. Ces sublimes individus? Leur grâce, leur vigueur, leur inébranlable conception du bien et du mal réduites à néant? Pervertis pour se transformer en obscènes gargouilles dégoulinantes de bave?

—Pourquoi me révélez-vous ça? Ne craignez-vous pas que je vous mette en danger? Pourquoi me faites-vous confiance? Enfin, pour l'amour du ciel, j'ai tué l'un des vôtres! Oh! (Elle hoqueta d'horreur.) Je n'en avais pas l'intention! Je le jure!

Les larmes baignèrent ses immenses yeux violets, et Jacob ne put résister à l'envie de la serrer dans ses bras. Il la plaqua contre son torse, lui caressa la tête de sa grande main, l'apaisa par de douces paroles tandis qu'elle frissonnait, révulsée.

La tendresse de Jacob à l'égard d'Isabella fascinait Noah. Ces gestes n'étaient pas ceux d'un démon en proie à ses seules pulsions lubriques. Plus il l'observait, plus le roi voyait que quelque chose liait l'exécuteur à la petite humaine, un lien qui pour le moment lui échappait.

— Isabella, reprit Noah, nous considérons votre acte comme un geste de compassion. Nous ne pouvions plus rien pour Saul. Si vous ne l'aviez pas détruit, Jacob y aurait été contraint.

— Cela aurait été bien pire pour Saul de survivre en tant que monstre, blessant tous ceux qui auraient croisé son chemin, souligna Legna avec douceur. Isabella, si vos intentions étaient mauvaises, si vous vouliez nous nuire, je le saurais. Je le percevrais dans vos émotions. Tout ce que je ressens pour l'instant, c'est de l'honnêteté et un profond courage.

— Nous vous racontons tout ça, car nous pensons que, d'une façon ou d'une autre, vous faites partie de notre futur. (Mon futur, brûlait de préciser Jacob, mais il se retint.) La nuit dernière, vous avez fait preuve de capacités troublantes, Bella. Le destin a choisi d'entrelacer nos routes, quitte à vous faire tomber de la fenêtre.

Elle rit doucement tandis qu'il lui frottait de ses mains chaudes les épaules et les bras.

— En tant que créatures des éléments, poursuivit-il, nous croyons à la prédestination et à la fatalité. Les marées, la rotation de la Terre, la vie et la mort sont des destinées naturelles. Celles des individus sont différentes. Il s'agit d'actions que le destin a prévues pour nous. Notre avenir est mêlé au vôtre pour une bonne raison, et nous souhaitons la découvrir.

— Pourquoi ? demanda-t-elle, des sanglots dans la voix tandis qu'elle essayait de ravaler ses larmes. Franchement, que vous ai-je apporté jusqu'à présent ? J'ai tué l'un des vôtres, flanqué une dérouillée à un autre, et je vous ai fait perdre tout… (Elle s'interrompit, rouge de honte.) Après tout ça, pourquoi voudriez-vous avoir encore affaire à moi ?

— N'exagérons rien, vous ne m'avez pas flanqué de dérouillée, riposta Elijah, pointant le menton avec agressivité.

La remarque arracha un rire à Isabella malgré ses pleurs. Elle jeta à Legna un regard oblique.

— Les hommes restent des hommes, peu importent les espèces, hein ?

La démone gloussa et hocha la tête tandis qu'Elijah marmonnait dans sa barbe.

— Bon, alors, on fait quoi ? Comment découvrir ma place dans votre destinée ?

— L'histoire se répète inévitablement, devenant le modèle pour le futur, déclara Noah. Si ça se trouve, je me trompe quand j'affirme qu'avant vous aucun humain n'a tué de démon. Des recherches pourraient nous aider à éclaircir ce point. Comme la dernière manifestation d'un nécromancien remonte à un siècle, nous devrions réexaminer les composantes d'une invocation et les détails d'une transformation. Cela nous expliquera peut-être pourquoi vous êtes apparue en même temps que la résurgence de ces pratiques magiques. Nous irons à la bibliothèque. Elle est immense et contient les archives complètes de notre peuple.

La jeune femme redressa soudain la tête, les yeux pétillants d'envie.

— Vous avez dit « bibliothèque » ?

Quelques jours plus tard, Isabella quitta enfin l'environnement frais et sec de la bibliothèque. Elle gravit les marches, à pas lents, en massant ses épaules douloureuses. Une fois franchie la porte du caveau, elle déboucha dans le hall baigné de lumière grâce aux hautes fenêtres qui perçaient les murs.

Un silence inquiétant y régnait. Aucune animation, pas le moindre frémissement de vie. Elle ne portait pas de montre, mais supposa qu'il devait être près de 10 ou 11 heures. C'était très étrange. Elle se trouvait en plein jour, dans un château, siège d'une civilisation entière, et pourtant il n'y avait aucune activité. Elle entendait presque l'écho de sa respiration contre les poutres de la demeure de Noah. Partout autour d'elle, de la pierre. La grand-salle était ornée d'un mobilier raffiné, mais sans fioritures ni exagération. Ces objets clairsemés dans un si vaste espace ainsi que l'absence d'électricité lui donnaient l'impression d'être remontée dans le temps. Cependant, l'essentiel ne manquait pas. Il y avait des lampes à pétrole, les installations étaient assez modernes et disposaient de tous les agréments imaginables, à l'exception du téléphone.

La bibliothèque constituait une véritable base de données classée selon un référencement des plus fascinants. Le système était impressionnant, tout comme l'ancienneté des documents consignés. Les démons faisaient des historiens dévoués. Il existait des milliers de manuscrits et de rouleaux de parchemin pour chaque siècle, chaque période. Elle avait découvert que Noah, comme elle, était un érudit. Il nourrissait à l'égard de sa bibliothèque une fierté sans nom, et brûlait d'envie d'en partager les secrets avec une personne qui en appréciait la valeur tout autant que lui. Le labyrinthe de livres, d'étagères, de tables et de caissons s'étendait tout le long des fondations de l'immense château, et même au-delà. Noah le lui avait avoué. À chaque point cardinal se trouvaient d'autres caveaux. Ceux-là, lui avait-il précisé, contenaient les ouvrages les plus anciens et les plus fragiles. Ces souterrains renfermaient des mystères inconnus même des démons les plus âgés. La bibliothèque, lui avait promis le roi, était si vaste qu'une vie d'immortel ne suffirait pas à la parcourir de fond en comble. Pour l'heure, les chercheurs se contentaient de recopier et d'archiver aussi fidèlement que leurs prédécesseurs. Le monde changeant à toute allure, ils tâchaient de maintenir la cadence.

Mais le roi, les érudits, et tous les autres démons étaient au lit, leur existence suspendue jusqu'au crépuscule. Isabella regarda en l'air, puis tout autour d'elle. Le soleil inondait la grand-salle entourée de fenêtres colorées. Les vitraux époustouflants témoignaient d'une maîtrise artistique comme Isabella n'en avait jamais vu, et dépeignaient des scènes très variées allant de la mythologie à une copie très ressemblante des *Nymphéas* de Monet. La lumière s'y déversait telle une cascade étincelante.

Isabella se tint au centre de la pièce, baignée par un kaléidoscope de couleurs vives. D'après ce qu'on lui avait raconté, et ce qu'elle avait lu récemment, cela permettait aux démons de mieux supporter la lumière du jour. L'assaut direct du soleil leur faisait l'effet d'un narcotique ultrarapide. Le malheureux qui se faisait surprendre sans protection perdait connaissance en un temps record. Ces rayons pastel étaient déjà si intenses qu'un démon ne pouvait que se laisser happer par un sommeil paisible. Le soleil, lui avait expliqué Noah, ne leur nuisait pas comme à d'autres espèces de Nocturnes, mais les rendait plus vulnérables. Il leur était presque impossible de résister à l'attrait de la torpeur, c'est pourquoi seuls les démons les plus puissants parvenaient à rester un tant soit peu opérationnels pendant le cycle de l'astre de feu. Isabella était ravie que ses rayons ne blessent pas les démons. Au moins, ces derniers pouvaient contempler l'aurore ou le crépuscule, à condition qu'ils détiennent assez de pouvoirs. À ce qu'elle avait pu comprendre, la plupart des Nocturnes seraient foudroyés sur-le-champ s'ils s'avisaient d'en faire de même.

Isabella perçut soudain qu'elle n'était plus seule. Jacob l'observait. Elle se retourna aussitôt, et sa crinière flotta au vent pendant quelques instants avant de se répandre dans un bruissement suave, tel un châle sur son dos et ses épaules. Avec souplesse, son corps aux formes généreuses suivit le mouvement de sa tête. Elle courba la taille et s'arc-bouta, cherchant Jacob des yeux. Le démon sentit son cœur s'emballer, palpiter dans sa poitrine, attisé par les gestes d'Isabella.

Elle était un caméléon, il s'en rendait compte à présent. Partout où elle allait, elle humait le moindre effluve, et s'en imprégnait, ou alors elle s'harmonisait avec les odeurs. Celle des livres et de la poussière relevée par la douce fragrance de cendre de la cheminée qui brûlait toujours dans la grand-salle se mêlait à son arôme qui évoquait le foyer et la sagesse, la terre et la famille. De plus, elle exhalait un parfum d'innocente sensualité particulièrement enivrant. Elle avait capturé l'essence même de la nature. Elle en portait les marques, ce qui pour un démon de terre comme Jacob équivalait à de l'ambroisie. Elle l'attirait, l'aguichait, lui susurrait à quel point elle était faite pour lui, jusqu'à lui donner la chair de poule et l'électriser de la tête aux pieds.

Jacob sortit de l'ombre, et sa présence calme mais imposante emplit la vaste salle. Isabella frotta ses paumes avec nervosité sur son jean, effaçant la soudaine moiteur qui les avait envahies à la simple vue de Jacob. Son cœur se mit à battre à toute allure, cognant contre sa cage thoracique, comme frustré de se trouver piégé si loin de lui. Malgré tout ce qu'elle avait appris, même si Jacob en personne l'avait sommée de le craindre pour son propre bien, Isabella vibra de tout son être lorsqu'il entra dans la pièce. Tout en lui suscitait son intérêt. L'aura de confiance et d'autorité qu'il dégageait, ses vêtements noirs qui enveloppaient ses muscles avec sensualité et élégance, et en disaient long sur le physique qu'ils dissimulaient. Il portait un pantalon en soie brossée dont la qualité et la couleur s'accordaient à la chemise noire qu'il arborait avec décontraction. Les deux boutons du haut, défaits, laissaient entrevoir son cou bronzé, et les manches retroussées jusqu'aux coudes révélaient un épais duvet noir. Pas de montre ni d'accessoire d'aucune sorte, si ce n'était la simple boucle en argent de sa fine ceinture de cuir. Il se tenait à l'autre bout de la pièce, jambes écartées comme deux racines ancrées dans le sol en marbre, mais Isabella sentit tout de même son énergie comme s'il s'était trouvé juste derrière elle, assez près pour l'imprégner de sa chaleur corporelle et souffler dans ses cheveux, la tête nichée contre sa nuque.

Elle frémit et s'humecta les lèvres, ignorant que son regard aiguisé de chasseur venait de se fixer sur sa bouche.

— Je dois parler à ma sœur, dit-elle après un interminable silence. Je sais que Noah a envoyé un démon à New York pour veiller à ce qu'elle ne s'inquiète pas de ma disparition, mais je veux quand même l'avoir au bout du fil.

— Nous n'avons pas de téléphone, répondit-il.

Puis il se dirigea vers elle à grandes enjambées tel un jaguar majestueux traquant sa proie, plein de grâce, de mesure, et tout en muscles. L'immense pièce parut soudain minuscule. Il la parcourut d'un coup d'œil rapide, sans détacher le regard d'Isabella. Lorsqu'elle se rendit compte que ces yeux de jais, si profonds, étaient rivés sur elle et elle seule, qu'elle devina les désirs bruts et jaloux qu'ils trahissaient et que Jacob s'évertuait à maîtriser, son cœur battit si fort que sa cage thoracique faillit exploser. Elle suffoquait presque quand il la rejoignit.

Jacob se dressa face à elle, au mépris total de toute notion d'espace personnel. Il tendit le bras, et hésita un instant tandis qu'il l'examinait avec soin. Son expression le satisfit, et il lui effleura les pommettes du bout des doigts. Elle les sentit vibrer de toute son intensité. Il lui caressa le visage avec une douce révérence qui brûla la gorge d'Isabella.

— Je vous emmènerai téléphoner. Vous pouvez même rentrer chez vous si vous le souhaitez. Ne pensez surtout pas que nous vous retenons prisonnière.

Jacob était sincère, mais songea soudain qu'il ne devrait pas la laisser s'éloigner. Il n'arrivait pas à comprendre ce besoin avide de la garder près de lui alors qu'il était conscient des dangers encourus. Il mourait d'envie de la toucher, cela l'obsédait, même s'il devait se contenter d'une simple caresse pour suivre et mémoriser le contour de ses adorables traits de fée. Cela lui procurait une incroyable sensation de bien-être, un soulagement remarquable après la tension oppressante dont il souffrait chaque fois qu'il se trouvait loin d'elle.

Il n'avait de cesse de la regarder, nuit et jour, même quand le soleil l'appelait à lui et exigeait son obéissance. Il était épuisé, et pourtant il se tenait là, à midi, tapi dans les ombres au-dessus de la bibliothèque afin de capter les mouvements d'Isabella sous ses pieds, d'écouter la douce litanie de son esprit tandis qu'elle analysait et assimilait des informations.

— Nous vous emmènerons téléphoner, Isabella, rectifia Legna, qui avait surgi de nulle part.

À ces mots, la jeune femme sentit Jacob se hérisser, et un picotement désagréable lui chatouilla la nuque. Il recula d'un pas lent, mais décidé, lui laissant de l'espace pour respirer. C'était déjà trop pour lui et il lui sembla que son souffle était resté coincé dans ses poumons. Elle secoua la tête et jeta un coup d'œil aux deux démons. Legna affichait une expression sereine comme d'habitude, même si, à l'évidence, son repos diurne avait été troublé. Celle de Jacob, au contraire, reflétait un obscur maelström d'énergie et d'effervescence. Son front était creusé de rides et ses yeux exprimaient un sentiment proche de l'hostilité. Isabella ressentit un fourmillement dans sa poitrine, les émotions intenses de Jacob explosaient dans son cerveau comme des milliers de feux d'artifice.

— Merci, mais je pense pouvoir me débrouiller seule, rétorqua Isabella, agacée à la fois d'avoir interrompu le sommeil de Legna et de voir Jacob dans un tel état d'agitation.

Elle ne voulait qu'une chose : que tout le monde soit calme et vaque à ses occupations habituelles.

— Isabella, reprit Legna de sa douce et envoûtante voix de diplomate, ce qui, comme Bella l'avait découvert, s'avérait être son rôle à la cour de son frère. En aucun cas nous ne souhaitons restreindre votre liberté, mais Noah a exprimé sa profonde inquiétude à l'idée que vous quittiez notre cercle de protection. S'il vous plaît, maintenant que vous connaissez mieux notre histoire, gardez à l'esprit les dangers qui risquent de se présenter à vous. Jusqu'à ce que nous levions le voile sur la nature des liens qui nous unissent, nous serions plus rassurés si vous demeuriez à nos côtés ou du moins restiez sous la surveillance constante d'un démon qui vous escortera partout.

—Legna…, l'avertit Jacob, un filet de menace dans sa voix empreinte d'autorité virile. Nous n'avons pas le droit de lui demander une telle chose.

—En fait, répliqua Isabella sans laisser l'occasion à la démone de riposter, je ne comptais pas m'enfuir. Je veux juste parler à ma sœur, lui dire bonjour, prendre de ses nouvelles. Ce genre de platitudes. Une tâche bien banale, en somme, et qui ne requiert pas autant de précautions. En toute honnêteté, poursuivit-elle, baissant la tête sur ses mains couvertes de poussière qu'elle frotta l'une contre l'autre, vous allez avoir du mal à m'arracher à cette bibliothèque! Je n'ai jamais rien vu de tel! Si complexe, si… (Elle se tourna vers Jacob et soutint son regard même si son intensité la submergeait.) Votre civilisation est fascinante. Le dévouement nécessaire à la constitution de ces archives dépasse l'entendement. Je ne saurais estimer leur ancienneté. Vous ne pourriez m'éloigner de cet endroit même si vous le vouliez.

Isabella détourna le visage des yeux noirs et pénétrants de Jacob qui la contemplait, captivé. Elle représentait pour lui une énigme, et elle le savait. Sa seule présence le troublait au plus haut point et déclenchait en lui une tempête morale. Elle le sentait. Elle éprouva le besoin de regagner la bibliothèque, de s'y réfugier, loin de lui. Non pas qu'elle le craigne, mais ce qui la perturbait, en réalité, c'était sa surprenante absence de peur face à d'aussi effrayantes perspectives. Elle ne cherchait pas à dissimuler ses pensées ni à réprimer ses réactions viscérales quand il se trouvait dans les parages. Comme toutes choses, la sagesse découlait de l'expérience, et elle ignorait à quoi se référer lorsqu'il s'agissait des sentiments que lui inspirait Jacob.

— Rien ne vous oblige à nous sacrifier du temps, Bella, déclara Jacob, l'arrachant à ses réflexions. En fait, c'est nous qui vous sommes redevables. Pourquoi endossez-vous notre problème de si bon cœur ?

— Vous l'avez dit vous-même, lui répondit-elle tout bas, sans même se rendre compte que ses pieds la portaient vers Jacob, réduisant d'autant l'espace qui les séparait. Tout ceci me concerne. D'une façon ou d'une autre, nos destins sont liés.

Legna aurait pu tout aussi bien se trouver ailleurs, car à cet instant précis ils n'avaient absolument pas conscience de sa présence. Un sentiment de connexion submergea la sœur du roi, une fusion électrique flagrante entre Jacob et Isabella qui frôlait la limite défendue. À cause de son pouvoir, la démone canalisait la tension sexuelle et émotionnelle qui envahissait la pièce. Elle en était inondée, la chaleur irradiait de ses pores. Ces émotions étaient permises, même si elles renfermaient les passions les plus enivrantes qu'elle ait jamais éprouvées en tant qu'empathe.

Noah avait clairement défini son devoir. Elle était chargée de surveiller l'exécuteur. Au moindre écart de comportement, elle devait appeler le roi sans tarder. Mais elle ne percevait nulle menace, nul désir avide provoqué par la lune qu'elle avait déjà pu ressentir par le passé, chez des hommes et des femmes appréhendés par Jacob, bras de la justice, et présentés à Noah. C'était un sentiment bestial et féroce, qui écorchait tout sens commun, consumait tout respect, et lacérait même la plus infime notion de considération ou de maîtrise. Car il ne s'agissait de rien d'autre. Les émotions de l'exécuteur déferlaient sur lui tel un flot sauvage et sinistre, et pourtant il gardait toujours le contrôle. Jacob en tremblait presque, utilisant à l'évidence toutes les ressources dont il disposait pour gérer ses pulsions et ses ardeurs. Non, elle n'appellerait pas Noah à moins de déceler la première fissure dans cette formidable forteresse mentale. Jacob était une créature fière. Toute ingérence injustifiée le blesserait et l'humilierait, et elle ne pouvait tolérer l'idée de lui causer cette peine.

—Croyez-moi, répéta tout bas Isabella à l'exécuteur qui buvait ses paroles et scrutait ses moindres faits et gestes, je veux connaître les réponses à ces questions comme n'importe lequel d'entre vous. Je perçois… (Elle hésita un instant, et Jacob la regarda poser le poing sur sa poitrine.) Quelque chose sommeille en moi. Je ne saurais l'expliquer, mais ce n'est pas tout à fait moi. Je veux dire par là que ça ne m'est pas familier. J'ai l'impression qu'une entité étrangère s'est nichée dans mon être, et cette… nouvelle vie est mue par une soif de connaissance qui submerge mon insatiable curiosité. Vous ne le sentez pas ?

—Si, répondit Jacob avec compassion. (Il caressa de ses yeux tristes le corps menu d'Isabella, et s'y attarda avant de remonter vers son visage.) Je ressens votre envie d'apprendre. Elle pétille dans mon cerveau. Même si nous venons de nous rencontrer, je vois s'éveiller des zones qui jusqu'alors n'existaient pas.

Legna crut que son cœur allait cesser de battre. Jacob appartenait à la terre. Seul un démon de l'esprit pouvait lire dans les pensées, manifester une empathie aussi harmonieuse. Les connaissances de Jacob étaient bien trop personnelles… trop intimes. De plus, elles dépassaient celles de Legna. Comme si, à mesure que défilaient les heures, elle éprouvait toujours plus de difficulté à sonder Isabella qui se transformait en page blanche. Jacob n'aurait pas dû développer de dons d'empathie, quels qu'ils soient, sauf peut-être avec sa proie lors d'une traque. Pourtant, il était indéniable que le démon en savait plus que Legna sur ce qui animait l'esprit d'Isabella.

Jacob abaissa doucement ses cils et inspira profondément par le nez, le léger mouvement de sa tête et son air concentré indiquaient qu'il était en train d'analyser le sens dont il se servait. C'était un acte primal, bestial, sans conteste digne d'un prédateur.

— Et des sens nouveaux, ajoutèrent en chœur Jacob et Isabella, leurs voix s'accordant à la perfection. Tout est tellement plus amplifié qu'auparavant.

Cet unisson secoua Magdelegna jusqu'à la moelle. Elle n'avait jamais rien vu de tel. Ses perceptions étaient inondées par un flot d'informations chargées d'émotions, ce qui la poussait dans ses retranchements et la forçait à déclencher son mécanisme de défense. Legna réagit par réflexe et appela Noah avec toutes ses facultés mentales.

Isabella fut si surprise par l'explosion de flammes qu'elle faillit perdre l'équilibre. Jacob se précipita pour la soutenir, mais son large poignet fut enserré avec fermeté avant qu'il ait pu la toucher. Jacob tenta de se dégager et, non sans irritation, parcourut d'un œil mauvais le bras de Noah jusqu'à croiser le regard implacable du roi.

—Éloigne-toi, Jacob.

—Lâche-moi, ordonna l'exécuteur, la voix lourde de colère, d'indignation et de menaces.

—Même si tu ne veux pas la blesser, exécuteur, nous savons tous deux que les intentions ne signifient plus rien dès l'instant où tu poses la main sur elle. Elle représente une tentation dangereuse, nous l'avons vu. Ne te torture pas davantage en restant à ses côtés.

Isabella rougit devant l'impudence du roi démon et les insultes qu'il venait de proférer à son égard.

—Euh, pardonnez-moi, mais je n'apprécie pas d'être traitée comme une pestiférée !

Noah demeura sourd à sa remarque, son attention rivée sur Jacob. À l'évidence, le roi avait été brusquement tiré du lit. Ses cheveux noirs étaient tout ébouriffés et leurs reflets auburn ressortaient à la lumière du jour. Il était aussi grand que Jacob, mais, à en juger par ses muscles d'acier, il dépassait sans conteste l'exécuteur en poids et en force physique brute. Isabella pouvait le voir sans problème, car il ne portait qu'un caleçon gris en coton léger qui ne dissimulait pas grand-chose de son anatomie.

Surprise par ce spectacle inattendu, la jeune femme s'empressa de détourner les yeux vers un territoire neutre, et des plaques écarlates recouvrirent son visage et son décolleté. La réaction d'Isabella crépita sur la peau de Jacob qui ressentit sa gêne et les causes de son embarras avec une vive intensité.

Noah entendit le grondement rauque et bestial de l'exécuteur monter comme un orage fulgurant. Le roi s'arc-bouta sans réfléchir, conscient qu'il serait peut-être contraint d'affronter Jacob en proie à la furie lunaire. Il commit l'erreur de croire que celui-ci allait l'attaquer.

Jacob utilisa sa vitesse époustouflante pour dépasser l'autre mâle, il tournoya, puis se déroba à la prise de Noah tandis qu'il s'emparait d'Isabella pour l'emporter à trois bons mètres de ce dernier. Il la fit passer derrière lui, se dressant entre elle et le roi démon.

Noah serra les poings, banda les muscles, et se prépara à combattre son farouche ami. Jacob accueillit son agressivité évidente avec un autre grognement animal. Le cœur d'Isabella palpitait de peur et de désarroi. Elle savait ce qui avait énervé Jacob. Elle sentait ses émotions irradier dans sa propre psyché. Jalousie, protection… et fureur. Et pour couronner le tout, une pure territorialité bestiale. Jacob était de la terre, de la nature, mère de toutes les créatures. Isabella se rendit compte que ces qualités lui étaient intrinsèques, peu importait l'homme civilisé et intelligent qu'il était devenu. Guidé par la morale et l'instinct, il avait vu en Noah une insulte et un obstacle à son désir de possession.

Coincée loin de Noah, Isabella ne pouvait en appeler qu'à une seule personne. Elle se tourna vers Legna, la suppliant de ses grands yeux violets d'intervenir, priant qu'elle comprenne ce qui se passait. La démone aux iris gris olivâtre, en tout point semblables à ceux de son frère aîné, regardait au loin. L'atmosphère de la pièce était si explosive qu'elle avait barricadé son esprit pour se protéger. Cependant, à l'instant où Isabella lui transmit sa requête, son affliction, elle pivota la tête dans sa direction.

— Pourquoi ne sentez-vous pas Jacob ? Pourquoi ne voyez-vous pas ce qui est en train de se produire ? demanda Isabella avec désespoir.

Avait-elle mal compris l'étendue des pouvoirs de la belle diplomate ? Tout ceci était nouveau pour elle. Et si leurs facultés n'étaient pas réelles ?

Elle oublia aussitôt cette pensée lorsqu'une vague ardente émana de Noah, et les frappa de plein fouet. Le roi desserra le poing, ouvrit la main et une boule de feu apparut dans sa paume.

— Legna, emmène ta protégée en lieu sûr, ordonna le souverain de sa voix rauque, puissante et intimidante.

Ils entendirent un grondement terrible, et Isabella sentit le sol trembler sous ses pieds. Elle s'agrippa à la chemise de Jacob de toutes ses forces pour ne pas perdre l'équilibre alors même que ce dernier la retenait avec fermeté.

— Noah ! Attends !

Le cri provenait de Legna qui avait bravé l'intense chaleur entourant son frère pour lui attraper le bras. La première réaction de Noah fut d'éteindre la flamme pour ne pas la brûler.

— Oh, merci, mon Dieu ! soupira Isabella avec soulagement.

Elle enfouit le visage contre le dos de Jacob sans cesser de s'accrocher à lui.

— Legna ! tonna Noah en guise de réprimande.

— Noah, ce n'est pas ce que tu crois. Arrête !

Elle tira plus fort sur sa manche quand il essaya de la repousser. Legna n'ignorait pas à quel point il était difficile de soustraire son frère à la fureur et au combat une fois qu'il s'était laissé emporter. Telle était l'essence même du feu, et il n'y pouvait rien. Elle entendit ses récriminations, ressentit sa profonde colère. Il était hors de lui. Ulcéré d'être contraint d'affronter un ami, furieux contre la lune sacrée, qui brutalisait Jacob comme le reste de ses sujets, annihilant leurs esprits honorables qu'elle emplissait de honte pour les transformer en bêtes déplorables.

— Noah, écoute-moi, murmura l'empathe avec tendresse, d'une intonation douce et musicale.

Isabella sentit un changement en Jacob, mineur, mais détectable. Le grognement sourd qui s'élevait de sa gorge cessa pour devenir un léger grondement d'avertissement.

— Jacob n'a pas succombé à la folie lunaire, poursuivit-elle. (La douceur veloutée de ses paroles enveloppa les deux hommes figés ainsi qu'Isabella.) Écoute-moi, mon frère adoré. Je connais ses sentiments. Je les ressens. Fais-moi confiance.

— Jacob ne m'attaquerait jamais s'il avait toute sa tête, protesta le roi qui s'était enfin détourné de sa cible pour croiser le regard implorant de sa cadette.

— À moins, répliqua-t-elle tout bas, que tu aies commis un acte susceptible de menacer Isabella. Noah, tu dois te rappeler qu'un lien les unit, une force les pousse l'un vers l'autre.

— Cette maudite lune en est la cause! pesta Noah.

— Elle amplifie ce qui existe déjà, c'est vrai, et nous le savons tous. La lune sacrée exacerbe nos émotions. Dans son cœur, au plus profond de son être, Jacob est le protecteur des innocents. Des humains en général. Ce sera toujours sa tâche première et principale. Même s'il doit se dresser contre toi. C'est d'ailleurs sa plus grande crainte, de devoir un jour te combattre pour sauver un innocent. (Legna tendit le bras pour caresser avec tendresse les cheveux de son frère sans cesser de lui murmurer des paroles apaisantes.) Dans pareilles circonstances, la moindre offense perçue s'apparente à pénétrer le territoire d'un vampire sans invitation.

À cette comparaison, le roi démon hocha la tête pour signifier qu'il comprenait. Le feu de la bataille quitta ses yeux de jade, et il décocha à Jacob un regard moins agressif.

Magdelegna contourna Noah et s'interposa entre les deux puissants hommes sans peur.

— Jacob, reprit-elle avec douceur afin de calmer la bête tapie réveillée par mégarde. Personne ne fera de mal à Isabella. Nous ne ferions jamais cela. C'est impossible tant que tu la protèges.

— Vous ne pouvez pas nous séparer.

Isabella prit une soudaine inspiration lorsqu'il se mit à parler. C'était son premier acte civilisé depuis, lui semblait-il, des lustres, même si sa voix était râpeuse et dénuée de toute courtoisie.

— Nous ne vous séparerons pas. Sauf si tu risques réellement de la blesser. Nous y serions obligés, tu le sais.

Isabella jeta un coup d'œil furtif à Jacob par-delà son épaule pour juger de son expression. Ses traits étaient toujours tirés et graves, son visage bronzé empreint d'agressivité, mais la raison était revenue dans ses yeux noirs étincelants. Elle sentit son esprit et ses émotions se calmer grâce à Legna et à son subtil pouvoir de persuasion.

Isabella comprit que les facultés des démones ne devaient pas être sous-estimées. Legna pouvait s'avérer redoutable.

— Jamais je ne lui ferai de mal. Je donnerais ma vie plutôt que de voir Bella souffrir. (Il darda un regard furieux sur le roi.) Par ma faute ou celle d'un autre.

— Quelle souffrance lui ai-je causée ? riposta Noah avec indignation. Je ne l'ai même pas regardée.

— Mais elle, si.

Isabella hoqueta et se cacha aussitôt derrière Jacob. Elle grimaça de dégoût avant de rougir de honte, mortifiée. Le visage enfoui dans la chemise de l'exécuteur, elle pria pour pouvoir s'éclipser dans un trou de souris.

Soudain, l'expression de Noah s'illumina comme s'il venait d'avoir une révélation. Il ouvrit la bouche pour répondre, mais était bien trop sidéré pour trouver ses mots. Isabella entendit le bruit de ses pieds nus sur la pierre tandis qu'il se dirigeait vers Jacob. Ce dernier dut avancer pour ne pas vaciller, car les tentatives désespérées d'Isabella pour disparaître derrière lui le déséquilibraient.

— Je comprends, déclara enfin Noah. Tout ceci est ma faute. Pardonnez-moi, Isabella, mais vous êtes la première humaine à jouir d'une invitation de longue durée en ma demeure, et j'ai manqué de simple courtoisie.

— Je n'ai jamais voulu créer autant d'histoires, marmonna l'intéressée.

— Je tâcherai d'être plus prudent à l'avenir. Excusez, je vous prie, notre véhémence. Nous… Nous… sommes… Responsabilité et maîtrise sont indissociables des pouvoirs potentiellement explosifs dont héritent les mâles de mon espèce. Mais au bout du compte, nous demeurons toujours des créatures élémentaires. J'ai commis l'erreur de sous-estimer la fibre protectrice de Jacob à votre égard.

Noah adressa à ce dernier un regard lourd de sens qui signifiait davantage que ses excuses polies. Jacob considérait Isabella comme sa propriété, une femelle sous sa protection. Quand, par mégarde, le roi l'avait embarrassée par sa tenue inappropriée, Jacob s'était rendu compte qu'elle l'observait, et son esprit tourmenté et instable n'avait pu supporter de la voir admirer un autre mâle. Le démon de feu avait pris la réaction agressive de Jacob pour une attaque contre Bella, une tentative pour la délivrer de leur vigilante tutelle.

Cependant, pour être honnête, Noah ignorait comment expliquer cette connexion particulière entre l'exécuteur et la petite humaine. Toute cette situation le déconcertait au plus haut point.

Jacob, encore en proie à ses pulsions initiales, cherchait toujours un moyen de soustraire Isabella à la présence de Noah. Pour le bien de leur relation, il était important que le roi lui laisse l'occasion de recouvrer son sang-froid avec dignité. Il le connaissait assez pour deviner que l'intervention musclée d'Elijah avait dû lui rester en travers de la gorge. Et voilà que venait s'y ajouter ce malentendu. Personne ne pouvait se montrer plus sévère avec l'exécuteur que lui-même. Noah savait que Jacob allait se ressaisir et reprendre le contrôle.

— Veuillez m'excuser pendant que je m'habille, dit Noah avec politesse.

Il jeta un coup d'œil à sa sœur, conscient qu'elle ne craindrait pas de se retrouver seule avec eux. Il ferait sans doute mieux de s'éclipser pour l'instant. De toute façon, il ne tarderait pas à revenir. Legna comprenait ce qu'il attendait d'elle, il n'en doutait pas. Elle devait libérer Isabella de l'étreinte de Jacob en douceur afin de calmer les émotions tumultueuses qu'intensifiait sa présence. Si Noah osait s'en mêler, il risquait de perdre un membre.

Le roi disparut soudain dans un tourbillon de fumée. Le nuage se dirigea vers l'escalier et les chambres situées à l'étage dans l'aile nord du château.

Legna savait quelle approche adopter.

— Bella, lança-t-elle, l'appelant par le surnom que Jacob lui avait donné. La tenue que je vous ai prêtée vous plaît-elle?

Entravée par Jacob qui enserrait son corps et gardait la main sur sa hanche, Isabella essaya de s'avancer autant que possible pour la regarder en face.

— Elle est très confortable, merci, répondit-elle. Vous avez dû effectuer d'importantes retouches.

— Ne dites pas de bêtises! répliqua Legna avec un geste nonchalant. Les vêtements sont faciles à remplacer, et j'étais heureuse de vous aider. (Son regard pétillait de malice.) Et puis, si nous vous laissions déambuler toute nue, j'en vois déjà certains s'accrocher aux lianes, se frapper le torse, voire marquer leur territoire.

Legna esquissa une grimace et frissonna légèrement.

— Ça suffit comme ça, Magdelegna.

Cette remarque acérée émanait à cent pour cent du vrai Jacob. Le cœur d'Isabella bondit de joie dans sa poitrine, un flot de soulagement la submergea jusqu'à ce que le démon glousse tout bas. Il poussa un profond soupir et ferma les yeux un instant tandis que toutes les pulsions irrationnelles s'évaporaient avec le départ de Noah. Il ne restait plus qu'une conscience amère et une pointe de regret lorsqu'il se rappela la bestialité de son comportement. Il observa la petite Bella qui penchait la tête pour mieux s'adresser à Legna. Il se demanda avec inquiétude ce qu'elle devait penser de lui à présent. Il n'en avait pas la moindre idée, car pour l'heure, elle plaisantait en toute quiétude avec la démone.

Jacob baissa son bras puissant, mais ses longs doigts tremblèrent légèrement, comme s'ils brûlaient de toucher Isabella, échappant à tout contrôle. L'exécuteur serra les mâchoires avec gravité et jura tout bas dans sa langue maternelle. Puis, il tourna le dos à Isabella avant de s'éloigner. Mieux valait se montrer prudent. Son esprit fonctionnait de nouveau normalement, et il savait que Noah reviendrait aussi vite qu'il était parti. Il devait donc se séparer d'elle de son propre chef, adopter cette décision de lui-même afin d'éviter une nouvelle confrontation. Certes, il s'agissait d'un malentendu, mais il avait été incapable d'énoncer ses sentiments comme un être civilisé, doué d'intelligence, ce qui ne s'était encore jamais produit.

Telle était, se rendit-il compte, la nature diabolique de la lune sacrée. Il avait déjà entraperçu sa part bestiale lors d'intenses batailles ou pendant la chasse, mais même dans ces moments-là, la raison et la ruse, qui, entre autres facultés importantes, gouvernaient les stratégies de combat ne lui avaient pas fait défaut. Jamais il n'avait senti sagesse et estime capituler ainsi. En son for intérieur, il savourait son triomphe. C'était à peine s'il manifestait un regret sincère pour ce qui était arrivé. Il avait défendu ce qui lui appartenait et désirait célébrer son succès. Un sentiment viscéral, irrépressible, s'empara de Jacob.

Isabella poursuivait sa conversation anodine avec Legna, s'approchant afin que celle-ci puisse lui caresser le bras avec affection. Jacob n'éprouva nul élan de jalousie tandis qu'il observait la sœur du roi dont l'attachement envers Isabella grandissait peu à peu. Il n'ignorait pas la cause de cette amitié naissante : à part lui, elle était la seule à connaître le cœur de Bella. Dès l'instant où elle l'avait rencontrée, Legna avait vu la bonté et la noblesse qui l'habitaient. Un jour, la démone de l'esprit aimerait sincèrement la jeune femme.

Alors il se rendit compte que jamais il ne pourrait s'éloigner d'elle. Cette pensée échauffa sa conscience, l'obligea à respirer plus vite, plus fort. Elle le suivait partout, restait accrochée à lui comme de l'électricité statique. Il promena sur Isabella un regard langoureux, s'attarda sur ses courbes qu'il caressa des yeux avec une avidité flagrante. Il n'aurait pu la dissimuler, peu importaient les circonstances. Il avait beau savoir que la démone le surveillait de près, cela ne suffisait pas à refréner son appétit, à calmer ses ardeurs.

— Jacob…, s'écria soudain Legna. Jacob, ne fais pas…

Elle jeta un coup d'œil anxieux par-dessus son épaule, et il comprit que Noah était revenu. Il n'avait nul besoin de regarder derrière lui pour sentir l'imposante présence du roi. L'odeur de fumée, le bruissement de ses vêtements qui le couvraient à présent de la tête aux pieds, et l'autorité qui émanait de lui suffisaient à l'annoncer. Isabella se tourna vers Jacob quand Legna s'adressa à lui, et ses yeux améthyste qui scintillaient à la lueur de la lampe à pétrole lui transpercèrent le cœur comme une flèche. Comment était-ce possible ? Comment une humaine pouvait-elle susciter en lui des sentiments qu'il s'était juré de ne jamais éprouver ? Elle le troublait sérieusement, et pourtant, cette fois encore, elle ne faisait que l'observer.

— Legna ? s'enquit Noah avec prudence.

— Jacob est…

— Jacob, l'interrompit avec fermeté l'exécuteur, ses lèvres sensuelles pincées en une moue réprobatrice et son œil perçant rivé sur Legna, va bien. Rappelle-toi, jeune fille, qu'un vaste monde sépare mes émotions de mes actes. Personne n'est capable de la maîtrise dont je peux faire preuve, ne pensez surtout pas que je me tiens à carreau grâce à vous.

Isabella ne manqua pas de remarquer que la référence à l'âge de Legna constituait une sorte d'insulte. L'adorable démone rougit, et serra ses élégants poings. Isabella soupira, roula des yeux, et planta les deux mains sur ses hanches.

— Très bien, ça suffit ! Que chacun retourne dans son coin. Bon sang ! Si j'avais su que j'allais amener trois amis doués d'intelligence à s'étriper, jamais je n'aurais franchi ce seuil ! (Elle désigna l'immense entrée tout au bout de la grand-salle pour appuyer son propos.) Ou… (Elle hésita, puis se tourna de l'autre côté de la pièce, elle aussi dotée d'une sortie.) Celui-ci !

Jacob ne put réprimer un rictus amusé, et se racla la gorge pour attirer l'attention d'Isabella. Puis, il leva la tête, et jeta un coup d'œil à l'un des vitraux dont la petite fenêtre à charnière du bas restait toujours ouverte.

— Ce seuil ? demanda Isabella d'une voix aiguë empreinte de surprise.

Il sentit le cœur de la jeune femme accélérer sous l'effet de la stupeur, et éprouva des scrupules à rire. S'il s'y autorisait, il craignait qu'elle ne se montre encore plus redoutable que Noah.

Legna, cependant, ne possédait pas une telle maîtrise. Elle ne put se retenir de glousser, puis porta la main à sa bouche quand Bella, outrée, fit volte-face pour la fusiller du regard.

— Je suis vraiment désolée, dit-elle d'une voix étouffée. C'est leur faute.

Elle pointa du doigt son frère ainsi que son exécuteur et, malgré leurs expressions stoïques forcées, Bella remarqua leurs yeux pétillants et moqueurs. Elle arbora un large sourire, et baissa la tête pour étudier les marbrures sur le sol lorsque tous deux éclatèrent de rire.

La tension accumulée par Jacob au cours des dernières heures s'évapora aussitôt grâce à cette distraction.

— Allez-y, Bella. Que Legna vous emmène téléphoner à votre sœur, déclara-t-il après avoir retrouvé son calme. Mais qu'elle ne reste pas longtemps à la lumière du jour. Elle n'est pas aussi forte que son frère ou moi. J'ai des choses à faire avant de me reposer pour la journée. (Il observa Noah pendant une longue minute.) J'imagine que toi aussi, tu as des affaires à terminer ici ?

Jacob informait le roi qu'il désapprouvait l'idée que ce dernier accompagne Isabella. De toute façon, Noah ne nourrissait qu'un désir : retourner dormir une fois le problème réglé. Malgré la récente altercation, la possessivité de Jacob derrière cette menace voilée l'étonnait au plus haut point.

Certes, la loyauté du démon envers son souverain était profondément ancrée dans toutes ses actions, mais Noah devait se rendre à l'évidence : l'exécuteur considérait cette femme comme sienne. Cette attitude s'avérait fondamentalement dangereuse et malsaine pour Jacob, pour la simple et bonne raison qu'il n'avait pas le droit d'agir ainsi. D'un autre côté, le roi ne pouvait demeurer sourd à la voix tapie dans son cerveau. Elle le tracassait, lui soufflait que l'insistance de Jacob à se poser comme le défenseur d'Isabella revêtait une signification profonde. C'était trop étrange, bien trop remarquable pour ne pas exprimer quelque chose d'important. Il allait devoir y réfléchir pendant son sommeil. Noah espérait y voir plus clair à son réveil. Folie, nécromanciens, amis et alliés les plus puissants qui, comme possédés, redoublaient d'efforts pour protéger cette Isabella Russ… Tout cela était lié, il le sentait. Il ne lui restait plus qu'à en découvrir la cause.

— Je retourne dans ma chambre, déclara Noah, plus pour la tranquillité d'esprit de Jacob qu'autre chose. Legna, n'hésite pas à m'appeler si Isabella ou toi avez besoin de moi. (Il marqua une courte pause.) Et si jamais vous vous sentez menacées, je vous suggère d'appeler aussi Jacob. Il pourrait vous rejoindre bien plus vite que moi.

Bien entendu, il n'avait pas échappé à Noah que toute tension venait de quitter son exécuteur. Le roi avait voulu flatter l'instinct protecteur de Jacob, et il y était parvenu avec tact et diplomatie. Savoir qu'il ne serait pas écarté sembla rasséréner le démon de terre. Cette fois, Noah se conforma à l'usage quelque peu rébarbatif, et emprunta l'escalier pour regagner ses appartements.

Jacob comprit que seule une sortie rapide pouvait le forcer à s'éloigner d'Isabella. C'est pourquoi il tourbillonna sur lui-même avec une grande discrétion, et s'éleva dans les airs dans une nuée de poussière avant de s'éclipser par le haut et étroit vitrail.

—Alors ça, c'est sensas! soupira Isabella.

—Si vous le dites, acquiesça Magdelegna, un sourire affectueux sur le visage, tandis qu'elle frottait l'épaule de la jeune femme avec tendresse et amitié. Je vous conduis à un téléphone?

—Pourquoi n'y en a-t-il pas ici? demanda-t-elle.

—Eh bien, la meilleure explication que je puisse vous fournir, c'est que démons et progrès technique tel qu'électricité et téléphone ne font pas toujours bon ménage. Voyez-vous, nous sommes tellement enracinés dans la nature que les appareils créés par l'homme fonctionnent mal en notre présence. Ils… se détraquent. C'est le terme approprié, je crois. Ils présentent des défaillances.

—Oh, murmura Isabella.

—Il peut ne rien se passer du tout. (Legna haussa les épaules.) Mais parfois, notre seule proximité suffit à… tout dérégler. Voilà pourquoi, entre autres, les démons ne s'intègrent pas complètement à la société humaine. Vous dépendez beaucoup de vos technologies. Nous préférons, pour la plupart, vivre isolés… dans un cadre rural, comme ici.

—Dans des endroits où les modes de vie archaïques ne sortent pas trop de l'ordinaire, déclara Bella, songeuse. Je comprends. (Elle marqua une courte pause.) Une dernière question ?

— Je doute que ce soit la dernière, répliqua Legna, amusée. Toutes vos questions sont les bienvenues.

— Comment se fait-il que vous soyez tous réveillés ? Je croyais qu'une force instinctive vous poussait à dormir la journée ?

— Les aînés accomplis comme Noah et Jacob parviennent à y résister grâce à beaucoup d'efforts, de sang-froid et à une maîtrise indéfectible. Les jeunes démons, comme moi, sont plus vulnérables. La matinée a été ardue pour tous. (Elle tendit les mains et, pour la première fois, Isabella remarqua qu'elles tremblaient.) Nous n'aimons pas exposer nos faiblesses. Jacob et Noah les cachent aussi, même s'il est possible que mon frère ne soit pas affecté. Je ne peux en être sûre, mais sa faculté à manipuler l'énergie… Je le soupçonne de pouvoir rester éveillé pendant des jours s'il le désire. Le feu l'habite, et les capacités des démons de feu mâles échappent à la plupart d'entre nous.

— Je suis navrée. Je ne voulais pas énerver tout le monde comme ça. Pourquoi ne pas sortir plus tard, une fois la nuit tombée ? Quelques heures de plus ou de moins ne changeront rien pour Corrine ou moi.

— Vous en êtes sûre ?

— Certaine. Pourquoi vous demander un tel effort alors que je peux attendre ?

— Ça ira, lui assura Legna. Je bâillerai un peu, voilà tout.

— Non, c'est décidé. Je retourne à mes livres. Venez me chercher à votre réveil.

Chapitre 4

Il faisait de nouveau jour lorsque Jacob traversa le manoir de Noah pour atteindre le souterrain. Il flotta dans la lumière incandescente avant d'atterrir sur ses pieds avec délicatesse, puis parcourut du regard la crypte bien éclairée, à l'affût de sa proie. Un bruissement en provenance des piles les plus proches attira son attention et il s'y dirigea.

Jacob entendit quelqu'un jurer tout bas, puis quelque chose s'écraser par terre avec fracas. Il arriva juste à temps pour trouver Isabella, suspendue à l'une des nombreuses étagères, ses jambes se balançant à trois mètres du sol tandis qu'elle essayait de se retenir avec les orteils. En dessous d'elle, il aperçut un ouvrage plutôt ancien recouvert d'une épaisse couche de poussière, grattée par endroits, sans doute l'objet qui venait de tomber, et, à sa gauche, l'échelle qu'elle avait dû utiliser.

Jacob poussa un long soupir d'exaspération, et modifia la gravité pour voler jusqu'à elle.

—Vous allez vous rompre le cou.

Vu les circonstances, Isabella ne s'attendait pas à ce qu'on lui murmure à l'oreille. Elle poussa un petit cri de surprise, et lâcha le rayon avant de choir contre le torse musclé de Jacob. Il la rattrapa, les bras passés avec fermeté sous ses genoux, et une sensation de sécurité et de confort envahit Isabella tandis qu'il la faisait redescendre sans effort. Malgré elle, elle pressa la joue contre ses pectoraux.

—Vous êtes obligé d'apparaître comme ça ? C'est très déconcertant.

Elle voulait paraître fâchée, mais son reproche était dépourvu de toute colère. Et puis, comment pouvait-il prendre son agacement au sérieux alors qu'elle se blottissait contre lui comme une chatte ? Bon sang ! Démon ou non, il restait sublime, un vrai pousse-au-crime. Jacob incarnait l'élégance même, ses moindres faits et gestes témoignaient d'une grâce qui attirait l'œil. Il portait un pantalon noir à la coupe parfaite, et une chemise bleu nuit aux manches retroussées. Elle sentit la soie contre sa peau et, quand elle inspira, le parfum de Jacob lui rappela l'humus, riche et enivrant comme la terre dont il affirmait puiser ses pouvoirs.

Mis à part toutes ces qualités physiques fort séduisantes, Isabella le savait extrêmement soucieux de ses interactions avec les autres. Dès qu'il se trouvait près d'elle, elle pouvait percevoir dans son esprit les picotements de ses impératifs moraux. C'était un homme à la dignité exemplaire. Comment pouvait-elle le craindre ? Surtout qu'il ne l'avait jamais blessée, pas une seule fois, alors que l'occasion s'était présentée à maintes reprises.

—Dois-je vous laisser vous écraser ? demanda-t-il, relâchant ses jambes et la faisant glisser doucement le long de son corps jusqu'à ce qu'elle touche le sol.

La friction de leurs vêtements, tel un murmure suave, échauffa la peau de Jacob qui se focalisa sur les moindres sensations d'Isabella. Le bruissement de sa chevelure soyeuse, malgré les mèches emmêlées, la tiédeur de son souffle et de ses membres, la perfection ivoirine de son teint… Il tendit la main pour essuyer une traînée grise sur son mignon petit nez. Elle avait piètre allure. C'était incontestable. Couverte des pieds à la tête de poussière et de crasse, elle sentait le vieux livre, mais jamais ces effluves ne seraient repoussants pour un démon. Jacob inspira à pleins poumons tandis que la chaleur habituelle qu'elle dégageait réchauffait son sang glacé. Cela gagnait en intensité chaque seconde, chaque jour qui s'écoulait, et ce fait ne lui avait pas échappé une seule fois. Il essaya de l'expliquer par la pleine lune imminente, mais ce raisonnement ne le satisfit guère. Dès qu'il contemplait le visage angélique d'Isabella, il éprouvait une tendresse irrépressible et inattendue, ce que ne provoquait pas la folie lunaire. Jamais cette furie ne lui permettrait de profiter de ces émotions déstabilisantes, simples et pourtant si explicites, sans le forcer à franchir la limite. Certes, il témoignait d'une maîtrise incroyable à laquelle il s'accrochait avec férocité. Il réprimait les élans de désir et la concupiscence qui s'emparaient de lui, parfois avec une violence paralysante, mais la sensation, malgré tout, était différente.

Et puis, il devait aussi reconnaître que la fusion de leurs pensées constituait un événement sans précédent. Un humain doué de médiumnité ou de clairvoyance pouvait sans doute développer cette faculté, mais Isabella n'avait jamais mentionné pareil talent. Jour après jour, il percevait les images de son esprit avec plus de clarté. Elle avait même commencé à lui transmettre, de façon tout à fait consciente, des impressions visuelles en réponse à certaines discussions avec Noah, Elijah et Legna. Si les choses continuaient ainsi, Bella et lui seraient bientôt en mesure de converser sans avoir à ouvrir la bouche. Rien pour l'instant ne confirmait cette supposition, mais l'évolution naturelle de ce mode de communication silencieux le laissait présager.

À plusieurs reprises, il avait aperçu Legna les scruter avec curiosité. Par chance, comme elle était une démone de l'esprit, elle n'était pas pure télépathe. Si elle avait été un mâle, elle aurait bénéficié d'un accès privilégié à certains échanges très privés entre Jacob et Isabella. Rien d'osé, en réalité, mais le sens de l'humour irrévérencieux de la jeune femme pouvait en choquer certains, même si lui semblait s'en amuser.

Il se surprit à désirer plus que tout cette intimité. C'était le seul moyen pour eux d'être ensemble sans que Legna ou Noah interviennent. Il supportait déjà mal que l'empathe flaire sans arrêt ses émotions pour s'assurer que ses instincts les plus vils demeuraient sous contrôle. N'étant pas en mesure de lui infliger le châtiment habituel réservé à ceux qui avaient franchi la limite, le roi avait dû faire preuve d'ingéniosité. Résultat : Legna, sorte de limier doué d'empathie, avait été chargée de le surveiller de près. Ce qui l'exaspérait au plus haut point. Il savait qu'elle était toujours là, et cela blessait sa fierté, la brûlait au fer rouge.

De plus, Isabella occupait son esprit nuit et jour. La moindre pensée déchaînait un torrent de fantasmes qui le mettaient au garde-à-vous, et il n'avait aucune envie que des spectateurs en soient témoins.

Il avait dû concevoir un stratagème et user d'un mélange de plantes pour échapper à la vigilance de Legna et se faufiler jusqu'au caveau. L'empathe dormait à poings fermés, et ne se réveillerait pas avant le coucher du soleil.

—Je ne risquais pas une chute mortelle, protesta Bella avec son entêtement habituel. Au pire, je me serais cassé une jambe, ou j'aurais écopé d'un traumatisme crânien. Vous autres, démons, vous vous enflammez vraiment pour un rien.

—Nous sommes des passionnés, Bella.

—J'avais remarqué.

Elle se tortilla pour se soustraire à l'étreinte de Jacob, et, de façon tout à fait intentionnelle, recula d'un pas pour s'éloigner. Jacob savait qu'elle cherchait à le blesser.

—J'ai parcouru des livres et des parchemins qui remontent jusqu'à sept cents ans, reprit-elle. À l'époque, vous ne deviez être qu'une étincelle dans les pupilles de votre père, j'imagine.

—La période de gestation pour les démons est longue, certes, mais elle ne dure quand même pas soixante-dix-huit ans.

—Je sais, je l'ai lu. C'est vrai que la grossesse dure treize mois ?

—Au bas mot, répondit-il avec un tel désintérêt pour la question que Bella ne put s'empêcher de ricaner.

—Facile à dire ! Ce n'est pas vous qui portez le gamin pendant tout ce temps. Tout comme vos homologues humains, vous zappez tous les trucs pénibles.

Elle fit claquer les doigts devant son nez. Les yeux noirs de Jacob s'étrécirent, et il tendit la main pour lui saisir le poignet. Il s'en empara et y pressa les lèvres avec délicatesse sans cesser de la couver d'un regard sensuel bien trop suggestif. Isabella retint son souffle lorsqu'une insidieuse sensation de chaleur lui picota le bras.

— Nous nous impliquons bien plus que vous le pensez. Je vous promets, Bella, le rôle d'un démon mâle dans une union se termine rarement comme ça.

Il imita son geste, et elle sursauta, le cœur battant la chamade.

— Eh bien… (Elle se racla la gorge.) Je vais devoir vous croire sur parole.

Jacob n'acquiesça pas, ce qui la déconcerta davantage, et elle décida de changer de sujet.

— Alors, qu'est-ce qui vous amène dans l'atmosphère confinée de cette incroyable bibliothèque ? demanda-t-elle, consciente de s'exprimer comme un personnage pittoresque.

— Vous.

Ce mot banal était lourd de sens, de résolution, et empreint d'une sincérité désarmante. Isabella s'efforça de se rappeler le tabou que constituaient les rapports entre démons et humains alors que l'ardente réaction proscrite continuait de sinuer sur sa peau, s'intensifiait à mesure que Jacob s'approchait. Elle tenta d'imaginer toutes les choses effrayantes qui pouvaient arriver si elle ne cessait de l'encourager. Elle ignorait comment elle s'y prenait, mais elle était certaine de le provoquer.

— Pourquoi souhaitiez-vous me voir ? s'enquit-elle, s'éloignant de lui avant de se pencher pour ramasser le livre encombrant qu'elle avait fait tomber.

L'exercice lui arracha un léger grognement, et l'ouvrage atterrit dans un bruit sourd et un autre nuage de poussière sur la table qu'elle avait transformée en espace d'études personnel.

— Parce qu'il semblerait que je ne puisse m'en empêcher, jolie petite Bella.

Sa voix suave et profonde la fit frissonner du bas du dos jusqu'à la nuque. Elle se redressa et rejeta en arrière ses cheveux poudreux, refusant de croiser son regard.

— D'accord, alors voilà… Démon plus humain est égal à… de très gros problèmes, vous avez oublié? La pleine lune? Octobre? Ça vous rappelle quelque chose?

— Vous croyez que je l'ignore? répliqua-t-il tout bas d'un air redoutable. Vous me trouvez incontrôlable, Bella? Pensez-vous vraiment que je puisse vous nuire?

— Non. (Elle se résolut enfin à le regarder en face.) Mais avouez qu'hier vous n'étiez plus vous-même. Et la nuit de notre rencontre? N'avez-vous pas dit que cela pouvait frapper n'importe lequel d'entre vous à tout moment? Personne n'est immunisé. (Bella s'avança pour lui faire face, les bras croisés.) Vous oubliez que je sais à quoi ressemble un démon dévoré par la lubricité. Parfois, je ferme les yeux et je vois Saul s'abattre sur moi. Cela m'effraie, Jacob, même si je le déplore.

Jacob serra fort les poings, enfonçant les ongles dans sa paume, signe que la colère le gagnait. Savoir qu'elle le craignait et qu'elle comparait leur relation potentielle à son affrontement avec un monstre perverti l'agaça au plus haut point. Isabella le sentit. Néanmoins, tels étaient ses sentiments véritables, du moins en partie, et elle ne voulait pas les lui cacher. Même si le destin avait décidé de la catapulter dans ce monde, elle ne comptait pas négliger sa sécurité ni risquer la vie d'autrui. Elle se souciait de Legna, si belle, si candide, dont l'âme était si pure qu'Isabella ne pouvait réprimer son affection grandissante. Et après la démonstration de pouvoir de Noah le matin précédent, elle refusait que Jacob affronte son roi. L'idée même la révoltait. Il lui semblait également que l'exécuteur n'avait pas beaucoup d'amis, et que seul Noah occupait ce rang élevé dans l'estime de Jacob.

Cela dérangeait Bella de le perturber à ce point. Elle avait l'impression d'être une affreuse allumeuse, toujours à le tenter sans jamais aller jusqu'au bout. Peu importait qu'elle ne le fasse pas exprès, les faits étaient les mêmes, qu'elle le veuille ou non.

— Je ferais peut-être mieux de partir, dit-elle sans conviction avant de se tourner pour réarranger des papiers de façon anodine sur son bureau. Quelqu'un d'autre devrait effectuer ces recherches. Noah a beaucoup plus d'expérience que moi dans ce domaine. Je peux lire les textes en anglais ou en latin, mais je ne peux pas déchiffrer les manuscrits rédigés dans une langue que je ne connais pas. Vous avez des érudits, je ne suis qu'une humaine…

— Non. Nous avons besoin de vous, l'interrompit-il, catégorique.

— C'est vous qui le dites. Tout ce que je vois, moi, c'est que je ne suis bonne qu'à vous distraire, Jacob. Et, à ce que j'ai pu comprendre, vous pourriez vous en passer en ce moment.

— Vous ne partirez pas.

C'était un ordre irrévocable, empreint de frustration. Il sembla se rendre compte de ses paroles et soupira avant de recoiffer d'un geste anxieux ses mèches en bataille.

— Si vous ne vous trouviez pas sous la protection de mon peuple, vous verriez ce qu'est la véritable distraction, lui assura-t-il.

— Et voilà, vous recommencez. Tout est toujours aussi extrême avec les démons ?

— Oui.

Il prit le visage d'Isabella entre ses mains, la tourna vers lui pour la regarder dans les yeux, et pressa les doigts contre ses tempes, caressant avec douceur la naissance de ses cheveux.

— Laissez-moi vous dire ceci, Isabella. Au cours de ma très longue existence, je me suis dévoué corps et âme à bien des causes, pour beaucoup de personnes. Mais vous… Pour la première fois, une force me pousse à me consacrer à quelqu'un pour moi et moi seul. Ne croyez pas que c'est la lune sacrée qui me fait parler ainsi. Je vous assure, c'est bien plus profond, bien plus puissant qu'une simple inconstance astrale.

— Jacob…

Isabella était à bout de souffle. Pourquoi un homme normal ne pouvait-il pas lui dire toutes ces choses ? *Quelqu'un de romantique, fascinant et intelligent croise enfin ma route, et il n'appartient même pas à mon espèce. C'est bien ma veine !*

Jacob arbora un sourire éclatant.

— Je suis un homme normal, insista-t-il.

— Hé! Arrêtez de faire ça! (Elle se couvrit les oreilles des deux mains.) Ne lisez pas dans mes pensées, ce n'est pas juste!

— Juste? Quel rapport avec la justice? J'ignore pourquoi je parviens à sonder votre esprit, mais puisque j'y arrive, autant en profiter.

— Ça ne se fait pas, c'est tout! (Elle planta les poings sur ses hanches, ce qui fit sourire le démon.) Des choses très intimes me passent parfois par la tête, et vous n'avez rien à y faire. Ce n'est pas parce que vous pouvez faire quelque chose que vous devez le faire.

— Je comprends, mais c'est vous qui me transmettez sans cesse des images quand nous sommes en public. Certaines, d'ailleurs, fort irrespectueuses envers mon roi et Elijah.

Les yeux de Jacob pétillaient d'un amusement réprimé quand elle leva le menton avec obstination.

— Celles-là ont été données de bon cœur. Est-ce que je farfouille dans votre crâne sans votre permission?

— J'adorerais que vous le fassiez, murmura-t-il, et le potentiel érotique de cette simple affirmation lui chatouilla le creux des reins.

— Eh bien… (Elle s'éclaircit la voix.) Je vous saurais gré de rester en dehors de ma tête. Et puisque vous le mentionnez, vous êtes presque aussi normal qu'un ouragan.

— Certes, mais en certaines circonstances, même les ouragans sont considérés comme normaux.

Jacob sourit quand elle poussa un petit grognement frustré, qui lui parut plus sexy que véhément ou dangereux, comme elle l'aurait sans doute souhaité. Il lui toucha le cou sans pouvoir refréner cette pulsion qui vibra en lui pendant une seconde avant que Bella sursaute et se mette à haleter sous ses doigts. Il la sentit déglutir, respirer. Des réflexes vitaux, vivants. Il percevait son pouls, qui accélérait. Dès que le sang d'Isabella commença à bouillonner, son parfum l'imprégna de nouveau. Enivrant, il lui montait à la tête comme un excès de friandises, faisait dévier le monde de son axe. La part primitive tapie en lui remuait, émergeait doucement de sa torpeur maîtrisée.

Isabella vit ses yeux d'obsidienne s'embraser. Elle retint son souffle, fascinée, tandis que ses iris reflétant son insatiable voracité se nimbaient d'un noir profond. Il la parcourait de son regard étincelant, la dévorait sans même l'approcher. Elle avait bien conscience de son pouvoir, de sa force, de sa capacité à imposer sa volonté par sa seule concentration. Il n'avait pas échappé à Isabella qu'il la dominait aussi. Dès qu'il se tenait près d'elle, elle se tournait vers lui comme une fleur vers le soleil.

— Comme les rhizomes qui puisent dans le sol leurs nutriments, rectifia-t-il, s'emparant de son image mentale, soucieux de proposer une comparaison plus adéquate à sa nature. Mais cette description me correspondrait mieux, petite fleur. (Sa voix était chaude comme la terre en été.) Dès que je vous vois, je brûle de m'enraciner en vous, de m'ancrer en profondeur pour m'abreuver à votre source.

Il aurait tout aussi bien pu la foudroyer sur place. Pantelante et ravagée par de violentes bouffées de chaleur, Isabella essayait de retrouver son souffle. Elle pencha la tête en arrière, son visage se trouvait face à celui de Jacob dont les yeux étaient rivés sur ses lèvres légèrement entrouvertes.

Elle chancela contre lui. Ils dégageaient une incroyable harmonie, une impression de fusion pure. S'il bougeait l'épaule, elle suivait son mouvement, leurs deux corps s'emboîtant à la perfection. La faim tenaillait Jacob sans relâche. Ses narines se dilatèrent et s'emplirent de cette fragrance exotique, l'essence même de Bella.

Cette fois, il l'embrassa avec une infinie tendresse. Le contact serait passé inaperçu si elle n'avait pas ressenti l'ardente étincelle de son baiser. Il prit son temps pour se presser contre elle, et sourit contre sa bouche lorsqu'elle gémit de frustration, excitée par ses manières aguicheuses. Il la laissa décider de la suite des événements et resta immobile, se contentant de lui effleurer les lèvres avec délicatesse. Mue par un désir inconscient, elle glissa les bras sous la chemise de Jacob, essayant de l'attirer vers elle, plus près, mais il refusa d'obéir.

— *Viens à moi, petite fleur. Si tu me désires, viens à moi.*

Le sang d'Isabella bourdonnait à ses oreilles, si fort qu'elle faillit ne pas entendre la douce voix dans son esprit. De toute manière, elle avait décrété qu'il l'avait assez titillée. Elle se dressa sur la pointe des pieds, s'arc-bouta contre lui, et plaqua sa bouche avide sur celle de Jacob. Il l'ouvrit aussitôt pour accueillir son baiser, et poussa un grognement rauque lorsqu'elle se mit à l'explorer avec la douceur et la sensualité d'un papillon.

Il caressa ses cheveux soyeux, captura sa fragile petite tête, et l'attira tout contre lui. Isabella se cambra et s'ajusta contre Jacob pour absorber la chaleur qu'il dégageait en grandes vagues éblouissantes. Elle se blottit contre lui, les mains crispées. Il l'embrassa avec fougue. Son souffle brûlant sur sa peau l'écorcha presque. Isabella répliqua avec la même intensité, et survola sa nuque avant d'enfoncer les doigts dans son épaisse chevelure, se cramponnant à lui aussi fort qu'il s'agrippait à elle.

Jacob sentit les ongles acérés d'Isabella frôler son cou sensible, et un désir violent aussi ardent que primitif le submergea. Il monta en lui, tendant chaque muscle par anticipation, à tel point qu'Isabella finit par se trouver accrochée à un homme de granit. Le contraste avec la douceur veloutée de la jeune femme était saisissant. À l'évidence, cette dernière se moquait que seules les lèvres de Jacob soient souples alors qu'il se délectait avec volupté de la saveur de sa compagne. Elle le laissa l'écraser contre son torse de marbre, et ploya de bon cœur sous la ferveur de ses baisers.

La bouche d'Isabella était chaude, humide et riche en merveilleuses surprises. Elle l'embrassait avec adresse et maestria, s'améliorant à chaque seconde. Elle savait comment s'accorder à lui, comment attiser ses ardeurs jusqu'à ce qu'il se mette à grogner contre ses lèvres. Bella haletait contre lui, en proie à une passion dévorante. Elle se tortilla comme un serpent, colla ses formes plantureuses contre ce roc solide et inébranlable.

Soudain, une sensation violente et impérieuse assaillit Jacob et lacéra de ses griffes de glace son corps enfiévré pour retenir toute son attention et s'assurer qu'il la ressentait jusque dans sa chair.

Il rompit leur étreinte, tirant Isabella en arrière, comme pour l'éloigner. Elle chancela, suspendue aux désirs de son amant, alors qu'une guerre faisait rage dans les yeux du démon. Il s'agrippa à ses cheveux, lui massant le crâne avec désespoir, tiraillé entre des besoins conflictuels. Il tressaillait, et elle le sentait. Si fort, si puissant, et pourtant il tremblait comme si des secousses telluriques l'ébranlaient.

La discorde dura quelques secondes, puis la nature sauvage reprit ses droits. Isabella poussa un cri quand il l'enserra de ses bras d'acier et la plaqua avec violence contre lui. Il s'empara de sa bouche, la dévora avec passion, s'en délecta comme si elle était un mets des plus exquis. Son excitation enchanta les papilles d'Isabella, son arôme l'enivrait comme un vin corsé qu'elle savourait avec délice. Il exhalait toutes les épices de la terre mêlées à un parfum envoûtant qui faisait vibrer ses sens comme une musique langoureuse. Isabella sentit ses doigts virils parcourir la courbe de ses reins, en suivre doucement les lignes jusqu'au creux de sa taille, à l'arrondi de ses hanches. Elle se recula légèrement pour respirer, les lèvres brillantes d'un délicieux nectar. Jacob ne put souffrir cette vue ni cette séparation. Il s'empressa de la rattraper, lui imprima un baiser violent et sulfureux, une punition enflammée pour s'être éloignée de lui.

Jacob poussa un grognement qui provenait du plus profond de ses entrailles. Ses vêtements, le corps d'Isabella pressé contre le sien, et les caresses lascives dont elle le couvrait entravaient ses mouvements. Il saisit à pleines mains son petit derrière rebondi, et elle lui sauta dans les bras dès qu'il la souleva de terre. Elle était si légère, si menue, comme une fée délicate et gracieuse voletant contre son imposante carrure.

Mais la demoiselle n'était pas farouche, comme il s'en rendit compte assez tôt. Elle lui mordilla la lèvre inférieure pour le distraire, enroula une jambe autour de sa hanche, puis de l'autre l'attira contre elle. Il ne s'attendait pas qu'elle l'enserre aussi vite, et se retrouva soudain coincé dans l'étau érotique de ses cuisses. Elle redressa le buste, et rompit leur baiser en l'attrapant par les cheveux pour le diriger vers sa poitrine voluptueuse.

Il huma un parfum inédit, différent et familier à la fois. Pur, songea-t-il avec ivresse, lorsque l'odeur piquante du musc émana de sa peau. Un violent frisson parcourut Isabella : les souvenirs de leur première rencontre tourbillonnaient dans son esprit. Elle se languissait de ses caresses, brûlait de sentir à nouveau ses paumes sur son corps. Rien de tout cela n'échappa à Jacob. Le désir de sa partenaire le submergea, et en l'espace d'une seconde il lui avait ôté son tee-shirt avant de le lancer à l'autre bout de la pièce.

Elle le regarda admirer sa poitrine nue sans ciller, effleurer d'une main langoureuse la courbe d'un sein, puis de l'autre. Son toucher, aussi léger qu'une plume, la rendait folle. Son exploration curieuse, qui ne ressemblait en rien au besoin de possession exclusif qui l'avait motivé la dernière fois, ne pouvait être comparée aux pulsions bestiales qui émanaient de lui en ce moment même et embrasaient Isabella. Elle avait conscience du danger. Elle ne pouvait l'ignorer. Elle le sentait tandis que Jacob se glissait dans ses moindres pensées et émotions, et elle dans les siennes. L'un dans l'autre. Il ne manquait plus que l'union physique pour parfaire cette fusion. Cette révélation la laissa démunie, vidée, comme incomplète parce qu'il n'était pas déjà en elle.

Jacob suivit du doigt le contour de son sein gauche, puis titilla du bout de l'ongle son mamelon dressé. Isabella sursauta, surprise par l'intense vague de chaleur provoquée par ce simple effleurement. Il prit aussitôt entre ses lèvres la pointe rose qu'il attira dans les profondeurs chaudes et moites de sa bouche. Il le lécha, le suça, et elle gémit, se tortillant de plaisir et de frustration. Un fluide torride gorgea le cœur de son intimité et l'enflamma tout entière. Son sexe, brûlant et mouillé, renfermait le nectar exquis qui coulait sur ses cuisses.

La faim qui grondait en Jacob menaçait le corps sensible d'Isabella alors que son parfum attisait les sens exceptionnels de l'exécuteur. Il la relâcha avant de la plaquer contre lui et d'enfouir le visage dans ses cheveux, à la jonction de sa nuque et de ses épaules. Puis, il la mordit sans le moindre avertissement. C'était plus fort que lui. Elle était sa compagne et il devait le prouver, à elle et à tous ceux qui voudraient l'approcher.

Isabella pantela quand les dents de Jacob lui transpercèrent la peau, assez pour la marquer sans pour autant lui infliger de blessure douloureuse. Il étreignit son cou, la maintint immobile et poussa un grognement bestial de possession. Ses pensées, ténébreuses et primitives, la frappèrent de plein fouet.

—*Je suis Jacob l'exécuteur, démon de la Terre primordiale. Je suis chaque brin d'herbe, chaque célébration de vie chantée sur la planète. Je suis ce qui existe depuis le commencement, connu et inconnu. Je suis chaque prédateur, et comme eux, je montre que cette femelle m'appartient en y gravant mon empreinte. Mon odeur se mêlera à la sienne qui désormais fait partie de moi. Elle exhalera mon corps, mon essence, et cela la désignera comme mienne.*

Satisfait, Jacob la libéra, et lécha sa plaie avant de parcourir sa nuque délicate avec voracité. Il brûlait de goûter sa peau, de humer son parfum. De temps à autre, il agrémentait ses caresses de petits mordillages. Chaque fois que cela se produisait, Isabella se crispait et frissonnait de la tête aux pieds.

Puis, il trouva le creux de sa gorge, sa clavicule et la ligne de son sternum, et la souleva vers sa bouche affamée. Il recula pour suivre une goutte de transpiration qui perlait entre ses seins et l'essuya du bout de la langue. Il poursuivit jusqu'à son mamelon dressé qu'il cerna de ses lèvres.

Isabella était à deux doigts de défaillir lorsque Jacob changea de position. Toujours cramponnée à sa taille, elle le sentit la plaquer contre une surface irrégulière et comprit qu'il l'adossait aux rangées de livres empilées sur l'étagère derrière elle. Puis, Jacob s'empara de son jean, ce qui accapara toute l'attention d'Isabella.

D'instinct, elle posa les paumes sur les mains de Jacob, mais ses baisers torrides manquèrent de l'étourdir. Il l'embrassa sans répit jusqu'à ce que, les membres lourds, elle le relâche. Elle parvint avec peine à s'accrocher à ses épaules, cédant sans réfléchir à cette passion aveugle, consumée par le désir de se perdre dans ses étreintes.

Jacob s'aventurait de nouveau vers ses fesses, mais cette fois il avait passé les doigts sous son pantalon. L'étoffe glissa le long de ses hanches, jusqu'à ses chevilles, et le contact du denim contre sa peau l'excita davantage. D'une main, il souleva une Isabella souple comme une poupée de chiffon, et lui ôta son jean sans effort. Puis, il s'empressa de regagner l'étau formé par ses jambes, sans se rendre compte que, dans le feu de l'action, il avait lacéré le haut de ses cuisses qui portaient à présent la marque écarlate et bestiale de ses ongles. Pendant tout ce temps, il n'avait cessé de l'embrasser, et elle s'était complètement abandonnée à lui.

Jacob pouvait enfin la toucher partout où il le désirait, sans restriction aucune si ce n'était la dentelle de sa culotte. Il caressa du bout des doigts ses abdominaux frémissants.

— Tu es si douce, gronda-t-il, rompant leur baiser pour enfouir de nouveau le visage contre la nuque d'Isabella. Ton odeur, Bella, elle me monte à la tête.

Sa voix était rauque, même à ses propres oreilles. Toujours collé à son cou, il ouvrit la bouche et effleura sa gorge délicate de sa langue brûlante avant de frôler le creux de son lobe. Elle sentit son souffle sur ses cheveux, contre sa peau, qui lui donnait la chair de poule malgré la chaleur de son haleine.

Jacob promena la main sur son ventre, et un flot de sensations submergea Isabella. Elle ignorait jusqu'alors qu'on pouvait à ce point la tourmenter. Puis Jacob glissa les doigts sous sa culotte.

Elle s'enflamma aussitôt comme un volcan en éruption. Elle poussa un cri sauvage, proche du rugissement, essayant de s'agripper à ce qu'elle pouvait trouver, et s'accrocha de toutes ses forces aux livres rangés avec soin. Elle se crispa des pieds à la tête, et d'un mouvement sec fit basculer les ouvrages coincés dans les étagères. Ils tombèrent dans un fracas assourdissant lorsqu'il inséra l'index, puis le majeur dans sa chair douce et moite.

Une terreur farouche et inattendue s'empara d'Isabella. Personne ne l'avait jamais touchée ainsi. En fait, personne ne lui avait jamais fait la moitié des choses que Jacob lui faisait. Alors qu'elle pantelait, à bout de souffle, et observait son corps pris dans l'étreinte de cet homme, elle se rendit compte que ses réactions, pour le moins impudiques, laissaient supposer le contraire.

— Jacob ! s'écria-t-elle, s'agrippant à corps perdu à ses épaules tandis que sa peur décuplait, l'empêchant de respirer.

— Du calme, petite fleur, je ne te ferai aucun mal. (Son intonation apaisante la berça, engourdit légèrement chaque pic d'angoisse.) Contente-toi de ressentir, Bella, ce que je peux créer en toi.

Sa voix était envoûtante, son timbre séducteur, comme s'il possédait le pouvoir de persuasion de Legna. Isabella savait sans l'ombre d'un doute qu'il disait la vérité. Si elle se détendait, il lui montrerait tout ce dont elle avait pu rêver, et même les choses qui dépassaient son imagination. Comme elle hésitait à céder à la tentation, Jacob s'immisça davantage en elle.

Bella haleta, son cri saccadé résonna avec force dans toute la bibliothèque. Jacob laissa échapper un juron dans sa propre langue, expression évidente d'un compliment enfiévré. Elle rit, hors d'haleine, sans savoir pourquoi. Sans doute à cause de l'excitation mêlée de frustration engendrée par ces caresses intimes.

Jacob la sentit frissonner, s'émerveilla des spasmes exquis et affamés qui secouaient le tréfonds de son être. Il pouvait la combler, exalter ses sens, l'enivrer de passion, la rendre folle de désir jusqu'à ce qu'elle hurle de plaisir. *Douce Destinée, qui l'aurait cru si réceptive ?* Jamais une femme ne s'était à ce point enflammée sous ses doigts. Jamais une femme ne l'avait embrasé comme sa petite Bella semblait capable de le faire sans le moindre effort. Elle cernait entre ses jambes à la fois l'homme et la bête, qui n'était plus tapie, l'enserrait sans réserve, et rien n'aurait pu le toucher davantage. Il frotta le pouce contre le renflement de chair qui, il le savait, l'électriserait aussitôt, et décrivit de longs cercles langoureux. Il caressa avec adresse ce bouton délicat, comme il le ferait sous peu avec son corps tout entier. Elle gémit et se tortilla contre lui. Au paroxysme de son désir pour elle, il crut qu'il allait exploser sous la pression. Il voulait se libérer de ses vêtements, coller son sexe vibrant, dur, et endolori contre elle… s'amuser un instant à la lisière de son sexe avant de plonger dans la prison de miel qui, il n'en doutait plus, était faite pour le capturer et ne jamais le relâcher. Avec insistance, il enfonça un peu plus l'index, sans forcer, pour s'assurer qu'elle était prête à le recevoir…

Résistance.

Jacob se figea. Un élément d'une importance cruciale flottait aux limites de son esprit, mais le besoin de posséder Isabella le ravageait, les instincts vieux comme le monde le poussaient à la pénétrer. Il se mit à ruisseler de sueur tandis que, guidée par son désir, elle continuait de remuer avec frustration contre son doigt immobile. Si moite, si chaude… et si serrée.

Intacte.

Cette prise de conscience frappa Jacob de plein fouet.

Soudain, la réalité le rattrapa. Tout lui revint en mémoire. Dans les moindres détails. Il ferma les yeux, et grogna de douleur tandis que son corps livrait bataille à son sens moral, se refusant à le suivre. La bête en lui clamait qu'il était déjà allé trop loin, qu'il avait terni son honneur à la minute où il avait comploté pour se retrouver seul avec elle. De plus, Isabella s'indignait contre ses mains cruelles qui ne tenaient pas leurs serments, qui amorçaient des caresses sans respecter les promesses de plaisirs qu'elle, Jacob le comprenait à présent, ne pouvait appréhender de façon réaliste. Comment cette vérité capitale avait-elle pu lui échapper alors qu'il n'avait cessé de voyager dans son esprit comme une ombre ?

Jacob se rendit compte alors qu'elle ne lui avait pas échappé. Il avait simplement choisi de rester sourd aux indices qui chatouillaient son subconscient parce qu'ils auraient contrecarré ses désirs égoïstes, comme c'était le cas en ce moment. Il se trouvait désormais tiraillé entre deux directions conflictuelles. S'il ne quittait pas Isabella sur-le-champ, il lui causerait de graves dommages, peut-être irréparables, car il ne pouvait exclure le risque que son côté bestial prenne le dessus. Cependant, l'abandonner ainsi au seuil du plaisir l'abîmerait d'une tout autre manière. Tout en Jacob lui dictait de ne pas lui infliger pareille torture.

Jacob dut faire un choix, et mit un terme à ses caresses avant de reculer, gêné par la douloureuse protestation d'Isabella qui n'y comprenait rien. *C'est le seul moyen d'éviter le pire.* Ils étaient allés beaucoup trop loin.

Isabella sentit les larmes lui monter aux yeux, et détourna la tête lorsqu'il la reposa sur ses pieds avec délicatesse. La gentillesse de Jacob décupla sa colère. Elle ouvrit puis referma la main sur sa chemise, réprimant le besoin violent de sangloter tout haut.

— Pourquoi ? demanda-t-elle plutôt d'une voix étouffée. Pourquoi ?

Son interrogation plaintive transperça les entrailles de Jacob, ravagé par un sentiment de trahison. Il était venu la trouver, sachant qu'il ne le devait pas. Il avait succombé à la tentation, leur avait menti à tous les deux en affirmant maîtriser la situation, et avait failli la dépouiller de son bien le plus pur et le plus précieux. Il ne s'agissait pas tant de son innocence. Une fois de plus, Jacob n'avait pas su résister à l'envoûtement involontaire d'Isabella, il avait méprisé les lois que, plus que quiconque, il avait juré de défendre.

— Bella, dit-il d'une voix brisée, ses yeux noirs brillant de frustration. (La rage grondait en lui. Il avait du mal à parler.) Pardonne-moi. Je t'en conjure. Pardonne-moi.

Puis, il s'éloigna en toute hâte, tourbillonnant dans les airs, et tel un cyclone se propulsa hors de la pièce en un battement de cils. Son départ provoqua des secousses. Le sol trembla et les étagères se balancèrent légèrement au rythme d'un vrombissement sourd. Les lampes à pétrole suspendues vacillèrent.

Isabella tomba à genoux, trop faible pour rester debout, trop abasourdie pour pleurer. Les doigts gourds, elle se releva. Quand le calme revint enfin, la douleur l'aveuglait presque. Une fois rhabillée, elle s'efforça de faire comme si le moindre de ses nerfs ne lui dictait pas de s'élancer, elle aussi, dans le ciel d'encre à la poursuite du démon qui l'avait laissée si insatisfaite.

Elle ne pouvait combattre ses sentiments. Une effroyable sensation de manque et de perte l'assaillait, une émotion semblable au deuil. Elle n'y comprenait rien, et n'avait personne à qui parler pour tenter d'y voir plus clair. D'un point de vue logique, elle savait pourquoi il avait tout arrêté, pourquoi il était parti sans donner d'explications. Cela coulait de source. Elle était humaine et donc trop faible pour faire l'amour avec un démon. Ces derniers la considéraient comme une créature inférieure, une sorte de chien savant, et un objet de désir tabou.

Elle frotta la marque douloureuse qu'il avait imprimée sur son épaule. Jacob l'avait laissée dans un but précis. Il n'avait pas agi sans raison. Elle avait ressenti ses intentions dès le début. Jacob ne la jugeait pas indigne de lui. Les stigmates gravés dans sa chair le prouvaient. Malgré la portée primitive de son geste, cela restait pour lui un acte d'engagement, et elle aussi le concevait comme tel.

Elle porta les mains à ses joues pour essuyer les larmes de colère qui y ruisselaient, puis renifla et se tourna pour balayer la pièce du regard. Les règles et les mots disséminés dans les ouvrages tout autour d'elle avaient poussé Jacob à fuir. L'histoire d'un peuple d'élitistes. Des prétentieux, songea-t-elle avec amertume. Leurs traditions s'ancraient dans des croyances implacables, et celle qu'elle affrontait à présent s'apparentait à de la discrimination. Les démons semblaient obsédés par la pureté. Les humains n'étaient pas les seuls à agir de façon indigne. Elle avait lu de ses propres yeux la loi qui avait donné naissance aux fonctions de Jacob des siècles plus tôt :

« … il est par conséquent interdit à tout membre de l'espèce des démons de copuler avec des créatures de nature différente, dépourvues de forces ou de pouvoirs identiques. Il nous incombe de protéger ces créatures inférieures, de les garder vierges de toute abomination sexuelle impure. Telle est la loi. Le chien ne côtoie pas le chat, le chat ne côtoie pas la souris. Quiconque brise ce serment sacré en subira les conséquences en vertu de la loi… »

Elle voulait croire à la logique derrière ce raisonnement. Elle-même était une personne rationnelle. Mais les généralités ne l'étaient jamais, surtout quand elles avaient été écrites des millénaires plus tôt.

Elle avait vu Saul. Il incarnait le danger tapi en chaque démon, et elle pouvait accepter leur nature explosive malgré tous leurs efforts pour la contrer. Néanmoins, si elle était un chat et Jacob un chien, pourquoi ressentaient-ils cela ? Pourquoi deux espèces incompatibles… se complétaient-elles si bien ?

Noah pensait qu'elle était unique, qu'elle avait un rôle à jouer dans le futur de leur civilisation. Au début, Isabella avait consenti à l'idée afin de rester sur place et d'en découvrir le plus possible sur ces êtres qui menaient une existence parallèle à la sienne. Elle aurait été heureuse de mourir vieille fille dans cette bibliothèque qui recélait assez de savoirs pour la rassasier à vie.

Mais à présent…

À présent, elle commençait à croire qu'elle ne se trouvait pas là sans raison. Peut-être devait-elle trouver un moyen de les remettre à leur place. Oui. Il devait bien exister parmi tous ces volumes un texte susceptible d'expliquer pourquoi elle ronronnait chaque fois que Jacob aboyait.

Elle se fendit d'un petit rire étouffé. Elle balaya du regard les alentours, aperçut les livres qu'elle avait fait tomber par mégarde, et s'accroupit pour les ramasser. Elle les manipula avec précaution et délicatesse, navrée de les avoir maltraités dans un moment d'égarement. Après avoir épousseté la couverture d'un des recueils, elle en lut le titre.

Destruction.

Elle frissonna, effrayée par ce présage inquiétant. Une fois de plus, elle détenait la preuve de l'extrémisme des démons. Elle se releva pour ranger l'ouvrage, et se figea soudain. Elle cligna des yeux lentement, débarrassant son esprit de ses dernières pensées parasites, et le regarda de nouveau.

Destruction.

Contre toute attente, elle se sentit défaillir. Tout autour d'elle se mit à tourner, et le manuscrit lui glissa des mains.

Elle venait de lire le titre d'un livre dans une langue qu'elle était incapable de déchiffrer vingt minutes plus tôt.

De ses yeux de félin, Noah suivit Jacob qui arpentait la salle de réception, et esquissa une grimace à la vue de son exécuteur, à l'évidence ébranlé.

Il le savait, Jacob ne s'épancherait pas de son plein gré, Noah devait donc se contenter de suppositions. Jacob était le sujet le plus honnête, consciencieux et loyal qu'il avait jamais rencontré. De fait, sa dévotion à son peuple dépassait celle de bon nombre d'aînés, sa foi en leurs coutumes, en leurs lois et en leur code d'honneur était si pure qu'elle forçait le respect. C'est pourquoi le roi était si troublé de voir l'exécuteur tourmenté par un véritable cas de conscience. Il ne l'aborda pas, même s'il en mourait d'envie. Au lieu de quoi, il s'assit en silence tandis que l'autre démon s'approchait.

Puis, au même moment, ils furent arrachés à leurs réflexions et tournèrent la tête vers les portes donnant sur la grand-salle. Deux secondes plus tard, elles s'ouvrirent avec fracas, et une flopée de démons accompagnés d'un serviteur dépité s'engouffrèrent dans la pièce.

— Pardonnez-moi, Sire, mais ils refusaient que je les annonce. Ils ont forcé le passage ! s'écria le valet, essoufflé, la consternation empourprant son visage d'ordinaire bronzé.

— C'est bon, Ezekiel, déclara Noah.

D'un geste délicat, il signala au domestique qu'il ne lui en tenait pas rigueur. Il reporta son attention sur les neuf démons qui marchaient vers lui, et reconnut les aînés formant le Grand Conseil. Seul manquait le capitaine guerrier, Elijah.

— Bienvenue en ma demeure, conseillers. (Il les gratifia d'un signe de tête avant de se concentrer sur leur chef apparemment autodésigné.) Ruth, pourrais-tu m'expliquer ce qui me vaut cette visite impromptue ?

— Noah, nous avons appris que tu étais au courant de certains éléments dont tu n'as pas fait part au Conseil, énonça Ruth d'une voix froide et lourde de reproches. Voudrais-tu le faire maintenant ?

— Si je l'avais souhaité, je vous aurais convoqués, répliqua Noah sans une once d'embarras, leur rappelant ainsi leur entorse au protocole. Néanmoins, comme vous vous êtes donné la peine de vous réunir pour m'aborder, je consens à discuter avec vous des récents événements.

Noah se leva de son siège et traversa le hall pour rejoindre la salle du Grand Conseil, conscient que Jacob le talonnait ; l'exécuteur avait mis de côté tous ses soucis personnels devant la situation potentiellement explosive qui se présentait à eux. Ils s'installèrent autour d'une large table triangulaire. Noah s'assit au sommet, Jacob à l'une des pointes, et les autres, à leurs places habituelles, le long des côtés. Seule la troisième pointe – à l'exception de la chaise d'Elijah – resta vide, comme c'était le cas depuis huit ans.

— Très bien, Ruth, que désires-tu apprendre que tu ne saches déjà ? s'enquit Noah, d'une voix teintée de condescendance qui ne manqua pas de braquer la démone.

— Est-il vrai que l'un des nôtres a été invoqué et détruit ? demanda-t-elle, sur la défensive.

Avec son caractère belliqueux, Ruth n'avait jamais été du genre à mâcher ses mots.

— Oui. C'est vrai. Nous avons perdu Saul.

Un murmure affolé s'éleva de l'assistance. Noah jeta un coup d'œil à Jacob, dont le regard de jais était froid et insondable.

— Exécuteur, reprit Ruth, se refusant comme d'habitude à utiliser son prénom usuel, j'en déduis que tu as pourchassé et anéanti la créature responsable de cet outrage ?

— Le nécromancien ne se promène pas avec une clochette autour du cou, conseillère Ruth. Mais, oui, je le traque.

—Traque, cracha-t-elle avec véhémence et moquerie. Ce qui signifie que nous sommes toujours vulnérables.

—C'est la conclusion logique, lui rétorqua Jacob avec froideur. Par ailleurs, je me permettrais de te rappeler que l'exécution de la justice pour les autres créatures surnaturelles relève des compétences des guerriers. Selon nos lois et prérogatives, la traque du nécromancien dépend de la juridiction d'Elijah. Cependant, étant le seul à avoir approché ce sorcier de près, je travaille en étroite collaboration avec lui sur ce sujet, et continuerai à assister le capitaine dans cette tâche.

Le flegme de Jacob amena Ruth à se rendre compte de son agressivité, et son visage s'empourpra d'embarras. Elle ne présenta pas d'excuses, cela dit. Ce n'était pas son genre.

—Qu'allons-nous faire dans l'intervalle, Noah ? Rester là à attendre qu'un autre démon soit arraché à son existence ?

—Nous n'avons pas le choix pour le moment. Comme vous le savez, nous ne connaissons aucune protection contre les sorts d'invocation. Mais je peux vous assurer qu'Elijah, Jacob et moi-même y œuvrons de toutes nos forces.

—Et pourtant, cela n'empêche pas l'exécuteur de vaquer à ses autres devoirs, lança le conseiller Simon, ses fines lèvres pincées en une grimace désapprobatrice.

En effet, la nuit précédente, Jacob avait dû poursuivre le fils de Simon pour le remettre dans le droit chemin de façon musclée.

—J'ai le temps pour tout, lui concéda Jacob, esquissant un rictus bestial.

—Noah ! Jacob !

Tout le Conseil sursauta lorsque la porte s'ouvrit à la volée pour laisser entrer Isabella, les bras chargés de rouleaux, les pupilles étincelantes, brûlant de partager ses découvertes. Elle se figea en s'apercevant qu'elle venait d'interrompre une réunion, et balaya la pièce d'un regard gêné quand douze paires d'yeux se braquèrent sur elle.

— Une humaine ! chuchota Simon.

— Elle tient des manuscrits sacrés ! s'écria un autre, bondissant sur ses pieds.

— Noah, qu'est-ce que ça signifie ? explosa Ruth, oubliant à qui elle s'adressait.

Ou peut-être pas, car Ruth cherchait toujours un moyen de défier l'autorité du roi.

— Oh, oh…, marmonna Isabella.

— Je n'ai même pas senti sa présence, murmura un démon.

— Moi non plus.

Jacob se leva, les pieds de sa chaise raclèrent le sol en marbre quand il recula, résonnant dans la salle et drainant l'attention de toute l'assemblée. Tous l'observèrent sans ciller tandis qu'il contournait la table et s'approchait de la jeune femme. Il posa la main sur son épaule et l'attira vers lui d'un geste protecteur avant de la guider jusqu'à son siège pour l'y asseoir. Cet épisode coupa le souffle à tous les démons. Jacob venait d'installer Isabella à l'un des trois postes les plus importants du Conseil.

— Comment oses-tu, exécuteur ? siffla Ruth avant de s'avancer comme si elle comptait déloger l'humaine elle-même.

Mais l'expression glaciale de Jacob la cloua sur place.

— Notre loi la plus sacrée nous enjoint de ne pas blesser un humain innocent, conseillère Ruth. La violerais-tu sous les yeux du démon voué à te punir ? s'enquit-il, d'une voix calme, mais lourde de menaces.

Après cet implacable avertissement, Jacob glissa la main sous l'épaisse chevelure d'Isabella et étreignit son cou avec fermeté. Noah se demanda si l'exécuteur avait conscience de la possessivité de son geste.

— Elle n'a aucun droit ici, protesta Ruth, la puissance de son affirmation ébranlée par le choc de voir le plus impitoyable des leurs prendre sous son aile une humaine.

— Elle détient des informations cruciales sur les questions qui te taraudent, répliqua Jacob avec délicatesse après avoir sondé l'esprit d'Isabella.

— Jacob, je pense que le moment est mal choisi, murmura l'intéressée.

— Inepties, humaine ! Parle si tu sais quelque chose, s'écria Simon.

Isabella reporta son attention sur le conseiller.

— J'ai un prénom. C'est Isabella, rétorqua-t-elle.

Le démon cligna des yeux, mettant une bonne minute à comprendre qu'une humaine venait de lui clouer le bec. Alors, le rouge lui monta aux joues.

Noah recula sa chaise, et tout le monde se tourna vers lui.

— Tous, sortez. J'écouterai Isabella en privé, et nous nous réunirons de nouveau demain soir.

Isabella pressa machinalement la main qui lui enserrait la nuque. Elle vit l'assemblée d'aînés s'agiter, mécontente, et bombarder Jacob de regards méfiants. C'était une sensation désagréable. Alors que tous se levaient, obéissant à leur souverain, Isabella pouvait percevoir leur agacement.

C'est alors qu'elle ressentit le premier spasme, comme si de longs doigts glacés, pareils à des tentacules, rampaient le long de son cuir chevelu. Des éclats de verre lui transpercèrent le crâne, pénétrant dans son esprit comme une dizaine d'aiguilles, chacune placée de façon stratégique sur les zones de sa mémoire à long et court termes afin d'aspirer le savoir que renfermaient ses synapses.

Isabella sursauta violemment, et Jacob perçut son cri de détresse. Tandis que les démons continuaient de quitter leurs sièges, un second spasme cloua Isabella à sa chaise. Relâchant les documents qui s'éparpillèrent au sol, elle se couvrit les oreilles. Cette invasion échoua, mais fut aussitôt suivie d'une troisième. Bella ne tarda pas à en déceler la source. Les conseillers essayaient de lui soutirer les informations que Noah refusait de leur communiquer, ce qui lui causait des maux de tête terribles. Elle poussa un long soupir d'agonie, et transmit ses pensées à Jacob, qui comprit d'emblée ce qui la mettait au supplice.

—Arrêtez ça! rugit-il. (Sa voix indignée résonna dans la pièce, figeant toute l'assistance.) Vous allez obéir à Noah et attendre! Cessez sur-le-champ de violer l'intimité d'Isabella ou vous aurez affaire à moi!

Le Conseil comptait trois démons de l'esprit, dont Ruth, qui pouvaient être à l'origine de l'attaque. Tous trois, comme le reste des aînés présents, paraissaient outrés. Jacob ne pouvait dire s'ils craignaient la sommation ou rougissaient que leurs actions aient été percées à jour. Il était l'exécuteur, et rien dans leur monde n'était plus effrayant que sa conception de l'injustice. Ses mises en garde n'étaient jamais vaines. Tous le savaient et les redoutaient. Même l'intransigeante Ruth. Isabella se détendit à mesure que sa douleur diminuait et que les démons quittaient les lieux en silence.

Noah ferma la porte derrière eux et s'empressa de rejoindre la jeune femme. Il s'agenouilla devant elle et prit son menton dans la main pour lui tourner la tête et la regarder dans les yeux. À ce moment-là seulement, elle remarqua la colère du roi. Malgré son mutisme et son expression impassible, elle pouvait la lire dans les éclairs gris qui barraient son regard de jade.

— Bella, vous allez bien ? s'enquit-il avec douceur.

Isabella appréciait sa sollicitude, surtout après l'hostilité manifeste des étrangers qui venaient de sortir, mais quelque chose la perturbait de nouveau. La sensation, cette fois, n'était pas douloureuse, mais familière. Elle cessa d'observer Noah, et reporta son attention sur le mâle de l'autre côté de la chaise, debout, les poings crispés. Son cœur battit à tout rompre lorsqu'elle vit Jacob fermer les yeux et serrer les mâchoires si fort qu'elle entendit ses dents grincer. Elle comprit qu'il s'escrimait à agir avec raison, tâchait de ne pas s'offusquer de la proximité de Noah, de l'inquiétude zélée du roi à l'égard de sa protégée.

— Je vais bien, répondit-elle tout bas, s'efforçant d'esquisser un sourire aimable.

En vérité, elle était troublée et exténuée. Le comportement de Jacob, intense et impétueux, lui semblait particulièrement instable. Elle décida alors de se concentrer sur l'objet de son énervement.

Isabella se libéra en douceur de la prise de Noah sous couvert de ramasser ses travaux éparpillés. Le roi s'approcha pour l'aider, et s'empara de quelques rouleaux avant de se relever. C'était un homme de bien, se dit Isabella, affable et intelligent, soucieux des autres plus que de sa petite personne. Qualités de tout dirigeant qui se respecte. Quand il n'envahissait pas l'espace de Bella, cette dernière sentait sans peine l'admiration que Jacob lui vouait, son allégeance éternelle à la cause de son souverain. Il lui suffisait de demander pour que Jacob le serve sans poser de question, au péril de sa vie et de sa sécurité.

Amener la discorde dans cette relation si harmonieuse l'affligeait. Elle songea aux révélations contenues dans les parchemins qu'elle serrait contre sa poitrine, aux tensions, contrariétés et controverses qu'elles risquaient d'engendrer. Qu'apporterait-elle de bon à cette société en partageant ses découvertes ?

— Je… (Elle déglutit avec difficulté.) Je suis désolée. Je ne voulais pas vous déranger. Vraiment, ça peut attendre. En fait… (Elle se releva, et arracha les manuscrits des mains de Noah.) Je voulais juste… euh… que vous m'aidiez à interpréter une phrase. Mais vous êtes occupés…

Tandis qu'elle parlait, elle contourna la table d'un air aussi désinvolte que possible, et quitta la pièce à reculons, arborant un sourire qui, l'espérait-elle, paraissait moins forcé qu'il ne l'était en réalité.

— Il y a plein de bouquins là en bas, je trouverai sans doute une traduction.

Elle se frappa le front du plat de la paume, se réprimandant de fonctionner au ralenti. Arrivée devant la porte, Isabella la referma plus vite encore qu'elle ne l'avait ouverte.

Noah jeta un coup d'œil à Jacob, et arqua un épais sourcil noir.

— Est-ce que… (Il désigna la porte du doigt, l'air profondément perplexe.) Sait-elle qu'elle fait une menteuse pitoyable ?

— Apparemment pas, répondit Jacob dans un profond soupir. Je crois que c'est ma faute, ajouta-t-il, contrarié.

— Ta faute ?

— Oui… C'est… une longue histoire. On ferait mieux de la rejoindre.

— Du calme, gloussa Noah. Elle est adossée au battant, et essaie de retrouver son souffle.

— Je sais. Je me disais que ce serait drôle de la surprendre.

— J'ignorais que tu prenais plaisir à être cruel, lui fit remarquer le roi, les yeux pétillants de malice, alors qu'ils se dirigeaient vers la sortie.

Noah ouvrit la porte, et Jacob se hâta de rattraper Bella avec tous ses rouleaux.

Chapitre 5

C'était la première fois – pour autant qu'elle se le rappelait, du moins – qu'elle voyageait à la manière des démons. D'abord, Jacob l'avait transformée en poussière pour la guider à travers la minuscule fenêtre. Une fois dans les airs, il leur avait redonné leur apparence habituelle tout en gardant Isabella bien serrée contre son buste.

—Ce n'est pas loin. Préviens-moi si tu as trop froid.

Froid ? Nichée contre l'épaisse nuque de Jacob, elle essayait de trouver le courage de libérer son visage. Elle était tellement abasourdie que la température lui était indifférente. De plus, elle l'agrippait si fort qu'elle devait déchirer son onéreuse chemise en soie. Néanmoins, au bout d'un moment, sentir les épaules robustes de Jacob sous ses doigts la tranquillisa. Son rythme cardiaque s'apaisa et elle retrouva son souffle avant de s'abandonner à ses bras puissants, certaine d'y être en sécurité.

Cela ne suffit pas à lui procurer l'audace nécessaire pour regarder alentour, mais elle leva tout de même la tête et reporta toute sa concentration sur Jacob. Dès qu'il le ressentit, il braqua ses yeux brun-noir sur elle.

—Comment ça va ? s'enquit-il.

—Ça ira, lui assura-t-elle d'une voix tremblante. *Dès que j'aurai foulé la terre ferme.*

Jacob la plaqua de nouveau contre lui, et dissimula son sourire dans la voluptueuse chevelure d'Isabella lorsque sa remarque sarcastique survola son esprit. Elle avait tendance à oublier qu'il pouvait lire dans ses pensées, comme elle dans les siennes même si elle n'essayait pas souvent. Comme tous les humains, elle accordait de l'importance à cette notion un brin étrange appelée intimité, une coutume a priori plutôt rare chez les démons.

—Dis-moi où nous allons, lui murmura-t-elle à l'oreille.

Ses douces lèvres frôlèrent la nuque de Jacob, son souffle chaud le caressa, l'enveloppant de sensualité. Il frissonna de tout son être, son corps se crispa, animé par un besoin immédiat. Il avait compris depuis longtemps que ses bonnes intentions ne feraient pas long feu. S'il restait près d'elle, son désir brut la consumerait. Voilà pourquoi il faisait les cent pas devant Noah lorsque le Conseil l'avait arraché à ses ruminations.

L'exécuteur savait qu'il ne pouvait demeurer dans les parages tant qu'Isabella séjournerait au palais. Elle représentait une tentation par trop irrésistible. Il devait s'en éloigner le plus possible, et était donc venu trouver le roi démon pour lui expliquer sa décision. De plus, il devait y parvenir sans accuser cette femme innocente. Le problème ne venait pas d'elle. C'était lui qui n'arrivait pas à se maîtriser. Après avoir sermonné Kane, voilà qu'il agissait de la même manière! C'était pathétique. Jacob avait franchi la limite. Il savait désormais ce que signifiait d'être attiré vers des abysses d'immoralité alors que ses principes lui hurlaient de faire le bien.

—Jacob ?

Lorsqu'il entendit son nom, il se rendit compte qu'il n'avait pas répondu à la question.

—Chez moi, dit-il, et il en profita pour se blottir davantage contre elle, et enfouir le visage dans sa chevelure.

Elle s'imprégnait de son odeur un peu plus chaque jour. Elle avait pris une douche depuis leurs derniers ébats passionnés, et pourtant, sa peau et ses cheveux exhalaient l'essence de Jacob. Elle avait tendance à imiter les senteurs qui l'environnaient, il l'avait déjà constaté, mais elle était aussi capable de retenir une fragrance après s'être lavée, ce qui était exceptionnel. Cela l'emplit d'un élan de joie teintée de possessivité. Il se rappela la marque qu'il avait imprimée sur l'épaule d'Isabella, masquée par sa douce chemise.

Ils se posèrent sur une large falaise et, quand elle leva la tête encouragée par Jacob, le paysage lui coupa le souffle. Ils se trouvaient, semblait-il, sur l'extrême pointe du littoral anglais. La maison où il l'avait amenée la première fois se dressait derrière eux avec majesté, à l'exception du mur couvert de panneaux de bois. Lorsque Noah apparut à leurs côtés sous sa forme habituelle, ils marchèrent vers la demeure. Ils y entrèrent par la porte, comme le commun des mortels.

—On pourrait penser qu'avec tous vos pouvoirs il vous suffirait de claquer des doigts pour réparer ce mur, dit-elle, hors d'haleine.

— Si tout était aussi simple, on parviendrait à se protéger des individus qui persistent à jouer avec la magie noire, lui fit remarquer Jacob avec douceur.

— À leur décharge, les humains ignorent que votre espèce est douée d'intelligence, que vous possédez une famille, des traditions et une culture. (Elle fronça les sourcils et soupira, consciente que c'était une excuse pitoyable.) Mais ce motif nous a permis de nous disculper pendant trop longtemps. Je suis désolée.

Jacob prit le menton d'Isabella entre ses doigts, profondément touché par la tendre compassion qu'elle éprouvait à l'égard de son peuple, surtout après avoir été rudoyée par les prétendus meilleurs d'entre eux. Il oublia complètement la présence de Noah, et s'approcha pour poser sur ses lèvres un délicat baiser, réprimant la douleur que cela lui infligeait.

— Je suis navré, petite fleur. Les aînés n'auraient jamais dû te traiter ainsi alors que tu travailles si dur pour nous aider.

— Ils ne savaient pas, murmura-t-elle avec indulgence, et sa bienveillance étreignit le cœur de Jacob. Ils ont peur, et pour cause. (Elle lissa une mèche de cheveux qu'elle lui coinça derrière l'oreille d'un geste gracieux et attentionné.) La peur conduit même les meilleurs à commettre des actes terribles.

Noah s'éclaircit la voix afin de rappeler au couple sa présence. Isabella et Jacob se séparèrent, et le roi contempla, émerveillé, le courant électrique invisible pour les autres qui circulait entre eux. Les étincelles formèrent d'éclatants arcs bleus avant de s'atténuer et de cesser toute connexion.

Noah n'avait jamais assisté à pareille scène entre un démon et une humaine. Il l'avait d'ailleurs rarement observée entre deux démons. Cela le fascinait et le perturbait à la fois. L'éclair signalait la fusion de deux âmes complémentaires. Sa sœur Hannah en saurait plus sur cet aspect précis de symbiose élémentaire, car elle comprenait le feu qui brûlait entre deux êtres et le voyait bien mieux que lui. Pour autant, cela ne l'empêcha pas de deviner que c'était important et extrêmement inhabituel.

— Isabella, tu avais quelque chose à nous dire ? leur rappela-t-il.

— Oui.

Noah remarqua de nouveau son hésitation, son visage tourmenté trahissait son conflit intérieur. Il apprécia sa candeur, ravi de constater que cette qualité n'était pas totalement désuète.

Elle attrapa Jacob par la main et l'entraîna jusqu'à la table la plus proche, avant d'y déverser le contenu de son sac. Noah les suivit, et l'observa avec attention tandis qu'elle ôtait le premier manuscrit de son étui avant de le dérouler, s'aidant d'objets trônant alentour pour le fixer. Elle traitait le document avec une infinie délicatesse, le manipulait avec minutie et déférence, ce qui, une fois de plus, ne manqua pas d'impressionner Noah. Cette femme était une chercheuse dans l'âme, et il n'était pas sûr de l'égaler un jour.

Les deux hommes se rendirent compte soudain que le texte était rédigé en démonique ancien. Ils échangèrent un regard perplexe par-dessus la tête d'Isabella tandis que, penchée sur son rouleau, elle essayait de le maintenir en place. L'écriture était identique à celle que Noah s'échinait à décrypter la nuit où Jacob avait rencontré la jeune femme.

— Bien, regardez ici, dit-elle, ravie de commencer sa lecture, tandis qu'elle leur désignait la partie centrale du parchemin. Voici l'original du « Rouleau de la Destruction ». Super nom, d'ailleurs. Bref, il a été écrit des siècles avant le recueil que j'ai trouvé et qui porte le même titre. Le livre est une traduction du rouleau. Vous voyez ? « Que celui qui désire connaître l'avenir de la race des démons consulte ces prophéties, blablabla… » En gros, c'est votre livre de l'Apocalypse.

Noah acquiesça lentement. C'était l'un de leurs documents les plus sacrés. Il renfermait la liste des destinées spéciales et des lois originelles. Le roi la regarda enrouler avec soin la première partie du manuscrit.

— Vous connaissez sans doute ces passages. Ceux qui expliquent comment l'émergence du christianisme parmi les humains affectera le destin des démons pour les siècles à venir. Ici. On y apprend comment la religion chrétienne deviendra dominante, entraînant l'ostracisme de la magie, et le déclin des « agents maléfiques ». Ce n'est pas précisé, mais je suppose qu'il s'agit des nécromanciens.

— Bien vu, petite fleur, la félicita Jacob. Tu as tout à fait raison.

Elle répondit par un hochement de tête avant de dérouler la suite.

— On y trouve ensuite diverses prophéties. Dans le livre, la traduction de ces lignes est un peu bancale, mais quand on arrive là… (Elle leur indiqua un passage plus loin dans le manuscrit.) À partir de là, ça devient n'importe quoi.

Au début, je ne comprenais pas comment on pouvait faire autant de fautes. Je me suis dit que le traducteur avait dû changer. Puis je me suis rappelé qu'en matière de doctrines religieuses les commanditaires de traductions dictaient bien souvent ce qui était jugé acceptable et conforme aux opinions établies. Aujourd'hui encore, on passe sous silence la traduction originale de certains travaux d'envergure afin de ne pas ébranler les fondements de ces systèmes de valeurs. Quand on traduit correctement, on comprend pourquoi le message a été tronqué. Écoutez, je vais vous lire le passage en question.

« Ainsi, en cette ère remarquable, la pureté à laquelle la race des démons devra aspirer toujours retrouvera sa place centrale. L'on comprendra alors le sens et la portée de nos lois les plus strictes, que nul humain non corrompu ne devra être blessé, que la coexistence pacifique entre les races devra passer avant toute autre chose… »

— Il n'y a là rien de différent de ce que nous savons déjà, lui fit remarquer Noah qui luttait pour suivre sa traduction rapide.
— Un instant, j'y arrive. (Elle déplia davantage le rouleau.) Écoutez.

« Nous devons redoubler de vigilance, car le temps est proche. À l'ère de la rébellion de la Terre et des Cieux, quand Feu et Eau ravageront les plaines, le plus ancien de tous reviendra, prendra femme, et engendrera le premier enfant de l'élément Espace, camarade du premier enfant de l'élément Temps, né des exécuteurs. Démon et druide. Et tout redeviendra comme avant, à l'état où tout a commencé. La pureté sera rétablie. »

— Maintenant, poursuivit Isabella sans se rendre compte que les deux hommes s'étaient figés à ses côtés, je n'arrivais pas à comprendre pourquoi ce passage avait été négligé. La prophétie semble évidente. Qu'est-ce qui pouvait être si effrayant ? Alors, j'ai lu toutes vos lois, et je me suis aperçue…

— Toutes ? s'écria Noah avec stupéfaction. Tu n'es restée que quelques jours dans la bibliothèque.

— Je lis vite, répliqua-t-elle avec un haussement d'épaules.

Noah s'agrippa au dossier d'une chaise jusqu'à ce que ses jointures blanchissent. Il chercha du réconfort dans les yeux d'ébène de l'exécuteur, mais n'y trouva que désarroi. Il n'avait d'autre choix que d'observer la petite humaine tandis qu'elle continuait son explication.

— Bref, reprit-elle, c'est là qu'entrent en jeu vos lois sur les rapports interraciaux. Jusqu'à présent, je pensais qu'elles s'appuyaient sur une incompatibilité chimique ou sur votre nature bestiale qui risquait de vous conduire à blesser un partenaire n'appartenant pas à votre espèce. Plusieurs ouvrages défendent ces théories. Pureté est le mot-clé. Il revient très souvent dans ce manuscrit, et est utilisé un nombre incalculable de fois dans vos lois. Mais écoutez ce qui est écrit plus loin dans le « Rouleau de la Destruction ».

« Un exécuteur viendra au monde et atteindra la maturité quand la magie, une fois de plus, menacera notre ère, quand la paix ne sera plus, que le démon frôlera la démence. L'exécuteur naîtra afin de pourfendre les transformés, détiendra le pouvoir d'anéantir, de camoufler son odeur, de traquer, de voir l'invisible, de combattre avec courage et instinct les plus puissants et les plus corrompus. Les pensées de cet exécuteur demeureront scellées à tous excepté à sa chair et à son partenaire. Il arpentera corps et âme la voie des démons, sans y être né. »

— Là, vous voyez ? Comment parler de pureté si un exécuteur qui n'est pas un démon est nommé ? Hein ? Mais ce n'est pas tout. (Elle sortit avec enthousiasme un second manuscrit de son étui.) Ce rouleau, qui d'après mes calculs est encore plus ancien, va vous couper le sifflet. Écoutez donc.

« Démon et druide marchent côte à côte, ensemble, unis, ils ne font qu'un, telles des âmes sœurs. L'un sans l'autre perdu et imparfait, son peuple voué à la folie, à l'abattement, à l'impureté et à la destruction. »

— Vous savez ce que ça signifie ? Votre prétendue race de sang pur constituait jadis la moitié d'une autre, l'espèce hybride mi-druide, mi-démon ! Si c'est vrai, alors toutes ces inepties sur la pureté sont l'invention d'un intégriste vieille de plusieurs milliers d'années. C'est de la propagande pure et simple, messieurs ! Vous êtes tellement engoncés dans votre fanatisme et votre conception radicale de l'histoire que l'idée d'être sauvés par des étrangers a dû paraître affligeante à vos traducteurs. C'est pourquoi ils ont omis de retranscrire ce passage. Votre survie dépend de l'extérieur. Vous cherchiez un remède ? Le voici ! Écrit noir sur blanc, bien à l'abri dans vos souterrains ! Les druides s'avèrent l'antidote à la folie lunaire !

—Alors, nous sommes voués à l'extinction, déclara Noah tout bas.

Isabella décocha au roi un regard surpris. Son cœur bondit dans sa poitrine quand elle remarqua ses traits tirés et son visage blême.

—Pourquoi dis-tu ça ? protesta-t-elle. Il ne vous reste qu'à découvrir… Vous avez dit qu'il existait d'autres espèces de Nocturnes. J'ai beaucoup lu sur ce sujet dans vos archives. Cela dit, je n'ai commencé à trouver des informations sur les druides qu'une fois dans le caveau est…

—C'est là que sont rangées leurs archives, Bella, l'interrompit Jacob avec rudesse.

Isabella cligna des yeux, troublée, et se tourna aussitôt vers ce dernier.

—Je ne comprends pas.

—Isabella, il y a près d'un millénaire, le chef des druides a perdu la tête et a assassiné celui des démons, expliqua Noah d'un ton grave. La guerre a éclaté. Les druides ont disparu, Bella. Les démons les ont anéantis. Les reliquats de leur civilisation gisent sous ces voûtes. Nous avons massacré un peuple entier, décimé jusqu'au dernier ceux qui auraient pu s'exprimer en leur nom, il ne reste plus que ces antiques manuscrits.

— Si ce que tu dis est vrai, alors nous nous sommes détruits nous-mêmes. (Jacob passa une main lasse sur son visage et dans ses cheveux avant de croiser le regard de Noah.) On nous a répété pendant des siècles que les druides étaient nos ennemis à cause des agissements de leur roi. Jamais on ne nous a révélé que jadis nous ne formions qu'une seule et même espèce, vivions ensemble… et partagions une histoire commune.

— Une histoire révisée ! s'exclama Noah. Réécrite, à l'évidence, par les dirigeants de l'époque afin de servir leurs intérêts pendant et après la guerre. Comment ai-je pu faire preuve d'une telle arrogance ? Nos dévoués historiens ne sont pas au-dessus de ces machinations !

— Non… Non, je crois que vous vous trompez, répliqua Bella, un filet de peur dans la voix, tandis qu'elle essayait de comprendre les implications de ses découvertes sur l'avenir des démons. Vous oubliez la prophétie ! Comment une race vouée à l'extinction peut-elle soudain donner naissance à de nouveaux éléments ? Des enfants dotés de pouvoirs sur l'espace et le temps changeront à jamais la face du monde ! Quand cela se produit sous votre nez, vous ne pouvez pas le nier !

— Tu pars du principe que la prédiction concerne notre ère, souligna Noah.

— Bien entendu ! Ne voyez-vous pas ce qui se passe ? « L'ère de la rébellion de la Terre et des Cieux, quand Feu et Eau ravageront les plaines. » Votre peuple incarne les éléments, vous l'avez dit vous-mêmes. Le feu, la terre, etc. Or, dans bon nombre de textes historiques, « plaine » ne signifie pas « territoire » mais « civilisation ». Il est écrit ici que les démons sèmeront le chaos dans d'autres civilisations. L'exécuteur mentionné plus tôt viendra alors que « la paix ne sera plus, que le démon frôlera la démence ». Les deux présages font référence à la même époque. Vous m'avez appris que chaque année la folie qui frappait les vôtres empirait. Et la brusque apparition de ce nécromancien ne témoigne-t-elle pas du retour de la magie ?

» Mais oui ! s'écria-t-elle soudain. Vous n'avez pas tué tous les druides ! Vous les avez contraints à la dormance. Si ça se trouve, quelques-uns ont réussi à s'échapper. Au fil du temps, balayés par la science et la culture, leur héritage et leur savoir ont été perdus pour leurs descendants, comme ça a été le cas pour vous. Un jour peut-être, lorsque vous commencerez à accepter d'autres espèces parmi les vôtres, un druide viendra, et bientôt… quand il faudra remplacer Jacob…

Elle s'interrompit, réfléchissant à toute allure tout en se tordant les mains, gagnée par un brutal désespoir.

Noah comprit. Si elle voyait juste, et que le temps de la prophétie était proche, alors la mort de Jacob et sa succession étaient imminentes. Elle devait récuser la justesse de son raisonnement afin de repousser la venue de ce jour inévitable pour lequel elle n'était pas préparée.

— Tu vas trop vite en besogne, la consola Noah.

— Par le destin miséricordieux !

Isabella et Noah reportèrent toute leur attention sur Jacob qui semblait en état de choc.

— Quoi ? Qu'est-ce qu'il y a ? s'enquit le roi.

— Elle l'a lu pourtant, et j'ai failli passer à côté. Noah, dans la prophétie, juste après l'en-tête, elle a dit : « le premier enfant de l'élément Espace, camarade du premier enfant de l'élément Temps, né des exécuteurs. »

— Et alors ? demanda Bella.

— Tu es sûre qu'il était marqué « exécuteurs » ? Au pluriel ?

— Oui, certaine. Regarde, c'est écrit ici.

Elle lui montra le passage en question.

— Bella, il n'y a jamais eu deux exécuteurs en même temps. Ces lignes ne font pas référence à moi, ni à quelque druide d'un futur lointain, mais à… (Il cligna des yeux, abasourdi par la nouvelle.) Elles parlent de toi. Noah, c'est elle !

— Serait-ce possible ? murmura le roi, observant la petite humaine avec une admiration mâtinée de crainte, suivant sans peine les pensées de Jacob. Un exécuteur humain ?

— Oh là ! Une minute, les amis ! Ne vous emballez pas ! s'empressa de crier Isabella, les mains levées de manière défensive, avant de reculer de plusieurs pas comme s'ils allaient l'attaquer.

Elle n'avait aucune chance de les battre à la course, mais cela contribua à la rassurer un peu.

— Je ne suis pas l'exécuteur. Je suis minuscule, je suis… Je suis un rat de bibliothèque ! Je suis faible ! Je suis humaine. Arrêtez de me dévisager ainsi ! Vous avez perdu la tête !

— « L'exécuteur naîtra afin de pourfendre les transformés, détiendra le pouvoir d'anéantir. » Saul, petite fleur. Tu t'en souviens ? « De traquer, de voir l'invisible, de combattre avec courage et instinct les plus puissants et les plus corrompus. » Tu l'as tué.

—C'était un accident !

—« De camoufler son odeur… » Les aînés ne savaient même pas qu'elle se trouvait chez moi, ajouta Noah, à l'évidence stupéfait. Ils n'ont pas pu flairer sa présence. « Les pensées de cet exécuteur demeureront scellées à tous excepté à sa chair… »

—C'est ridicule ! Jacob n'arrête pas de s'immiscer dans mon esprit, et je vous assure que nous n'avons aucun lien de parenté !

—« Et à son partenaire… »

Isabella entendit les mots fatidiques sortir de la bouche de Jacob et résonner dans la pièce.

En son for intérieur, elle avait su que cette connexion dépassait le simple coup de foudre, et Jacob aussi. Il l'avait prise dans ses bras en dépit de tout ce qu'il incarnait, car leur attraction ne découlait pas de la folie lunaire. Il n'en avait jamais douté.

Quelques jours plus tôt, même en repoussant les limites de son imagination, elle aurait été incapable de concevoir tout cela. Réalité et fiction se mêlaient dans son esprit, troublaient sa vision comme un brouillard étouffant. Son sang reflua vers le bas de son corps pour irriguer ses organes assoiffés tandis qu'elle passait du froid au chaud, frissonnait de peur, et, surtout, d'excitation devant cet éventail de possibilités dangereuses.

Soudain, elle s'écroula comme une pierre.

—As-tu la moindre idée des répercussions que cela va engendrer sur chacun de nous ?

Assis à côté d'Isabella, Jacob leva la tête, les doigts emmêlés dans les cheveux de sa protégée. Il n'avait pas réagi assez vite, et elle était tombée au sol. De sa main libre, il pressait un linge sur son front pour sécher le sang qui s'entêtait à perler.

— En tout cas, je sais comment cela va t'affecter, répondit Noah, debout devant la fenêtre, le regard rivé sur l'océan à l'horizon. Voilà pourquoi tu n'as pas pu lui résister.

— Et si on se trompait ? (Jacob caressa les boucles soyeuses qui l'attiraient tant.) Elle est si menue, si jeune. Comment peut-elle être destinée à m'épauler ?

— Elle a pisté Saul sans aucune préparation. Elle l'a tué, lui fit remarquer le roi.

— Cela tenait plus de l'accident, rétorqua Jacob.

— Dans ce cas, comment expliques-tu ce qui est arrivé à Elijah ?

Jacob en était incapable, et Noah le savait. Elijah était un guerrier chevronné, chef d'une armée de démons dévoués corps et âme à l'art de la guerre. Il était puissant, assidu à sa tâche d'élu tout autant que Jacob. Et pourtant…

— Je ne peux pas, avoua-t-il à contrecœur.

— Elle te protégeait, répliqua le roi, placide. (Sa sagesse et son flegme ne manquèrent pas d'agacer Jacob.) Elle a agi d'instinct. Comme une louve avec son mâle.

— Noah, elle est humaine ! Tout ce qu'on m'a inculqué au fil des siècles me dit que je ne peux pas être son partenaire ni elle la mienne ! Je lui ferais du mal ! Bon sang, je lui en ai déjà fait !

Jacob referma ses longs doigts sur la chevelure d'Isabella, serrant avec colère d'épaisses mèches entre ses jointures.

Énoncer l'évidence à voix haute lacéra sa conscience et son cœur comme des centaines de lames ultrafines.

—As-tu…

—Non ! Bien sûr que non ! Je te l'ai déjà dit, je suis pétrifié à l'idée de la blesser. De plus, si les choses étaient allées aussi loin, ne crois-tu pas qu'Elijah, Legna ou toi auriez fondu sur moi comme un seul homme ?

—Personne n'a interrompu vos ébats dans le caveau hier, lui fit remarquer Noah.

Jacob fusilla le roi du regard.

—Tu savais.

—Après coup, lui assura-t-il. J'ai confiance en toi, Jacob. Tu as dû faire ce qu'il fallait. Tu es l'exécuteur, après tout.

—Si seulement, Noah. (La voix de Jacob était rauque, ses yeux lançaient des éclairs.) Je ne saurais t'expliquer l'intensité… (Il se racla la gorge.) Quand elle est près de moi, il suffit qu'elle batte des cils, ou qu'elle sourie… (Noah entendit le grincement de dents caractéristique de l'exécuteur qui pressait ses molaires les unes contre les autres.) Je ne réponds plus de moi. Je ne différencie plus le bien du mal.

—Eh bien, si l'on interprète correctement cette prophétie, il te faudrait la prendre.

—Bon sang ! Comment peux-tu te montrer si désinvolte ? gronda Jacob avant de bondir sur ses pieds pour marcher vers le roi. Tu l'utiliserais sans vergogne pour une expérience d'une telle ampleur ? Tu te servirais de moi ? Alors que cela pourrait la tuer et me vouer à une damnation éternelle ?

—Autant que ce soit vous deux plutôt que notre peuple tout entier, rétorqua Noah. C'est le dirigeant de plusieurs milliers de sujets qui parle, Jacob, s'empressa-t-il d'ajouter. J'ai été désigné pour prendre ces décisions. Le bien de la communauté l'emporte sur celui de l'individu, ou dans le cas présent, du couple. Et cesse de me fusiller de ton regard réprobateur, exécuteur. Tu fais de même chaque fois que tu punis une brebis égarée. Tu as fait ce choix quand tu as promis à Myrrh-Ann de rechercher Saul tout en sachant qu'aucun démon n'avait jamais réchappé d'une invocation sans séquelles et que tu serais obligé de le détruire.

Jacob savait que Noah avait raison, mais cela ne soulageait pas sa conscience pour autant. Le bien-être d'Isabella le concernait et lui importait davantage. Elle était innocente, à plus d'un titre, et n'avait jamais demandé à jouer un rôle dans leurs croyances ou leur survie.

—Jacob, tu connais nos tabous tout comme notre foi dans le destin. Si tel est le sien, il n'y a rien que nous puissions faire, lui rappela Noah d'une voix calme. Tu te révoltes, mais je sens bien qu'au fond de ton cœur tu sais qu'elle est faite pour toi. C'est ta moitié. Elle est la seule femme à inspirer une telle loyauté à l'exécuteur devant moi, la seule humaine à t'avoir jamais tenté, maudite soit la lune sacrée ! Tu foules la terre depuis plus d'un demi-millénaire, Jacob, et aujourd'hui, te voilà attiré pour la première fois au point de bafouer tout ce qu'on t'a inculqué tout au long de ta vie. Elle est tienne, Jacob, déclara Noah avec véhémence. C'est sa destinée, et elle t'appartient.

—Je ne lui ferai pas de mal. Je ne la contraindrai pas à accepter nos prophéties.

Jacob regagna le canapé d'un pas raide, vérifia la blessure d'Isabella et passa les doigts dans son envoûtante chevelure.

—Tu n'as pas le choix. Si elle n'était pas humaine, je vous accuserais tous deux de vous trouver au premier stade de l'imprégnation. La connexion télépathique, la tentation indéniable de vous accoupler…

—Elle est humaine, Noah, l'imprégnation est hors de propos. Cela ne fonctionne même pas avec nous ! Le dernier cas remonte à plus de deux siècles, et l'avant-dernier à presque aussi longtemps. Tu auras beau essayer de la rallier à nos coutumes, de me manipuler pour apaiser ma conscience, je camperai sur mes positions, je ne l'obligerai pas !

—Tu crois à ton libre arbitre, répliqua Noah avec patience, mais tu ne peux pas échapper au destin. Tu ne la forceras pas, car tu n'auras pas à le faire. Personne n'affirme le contraire. Cela se produira, un point c'est tout.

—Je n'aurais jamais dû l'amener dans notre monde.

—C'était écrit.

—J'aurais dû… J'aurais pu…

La frustration qui lui enserrait la gorge étouffa Jacob. Il tourna la tête afin que Noah ne remarque pas son expression de détresse.

—Tu es amoureux d'elle, non ? demanda Noah avec douceur, ses yeux gris-jade braqués sur son ami.

—Ne t'avise pas de me dire ce que je ressens ! C'est déjà insupportable qu'un vieux bout de papier le fasse, tonna Jacob.

— Très bien, n'en parlons plus. De toute façon, nous devons nous concentrer sur un autre problème. L'introduction de ces prophéties et de ces récits dans notre culture entraînera des répercussions considérables. Et ne se fera pas sans heurts. Il n'y a qu'à voir ta réaction alors que tu sautes sur le moindre prétexte pour te retrouver seul avec elle. Imagine alors ce que feront les zélotes comme Ruth.

À cette idée, un frisson de panique parcourut Jacob, qui se décida enfin à soutenir le regard de Noah.

— Cela m'affectera à un tel point que ma vie privée deviendra le cadet de mes soucis. Est-ce bien ce que tu es en train de me dire ? demanda-t-il avec gravité.

— Tu es l'exécuteur. Prépare-toi au chaos, Jacob. Je ferai de mon mieux pour te faciliter la tâche. J'en parlerai aux érudits avant d'en informer le Conseil le moment venu.

Jacob perçut la sagesse de cette décision, et comprit à cet instant précis pourquoi Noah était destiné à les diriger et eux à le servir. Avec l'appui des érudits, le roi ne pouvait être contredit, même par le plus influent des aînés. Fort de cette certitude, il pouvait recourir au soutien des guerriers et à l'exécuteur en cas de dissension. Jacob sentit son estomac se nouer à l'idée d'une guerre civile. Il baissa les yeux sur la pâle petite fée à ses côtés. Isabella était tombée d'une fenêtre et avait entraîné une succession d'événements d'une magnitude incroyable.

— Regarde-la avec attention, mon vieil ami, murmura Noah. Comme Hélène, elle pourrait bien être le visage qui lancera mille navires.

Isabella ouvrit les yeux, ses pupilles se contractèrent à la lumière révélant ses immenses iris violets. Elle cligna rapidement des yeux pour s'habituer à la clarté. Levant légèrement la tête, elle poussa un grognement quand ses muscles endoloris l'élancèrent et ses tempes gorgées de sang commencèrent à battre douloureusement.

Elle sentit des doigts délicats lui caresser la joue et l'oreille avec tendresse, et entendit une voix apaisante lui susurrer des mots doux.

— Chut, du calme, Bella. Tu n'as rien à craindre.

Elle se sentait en sécurité. Elle émergeait de sa torpeur blottie contre un corps rassurant, une jambe robuste s'immisçant entre les siennes, et un bras puissant lui maintenant la nuque. Elle ne s'était encore jamais réveillée au côté d'un homme, mais elle avait toujours imaginé éprouver ce sentiment de chaleur, de protection, et de parfaite adéquation. Ils étaient au lit ensemble, mais cela ne la bouleversait pas. Il ne l'avait pas abandonnée. Il était resté le plus près possible, sans jamais la quitter des yeux jusqu'à ce qu'elle se mette à remuer.

— Jacob, murmura-t-elle, frottant sa figure contre lui avec affection.

— Le seul et l'unique, lui assura-t-il.

Elle passa les doigts sur la couverture pour les mêler aux siens. Il lui prit la main et la serra de toutes ses forces.

— Je suis surpris que tu ne sois pas en train de me ficher une raclée, lui fit-il remarquer.

— Je ne suis pas encore bien réveillée. On verra ça plus tard.

Jacob enfouit le visage dans ses cheveux, le sourire aux lèvres.

—Merci de me prévenir.

—En fait… (Elle se retourna afin de lui faire face.) Je vais plutôt botter les fesses de Noah. Ça m'aidera à me sentir mieux.

—Fais-toi plaisir. Ça m'aidera à me sentir mieux, moi aussi.

Jacob posa de nouveau la main sur la joue de la jeune femme et laissa ses doigts parcourir sa peau veloutée avant de lui caresser la lèvre inférieure avec le pouce.

—Peux-tu répondre à une question ?

—Pourquoi a-t-on l'impression de se connaître depuis des siècles alors que cela fait à peine quelques jours ?

—Tricheur, l'accusa-t-elle.

—Désolé. J'accède à ton esprit trop facilement pour résister.

—Pour une excuse, je trouve ça bien arrogant !

—Tu veux que je te réponde ou tu préfères polémiquer ?

—La réponse a-t-elle un rapport avec les prophéties et le destin ? Parce que si c'est le cas, je sens poindre la migraine.

—En fait, je penchais plutôt pour la bonne vieille théorie des atomes crochus.

—Oh. Voilà qui semble normal. Presque humain, même.

—À ta place, je tournerais la langue sept fois avant de parler, répliqua-t-il, une pointe d'espièglerie dans les yeux.

—Dans ta bouche ou dans la mienne ?

Il se redressa et haussa un sourcil, l'air surpris.

—Isabella, serais-tu en train de me faire du charme ?

Celle-ci poussa un long soupir théâtral.

—Pas très subtil, hein?

Jacob éclata de rire, et ne résista pas à l'envie de l'attirer vers lui pour lui déposer un baiser sur le front. Il lui coinça la tête sous son menton et serra son corps menu contre lui.

—Tu es une énigme pour moi, Bella. Tu aurais tous les droits de nous envoyer paître, moi et mon espèce, et pourtant tu n'en fais rien. J'ai beau me faufiler dans ton esprit, ton raisonnement m'échappe.

—Eh bien, répondit-elle, songeuse, dès que je me mets en colère, le lobe rationnel de mon cerveau prend les devants et refoule mes émotions à l'arrière-plan. Je commence à réfléchir. J'analyse vos motivations, et elles me paraissent sensées. L'envie de me battre m'abandonne quand je me rends compte que vous luttez de votre mieux pour votre survie et votre sérénité.

—Bella?

—Mmmh?

—Si tu m'es destinée, je serai la créature la plus chanceuse de cette planète. (Il marqua une pause tandis qu'une pensée désagréable lui traversait l'esprit.) J'ignore si tu peux en dire autant.

Isabella se redressa afin de le regarder dans les yeux. Chaque fois qu'elle bougeait, les mains de Jacob la suivaient automatiquement, trouvant le moyen de lui caresser le visage et de se perdre dans sa chevelure. Elle se demanda s'il en avait conscience.

—Qu'est-ce qui te fait dire une chose pareille?

Ses prunelles flamboyèrent, reflétant une émotion indéchiffrable. Elle le soupçonnait de méditer sa réponse.

Elle avait constaté qu'il réfléchissait toujours longuement avant de parler.

— Je suis habitué aux opinions négatives. Les gens me considèrent comme un mal nécessaire.

— Ce n'est pas du tout ainsi que te voit Noah, répliqua-t-elle.

Il étudia un moment cet argument avant d'acquiescer.

— C'est vrai. Mais je n'ai jamais été amené à juger le roi ou ses proches pour avoir perdu le contrôle. Rares sont ceux qui n'ont pas été touchés de près ou de loin par les actes de l'exécuteur au cours des quatre cents dernières années, surtout les plus récentes. Le châtiment est une affaire très grave, on ne l'oublie jamais. Ne me demande pas de te fournir des détails, je ne le ferai pas. Le fait est que la plupart de mes congénères préféreraient se passer de moi.

— Et qu'en est-il de toi ? On pourrait te punir à cause de moi ?

L'inquiétude visible dans ses grands yeux indiquait que cette pensée lui déplaisait au plus haut point.

Jacob ne répondit pas tout de suite. Comment le pouvait-il ? Les circonstances étaient inédites pour tout le monde, comment pouvait-il affirmer quoi que ce soit avec conviction ? Cela le troubla. Il n'avait jamais douté de toute sa vie, ses objectifs avaient toujours été clairs, même si ces derniers présentaient certains aléas. À présent, tout n'était que confusion, mystères et suppositions.

— En toute honnêteté, Bella, je n'en sais rien, avoua-t-il tout bas, la gêne que lui causait cette confession se lisant dans son regard. Et plus on avance, plus je me rends compte qu'en réalité j'ignore ce qui naguère me paraissait limpide. C'est une situation difficile à gérer pour un homme.

— Pour une femme aussi, ajouta-t-elle, lui rappelant à quel point toute cette histoire avait affecté sa propre existence. De bibliothécaire je me retrouve catapultée chasseuse de démons. Va comprendre. (Il sourit quand elle roula des yeux avec exagération, mais il savait que la légèreté de ces propos cachait un profond malaise.) Vu la déférence que te témoigne ton peuple, je ne suis pas sûre de vouloir découvrir sa réaction devant un exécuteur humain, déclara-t-elle, imitant à la perfection la voix de Ruth.

— Je ne te mentirai pas, petite fleur, tu dois t'attendre à des heurts et à des dissensions. (Il lui effleura la joue avec le pouce d'un geste apaisant tandis qu'il parlait.) Néanmoins, j'ai foi en ma communauté. Nous sommes des êtres intelligents, dévoués à la notion de fatalité, et nos prédictions comme notre philosophie, aussi déplaisantes soient-elles, constituent la pierre angulaire de notre société. Nous nous adapterons.

Après avoir prononcé cette phrase, il s'aperçut qu'il le pensait vraiment. Il le percevait. Il comprit qu'il considérait désormais la prophétie comme inéluctable. À présent, il l'acceptait sans difficulté alors qu'il avait presque refusé d'en débattre avec Noah. Cela ne manqua pas de l'interpeller. Il devait sembler sûr de lui, car il sentit Isabella se détendre aussi. Sans réfléchir, elle frotta le visage contre la paume de Jacob tandis qu'elle fronçait les sourcils, songeuse. C'était l'une des qualités qu'il appréciait chez elle, sa façon de méditer ses pensées sans nourrir de préjugés. C'est ce qui la rendait si exceptionnelle, et il n'avait pas besoin de présages pour le remarquer.

— Pourquoi vous faudrait-il deux exécuteurs ? D'après ce que j'ai vu, tu fais un excellent boulot. Je ne te suis d'aucune utilité.

— Ce n'est pas tout à fait exact, rectifia-t-il d'une douce voix envoûtante.

Elle lui était indispensable. D'ailleurs, cela ne datait pas d'aujourd'hui, même s'il commençait seulement à le comprendre. Quoi qu'il en soit, il ne pouvait prononcer ces mots tout haut. Il ne pouvait lui mettre la pression pour assouvir ses désirs égoïstes. Il ne voulait pas qu'elle choisisse cette voie à cause de lui. Du moins, pas uniquement.

Comme il se taisait, Isabella décida de ne pas insister pour le moment. Elle ne voyait pas les choses comme lui, pour l'instant, mais ce n'était peut-être qu'une question de temps.

— Tu penses que c'est vrai ? Tu crois que je suis celle de la prophétie ? Et si oui, tu peux me dire pourquoi ?

— Il me semblait l'avoir déjà fait. Et si je m'en souviens bien, tu t'es évanouie, répondit-il d'une voix empreinte de regret tandis qu'il effleurait le pansement sur son front.

Bella y porta la main et caressa la plaie. Celle-ci était un peu douloureuse, mais la jeune femme ne s'attendait pas à moins. Elle souleva un côté du bandage, ignorant à quel point la coupure était profonde, puis l'ôta avant que Jacob ne puisse l'en empêcher.

L'atmosphère s'alourdit sur-le-champ. D'abord, Jacob se figea comme une statue, la tension crispa ses muscles tout juste détendus. Il retint sa respiration, les yeux braqués sur Isabella.

—Quoi ? C'est grave ?

Elle toucha la blessure sans réfléchir.

—Ça l'était. L'entaille était sérieuse, Bella. (Il arrivait à peine à parler, comme si le fait de prononcer cette phrase à voix haute allait y changer quelque chose.) Mais elle s'est refermée. Il ne reste qu'une cicatrice et de légers bleus.

—Ah. J'ai dormi longtemps ?

—Seulement quelques heures.

—Oh. (Elle se mordilla la lèvre inférieure pendant une minute, le regard rivé sur la mine rembrunie de Jacob.) Qu'est-ce que ça signifie ?

—As-tu toujours guéri aussi vite ?

—Non. Je cicatrise comme n'importe quel être humain.

—Plus maintenant, constata-t-il. Désormais, tu cicatrises comme l'une des nôtres.

—C'est vrai ?

Il ne dit rien de plus, et frôla de ses longs doigts le devant de sa blouse. Il manipulait le satin avec une telle facilité qu'il déboutonna le chemisier jusque sous sa poitrine en un clin d'œil. Puis, il saisit son col, et le tira vers l'arrière afin d'exposer son épaule.

Jacob posa ses yeux noirs, et à l'évidence hantés par les émotions qui l'animaient, à l'endroit où il avait gravé son empreinte bestiale. Il effleura du pouce la peau pâle et parfaite à la recherche d'une légère meurtrissure ou de la moindre irrégularité.

—Oui, affirma-t-il enfin avant de se tourner vers une Isabella intriguée.

— Pourquoi ? Comment ? Est-ce que vous êtes... contagieux ?

— Je ne crois pas, répondit Jacob, esquissant un rictus. Nous sommes restés au contact des humains pendant des siècles, et cela ne s'est jamais produit.

— Oui, eh bien, je ne dois pas être une humaine comme les autres.

— Ça, je peux le garantir, répliqua-t-il avec douceur avant de lui embrasser l'épaule.

— Flatteur, railla-t-elle, fermant les yeux au contact de ses lèvres sur sa peau nue. (Elle sentit le baiser la parcourir, son épiderme picoter, et ses seins sensibles souffrir de cette proximité.) Je veux dire par là, parvint-elle à ajouter d'une voix rauque et pantelante qu'elle reconnut à peine, que je devrais peut-être dessiner mon arbre généalogique pour voir si je n'ai pas des parents druides.

— Cela risque d'être compliqué vu que tes aïeux devaient vivre cachés. Cette période est l'une des moins glorieuses de notre histoire. Nous avons puni et décimé toute une civilisation.

Jacob poussa un soupir lourd de regrets.

— Certes, mais tu n'es pas responsable des actes de tes ancêtres. Tu n'y peux rien si ce n'est réparer de ton mieux les erreurs qu'ils ont commises. Si vous tenez à vaincre la folie lunaire, vous devez dénicher des druides, peu importe leur nombre actuel, et les réintroduire dans vos vies et votre culture. Du moins, c'est mon avis.

— Noah le partage, affirma Jacob. Mais cela signifie amener des humains dans notre monde, puisque c'est apparemment parmi eux qu'ils se cachent. Leurs gènes se sont mêlés. Si on prend ton exemple, bien entendu. Si tu es réellement une descendante de druide.

Jacob ferma les yeux et poussa un grognement. Il roula sur le dos, reposa la tête sur l'oreiller et se frotta l'arête du nez comme si une migraine terrible l'assaillait soudain.

— Quoi ?

— Bella, quand tout sera dévoilé… si le recours aux druides est avéré et accepté… et s'ils s'abritent vraiment derrière des humains, ce sera la chasse ouverte pour tes congénères. Douce Destinée, je le vois d'ici ! « Mais Jacob, je croyais que c'était un druide ! » Comment suis-je censé gérer ça, bon sang ?

— Oh, Seigneur ! murmura Isabella qui suivait sans peine le cheminement de ses pensées.

Son cœur souffrait de le voir dans une telle détresse. Elle percevait son angoisse et son inquiétude quant au bien-être futur de son espèce.

— Mais Jacob, et si la nature y avait déjà pourvu ? Avec moi. (Il se tourna vers elle, et la dévisagea, les yeux teintés de compassion et d'espoir.) J'ai… (Elle se racla la gorge pour réprimer les émotions suscitées par l'expression de l'exécuteur.) Je suis venue pour vous aider, Jacob.

À ces mots, Isabella ressentit dans son esprit l'intense réaction du démon devant le fait que cette vérité pouvait le changer à jamais. Elle pénétra une partie de lui qu'elle n'avait encore jamais touchée, et partagea la solitude profonde qui l'avait accompagné toute sa vie. Elle s'étendait derrière lui, jonchée de morts, celle d'amis et de proches qui avaient succombé aux ennemis de leur monde, qui l'avaient abandonné à sa pénible condition de paria. De plus, il avait toujours tu ses sentiments, gardé pour lui l'ampleur de son isolement.

Isabella comprit que personne ne savait à quel point l'exécuteur était seul, hormis elle, et cela uniquement parce qu'elle pouvait s'infiltrer dans ses pensées. Et à présent qu'elle venait de faire cette suggestion, il mourait de peur pour elle. Il ne voulait pas de cette existence pour Isabella.

Mais elle voyait les choses de façon différente. Un frisson d'excitation la parcourut et elle lui décocha un sourire radieux.

— Ouah ! Je suis un genre de… Wonder Woman !

Elle se redressa avec difficulté, prit appui sur ses genoux, et sauta de joie sur le matelas. Elle planta les mains sur les hanches et adopta une posture héroïque.

— Tu sais bien… promouvoir la vérité, la justice et… la voie des démons.

— Je croyais que c'était le boulot de Superman, souligna-t-il sur un ton sarcastique.

— La ferme ! lui rétorqua-t-elle avec un sourire malicieux. Laisse-moi profiter de ce moment. Tu sais, ça ne me poserait aucun problème d'abandonner la traque, les massacres et les détails peu ragoûtants qui vont avec. (Elle frissonna des pieds à la tête avec exagération.) Mais les super pouvoirs, c'est carrément cool. Je me demande pourquoi ils ne se manifestent que maintenant.

— J'aimerais pouvoir te répondre. Je suis aussi abasourdi que toi.

— En fait, la première fois que j'ai remarqué un changement c'était à la bibliothèque après… (Elle se garda de poursuivre, à l'évidence pour éviter à Jacob tout sursaut de culpabilité, mais cela lui fit tout de même l'effet d'une gifle cinglante.) Quand j'ai réussi à déchiffrer votre langue.

— Non, avant, rectifia-t-il tout bas. Juste après ta chute de la fenêtre, tu as été submergée par ton empathie pour Saul. Tu te souviens ?

— Ah oui. C'était ça, la première fois. Après que tu m'as rattrapée. (Elle se fendit d'un petit rire moqueur.) Peut-être bien que c'est toi. Peut-être que tu es contagieux en fin de compte. (Isabella le vit arquer les sourcils, l'air soudain songeur.) Oh non ! Ce n'est pas vrai ! Je plaisantais, s'empressa-t-elle d'ajouter. Je refuse d'écouter ce que tu penses !

— Je ne fais que supposer, lui rappela-t-il, un sourire mauvais au coin des lèvres.

— Eh bien, arrête ! lui ordonna-t-elle, s'allongeant à ses côtés pour lui frapper le bras.

— Tu es un vrai tyran, constata-t-il avant de la saisir par l'épaule pour l'empêcher de se relever.

Il brûlait de la sentir de toutes les façons possibles. Un innocent échange de chaleur corporelle ne pouvait pas faire de mal.

— Je commence à regretter de t'avoir laissé me rattraper cette nuit-là, souffla-t-elle, indifférente aux manigances de Jacob, tout en faisant gonfler sa frange de cette manière si charmante.

C'était une invitation à laquelle il ne pouvait résister. Il posa les mains sur sa somptueuse chevelure, lissant entre ses doigts les mèches luxuriantes.

— Hé, ma jolie, c'était moi ou le béton. Il fallait bien que je m'y colle.

— Le béton aurait sans doute été moins douloureux… et moins compliqué.

Jacob savait qu'elle jouait les pestes pour le taquiner, mais sa remarque lui fendit le cœur.

— Vraiment ? demanda-t-il avec sérieux. Avons-nous été source de souffrance pour toi ? Avons-nous… T'ai-je fait du mal, Bella ?

Allongée sur lui, Isabella observa en silence ses prunelles noires empreintes de gravité, consciente que sa réponse serait vitale pour Jacob. Comme d'habitude, elle la médita pendant une longue minute. Elle lui dirait la vérité, comme toujours.

— Une seule fois, avoua-t-elle tout bas. (Elle le sentit serrer les poings dans ses cheveux. Son inquiétude à son égard la touchait.) Mais ce n'est pas ce que tu crois, Jacob. C'était ce jour, dans la bibliothèque…

— Dans ce cas, c'est bien ce que je crois. Bon sang, Isabella, je suis désolé.

— Jacob, écoute-moi. Ce n'est pas ce que tu as fait. (Elle détourna la tête, les joues rouges. Incapable de soutenir son regard, elle passa aux aveux.) C'est ce que tu n'as pas fait. C'est… quand tu t'es arrêté.

À cet instant précis, son visage chauffait si fort qu'elle s'imagina virer écarlate, mais elle refusait de mentir à Jacob. Il était immobile en dessous d'elle, mais elle ne pouvait se résoudre à le regarder alors qu'elle ignorait comment son audacieuse déclaration serait interprétée. Elle ne mâchait jamais ses mots lorsqu'elle maîtrisait son sujet, mais là, il s'agissait d'une situation inédite.

Il lui sembla que Jacob avait cessé de respirer. Puis, il quitta brusquement le lit, repoussant Isabella sur le matelas. Perplexe, cette dernière saisit les mèches qui lui tombaient devant les yeux et les rejeta en arrière. Ayant recouvré la vue, elle aperçut Jacob qui arpentait la pièce en se triturant les cheveux.

— Jacob ?
— Isabella. Tais-toi, aboya-t-il.

Le sang d'Isabella ne fit qu'un tour. Elle planta les deux mains sur les hanches.

— Désolée que tu trouves ce que j'ai à dire aussi désobligeant ! J'en suis franchement navrée ! Ça ne se reproduira plus, je te le garantis !

Elle ravala ses larmes, refusant de se faire humilier davantage, et se leva avec difficulté pour se diriger vers la porte. Elle tourna la poignée, en vain. Elle vérifia la serrure, consciente que cela gâchait une sortie parfaite, et réessaya. La porte resta bloquée. Isabella ne put réprimer plus longtemps le sanglot coincé dans sa gorge et frappa du pied avec frustration. Si elle n'avait pas été aussi furieuse, elle se serait sans doute aperçue que Jacob l'avait suivie. Mais vu son trouble, elle sursauta quand il l'effleura.

— Quoi ? s'écria-t-elle, faisant volte-face.

Jacob s'approcha d'elle, le plus lentement possible, la forçant à reculer avant de presser chaque paume de part et d'autre de ses épaules. Puis, soucieux de ne brûler aucune étape, il se pencha un peu plus vers elle. Une fois le contact visuel bien établi, un infime espace les séparait. Le corps puissant de Jacob dégageait une dangereuse chaleur qui nimbait Isabella dont le cœur battait la chamade.

— Bella, commença-t-il d'une voix douce et vibrante. Tu m'as mal compris. Ne commets jamais, je t'en conjure, l'erreur de croire que je ne te désire pas, petite fleur.

Il s'inclina un peu plus, son torse la frôla de si près qu'elle dut tourner la tête. Sa voix rocailleuse se transforma en murmure lorsqu'il s'approcha de son oreille, caressant sa nuque d'un souffle chaud et saccadé.

— Au contraire. Si je m'éloigne, c'est parce que je te désire. Si fort que quand tu parles comme ça, j'ai peur de perdre le contrôle. Bella, quand l'envie de te prendre me consume, je ne réponds plus de moi. Mon sens moral me déserte. Même mes convictions les plus profondes succombent à l'injonction de mon corps qui exige le tien. Tu comprends ? Ne te méprends pas, petite fleur. Je te désire. À en souffrir. La douleur a été aussi cuisante pour moi que pour toi, l'autre jour dans la bibliothèque.

— Si tu ressens vraiment tout ça, répliqua-t-elle tout bas, pourquoi refuses-tu de te rendre à l'évidence ? Surtout maintenant, après la découverte de la prophétie ?

Il recula d'un pas.

— Je ne veux pas que tu t'élances vers moi à corps perdu parce que de vieux gribouillis, dont la véracité et la finalité demeurent théoriques, dictent tes sentiments à mon égard. Combien d'heures se sont écoulées depuis que tu m'as avoué que je te terrorisais ? Tu as toujours peur, en dépit de tes paroles. Je le perçois et le lis dans tes pensées. Imagine un peu ce que ça me fait !

» Tu es innocente, Isabella. Tu ne parviens même pas à prononcer le mot « sexe », et tu rougis quand tu l'entends dans ma bouche. (Jacob la regarda avec insistance, et elle se couvrit aussitôt les joues, lui donnant raison.) Ton corps a beau réagir au mien avec une incroyable intensité, ton esprit n'est pas encore prêt. Je ne t'imposerai pas une telle décision. Ni mentalement, ni émotionnellement, et certainement pas physiquement. (Il braqua ses yeux noirs sur le visage d'Isabella, et l'étudia avec attention comme s'il perçait à jour ses moindres secrets.) Si je m'évertue à garder mes distances, c'est uniquement pour demeurer maître de mes actions jusqu'à ce que tu fasses ton choix, de ton plein gré, sans être influencée par un obscur présage.

— Mais, Jacob, dit-elle, levant la main pour jouer avec le pan de sa chemise ouverte, quand nous étions dans la bibliothèque et même avant, nous ignorions l'existence de la prophétie.

Simple. Logique. Irréfutable. Jacob crispa les poings contre la porte, rongé par son désir et ses émotions. Son corps la réclamait à cor et à cri. Le parfum chaud d'Isabella emplissait ses narines même si ses autres sens criaient famine.

Il serra les dents pendant un bref et pénible moment.

— Isabella, prends garde à ce que tu me dis, l'avertit-il avec rudesse. Je m'en remets à mon contrôle, mais les liens qui m'y rattachent sont très ténus. Comprends bien que si je craque, il n'y aura pas de retour en arrière possible. Les conséquences seront irrévocables.

— Oui. Je comprends. Et j'aimerais que toi aussi tu comprennes quelque chose, lui rétorqua-t-elle aussitôt. Je suis peut-être vierge, mais c'est uniquement parce que personne n'a suscité mon intérêt assez longtemps pour que ce ne soit plus le cas, pas parce que j'y accorde une importance démesurée. C'est vrai, j'ai toujours voulu connaître une première expérience spéciale, mais plus j'y repense, plus je me dis que mon souhait a été exaucé. Jacob, les sensations que tu fais naître en moi dépassent mes rêves les plus fous. Quand tu as posé les mains sur mon corps, pressé tes lèvres contre les miennes, tu as révélé ma féminité, je ne m'étais jamais sentie aussi vivante.

» Personne ne m'a jamais regardée avec une telle passion, susurra-t-elle avec une douce ferveur, et son murmure sensuel effleura les nerfs de Jacob comme des doigts avides glissant le long de sa colonne vertébrale. C'est extraordinaire d'être désirée à ce point. Certaines ont des relations sexuelles toute leur vie sans jamais éprouver cela. Par conséquent, mon innocence n'est rien de plus qu'un détail physique. D'un point de vue émotionnel, je ne suis plus pucelle depuis la première nuit que nous avons passée ensemble.

Jacob poussa un long soupir empreint d'indulgence qui fit remuer les cheveux d'Isabella contre sa joue.

— La naïveté de cette déclaration suffit à me prouver ton incroyable candeur, Bella.

À cette remarque, intentionnellement acerbe ou non, Bella dut résister à l'envie de le gifler. Sa condescendance commençait réellement à lui taper sur les nerfs. Elle manquait peut-être d'expérience, mais au moins elle savait qu'un monde extraordinaire s'offrait à elle en sa compagnie. Ils étaient issus d'espèces et d'univers différents, et pourtant elle comprenait qu'un lien précieux les unissait. Une occasion à ne pas rater se présentait à eux.

Même si cela l'intimidait, qu'elle flairait le danger, et qu'elle avait toutes les raisons de ressentir plus qu'une légère appréhension, pour rien au monde elle ne la laisserait filer. Et si toute sa vie n'avait été qu'un préambule à sa rencontre avec Jacob et à tous les changements rapides qui s'en étaient suivis ? Et si, pendant toutes ces années, sa soif de connaissance n'avait été qu'une quête inconsciente de Jacob et de son peuple ? Peut-être le destin décidait-il pour eux, et Jacob lui était-il réservé ? Il n'y avait qu'un moyen d'en avoir le cœur net, Isabella le savait, et elle mourait d'envie de le découvrir en dépit de tout bon sens.

— Bien. Je comprends, répondit-elle avec un petit haussement d'épaules avant de tourner légèrement la tête pour qu'il ne voie pas ses yeux. Puisque c'est si important pour toi, j'irai coucher avec un humain d'abord. Comme ça, je saurai de quoi je parle avant d'aborder de nouveau le sujet avec toi.

Cette déclaration fit le même effet à Jacob que l'intervention explosive d'Elijah la première fois qu'il avait touché Isabella. Elle le frappa de plein fouet, avec une brutalité à couper le souffle. Désorienté et déséquilibré, il céda à la rage qui transforma ses yeux en trous noirs. Il ne pouvait supporter l'idée qu'un autre caresse cette peau soyeuse, embrasse cette bouche délicieusement sucrée. Ce qu'elle suggérait cette fois était intolérable. Insoutenable.

— Il devra me passer sur le corps… Plutôt damner mon âme que d'autoriser une telle abomination, tonna-t-il dans un grognement mêlé de rugissement.

Bella le vit trembler de la tête aux pieds, sentit les vibrations sur la porte. En moins d'une minute, le Jacob flegmatique et sophistiqué disparut pour laisser place à une bête possessive.

Ah ben voilà, quand tu veux, songea Isabella, se souriant à elle-même.

— Mais… (Elle le regarda, l'air hébété, et battit des cils avec innocence.) Tu viens de dire…

— Oublie ça, Bella ! explosa l'exécuteur, la pression de ses paumes fendillant le bois qui grinça de façon sinistre. Personne ne posera la main sur toi, c'est clair ?

Isabella planta les poings sur les hanches, et redressa son menton délicat avec entêtement.

— Je ne vais pas rester pucelle toute ma vie, Jacob ! s'écria-t-elle avec frustration. Quelqu'un finira bien par me toucher parce que je ne compte pas me faire nonne ! Surtout maintenant que j'ai goûté au désir. Je ne renoncerai à cette sensation pour rien au monde ! Et puisque tu me juges trop fragile pour toi, il faudra bien que quelqu'un d'autre s'en charge !

Soudain, la tête d'Isabella se retrouva coincée entre les deux énormes mains de Jacob. Il l'obligea à soutenir son regard, la força à contempler les flammes de la jalousie qu'elle avait attisées dans ses prunelles de jais. Ses émotions la secouèrent comme une vague violente. L'avidité de Jacob, brusque et désespérée, sa peur fascinante, transpercèrent la psyché d'Isabella comme un million de poignards aiguisés. L'idée qu'un autre la caresse lacérait les entrailles, le cœur et l'esprit du démon, la cruauté de cette venimeuse pensée marquait son âme au fer rouge. Isabella regretta aussitôt son petit jeu. Elle n'avait jamais voulu le faire souffrir, seulement l'inciter à surmonter ses conflits intérieurs.

Jacob n'avait pas le droit d'éprouver ces sentiments, il le savait. Surtout à la lumière des règles de conduite qu'il avait établies en vitesse et qu'il s'efforçait d'imposer à lui-même ainsi qu'à Isabella. Pourtant, le besoin sauvage de la sentir en lui, corps et âme, l'étreignait avec brutalité. Il tuerait quiconque songerait à la toucher. Il s'en fit la promesse, puis, ses yeux noirs de désespoir rivés sur Isabella, il le lui jura aussi.

— Jamais, gronda-t-il, le souffle chaud et rapide. Tu entends, Bella ? Jamais un autre homme ne sera autorisé à poser la main sur toi.

— Dans ce cas, cela ne nous laisse que deux possibilités, répliqua-t-elle hors d'haleine, secouée par les émotions enflammées de Jacob. Toi ou personne.

Elle prit une longue inspiration pour se calmer et fermer son esprit à l'influence de Jacob. Puis, elle baissa la voix et changea de position avant de poursuivre. C'était sa façon de lui demander pardon pour son égoïsme et ses railleries. Même si elle en mourait d'envie, elle ne recommencerait plus, à moins que lui en manifeste le désir. En effet, il avait beau batailler pour sa survie, il refusait de reconnaître qu'il ne pouvait se passer d'elle. Et pour la toute première fois, Isabella constatait à quel point.

— Franchement, Jacob, murmura-t-elle, l'invitant du regard à suivre les lignes de son anatomie, je pense qu'il serait vraiment dommage de gâcher un corps comme le mien, si doux, si impatient de connaître les plaisirs de l'amour, et si réactif à tes caresses. Ce serait un crime de le contraindre au célibat. Qu'en dis-tu ?

En son for intérieur, Jacob savait qu'elle essayait de le manipuler, mais le stratagème n'en fut pas moins efficace pour autant. L'excitation bouillonna en lui telle une éruption volcanique, le consumant jusqu'à le paralyser.

— Tu m'aguiches en connaissance de cause, mais tu ignores avec quoi tu joues, l'accusa-t-il avec sévérité, parcourant des yeux les courbes voluptueuses qu'elle venait de mentionner, et qu'elle frottait à présent contre ses muscles d'acier. Pourquoi faire une chose aussi stupide ?

— Peut-être parce que je suis destinée à te libérer, Jacob, lui susurra-t-elle, levant la main pour redessiner du bout des doigts le contour de ses lèvres sensuelles. Ou peut-être cette tâche t'incombe-t-elle ? Je n'en sais rien. Je n'ai qu'une certitude : je veux être avec toi. Je n'aurais jamais pensé vouloir autant quelque chose de toute ma vie.

La respiration de Jacob s'accéléra, sa bouche chauffait sous les caresses aventureuses d'Isabella, ses pupilles se dilataient sous son regard. Il la relâcha et s'appuya de nouveau contre la porte. Isabella avait conscience de ses ongles qui s'enfonçaient dans le bois, de sa lutte intérieure qui le tourmentait encore. L'inquiétude de Jacob l'émut. Elle ne l'en désira que davantage. Elle savait qu'il ne la traiterait jamais avec frivolité, ne considérerait jamais le fait d'être avec elle comme un acte banal. Cette évidence suintait de tous les pores de sa peau.

— Je ne trouverai jamais rien chez toi frivole ou banal, répliqua Jacob avec férocité sans se rendre compte, dans l'intensité du moment, qu'il avait entendu les mots dans sa tête avec la voix d'Isabella. Mais tu as raison, je suis inquiet. Et crois-moi quand je te dis que c'est justifié. Tu te rappelles la première fois que je t'ai embrassée ? En l'espace d'une seconde, j'étais devenu incontrôlable. Seul mon instinct me guidait, la bête en moi s'apprêtait à surgir. L'homme civilisé avait disparu sans opposer de résistance. Si Elijah ne nous avait pas interrompus, j'aurais brutalisé ton corps, et n'aurais eu aucun égard pour ton innocence. Je t'aurais blessée, soucieux de mon seul besoin de copuler. Isabella, tu ne désires pas cela. Je ne le souhaite pas pour toi. Tu mérites bien plus.

—Plus? Comme lorsque tu m'as embrassée dans la bibliothèque? demanda-t-elle avec douceur. Car il n'y avait pas d'animal, Jacob. Du moins, ce n'est pas lui qui dominait. La manière dont tu m'as touchée, les sensations que tu as éveillées en moi… (Elle laissa glisser ses mains lentement le long de sa nuque, les yeux rivés sur la ligne que décrivaient ses doigts.) Et la façon dont tu t'es arrêté. Tes actes étaient ceux d'un amant tendre et attentionné. (Elle effleura le creux à la base de sa gorge, puis se faufila dans l'encolure de sa chemise.) Tu étais prévenant, je me suis sentie tellement désirée. Jacob, je veux ressentir ça de nouveau.

—Tu oublies certains détails, répliqua-t-il de sa voix éraillée, le regard dirigé sur son épaule dénudée. Maintenant, c'est toi qui réécris l'histoire.

—Non, Jacob. Pas du tout. Je sais ce que c'était… Je ne suis pas idiote. Cette part de toi, je ne l'ai pas perçue qu'en ces deux occasions. (Elle se pencha vers lui et posa ses lèvres délicates sur sa joue avant de remonter jusqu'à l'oreille.) Je la vois dans tes yeux affamés quand tu m'observes, lui susurra-t-elle. Je la sens quand tu inspires profondément pour t'imprégner de mon parfum. Oui, lui assura-t-elle lorsqu'il se raidit sous sa prise, j'en étais consciente. Depuis le début.

J'ai entendu le moindre grognement de cette bête que tu retiens si fermement. J'ai senti son impérieuse voracité sur tes mains élégantes, ses crocs sur l'égratignure laissée par tes dents. Jacob, j'ai appris à connaître les abysses où vit cet animal, et il ne m'effraie plus. Dans la bibliothèque, ce n'est pas le monstre en toi que je redoutais. C'est la femme en moi que je craignais, c'est pour ça que j'ai hésité. Par peur d'affronter ma propre inexpérience. C'est alors que toi, tu as trouvé le moyen de me guider. C'était naturel, Jacob, et c'était légitime. Nous n'avons rien fait de mal.

Jacob déglutit avec difficulté, un sursaut d'espoir et de désir lui entrava la poitrine et la gorge. Elle touchait son esprit intentionnellement pour l'obliger à voir et à sentir toute la vérité dans ses propos. Sa foi en lui, en leurs sentiments et en leur avenir était inébranlable.

— Tu n'as pas idée de ton pouvoir, déclara-t-il d'une voix râpeuse comme de la fibre de verre. Tu es si belle. (Il prit son visage entre ses mains.) Si douce, si chaude.

Il laissa ses doigts courir sur sa peau, puis glisser avec délicatesse sur sa joue, son menton et son cou. Il inspira profondément, sciemment.

— Et ton odeur. Elle me rend fou.

— Dis-moi pourquoi, lui ordonna-t-elle, l'air rêveur.

— Tu es… (Il se pencha vers elle et la huma à pleins poumons comme pour s'en imprégner.) Fraîche et épicée comme la muscade, et acidulée comme une pomme. Et puis la transformation…

Il pressa les lèvres contre son oreille qu'il titilla avec tendresse avant de tremper la langue dans le petit creux au-dessus du lobe.

— Oui, juste là, murmura-t-il, quand ton sang bourdonne, quand ton excitation monte. L'arôme du musc et de la féminité.

— Je vois, pantela-t-elle.

Le changement l'envahissait tout entière, il le flairait, et elle le ressentait dans tous ses membres. Elle effleura les muscles dissimulés sous la chemise de soie de Jacob. Son incroyable puissance irradiait de la moindre parcelle de sa peau. Il suffisait à Isabella de le toucher pour le percevoir. Elle se rendit compte soudain qu'elle n'avait pas encore commencé. Elle avait toujours été bien trop obnubilée par le désir de Jacob, par son emprise. Elle voulait le caresser, plus que tout, et explorer ce corps caché sous l'étoffe et les coutures sophistiquées.

Il promena les lèvres le long du cou d'Isabella, ouvrit la bouche, laissa glisser la langue là où battait son pouls, et suçota sa peau. Un frisson la parcourut, et elle se mit à trembler comme une feuille. Il sourit, ravi de constater qu'il lui donnait la chair de poule. Il redressa la tête, frotta le visage contre sa nuque, sa joue, jusqu'à ce qu'il voie ses yeux s'assombrir.

— Où est-il, Jacob ? demanda-t-elle tout bas, le souffle court contre sa bouche toute proche. Cet animal qui risque de me blesser et qui t'effraie tant ? Où est-il ?

— Plus près que tu ne crois, lui assura-t-il.

Chapitre 6

— *J'aurais peur si je pensais courir le moindre risque, Jacob.*

Cette fois, Jacob entendit la voix d'Isabella résonner dans son esprit. Leur lien se renforçait, semblait-il, à chaque contact.

— *Je suis dans ta tête, exécuteur. Je le saurais si j'avais quelque chose à craindre.*

Jacob se plongea dans son intense regard violet, et la confiance qu'il exprimait l'enveloppa comme une douce lumière. C'était la première fois qu'on l'appelait exécuteur et que le mot sonnait si bien à ses oreilles, chaleureux et affectueux. Son cœur se serra, sa gorge se contracta d'émotion. Jusqu'à cet instant, il n'avait pas remarqué à quel point il se languissait d'être aimé avec tendresse et ferveur en dehors du cercle familial et au-delà de la sympathie respectueuse que lui témoignait Noah.

Ce sentiment était profond. Il ne pouvait espérer le dissimuler, et vit les yeux d'Isabella s'emplir de larmes. Elle compatissait à sa solitude, aux traitements injustes et cruels que lui avait infligés ce peuple qui avait tant besoin de lui. La bonté de Bella était un don exceptionnel qu'il ne gaspillerait pas. Elle se montrait généreuse et confiante sans jamais s'inquiéter des sacrifices demandés. C'était un rayon de soleil dont il pouvait se délecter sans risque. Il serait prévenant avec elle, et s'y appliquerait jusqu'à la mort.

À ce moment-là, il se rendit compte qu'il pouvait lui offrir son cœur avec une facilité inouïe.

Et qu'il l'avait peut-être déjà fait.

Il tâcha de voiler cette pensée, car il refusait de l'influencer davantage. Si elle devait être sienne, et le destin savait que tel était son désir, il ne la forcerait pas à agir par charité pour les siens ou par égard pour ses sentiments croissants. Elle devait faire son choix en toute liberté, sans contraintes extérieures. Il ne serait pas satisfait autrement.

Même s'il les gardait pour lui, Isabella remarqua les sinistres réflexions qui l'accaparaient. Il était vrai qu'elle n'aurait pas dû fouiner dans son esprit après le sermon sur l'intimité qu'elle lui avait délivré, mais partager ses émotions et ses impressions avec Jacob était désormais devenu une habitude. Cela les connectait, et ce lien lui permettait de se sentir en sécurité. Elle jeta un bref regard à sa main qui triturait le premier bouton de la chemise de Jacob, les doigts recroquevillés sur son col. Elle avait lu que la température corporelle naturelle d'un démon comptait cinq degrés de moins que celle d'un humain, et pourtant il lui semblait toujours très chaud.

D'un geste adroit, elle déboutonna encore un peu sa chemise. Elle glissa la main sous le tissu, en se concentrant sur la texture veloutée de sa peau et la manière dont son toucher le réchauffait. Il soupira, et baissa les paupières. Quand il leva de nouveau la tête, cette flamme noire désormais si familière brillait dans ses pupilles.

Jacob ôta une main de la porte et la laissa tomber de façon délibérée sur les pans du chemisier d'Isabella. Il commença à la caresser délicatement, l'air de rien, en suivant la ligne de ses clavicules.

—*Je n'ai qu'à te frôler, Bella, pour perdre la raison. Est-ce que tu le sens ?*

Elle le sentait. Elle ferma les yeux, et mêla sa conscience à celle de son amant pour percevoir, de son point de vue, son corps se transformer et son sang bouillonner. Les muscles de Jacob saillirent et se crispèrent de désir, et elle sentit son érection, dure, vibrante et douloureuse, qui pressait avec gêne contre ses vêtements.

Isabella en fut aussitôt fascinée. C'était plus fort qu'elle. À peine s'était-elle réapproprié son esprit et son corps enfiévrés qu'elle glissa les mains sur le torse de Jacob, effleurant ses habits sans s'attarder, puis laissa courir ses doigts jusqu'à sa ceinture et le long de sa braguette. Le souffle court, Jacob inspira brutalement tandis qu'elle parcourait avec avidité l'étoffe de son pantalon à la recherche de sa virilité pour la serrer dans le creux de la paume.

—Tu vas me rendre fou, dit-il d'une voix étouffée, le grondement chatouillant les sens d'Isabella comme le ronronnement d'un énorme félin.

—C'est sans doute dû à mon manque d'expérience parce que ce n'était pas mon intention, répliqua-t-elle, frôlant du bout des ongles le tissu qui l'entravait.

Il poussa un grognement qui provenait du plus profond de ses entrailles, et s'appuya contre elle comme si le modeste plaisir qu'elle lui prodiguait l'empêchait de rester debout.

Ce qui n'était pas pour déplaire à Isabella. Ravie de ses réactions, mais agacée par la barrière de leurs habits, elle s'agrippa à la chemise de Jacob pour la déboutonner entièrement. Elle se pencha vers lui pour caresser avec hardiesse sa chair ferme tandis qu'elle le déshabillait, s'aventurant bien au-delà des zones exposées, sur son torse, ses flancs et son dos. Jacob, qui s'abandonnait complètement, n'avait pas remarqué que, tel un automate, il s'était emparé du sein d'Isabella qu'il pétrissait avec tendresse à travers son soutien-gorge.

Il frissonna lorsqu'il sentit Isabella le griffer de la nuque jusqu'aux lombaires, frôlant et survolant sa peau du bout des doigts avec émerveillement et délicatesse. Un toucher si simple et pourtant si profond. Une douloureuse sensation de volupté envahit son bas-ventre, l'élançant avec ferveur.

— Sois-en sûre, haleta-t-il, pressant sa poitrine souple, faisant rouler son pouce sur son mamelon gonflé. Sois-en absolument sûre, Bella.

—*Je n'en ai jamais été aussi sûre de toute ma vie. Pénètre mon esprit et tu le sauras, comme je le sais.*

Comme elle l'y invitait, il s'exécuta et perçut dans toute sa clarté l'îlot de calme au cœur de cette violente passion. En effet, ses doutes l'avaient désertée. Sa curiosité n'avait de cesse d'augmenter, et les désirs et réflexions qui agitaient ses pensées, la poussant à se demander ce qu'elle voulait faire, essayer, apprendre et découvrir, amenèrent Jacob à franchir le point de non-retour.

Il retira ses mains l'espace d'une seconde pour mieux envelopper son corps fluet dans ses bras d'airain, puis la souleva de terre jusqu'à ce que ses seins reposent contre son torse et que ses cheveux retombent sur les épaules de Jacob. Elle esquissa un sourire avant qu'il ne capture ses lèvres.

Tandis qu'il l'embrassait éperdument, il traversa la pièce à reculons. Desserrant à contrecœur son étreinte, il s'agenouilla sur le lit et l'installa avec délicatesse en son centre. Elle s'étira avec sensualité, l'érotisme du mouvement combiné à son sourire aguicheur reflétait la satisfaction qu'elle éprouvait à le dominer, même si elle avait à peine goûté à l'étendue de ses capacités. Un torrent de lave en fusion afflua dans les veines d'un Jacob aux anges lorsque cette prise de conscience s'empara de lui. Une fois qu'elle aurait découvert l'ampleur de son pouvoir, il serait le plus chanceux des hommes.

D'une main délicate, il défit le restant de ses boutons, et pressa la bouche contre sa peau ainsi dénudée. Elle inspira profondément avant de pousser un long gémissement de plaisir, s'arc-boutant contre ses lèvres expertes. Il frôla du bout du nez sa lingerie, et titilla la pointe dressée de son mamelon avant de le suçoter, de l'aspirer avec douceur, la moiteur de sa bouche imbibant la dentelle. Elle se contracta en réponse à l'euphorie qui parcourait son corps depuis ce minuscule point dont il s'occupait avec soin. Elle lui toucha la joue, une requête silencieuse, et il leva légèrement la tête tandis qu'elle tirait sur son soutien-gorge pour lui révéler le magnifique bourgeon grenat. Il l'embrassa de nouveau avec enthousiasme, effleurant de sa main libre ses côtes graciles, le creux de sa taille et la tendre courbe de sa hanche.

Isabella se retrouva débarrassée de son chemisier et de son soutien-gorge en l'espace de quelques minutes. Buste nu, elle enfouit les doigts dans la chevelure de

Jacob tandis qu'avec sa bouche il la mettait au supplice. Ses caresses avides la rendaient folle.

Jacob s'arrêta sur la couture de son jean, constatant avec bonheur la chaleur qui augmentait à mesure qu'il remontait le long de ses cuisses. Il délaissa ses seins gonflés d'excitation pour s'emparer de sa bouche. Il lui suça les lèvres et se régala de la saveur enfiévrée de son baiser, s'enivrant de ce plaisir tandis qu'il se délectait de ses halètements d'extase qui résonnaient dans ses oreilles et vibraient sur sa langue.

Isabella sortit la chemise de Jacob de son pantalon, impatiente de sentir sa chair contre la sienne. Il accéda à la revendication passionnée qui la tourmentait, et pressa sa peau brûlante contre celle d'Isabella sans cesser de lui caresser l'entrejambe. Elle se cambrait et se déhanchait, sans en avoir conscience, pour l'inciter à accélérer. Elle ignorait complètement que chaque contorsion de son corps engendrait chez Jacob des besoins vitaux désespérés. Son odeur imprégnait le moindre de ses pores, l'amenant à pousser un grognement rauque et intense lorsqu'il referma enfin une main ardente sur la source de cette merveilleuse chaleur. Il y plaqua la paume et serra les doigts avec fermeté. Un grondement s'échappa de sa gorge quand il constata sa moiteur à travers la toile bleue.

Soudain, Jacob se redressa et ôta sa chemise. Ses gestes étaient sensuels, ponctués de bruits bestiaux et crus, mais il en fallait plus pour intimider Isabella. Elle l'exhorta à poursuivre par de doux murmures d'encouragement, souleva les hanches quand il voulut lui enlever son jean et sa culotte, et s'empressa de déboucler la fine ceinture qu'il portait à la taille. Une fois complètement nu, il s'abaissa de nouveau, et écarta les genoux d'Isabella pour s'allonger directement sur elle. Les yeux ébahis, elle avait observé son approche avec fébrilité, et Jacob ne put s'empêcher d'hésiter lorsque, par inadvertance, elle lui transmit son anxiété. Il sonda ses pensées, se faufilant dans son esprit, pour déceler rapidement la cause de son appréhension.

— *Est-ce que… c'est normal ?*

Jacob se retint de sourire, conscient qu'il n'y gagnerait qu'une bonne gifle, et suivit le regard intrigué qui inspectait son corps.

— *Tout à fait normal*, lui assura-t-il avant d'ajouter, incapable de résister, *pour un démon.*

Elle haleta, levant la tête vers lui, et perçut aussitôt l'étincelle d'amusement dans ses prunelles enflammées.

— Tu es cruel !

— Tu es adorable, lui rétorqua-t-il dans un petit rire étouffé tandis qu'il lui effleurait le cou du bout des lèvres. (Distraite par cette caresse, elle le laissa refermer la main sur la sienne et la guider jusqu'à son sexe.) Et maintenant, tu peux choisir de me rendre la pareille… ou pas.

Mue par son irrépressible curiosité, elle enserra la preuve manifeste du désir de Jacob qui reposait contre sa paume. Il se glissa à nouveau dans son esprit, et ressentit son émerveillement alors qu'elle touchait un homme de façon si intime pour la première fois. Elle remarqua aussitôt les contradictions qui émanaient de lui. Il était dur comme le fer que son peuple redoutait tant, mais cette rigidité était recouverte d'une peau chaude et veloutée. Doux et lisse à l'extérieur, ferme et puissant à l'intérieur.

Elle poursuivit son exploration, et Jacob se mit à transpirer, secoué par des tremblements. Les caresses d'Isabella le grisaient, faisant durcir la hampe de chair entre ses doigts avides. Elle frotta les gouttes que son toucher avait fait perler, ce qui lui arracha un grognement mélancolique. Il se propulsa dans son esprit pour qu'elle partage ses sensations, l'amenant à crier d'extase.

—*Ressens ça, Bella. Sens comme tu me brûles.*

Il lui laissa les commandes, et elle obéit. Elle pouvait percevoir le douloureux plaisir qu'elle lui procurait, les impulsions qui se déchaînaient en lui à chaque caresse, chaque étreinte. Hors d'haleine, elle poussait de petits gémissements d'excitation sans même s'en rendre compte, tandis qu'elle faisait glisser la main le long de sa virilité dans un va-et-vient langoureux. Un désir brut, attisé par les hurlements viscéraux de la nature sauvage, explosa dans l'âme et l'esprit de Jacob. Isabella le sentit la percuter, éraflant sa conscience d'exigences féroces. Ils s'en imprégnèrent tous deux et, quand leurs regards se croisèrent de nouveau, la bête se trouvait prête à surgir chez l'un comme chez l'autre.

Isabella entendit un râle doux et séduisant. Elle comprit que ce son provenait d'elle et attendait la réponse de son partenaire. Elle recommença, le gémissement semblable à un ronronnement continu destiné à l'attirer plus près. Jacob répondit d'un grognement plus profond qui résonna en eux à mesure qu'il l'expulsait. Il l'attrapa par le poignet, sa prise violente la meurtrit lorsqu'il plaqua sa main joueuse contre l'oreiller près de son visage. Il braqua les yeux sur elle, deux pépites noires reflétant l'impatience vitale qui le ravageait.

Il inclina la tête vers sa poitrine tout en montrant les dents. Elle haletait si fort que sa cage thoracique gonflait vers lui, et elle remarqua la satisfaction qui envahit son regard. Il effleura sa peau du bout des dents, puis se dirigea de nouveau vers sa clavicule et jusqu'au sommet de son épaule.

Il la retourna sans ménagement, la pressant contre le lit tandis qu'il lui embrassait le dos avec fougue. Il la prit par les hanches pour la maintenir et s'aida de ses cuisses pour qu'elle se redresse à quatre pattes. Il se fixa contre elle, l'attirant avec férocité vers son sexe brûlant et rigide. Isabella respirait avec difficulté, le souffle ponctué de halètements de plaisir pur, et savourait les caresses vigoureuses qu'il lui prodiguait. Elle sentit son corps s'épanouir de désir, avide et impatient d'être rassasié. Les dents de Jacob plantées dans sa peau et la puissance de ses mains ne firent que décupler son excitation.

Jacob perçut l'ardeur de ses propres besoins. La libération était désormais proche, et l'accueil d'Isabella l'invitait à poursuivre. Soudain, elle se trémoussa contre lui, réclamant sa venue avec provocation. Son corps enfiévré se languissait de l'exultation promise.

Jacob ne put se retenir davantage.

Il lui serra les hanches plus fort, marbrant sa chair de meurtrissures passionnées, et l'attira vers sa verge dressée. Elle hurla son nom, ivre de plaisir, et se plaqua aussitôt contre lui, essayant de forcer ce qu'il retenait avec fermeté. Mais la bête en lui avait attendu ce moment trop longtemps pour ne pas le savourer. Alors qu'il l'électrisait, il se délectait de ses petits cris et de ses tortillements désespérés. Il frotta contre elle sa longue érection, l'amenant à s'arc-bouter avec férocité pendant qu'il stimulait ses sens en éveil. Il se trouvait à présent sur ce seuil précieux, la sueur ruisselait de ses cheveux sur le creux des reins d'Isabella tandis que la retenue le punissait autant qu'elle la torturait.

Enfin, il lâcha prise.

Jacob entra en elle dans une brutale collision de leurs bassins. Cela n'avait pas été son intention. Il avait voulu profiter de la moindre seconde de plaisir en la pénétrant en douceur. Mais, un instant avant qu'il n'entre en elle, elle l'avait appelé.

— Jacob… (Elle pantelait, secouant la tête de gauche à droite, tremblait contre lui comme une feuille.) Je t'en prie ! Viens. Je t'en prie…

Cette supplique annihila sa volonté de maîtrise qui ne tenait plus qu'à un fil. Peu importait la cadence, Isabella l'épousait à la perfection. Plonger en elle fut l'expérience la plus incroyable de toute son existence.

La jeune femme se sentit si comblée par Jacob qu'elle se demanda pourquoi elle n'avait pas explosé. Elle ressentit une soudaine douleur, rien de pire que les quelques contusions déjà oubliées. Elle ne risquait pas de s'en préoccuper alors qu'une myriade de stimuli réclamait son attention, son plaisir. Jacob l'appelait, un grondement qui émanait du plus profond de sa poitrine et résonnait contre les épaules d'Isabella lorsqu'il se pencha pour profiter avec elle de ce premier assaut.

Elle n'était pas assez patiente pour l'attendre. Elle se cambra d'un mouvement de hanches, jouissant de ce membre de granit qui s'enfonçait en elle, et se contracta sans réfléchir pour l'enserrer davantage. Jacob réagit de manière explosive. Il laissa échapper un compliment passionné avant de pousser un grognement déchirant. Il lui saisit la nuque, referma ses longs doigts puissants autour de son cou gracile et, de son autre main, remonta jusqu'à sa taille, glissant avec adresse sur sa peau recouverte de sueur. Jacob se repositionna avec une telle brutalité que les genoux d'Isabella décollèrent un instant du matelas. Il émit un rugissement primal lorsqu'elle ondula des hanches avec délectation, sa respiration saccadée vibrait sous l'index viril pressé contre sa gorge.

La pièce trembla. La terre reflétait sa perte de contrôle, les tubes en verre des lampes à pétrole et les panneaux des vitraux se mirent à tinter à mesure que la secousse s'intensifiait. Jacob s'enfonça encore en elle, s'enracinant aussi profondément que possible dans le terreau sacré de son corps. Tout du long, le lit n'avait cessé de bouger en rythme avec les fondations de la maison.

Il émanait d'elle une chaleur volcanique, une moiteur captivante ; elle lui offrait l'exceptionnelle étroitesse de sa première expérience sexuelle.

—*Jacob… non… je t'en prie… n'arrête pas. Ne t'arrête jamais.*

Jacob poussa un râle sourd, et continua de se mouvoir en douceur et en cadence. Il s'insinuait dans son corps serré, merveilleux, enivré par les pics d'extase qui découlaient de ses actions. La passion d'Isabella, prisme étincelant de lumière et de désir, le guidait plus loin en elle d'une façon qui dépassait le seul physique. Il ne se préoccupait pas de maîtriser le monde qui vibrait hors des sphères de leurs consciences. Jacob comprenait simplement qu'il partageait désormais l'espace avec la créature sauvage et insatiable qui s'exprimait haut et fort, manifestant le besoin de marquer Isabella de ses dents et de ses ongles, de marbrer sa peau soyeuse de longues lignes écarlates. Mais en même temps, elle était bien trop belle pour ne pas attirer son cœur et son âme dans la mêlée. À cet instant, il lui sembla que tout, en lui et autour de lui, se soudait en un bloc.

— Jacob, roucoula Bella en guise d'encouragement. Oh, oui…

Il arbora un sourire malicieux quand elle prononça son nom de façon si sensuelle, signe du désir flagrant qu'il lui inspirait. Il se recula, se délectant un moment de l'incroyable sensation. Isabella hoqueta, assaillie par un cruel sentiment de perte, et remua les hanches contre Jacob de manière instinctive.

— *Ce n'est pas assez, petite fleur.*

Elle n'eut guère l'occasion de le questionner. Il la laissa là, à gémir de stupeur et de désarroi. Puis, soudain, il la retourna de nouveau, cette fois avec une infinie délicatesse, lui écarta les jambes avant de les resserrer autour de lui tandis qu'il s'allongeait sur son corps ainsi étendu.

— *Je dois goûter ta bouche, petite fleur, quand je suis en toi. Je dois plonger dans tes yeux et voir ton plaisir.*

Alors, il l'embrassa avec voracité, dévorant le mets exquis qu'elle lui offrait tout en s'enfonçant plus loin en elle.

— Bella, grogna-t-il contre ses lèvres dans un va-et-vient incessant, savourant avec bonheur les réactions exceptionnelles dont elle le délectait.

Chaleur. Étreinte. Moiteur, impatience et excitation. Tout en elle l'attirait. Elle était parfaite. Jamais il n'avait expérimenté pareille perfection. Jamais, pendant tous ces siècles, il ne s'en était approché. Avec elle, corps, esprit et âme fusionnaient. C'était assez pour qu'il se maudisse d'avoir attendu aussi longtemps pour être avec elle, même s'il ne la connaissait que depuis quelques jours. Et dire qu'il lui avait laissé la possibilité de partir! Mais jamais il n'aurait pu la prendre de force, il le savait.

Son odeur, sa peau et ses pensées l'enveloppaient et l'imprégnaient tandis qu'il la pénétrait avec vigueur. Il comprit à cet instant, alors qu'elle se calait sur son tempo comme si elle l'avait fait toute sa vie, qu'il réalisait bel et bien l'œuvre de la destinée. Il se glissa dans la tête d'Isabella, ressentit le désir la consumer. Il la caressa, à l'affût de zones sensibles pour l'exciter davantage. C'était incroyable d'éprouver ces sensations de son point de vue, l'ascension vers la libération, la première expérience d'extase ultime. Il guida ses mouvements en suivant les pics de jouissance qui palpitaient dans sa conscience au rythme de ses coups de reins.

Elle se mit à haleter à mesure qu'il remuait en elle, s'agrippant à ses épaules de toutes ses forces, hurlant l'extase que lui seul pouvait entendre. Et soudain, dans un cri, Isabella explosa. On aurait dit une étoile saturée de plaisir qui brûlait et étincelait, la pureté de son ravissement obligeant Jacob à la rejoindre dans cette décharge cataclysmique.

— Isabella !

Jacob ne put s'empêcher de l'appeler par son prénom alors qu'il sentait la détonation de leur orgasme le parcourir. Il jouit, secoué par de violents spasmes qui se poursuivirent jusqu'à ce que leurs âmes fusionnent. Un acte si intense, si profond, qu'avant la fin, Isabella connaîtrait sans doute ses moindres rêves, besoins et espoirs secrets.

Toutes les vitres de la maison éclatèrent, la tension accumulée dans leurs battants atteignant enfin le point de rupture. Jacob plaqua Isabella contre lui pour la protéger de la pluie de verre coloré qui se déversa de la rosace au-dessus du lit.

Ce ne fut qu'au bout de plusieurs longues minutes que tous deux, à bout de souffle, purent bouger. Isabella se rendit soudain compte que le chaos régnait dans la chambre, et, blottie tout contre son amant, elle se dévissa le cou pour contempler le carnage. Les meubles étaient sens dessus dessous et des bris de verre jonchaient le sol et le matelas.

Puis, elle leva la tête vers Jacob, ne prêtant pas attention à l'inquiétude qu'elle lisait dans son regard, et sourit avec volupté.

— Une bonne chose que tu n'habites pas en Californie, lui fit-elle remarquer.

— Et comment ! Avec toutes ces lignes de faille actives !

Jacob lui toucha le nez du bout du doigt une seconde avant qu'ils ne s'évaporent dans les airs. L'instant d'après, ils avaient retrouvé leurs formes solides et tous les débris éparpillés dans la pièce avaient disparu.

— Génial ! Tu ferais un invité fabuleux, plaisanta-t-elle tandis qu'il la faisait monter sur lui avant de s'allonger sur le dos.

— Je suis un as du balai, déclara-t-il.

— Je vois ça.

Isabella passa une jambe de part et d'autre de Jacob et se redressa doucement en s'appuyant sur son torse, car elle se sentait encore un peu faible après leurs ébats tumultueux.

Jacob sourit, s'abreuvant de l'incroyable vision que lui offrait Isabella assise sur lui à califourchon, son corps nu portant la marque de sa bouche et de ses mains, sa cascade de cheveux qui retombait en volutes noires et soyeuses, une mèche rebelle s'accrochant à son mamelon gauche. Il croisa les doigts derrière la nuque et savoura ce moment, peu soucieux qu'elle sache à quel point il était content de lui.

— Hé ben, tu m'as l'air bien satisfait, fit-elle remarquer, plantant les poings sur les hanches comme elle en avait l'habitude.

Jacob se demanda si elle avait conscience que cette position faisait ressortir sa poitrine de façon fort attrayante. Incapable de résister, il ôta une main de derrière sa tête et suivit la boucle enroulée autour de son sein.

Isabella retint son souffle, puis soupira, bouleversée par ce toucher anodin. Elle qui pensait être complètement exténuée, la voilà qui le désirait de nouveau. Le sentiment d'avoir beaucoup à rattraper l'envahit. Elle esquissa une moue, les yeux flamboyants d'un appétit renouvelé.

— Oh là, s'exclama Jacob. Je connais ce regard.

Elle se mit à convulser, les poils hérissés sous l'effet de la décharge électrique.

—Son nom ! Donne-moi son nom !

Il avait relâché ses cheveux, et l'étouffait avec son bras tout en frappant son corps d'un nouveau filet d'énergie. Elle trembla pendant une longue minute avant qu'il s'arrête et la laisse retomber comme une poupée de chiffon.

—Donne-moi son nom ou je te tue !

—Jamais ! cria-t-elle, la voix rauque, sans même savoir pourquoi elle devait protéger le nom de Jacob de ce monstre.

Elle n'avait qu'une certitude : elle devait se libérer au plus vite si elle ne voulait pas mourir asphyxiée ou électrocutée.

Il desserra sa prise afin de sortir un couteau de sa manche et le brandit contre la gorge d'Isabella.

—Tu sens ça, putain ? (Il pressa la lame contre sa chair.) C'est du fer. Je te garantis que cette arme renferme tous les sorts nécessaires pour te trancher la tête.

C'est alors qu'Isabella assimila enfin un fait essentiel : il la prenait pour une démone. Elle y vit soudain un avantage, et hurla comme si le contact du métal lui était insupportable.

—Ouais, c'est ça ! Ça fait mal, hein ? Maintenant tu me files son nom ou je te bute ! Et après, je m'occuperai de ton amant. Regarde !

Il la fit tourner afin qu'elle aperçoive Jacob étendu par terre. Il illumina même la pièce avec sa magie pour qu'elle puisse voir le sang qui ruisselait sous son corps. L'absence de pensées, le vide qui émanait de son partenaire la terrifièrent

—Ah oui? s'enquit-elle avec ironie, redessinant du bout du doigt les muscles de son torse.

—Oh, oui, et ce, même si je ne partageais pas tes pensées, petite fleur. C'est celui d'une personne qui vient de découvrir sa libido.

—Vraiment?

Elle lui caressa les côtes, et se pencha davantage pour lui lécher le téton, le regard toujours braqué sur le sien.

—Ai-je mentionné, gronda-t-il, que j'étais trop vieux pour ça?

Elle roula des yeux, peu ravie, semblait-il, par cette perspective, et mordilla avec délicatesse la petite pointe désormais dressée.

—Tu n'es pas irritée? demanda-t-il en une ultime tentative.

—*Où veux-tu en venir?*

Isabella ouvrit les yeux, et prit une brusque inspiration lorsqu'une vague de fraîcheur la parcourut. Elle scruta l'obscurité. Pour seule source de lumière, la lune voilée par les nuages filtrait avec peine par les embrasures vides. Jacob la recouvrait de tout son poids, un bras replié autour de son ventre dans un geste possessif, une cuisse emprisonnant la sienne, le visage enfoui si profondément contre son cou qu'elle sentait ses lèvres sur sa peau. Elle aurait pris plaisir à se réveiller de la sorte, aurait dû apprécier cette sensation, mais quelque chose clochait. Elle frissonna, mais ce n'était pas de froid même si elle gelait là où elle n'était pas en contact avec Jacob. Soudain, un sentiment glaçant s'empara de Bella, un pressentiment terrible l'assaillit. Elle n'avait aucune envie d'être allongée, nue, à ce moment précis, et elle ne voulait pas non plus que Jacob soit endormi. Elle agit par automatisme, et lui pinça l'épaule avec fermeté pour l'arracher au sommeil. Avec cette peur indicible qui continuait de la terroriser, elle savait que l'heure n'était pas aux câlins.

—Aïe! Qu'est-ce que…
—Debout!

Jacob s'exécuta sur-le-champ, la tonalité de sa voix l'enjoignant d'obéir sans poser de question. Elle se glissa hors des draps, ses mouvements furtifs et rapides pour retrouver ses vêtements mirent Jacob en alerte totale. Il se laissa guider par son instinct tandis qu'il se levait lui aussi et s'accroupissait. Il enfila son pantalon pendant que Bella, en avance sur lui, grimpait sur l'étroit encadrement de la fenêtre au-dessus de la tête de lit, en appui sur la pointe des pieds.

—*Attends-moi*, ordonna-t-il.
—*Tu peux le sentir?*
—*Non. Dis-moi ce que tu perçois.*
—*Je ne sais pas. C'est… sinistre. Malveillant.*

Il la regarda porter les doigts à sa langue et les observer dans le noir. Il comprit ce qu'elle recherchait. Le goût caractéristique du sang lui emplissait la bouche, mais ce n'était pas le sien.

—*C'est une illusion. Rappelle-toi. Ton empathie est réelle, mais ces sensations ne sont pas les tiennes.*

Jacob se trouvait derrière elle. Il scrutait les lieux par-dessus son épaule, tentant toujours de découvrir ce qui la perturbait à ce point.

Soudain, Isabella hoqueta et tournoya sur elle-même. Mais c'était déjà trop tard.

L'intrus lança un projectile à travers la pièce, heurtant l'arrière du crâne de Jacob qu'il propulsa contre la commode à côté du lit. Bella hurla et bondit du rebord de la fenêtre dans la chambre obscure, percutant de plein fouet l'homme qui avait assommé Jacob. Elle cogna contre son torse, s'agrippa à un pan de tissu et tira d'un coup sec tout en lui assenant un coup de genou dans le ventre. Puis, elle recula et fit claquer le plat de sa paume contre le nez de l'assaillant.

L'agresseur se replia légèrement. Il récupéra assez vite vu la violence de l'attaque. Dans un mouvement de balancier, il administra à Isabella un coup de poing en plein visage qui lui projeta la tête en arrière. Elle était étourdie, mais savait qu'en réalité elle aurait dû l'être beaucoup plus. Il l'attaqua de nouveau et elle le bloqua avec son avant-bras ; il la frappa et elle se pencha, l'évitant avec adresse, puis elle enfonça de toutes ses forces le bord de la main dans sa trachée.

L'homme poussa un cri de douleur, viril et bref. Il attrapa Isabella par les cheveux et lui fit faire un demi-tour sur les talons. Elle tomba en arrière, déséquilibrée, contre son ennemi, alors même qu'une lumière bleuâtre suspecte jaillissait dans la pièce. Puis, il l'empoigna par la nuque.

— Salope de démone ! siffla-t-il, en toussant à cause du dernier coup asséné par Isabella, à la grande satisfaction de cette dernière.

L'éclair bleu de magie qui émanait de ses doigts la transperça de part en part, lui infligeant une brûlure effroyable.

bien plus que cette mare écarlate. La panique envahit une zone lointaine de son esprit, son cœur l'élança en réponse, mais elle réprima avec rage tous ces sentiments pour mieux se concentrer.

— Je parie que tu te demandes comment j'ai réussi à l'assommer aussi facilement. Eh bien, tu le sauras si tu n'ouvres pas la bouche pour me donner son nom !

— Son nom…, croassa-t-elle.

— Oui ! Dis-le-moi, répéta-t-il avec impatience.

— Bond. James Bond.

Isabella projeta la tête en arrière, et percuta le visage du sorcier avec son crâne. L'impact lui fit voir des étoiles, mais elle s'agrippa fermement à la main qui tenait le couteau et la mordit de toutes ses forces. L'homme poussa un cri perçant, mais elle garda la mâchoire serrée jusqu'à ce qu'il lâche son arme. Après quoi, elle tournoya sur elle-même et planta le genou dans son entrejambe, revigorée par un sursaut d'énergie. Il tomba au sol en hurlant, se tordant de douleur et étreignant ses parties génitales meurtries. Isabella rejeta les cheveux en arrière, et fusilla sa victime du regard.

— Profite bien de ton changement de sexe, espèce d'enfoiré !

Puis, elle lui décocha un coup de pied à la tempe. Elle entendit un léger craquement et le vit dodeliner de la tête dans sa direction. Il perdit connaissance dans un faible gémissement. Elle enfonça les orteils dans ses attributs endoloris, sachant que feindre l'évanouissement en pareilles circonstances requerrait un contrôle hors du commun.

Satisfaite, elle se précipita au côté de Jacob, sans prêter attention au fait qu'elle s'agenouillait dans son sang. Elle chercha dans la pénombre la blessure d'où il s'écoulait. Au début, elle n'en trouva que dans sa bouche ; il s'était apparemment mordu la langue après s'être cogné contre la commode lors de sa chute. Ce n'est qu'après l'avoir retourné qu'elle remarqua une profonde entaille dans son épaule et à l'arrière de son crâne. Elles étaient alignées. L'arme qui l'avait coupé était longue et aiguisée. Sans doute encore une lame ensorcelée. Probablement du fer.

Isabella sentit soudain la peur lui écraser la poitrine. Elle se rappela que ce métal pouvait tuer un démon. La magnifique créature pleine de vie qui lui faisait l'amour comme un dieu à peine quelques heures plus tôt pourrait très bien mourir dans ses bras.

— Oh, je vous en prie ! supplia-t-elle, prise de sanglots, faites que Legna m'entende !

— *Legna !*

Son esprit cria le prénom de l'empathe accompagné par le hurlement de son cœur à l'agonie.

— *Legna ! Aide-moi !*

Legna sursauta sur son siège, et Noah leva les yeux de l'échiquier posé entre eux. Elle blêmit, et le roi comprit tout de suite que la situation était très grave.

— Legna ?
— Isabella...

Noah bondit sur ses pieds, contourna la table et aida sa sœur à se relever.

— Dis-moi !

— Elle est terrifiée... Jacob... Il est arrivé quelque chose de terrible à Jacob. Elle a besoin de nous.

Lorsque Noah et Legna se matérialisèrent au milieu de la pièce, Isabella pleurait à chaudes larmes. Le roi projeta aussitôt une boule de feu au plafond et l'y laissa en suspension afin d'éclairer les lieux. Legna s'empressa de rejoindre Isabella, et poussa un petit cri quand elle vit Jacob gisant dans une mare de sang. Noah remarqua alors le deuxième mâle à terre, sans connaissance. L'odeur du nécromancien l'assaillit physiquement, la puanteur maléfique lui retournant l'estomac.

— Legna, ordonna-t-il. Appelle Elijah. (Puis, il regarda Jacob, et pinça les lèvres avec sévérité.) Et Gideon.

Legna retint son souffle, et leva les yeux vers son frère avec stupeur.

— Il doit y avoir un autre médecin, Noah. Gideon méprise Jacob.

— Il n'y en a pas de plus âgé, de plus sage et de plus talentueux. Appelle-le.

— Il ne répondra pas.

— Si. Appelle-le. Obéis-moi sur-le-champ !

Legna déglutit et s'éloigna des autres à la recherche d'un coin tranquille pour se concentrer. Noah s'agenouilla à côté d'Isabella, qui se balançait doucement, noyée dans son chagrin, les mains pressées contre les plaies de Jacob dans l'espoir d'enrayer l'hémorragie.

— Comment est-ce arrivé ?

—Aucune idée, hoqueta-t-elle. Il n'a même pas senti le nécromancien. Moi, oui, mais pas lui. Je ne comprends pas. Les sens de Jacob sont si aiguisés…

—Cela fait partie des nombreuses questions, Isabella. Pour l'heure, l'important est de soigner Jacob et d'enfermer ce monstre. Je te le jure, je n'aurai aucun repos avant d'avoir obtenu des réponses.

—Il n'a pas arrêté de demander le nom de Jacob, murmura-t-elle, engourdie. Pourquoi ? Pourquoi voulait-il savoir son nom ?

—Je te l'expliquerai plus tard, promit Noah.

Il se redressa lorsqu'une rafale violente tournoya dans la pièce avant de prendre l'apparence d'Elijah. Le guerrier balaya les environs d'un regard rapide avant de jeter un coup d'œil à Noah.

—Elijah, l'avertit le roi en levant la main. Emmène le nécromancien loin d'ici.

Le guerrier acquiesça, remua le poignet, et tous deux disparurent aussitôt dans une nouvelle bourrasque. À peine Elijah parti, un démon qu'Isabella n'avait encore jamais vu apparut dans un nuage de fumée et de soufre comme celui créé par Legna à chaque téléportation.

Isabella écarquilla les yeux lorsqu'elle vit le démon aux cheveux étincelants. Il paraissait avoir quarante ans tout au plus, et ses traits ainsi que son physique vigoureux contrastaient avec son épaisse chevelure à longueur d'épaule. Elle comprit qu'il s'agissait du fameux Gideon, et sentit aussi qu'il était beaucoup plus âgé que les autres. Cela transparaissait dans sa posture et dans sa façon de contempler le chaos alentour d'un air serein. Ses iris brumeux s'accordaient à la perfection avec ses mèches argentées. Même si elle n'avait pas entendu Noah l'affirmer, elle aurait deviné qu'il possédait un pouvoir incroyable. Cela se percevait à des kilomètres.

Il braqua le regard sur elle, et ses pupilles s'étrécirent légèrement.

— Une humaine.

— Oh, pour l'amour du ciel! s'écria Isabella, ne supportant plus que les démons effectuent cette distinction comme si elle avait la peste. Oui, une humaine! Et elle ne va pas tarder à péter les plombs si elle n'obtient pas de l'aide pour Jacob illico presto!

— Originaire de New York, fit remarquer Gideon, avant de reporter son attention sur le corps inerte de Jacob. Il a été frappé avec une lame en fer ensorcelée. Tant que le sort ne sera pas levé, la plaie restera ouverte et continuera de saigner. Vos tentatives pour arrêter l'hémorragie sont vaines.

— Noah, reprit Isabella à voix basse, prononçant ces mots sans desserrer les mâchoires. Dis à cet abruti que s'il ne soigne pas Jacob sur-le-champ, je botterai son petit cul de prétentieux jusqu'à ce que mort s'ensuive.

L'intéressé arqua un sourcil argenté, l'air intrigué.

— Plutôt insolente pour une druidesse, constata Gideon.

Noah releva brusquement la tête, les yeux écarquillés avec stupeur.

— Tu sais que c'est une druidesse? Comment?

— C'est très simple, je t'assure. (Gideon contra la nouvelle agression verbale d'une Isabella hors d'elle d'un geste détaché et s'accroupit à côté de l'exécuteur.)

C'est mieux qu'il ne soit pas conscient. Savoir que je le soigne ne l'enchanterait guère.

— Il ne t'est pas hostile, Gideon, déclara Noah tout bas. En fait, ton autobannissement lui pèse terriblement.

Gideon ne répondit pas. Il effleura le visage pâle de Jacob d'une caresse presque affectueuse. L'Ancien ferma les yeux et poussa un long soupir. Isabella retint son souffle tandis que la plaie cicatrisait, puis laissa échapper un petit râle de soulagement mêlé de sanglots.

— Il lui faut du sang. Noah, approche.

Le roi s'avança vers Gideon et s'agenouilla sans hésiter. Il tendit le bras, et Gideon le lui saisit juste au-dessus du poignet. De l'autre main, il chercha une prise similaire sur l'avant-bras gauche de Jacob. Soudain, ce dernier reprit des couleurs alors même qu'elles quittaient le visage de Noah. Isabella avait conscience d'assister à une sorte de transfusion sans aiguilles ni risques de contamination extérieure. C'était incroyable, et les mots ne suffirent pas à exprimer sa reconnaissance lorsque Jacob remua enfin.

— La cicatrice ne partira pas. Ça, je ne peux le guérir, avoua Gideon à regret.

— Ce n'est pas grave, chuchota Isabella, caressant les cheveux et le visage de Jacob avec tendresse. (Il poussa un petit grognement, et elle se pencha pour presser les lèvres contre les siennes.) Jacob. Jacob…, murmura-t-elle, en l'embrassant sans relâche.

Gideon jeta un regard lourd de sens à Noah, mais se garda de toute réflexion malgré l'impensable ironie de la situation : une femelle humaine qui cajolait l'exécuteur avec une intimité et une affection évidentes.

—Il ne se réveillera pas encore. Il doit se reposer. (Gideon imposa la main sur Jacob, qui se détendit aussitôt et se mit à dormir.) Je vous suggère de le conduire en lieu sûr. Si un nécromancien est parvenu à le trouver ici, un autre y arrivera sans peine.

—Je vais l'emmener chez moi, assura Noah au médecin.

—Un autre ? Vous voulez dire que ce n'est pas le seul ? demanda Isabella. Je croyais qu'il n'y avait qu'un nécromancien.

—Il n'y en a jamais qu'un. Cependant, vous... Vous constituez une curiosité bien singulière. Une hybride mi-humaine, mi-druidesse.

Il tendit la main comme pour la toucher et d'un mouvement rapide elle s'empara de son poignet avant de le tordre. Il ne manifesta aucun signe de douleur, mais se contenta de hausser le sourcil, intrigué. D'un geste tout aussi vif, il se libéra et l'attrapa à son tour.

Isabella haleta lorsqu'une lumière blanche lui remonta le long du bras avant de lui parcourir le corps.

—Le nécromancien a essayé de vous électrocuter, pourtant vous avez survécu, murmura Gideon. Vous guérissez vite. Votre sang est très particulier, et... (Il s'interrompit, et pour la première fois son expression reflétait la surprise.) Vous n'êtes pas mortelle.

—Pardon ?

—Gideon..., l'avertit Noah.

L'Ancien jeta un regard perçant au roi.

—Tu étais au courant, affirma-t-il de but en blanc.

— De quoi ? bredouilla Isabella. Il ne savait rien ! Vous dites n'importe quoi. Je suis humaine, et donc mortelle. Vous vous embrouillez, mon vieux.

— C'est impossible, répondit Gideon sans ambages.

Isabella réprima l'envie soudaine de le gifler. Elle se contenta de se libérer de sa prise.

— Noah, emmène-nous loin d'ici, supplia-t-elle. Je veux que Jacob soit en sécurité. Tout de suite.

— Bien sûr. On aura le temps d'en parler quand il aura repris des forces.

Sur cette déclaration, le démon de feu se pencha pour toucher Isabella et Jacob, et tous trois disparurent dans une colonne de fumée.

Gideon se redressa, et observa leur progression tandis qu'ils se fondaient dans la nuit. Il détourna ses yeux cristallins, puis reporta toute son attention sur Legna. Elle était restée si calme et immobile qu'elle avait réussi à se faire oublier. Prouesse intéressante, car son exceptionnelle beauté était loin de passer inaperçue.

— Tu es devenue plus forte, Legna, fit-il remarquer à voix basse.

— En seulement dix ans ? Ça m'étonnerait.

— Me téléporter d'aussi loin requiert un talent et une puissance considérables. Tu le sais très bien.

— Je te remercie. Ton compliment devrait me bouleverser, je présume.

Il braqua sur elle un regard perplexe et froid.

— Tu parles comme cette petite humaine acerbe. Cela ne te sied guère.

— Je parle comme moi-même, riposta Legna, et son irritation crépita dans les pensées de Gideon tandis que l'émotion la submergeait. Aurais-tu oublié que j'étais beaucoup trop immature pour toi ?

— Je n'ai jamais dit ça.

— Si. Tu as déclaré que j'étais bien trop jeune pour te comprendre. (Elle leva le menton, tellement aveuglée par son orgueil blessé qu'elle poursuivit sans réfléchir.) Malgré mon immaturité, je n'ai jamais été punie par Jacob pour avoir harcelé un humain, moi.

Gideon se redressa droit comme un « I », ses yeux lancèrent des éclairs alors qu'elle versait du sel sur la plaie encore vive.

— La maturité n'a rien à voir là-dedans, et tu le sais très bien. Cela ne te ressemble pas d'être aussi mesquine, Magdelegna.

— Je vois. Je me complais donc parmi la vulgarité désormais. C'est d'un puéril ! Comment peux-tu le supporter ? Je ferais mieux de partir sur-le-champ.

Sans lui laisser l'occasion de répondre, Legna disparut dans une explosion de fumée et de soufre, mais son rire continua de résonner aux oreilles de Gideon. Il soupira, comprenant sans peine qu'elle le raillait ainsi pour lui rappeler qu'avec son départ il pouvait dire adieu à un prompt retour chez lui. Néanmoins, constater qu'il avait réussi, une fois de plus, à lui dire tout ce qu'il ne fallait pas le perturba davantage. Peut-être parviendrait-il un jour à lui parler sans l'agacer ?

Cependant, il ne pensait pas que cela risquait d'arriver avant la fin du millénaire.

Chapitre 7

Jacob se réveilla sous les caresses d'Isabella qui lui effleurait le ventre avec délicatesse. Il sourit, flairant son parfum avant même de se tourner vers elle. Repliant le bras sur lequel elle était couchée, il lui entoura les épaules, et attira tout contre lui ce corps chaud dont il ne pouvait plus se passer, enfouissant la figure dans le nid soyeux formé par ses cheveux.

— Jacob, murmura-t-elle.

Il entendit le sanglot qu'elle essaya d'étouffer derrière sa main et s'immobilisa. Les gouttes qui coulèrent sur lui confirmèrent ses soupçons, et il s'éloigna afin de la regarder dans les yeux.

— Pourquoi pleures-tu, petite fleur ? s'enquit-il d'une voix apaisante tandis qu'il séchait du bout du doigt une larme salée après l'autre.

C'est alors qu'il aperçut son visage tuméfié.

Tout lui revint aussitôt en mémoire. Il se redressa brusquement, la plaquant contre lui d'un geste protecteur tandis qu'il balayait les environs d'un regard méfiant. Il reconnut la chambre tout de suite. Les murs de pierre signifiaient sans doute possible qu'ils se trouvaient chez Noah. Cela lui permit de se décrisper un peu. Après quoi, il se tourna vers Isabella, agrippée à son dos avec fermeté, pour l'en décoller.

— Tu vas bien ? demanda-t-il, l'examinant avec attention.

Elle acquiesça, exposant les meurtrissures sur sa nuque. Une trace rouge à peine visible, mais reconnaissable entre toutes, se trouvait à présent là où la lame avait entaillé sa peau de plusieurs centimètres.

À sa vue, un flot d'émotions envahit Jacob, à tel point qu'il ne put en identifier une seule. Il parvint seulement à la presser contre son torse, sans dire un mot, et la serra dans une fervente étreinte, haletant de peur et de rage à l'idée qu'elle ait été blessée. Pire encore, en sa présence. De plus, il songeait que c'était elle qui, une nouvelle fois, l'avait sauvé de la menace tapie dans le noir.

Cette prise de conscience froissa bien entendu son ego, mais il était soulagé de se trouver chez Noah, sain et sauf, avec sa bien-aimée. Jacob replia les jambes en tailleur et fit asseoir Isabella sur ses genoux avant de la bercer contre lui avec tendresse pour l'apaiser.

— Tu es courageuse, la félicita-t-il à voix basse. Là, ça va aller. Ce salaud n'avait aucune chance face à toi, ma petite exécutrice. Chut, Bella, nous sommes en sécurité maintenant.

— J'ai cru qu'il t'avait tué. Il y avait tellement de sang. Partout dans la pièce. Sur moi.

Jacob grimaça, sa cage thoracique se contracta comme s'il avait reçu un coup au sternum. Il ressentit la douleur, l'angoisse d'Isabella, et le choc qui l'avait paralysée après l'avoir vu dans cet état. Elle revivait l'attaque dans son intégralité, et il n'avait d'autre choix que d'assister à son déroulement dans leurs esprits joints, incapable, cette fois encore, de lui venir en aide. Un profond mépris envers lui-même l'envahit en même temps qu'une immense fierté pour l'ingéniosité dont elle avait fait preuve. Elle lui avait sauvé la vie sans commettre la moindre erreur. Il savait que le lui rappeler la rassurerait.

Il s'y employa donc, lui susurrant des mots doux à l'oreille tandis qu'il la berçait et la félicitait à voix basse. Grâce à ses paroles, Isabella détourna enfin son attention de l'image qui la hantait : Jacob gisant blessé, à l'article de la mort. En effet, il avait dû la frôler de près pour que Noah convoque Gideon.

Dans ses bras, Isabella se calmait. Elle avait séché ses pleurs et ne reniflait plus que de temps à autre. Alors que son chagrin s'estompait, elle commença à le caresser, le toucher, prendre la température de son corps, évaluer sa vitalité. Il respirait, il était en vie, plus fort que jamais. C'était une réalité tangible. Jacob ne put s'empêcher de remarquer l'incroyable ironie du sort : elle l'avait vu se battre à deux reprises, et chaque fois il avait fini sur le carreau, assommé. Ce nombre passait à trois, s'il comptait l'attaque d'Elijah, même si à ce moment-là, il devait bien le reconnaître, la concentration lui avait fait défaut.

— Tu es trop dur envers toi-même.

La voix d'Isabella monta doucement jusqu'à lui, et la jeune femme imprima de tendres baisers sur sa nuque. Il poussa un profond soupir, frotta les mains sur les siennes pour lui signaler qu'il n'avait pas besoin d'être consolé. Contrairement à elle.

— Je peux accepter que tu sois née pour combattre à mes côtés, Bella, mais comment tolérer que tu te débrouilles seule alors que je suis plus fort et plus expérimenté que toi ?

Elle leva la tête, cessant de lui embrasser le cou, et le regarda dans les yeux.

— Jacob, le type t'a sonné. Ce n'est pas ta faute.

— J'aurais dû sentir quelque chose. Flairer sa présence, l'entendre. Quand je pense à ce qui aurait pu se produire…

— Arrête ! s'écria-t-elle avant de se redresser sur les genoux. (Elle le repoussa de façon à le surplomber, puis le dévisagea de sa posture dominante.) Je lis en toi comme dans un livre, tout-puissant exécuteur. (Elle émit un grognement peu délicat.) Démon ou pas, tu n'es rien de plus qu'un flic. Et malgré tout leur entraînement et leur expérience, eux aussi tombent parfois sur le mauvais gars, le mauvais jour, au mauvais moment, et se font assommer. Ce sont des choses qui arrivent, Jacob.

— Ce n'est pas une excuse.

— Qui parle d'excuse ? C'est comme ça, point barre. Tu crois que je serais en vie à l'heure qu'il est si tu n'avais pas été à mes côtés dans cet entrepôt ?

— Tu veux dire, si je ne t'avais pas encouragée à y aller ?

— Bon sang, Jacob, arrête un peu ! J'en ai ma claque ! J'en ai marre que tu te flagelles sans cesse, et je ne supporte plus que les autres te débinent à tout bout de champ ! Tu fais respecter la loi, tu punis ceux qui l'enfreignent, et tu supprimes les criminels qui doivent l'être. Parfois tu gagnes, parfois tu as besoin d'aide, et parfois… Oh, je suis si heureuse de ne pas avoir à dire « parfois tu perds », Jacob ! Oui ! Je suis contente d'avoir été là pour te sauver la vie parce que je ne sais pas ce que je ferais si… (Étranglée par les sanglots, elle se frotta énergiquement les yeux pour contenir ses larmes.) Et laisse-moi te dire une chose, Jacob. Si je deviens moi aussi l'un de vos policiers, je peux t'assurer que certaines attitudes vont changer! Tu comprends? On appelle ça «relations publiques», et si le public ne se décide pas rapidement à te traiter avec le respect qui t'est dû, il aura affaire à moi. Le comportement des tiens m'horripile. J'en ai ras le bol! Et j'en ai par-dessus la tête qu'on me désigne comme «l'humaine», comme si on qualifiait une lépreuse. Tes congénères sont des idiots suffisants, prétentieux et bourrés de préjugés, qui auraient bien besoin qu'on leur inculque les bonnes manières!

— Je vois, dit-il tout bas, un filet d'amusement dans la voix.

— Tu vois quoi? demanda-t-elle, se rasseyant sur les talons et croisant les bras, sur la défensive.

— Je vois, répéta-t-il, se redressant pour se trouver nez à nez avec elle, ce qu'on entend par: «Tu es belle quand tu te mets en colère.»

Il ponctua cette remarque en passant la main dans son épaisse chevelure, et l'attira contre lui. Il l'embrassa avec tendresse et passion et, lorsqu'il se recula pour l'admirer, il la trouva pantelante et cramoisie.

— Oh, ça, murmura-t-elle hors d'haleine.

— Et ça aussi.

Il la plaqua de nouveau contre lui, et cette fois glissa la langue dans la bouche de sa partenaire, et la titilla pour qu'elle lui rende son baiser. Elle poussa un soupir, et son souffle exquis frôla avec délice les papilles de Jacob. Elle réagissait si vite, si pleinement. Comme toujours, elle s'abandonnait complètement sans la moindre hésitation. La confiance qu'elle lui témoignait était implicite.

Il s'arracha à ses lèvres tentatrices à contrecœur, les doigts perdus dans ses mèches soyeuses. Il lui baisa le front, les joues, les cils, sans cesser d'écouter sa respiration, d'étudier comment celle-ci s'arrêtait par anticipation tandis qu'il reportait son attention sur une autre cible.

De nouveau, Isabella parcourait son corps, suivait les courbes et contours de son torse dénudé, et stimulait ses muscles qui en frémissaient d'avance. Jacob relâcha ses cheveux, effleura du bout des doigts les traits délicats de sa mâchoire pour arriver jusqu'à son menton. Puis, il descendit jusqu'à sa gorge, caressa avec tendresse les marques encore fraîches et la ligne rouge laissée par le couteau. Il ignorait combien de temps il était resté sans connaissance, combien de temps elle avait mis à cicatriser avant qu'il puisse voir la blessure. Il refusait de penser à la profondeur de l'entaille originelle.

— *Arrête. Je t'en prie.*

— *T'a-t-il gravement blessée, mon cœur ? Est-ce que ça va ?*

— *Je vais bien. Bizarrement, ça m'a fait beaucoup moins mal que ça n'aurait dû. C'est assez drôle, vu que je suis du genre à pleurnicher à la moindre coupure de papier.*

— *Hé, je me suis déjà coupé avec une feuille. Ça fait super mal.*

Elle gloussa, son éclat de rire soulagea la détresse de Jacob qui esquissa un sourire, bercé par cette douce sonorité.

— *Tu sais quoi ?*

— Quoi ? demanda-t-il.

— *Je crois que je commence vraiment à apprécier ta présence dans ma tête.*

— *Seulement dans ta tête ?*

Il accompagna sa question d'un mouvement du bras pour la caler davantage dans le creux formé par ses jambes, corps contre corps, et lui faire prendre conscience de l'effet qu'elle produisait sur lui sans le vouloir et qui ne risquait pas de s'estomper avec le temps.

— Jacob, le gronda-t-elle, incapable de se retenir de rire malgré ses tentatives de remontrances. Nous ne sommes plus chez toi.

— Et alors ?

Il enfouit le visage contre sa poitrine pour l'embrasser avec douceur, laissant carte blanche à sa langue et à ses lèvres.

— Eh bien, d'une, Legna peut lire nos émotions.

— Et alors ? répéta-t-il, marquant une pause assez longue pour qu'elle décèle l'étincelle de malice dans ses yeux.

— Tu es nul ! s'exclama-t-elle, hilare.

Elle voulut lui donner une tape sur la tête, au lieu de quoi elle se retrouva avec les doigts enfoncés dans sa crinière.

— Ah ? Ce n'était pas mon impression pourtant, objecta-t-il en repoussant le pan de sa blouse pour lui butiner la pointe du sein.

Isabella poussa un brusque soupir de plaisir, et bougea légèrement pour lui offrir un meilleur accès.

— D'accord, tu n'es pas si nul que ça, rectifia-t-elle, pantelante. Jacob… Et pour Noah ?

—Il n'a qu'à se trouver une femme, je ne partage pas.

Sur quoi, il la fit passer sous lui dans un mouvement de balancier, l'étendit sur le lit, et la dévisagea comme un buffet garni de mets délicieux.

—Un corps si petit et si voluptueux… Généreux et moelleux là où il doit l'être, et si savoureux.

Il lui embrassa le ventre à travers son chemisier, puis remonta le tissu du plat de la paume avant de réitérer son baiser. Il vit avec satisfaction ses muscles se contracter, saillir et frémir tandis qu'il la titillait avec la langue. Arrivé à la ceinture de son jean, il s'interrompit et soupira.

—*Tu ne portes jamais de jupe ?*

—*Tu m'excuseras, mais je te rappelle que je n'ai pas eu accès à ma garde-robe ces derniers temps. Une chance que Legna m'ait prêté ces vêtements, parce que mes fringues sont dans un piteux état. Maintenant, arrête de me chercher et remets-toi au boulot !*

Jacob rit, le visage enfoui contre son ventre, et elle frétilla sous l'intéressante vibration ainsi provoquée.

—*Tu essaies de me dominer depuis le premier jour !*

—*Si tu écoutais un peu, je n'aurais pas à jouer les tyrans.*

Il ouvrit doucement la braguette de son pantalon et tira sur le tissu pour exposer davantage son bas-ventre.

—*Ah, voilà qui est mieux. Pas de culotte.*

Isabella gloussa lorsqu'il glissa les mains sous ses fesses et la maintint avec fermeté tandis qu'il suivait avec sa bouche la ligne menant de son nombril à son entrejambe.

—*Jacob, qu'est-ce que tu fais ?*

—*Je cherche ce qu'il faut faire pour que tu cesses de ricaner.*

La seconde d'après, il avait complètement descendu son jean. Isabella riait si fort qu'elle était devenue rouge coquelicot et respirait par saccades, mais Jacob n'y prêta guère attention.

—*Arrête de me chatouiller alors!*
—*Oh, c'est ce que je fais? Pardon, j'arrête.*

Il tint parole. Lorsqu'il posa de nouveau les lèvres sur elle, il ne la chatouilla pas le moins du monde. Isabella hoqueta de surprise et retint son souffle, son rire mourut peu à peu et son corps se mit à tressaillir. Jacob s'interrompit, révélant ses yeux noirs d'un battement de ses longs cils, et l'observa avec intérêt tandis qu'il poursuivait son petit jeu aguicheur.

— Jacob, dit-elle, la voix mêlée d'impatience et de curiosité.

Il laissa ses mains remonter le long de ses cuisses, et elle se sentit incroyablement vulnérable et menue tandis qu'il écartait davantage ses jambes tendues, exposant son intimité en pleine éclosion à sa bouche et à ses doigts délicats. Soudain, la pièce commença à tourner tout autour d'elle, et Isabella se crut emportée dans un tourbillon de plaisirs inédits.

Ce fut un moment intense lorsqu'elle se rendit compte que faire l'amour relevait de l'art. Ou était-ce seulement le cas avec Jacob? Il était si sûr de lui, attentif à la moindre caresse, au détail le plus insignifiant, soucieux d'augmenter la cadence, d'en rajouter toujours plus pour corser l'affaire. Alors qu'il la touchait d'une façon, il la goûtait d'une autre. Si elle poussait un infime gémissement d'extase, il le suivait, le décuplait, et insistait jusqu'à ce qu'elle n'en puisse plus.

Lorsque Isabella voulut adopter la perspective de Jacob, elle se trouva submergée par l'élan de passion qui l'animait et l'effet qu'elle produisait sur lui. Elle était dans son esprit, et savait à quel point sa saveur sur la langue de Jacob affûtait les besoins de la bête en lui. Elle se laissa happer par le maelström de ses pensées tandis que des vagues de sensations nouvelles la traversaient. Un plaisir si intense… comparable à celui qu'elle avait déjà expérimenté, mais différent. Elle crispa ses doigts engourdis, enfoncés dans la crinière de son amant, l'euphorie tapie en elle comme un chat sauvage guettant sa proie ; d'un côté elle voulait lui hurler d'arrêter, car elle ne pouvait en supporter davantage, et de l'autre elle en demandait toujours plus.

Elle s'enflammait sous ses caresses. Incapable de rester immobile, elle s'arc-boutait et se tortillait, émettait des sons aussi primaires que l'excitation ravageant le corps de Jacob. Il voulait qu'elle atteigne l'extase, la délivrance, et elle le forçait à repousser ses limites. Sa capacité à résister avant de lâcher prise s'avérait impressionnante. Il s'engouffra dans son esprit en ébullition, mêlant le mental au physique, et l'inonda d'images érotiques, réminiscences de leur première fois ensemble, désireux de lui faire vivre ce qu'il avait ressenti lorsqu'il s'était abîmé en elle, sensation que rien ne pouvait égaler.

Isabella s'embrasa. Elle se cambra et maintint cette position le temps d'un long spasme étourdissant. Elle expira dans un cri interminable alors que sa libération la propulsait au septième ciel, affranchie de toute notion temporelle. Elle n'était pas redescendue que Jacob s'allongea sur elle, s'empara de sa bouche avec fougue, et partagea son plaisir avec délectation tandis qu'il se glissait en elle guidé par un besoin brutal et impatient.

Il s'agrippa au lit avec violence, ses ongles lacérant les draps, tandis qu'il la pénétrait en profondeur. Elle gémit avec force. Chacune de ses plaintes l'écharpait, plus rien ne comptait si ce n'était l'ardeur d'Isabella, la riposte de Jacob, et le rythme infernal de cette passion qu'elle épousait à la perfection et relançait même de ses propres désirs impérieux. La chair douce et brûlante qui le gainait le retint avec insistance, l'étreignit avec avidité et ferveur, décuplant les sensations produites par chacun de ses mouvements.

Soudain, elle se cambra de nouveau et lâcha un râle d'extase qui rompit les derniers liens rattachant Jacob à la raison. Il se perdit complètement, ébranlé dans tout son être par un violent cataclysme.

Il s'effondra sur Isabella qui, à bout de forces, laissa ses membres cotonneux s'enfoncer dans le matelas. Ils restèrent allongés, hors d'haleine, leurs cœurs cognant à l'unisson contre leur cage thoracique, leur transpiration ruisselant sur le corps d'Isabella goutte après goutte.

Jacob se tourna vers le creux de son cou qu'il considérait désormais comme son foyer, et savoura enfin la plénitude. Il voulait crier, pleurer et danser, chanter et jurer dans toutes les langues qu'il connaissait. Ce mélange d'impulsions était si ridicule qu'il s'autorisa à rire même si le souffle lui manquait. Puis, au bout d'une ou deux minutes, il éclata d'un rire franc et spontané. Roulant sur le dos, il ramena Isabella sur lui pour s'étendre sur le lit, renversa la tête en arrière et rit à gorge déployée jusqu'à faire trembler les poutres.

Le roi jeta un coup d'œil au plafond en pierre, et se mit à glousser de satisfaction. Il avait compris qu'il se tramait quelque chose quand Legna avait décampé en quatrième vitesse. Ses soupçons furent confirmés lorsque sa maison devint l'épicentre d'un séisme mineur. Et à présent qu'il écoutait Jacob rire aux éclats, ce qui, pour autant qu'il se rappelle, n'était encore jamais arrivé, il se sentit rasséréné. Le destin, comme à son habitude, avait été accompli.

L'exécuteur, le mal-aimé, l'indésirable... n'existait plus.

—Amen, soupira Noah.

Chapitre 8

La terre trembla sous les bottes d'Elijah, unique avertissement de l'arrivée de Jacob. Il regarda le nécromancien enchaîné au mur, bras et jambes écartés, et afficha un sourire mauvais.

— Oh, oh, lança-t-il quand la secousse répliqua avec violence.

Le prisonnier entrouvrit les paupières lorsque des éclats de plâtre lui tombèrent sur la tête. Elijah s'assit et sourit de plus belle tandis qu'il posait les talons sur la table devant lui, croisant les chevilles, avant de se balancer sur sa chaise.

Il félicita mentalement Jacob pour son entrée des plus spectaculaires. Le sol boueux de la cave se mit à bouillonner comme un volcan, éjectant de l'humus et un démon hors de lui. Puis, le trou créé par Jacob aspira la moindre particule de terre, et le terrain recouvra son apparence d'origine.

Jacob s'éleva à soixante centimètres du sol, ses pupilles noires flamboyant de menace et de colère, la puissance brute de sa présence modifiant la pression de l'air dans la pièce. Jacob atterrit enfin, toujours sans dire un mot, tandis qu'il toisait le nécromancien des pieds à la tête. Il jeta un coup d'œil à Elijah par-dessus l'épaule, un message silencieux pour lui signifier qu'il avait déjà remarqué un détail crucial. Le guerrier pouvait deviner de quoi il s'agissait. Ce sorcier n'était pas celui que Jacob s'attendait à voir, ce n'était pas celui de l'entrepôt.

Cela ne changeait rien au fait que l'homme était dans un sacré pétrin.

—Est-ce la créature qui a osé toucher ma compagne?

Bien entendu, qui pouvait-ce être d'autre? Cependant, un peu de théâtralité n'était pas pour déplaire à Elijah, qui acquiesça, le visage grave.

—Je ne l'ai pas blessé, sachant que ce privilège te revenait de droit.

Jacob se tourna vers le nécromancien.

—Tu as trouvé l'arme avec laquelle il m'a frappé?

—Non. Pas encore.

—Vous ne la trouverez pas, vociféra l'intéressé sur un ton bien impudent pour un idiot suspendu à un mur à la merci de deux démons incroyablement puissants dont l'un d'eux était, à l'évidence, d'humeur à lui défoncer le crâne.

—Peu importe. Tu n'auras plus jamais l'occasion de l'utiliser, répliqua Jacob sans s'énerver.

—Des paroles bien courageuses de la bouche d'un dégonflé trop peureux pour m'affronter à armes égales, siffla le nécromancien.

En un clin d'œil, Jacob avait parcouru la distance qui les séparait. Il se planta devant le magicien et grogna, exposant avec férocité ses crocs.

—Stupide bravoure de la part d'un lâche qui s'est servi d'une femme pour me piéger, gronda Jacob, tâchant de réprimer sa rage. Sais-tu ce que mon peuple inflige au tien quand vous menacez notre bien le plus précieux?

—Des trucs de monstres, j'imagine. Je n'en sais rien, cracha l'autre. Vous avez beau prendre notre apparence, vous ne dupez personne. J'ai vu à quoi vous ressembliez vraiment une fois dépouillés de tous vos atours !

De nouveau, Jacob jeta un bref coup d'œil à Elijah. Ce dernier reposa les pieds par terre et se leva si brusquement que le nécromancien sursauta. Quand le capitaine guerrier se redressait de toute sa hauteur, cela pouvait pétrifier n'importe qui. Le géant blond donnait l'air de pouvoir réduire le monde en miettes entre ses mains, et ses yeux émeraude étincelants reflétaient la fureur nécessaire pour y parvenir.

—Si tu nous expliquais comment tu en as été témoin ? s'enquit Jacob d'une voix polie mais menaçante.

—J'en ai vu des choses, se vanta le sorcier. J'ai vu des vampires exploser en plein soleil et un loup-garou imploser après avoir été touché par une balle d'argent. J'ai vu les vôtres, la bave aux lèvres, pris au piège d'un simple pentacle dessiné au sol. Tout cet accoutrement d'humain se désintègre à toute vitesse une fois que vous avez été invoqués.

—En réalité, maintenant que nous allons te tuer, ce que tu sais m'importe peu. Cela mourra avec toi, déclara Jacob en haussant les épaules avant de sourire, à l'évidence enchanté par cette perspective.

—Soit. Mais vous ne nous attraperez jamais. On s'est préparés à cette éventualité.

—Oh, quel beau travail d'équipe ! (Jacob esquissa un sourire carnassier.) J'ai six cents ans, nécromancien. As-tu la moindre idée de la durée que cela représente ? Des comme toi, j'en ai vu aller et venir. Le démon devant toi a inventé plus de manières de combattre les individus dans ton genre que tu ne pourras jamais l'imaginer.

Jacob se pencha si près du sorcier que ce dernier put sentir son souffle.

On lui avait raconté que ces créatures démoniaques possédaient des facultés exceptionnelles. Il ne lui avait manqué qu'un nom. Ainsi, il aurait pu surpasser ses acolytes. Le nécromancien réfléchissait, les yeux rivés sur Jacob. Il connaissait la puissance potentielle que le démon renfermait, et son échec le mettait en rage.

— Et pourtant, malgré notre longévité et l'étendue de nos capacités, poursuivit Jacob sur une intonation faussement intellectuelle, comme s'il délivrait un exposé, nous ne menaçons pas d'autres races. À moins d'y être contraints par un individu ou une société qui se liguerait contre nous. Mais ton espèce, qui essaie de s'approprier nos pouvoirs et les pervertit… Dans quel but? Je ne souhaite même pas le savoir. À t'écouter, nous ne sommes pas les seuls que vous chassiez, que vous anéantissiez avec cruauté et sans raison. Dis-moi, nécromancien, qui de nous deux est le monstre?

— Tu veux une raison? Regarde-toi! À ton avis, comment t'ai-je trouvé?

Jacob haussa un sourcil, tâchant de dissimuler à quel point la réponse l'intéressait.

— Tu affirmes que vous ne détruisez pas. Qu'en est-il du tremblement de terre à Douvres qui m'a mené jusqu'à toi? Ouais, on sait ce dont vous êtes capables, et on devine que certaines catastrophes naturelles ne le sont pas tant que ça. Chaque fois qu'un séisme, un tsunami, un ouragan d'une violence exceptionnelle, une épidémie ou un feu de forêt saccagent la planète, il y a de grandes chances pour qu'un animal dans ton genre en soit la cause. Vous êtes si faciles à pister, et vous l'ignorez ! (Le nécromancien se fendit d'un rire sourd.) On n'est plus au Moyen Âge, mon vieux. La technologie vous a rattrapés. Vous ne pouvez plus vous cacher. Combien de dégâts matériels as-tu provoqués lors de cette petite secousse, démon ? Combien de blessés ? De morts ? Ce coup-ci, la magnitude était faible, mais les autres fois ? Pourquoi faire ça, d'ailleurs ? Pour t'amuser ? Pour frimer devant ta poule ?

Elijah s'approcha de Jacob littéralement à la vitesse du vent pour le retenir d'une main sur l'épaule lorsque l'allusion à Isabella frappa l'exécuteur de plein fouet. D'ordinaire, ce dernier n'aurait guère prêté attention à de simples insultes, Elijah le savait, mais il craignait que le fond de vérité dans les hypothèses du sorcier n'ébranle son ami.

— C'est tellement typique des humains, rétorqua doucement Jacob d'une voix basse et glaciale, d'émettre des jugements sur un peuple uniquement parce qu'il est différent. Vous êtes incapables de prendre le temps de nous comprendre, et considérez comme une menace quiconque est né un peu plus fort ou plus intelligent que vous. L'ignorance et la peur sont les signes millénaires des oppresseurs de ton espèce. Vous ne réussirez pas cette fois. Pas avec nous. Ni avec aucune autre race de la nuit, j'y veillerai personnellement.

» À compter de ce jour, plus jamais vous ne serez en sécurité. Vous nous trouvez faciles à traquer ? On flaire votre puanteur à des kilomètres. Tu le savais ? On peut vous sentir, nécromancien. Que vous fassiez vos courses, batifoliez, complotiez ou forniquiez, vous serez toujours vulnérables à cause de cette odeur qui vous colle à la peau. Combien de fois avez-vous détecté l'un des nôtres grâce à vos prétendues technologies et à vos merveilleuses techniques de pistage ? Une ? Deux ? Parce que l'un de nous a pu commettre, un jour, l'erreur de se laisser déconcentrer, ou que l'un de nos jeunes ne maîtrisait pas encore les pouvoirs dont la nature nous a jugés dignes ?

— Continue à penser ainsi. Il existe d'autres moyens, et tu le sais comme moi, démon. Une minute de plus, et ta belle au cou gracile aurait hurlé ton nom sur les toits, faisant de toi une proie pour n'importe quel sorcier jusqu'à la fin de ta vie… dont la durée, je te le promets, dépendra de notre bon vouloir.

Cette fois, Elijah ne fut pas en mesure de retenir Jacob.

L'exécuteur passa au-dessus de lui dans un tourbillon, et se matérialisa dans un grognement de rage avant de frapper à la gorge le nécromancien qui se cogna la tête contre la paroi en pierre.

— Elle ne connaît pas mon nom, imbécile ! Nos compagnes ne le connaissent jamais pour cette raison précise. Et je te le jure, tu répondras du mal que tu lui as causé. Tu n'imagines même pas le sort qui t'attend, peu importe combien de temps je laisse ta pitoyable carcasse enchaînée à ce mur. Entends-moi bien, magicien. Si tu respires encore, aujourd'hui ou demain, c'est uniquement parce que je l'aurais décidé. Souviens-t'en la prochaine fois que tu voudras parler de ma femme.

Sur ces paroles, Jacob relâcha le nécromancien pantelant, se transforma en poussière, et quitta les lieux dans un ébranlement de plaques tectoniques qui manquèrent de faire s'affaisser la bâtisse.

Isabella poussa un petit soupir, remua sous les draps, et apprécia le contact du tissu, frais et chaud par endroits, tandis qu'elle se réveillait. Elle s'étira, bâilla tout son soûl, et chercha à tâtons le corps viril brûlant qui, bizarrement, ne la recouvrait pas. Comme sa quête s'avérait infructueuse, elle souleva sa tête enfouie sous l'oreiller et cligna des yeux face au soleil qui se déversait à flots dans la chambre. Elle grogna et posa les mains sur les paupières.

— Je vois que vous vous êtes déjà habituée à la nuit.

Isabella retint son souffle, se redressa et inspecta la pièce d'un mouvement circulaire pour faire face à celui qui venait de s'adresser à elle. Une seconde plus tard, elle se rappela sa nudité, et remonta la couverture jusqu'à ses épaules tout en fusillant Gideon du regard.

— Que faites-vous ici ?

— Un démon de matière peut aller où il veut. (Il la parcourut lentement de ses yeux cristallins.) Et cessez d'essayer de flairer ma présence comme vous le faites pour mes congénères. Je suis beaucoup trop loin.

Isabella l'observa, perplexe, tâchant de comprendre comment il pouvait se trouver si loin alors qu'il était assis dans un fauteuil au pied du lit.

— Simple projection astrale, expliqua Gideon. C'est ainsi que nous autres, démons de matière, voyageons. La séparation du corps et de l'esprit nous permet d'exister sur deux plans à la fois. Mais contrairement à ce que pensent les humains, cela ne nous vide pas de notre substance. Je suis capable de toucher, voir, sentir, entendre et goûter ce que je veux sous cette forme.

—Cela ne me dit pas pourquoi vous êtes là.

—Je devais m'entretenir avec vous.

—Sur ordre de qui ?

—Personne. Pour l'instant. Mais ce n'est qu'une question de temps avant que Noah et les autres viennent me demander de vous évaluer.

—Je me répète, mais deviez-vous faire ça dans l'intimité de ma chambre à coucher pendant que je dormais ? Habillée de façon peu présentable, qui plus est ? Ce n'est pas comme ça que vous allez combler le fossé qui vous sépare de Jacob.

Les yeux du démon s'étrécirent, et Isabella réprima un sourire suffisant.

—Que vous a-t-il raconté au juste ?

—Rien du tout, avoua-t-elle. C'est vous qui en avez parlé.

—Moi ?

Il arqua de nouveau un sourcil argenté, manie qui avait le don d'agacer Isabella.

—Oui. Rappelez-vous. Vous avez dit que c'était une bonne chose qu'il soit évanoui parce qu'il n'apprécierait sans doute pas que vous le soigniez. Ce qui, d'ailleurs, ne lui a même pas effleuré l'esprit quand il l'a appris.

—Ah non ?

—Non. Si je devais qualifier sa réaction à ce sujet, je dirais qu'il avait l'air… d'accepter.

—Je vois.

Gideon examina lentement la jeune femme. Elle était beaucoup trop petite pour une druidesse. Cependant, il en percevait la marque sur elle claire comme le jour, impossible de se tromper. Et ses pouvoirs s'amplifiaient de minute en minute. Rien qu'au cours des dernières heures, elle avait changé. Elle avait gagné en force dans les domaines qu'elle connaissait déjà et ceux qu'elle ignorait encore.

Gideon flaira l'empreinte et l'odeur de Jacob sur Isabella, elles imprégnaient ses pores et sa chimie à jamais. Il n'avait pas eu le temps de le remarquer auparavant, mais à l'évidence ils s'étaient accouplés. L'exécuteur avait transgressé le tabou ultime, avait violé les règles qu'il avait juré de défendre. Celles-là mêmes qui, à l'époque, avaient primé sur son amitié avec l'Ancien. Gideon savait, bien entendu, qu'en ce jour douloureux, huit années plus tôt, Jacob avait agi en son bon droit. Il avait accompli son devoir. Il avait mis le respect et la camaraderie de côté et avait risqué sa vie, dans le seul but de sauver l'humaine devenue la cible d'un Gideon perdu dans une réalité momentanément pervertie. Ce dernier n'en tenait pas rigueur à l'exécuteur, mais son orgueil avait été froissé et, pour la première fois depuis mille ans, il avait éprouvé de la peur.

Découvrir que l'on pouvait posséder un pouvoir infini, des connaissances et une expérience millénaires, et succomber malgré tout aux tentations les plus viles l'avait humilié. Il s'était toujours cru au-dessus de cela. À présent, il redoutait ses propres réactions comme jamais. Il s'était isolé pour protéger les autres, pas pour punir Jacob. Apprendre que son vieil ami ne nourrissait aucune rancune à son égard l'apaisait. Ce qui le perturbait, en revanche, c'était que cette petite hybride douée d'intuition ait deviné son besoin de le savoir.

— Je suis ici pour discuter de votre existence. Veuillez m'excuser si je vous ai paru impoli. N'oubliez pas, je vous prie, que ma civilisation diffère de la vôtre. Même si nous sommes attachés à notre intimité, nous concevons qu'elle puisse être violée. Voyez-vous, nous n'utilisons pas vos technologies, comme les téléphones ou les voitures. Vous l'aurez sans doute remarqué.

— Je l'avais remarqué, lui concéda-t-elle.

— Par conséquent, nos allées et venues sont dictées par d'autres conventions sociales. La plupart d'entre nous sont doués dès la naissance de moyens intrinsèques pour se déplacer et communiquer sur de longues distances. (Gideon lui indiqua son corps astral.) Vous pouvez qualifier notre absence de protocole en matière de vie privée de faiblesse culturelle, si vous le souhaitez. Ce qui m'amène à vous. Vous êtes, semble-t-il, le signe d'une altération.

— Je vous demande pardon ?

Non seulement il se pointe à l'improviste, mais en plus il m'insulte ?

— En effet. Nous savions depuis la nuit des temps que l'union d'un démon et d'un humain entraînerait des répercussions.

— Ce ne sont que des histoires, riposta Isabella. J'ai découvert une prophétie qui…

— Oui, je suis au courant. Ce ne sont pas des histoires. Pas entièrement. Les légendes recèlent toujours un fond de vérité. Vous pouvez considérer cette parole de sagesse comme un fait. Je parle d'expérience.

Isabella acquiesça. Il en savait bien plus qu'elle, elle ne pouvait le nier.

— Bien, alors dites-moi ce qu'il y a d'aussi terrible. Jacob est-il en danger ?

Il n'échappa pas à Gideon qu'elle ne songeait même pas à s'inquiéter pour sa vie, malgré les changements drastiques qui l'affectaient.

— Avant que nous en discutions, vous devez me promettre de ne pas contester mes propos. Je vous dis la vérité. J'énonce des faits, pas des hypothèses ou des conjectures. Je m'exprime en connaissance de cause, sinon je me tairais. C'est ainsi que je fonctionne.

— Eh bien, je vous connais à peine, mais j'ai pu juger de votre franchise. Vous êtes futé. Sage, si vous préférez. Et à l'évidence assez âgé pour savoir de quoi vous parlez. Au fait, quel âge avez-vous ?

— Cela n'est guère pertinent.

— Oh. (Isabella roula des yeux.) OK, si on passait à la vitesse supérieure pour que vous regagniez votre corps au plus vite ? Je veux bien vous croire sur parole jusqu'à ce que j'entende un autre son de cloche.

— Nul ne peut me contredire.

— On verra.

Gideon comprit qu'il devrait s'en contenter. Elle était têtue comme une mule. Obstinée. C'était un miracle que Jacob la supporte. Il décida de voir ce qu'elle avait dans le ventre.

— Vous êtes immortelle.

Isabella ouvrit la bouche pour protester, puis se ravisa, et fit une moue exaspérée.

—Comment est-ce possible ? demanda-t-elle.

—Les druides le sont. Vous êtes à moitié druide. Par conséquent, vous êtes immortelle.

—J'ai failli mourir enfant, pendant qu'on me retirait les amygdales.

—Je n'ai pas dit que vous ne pouviez être tuée. Immortelle, pour nous, signifie « qui vit longtemps », pas « indestructible ». Même si, je vous assure, ce ne sera pas facile de vous tuer désormais.

—Et vous en êtes certain parce que…

—Je pensais que nous nous étions mis d'accord. Vous ne devez pas me questionner, soupira Gideon, un brin excédé.

—Et si vous mettiez de l'eau dans votre vin pour changer ? riposta-t-elle.

—Bien. Les immortels possèdent un code génétique spécifique. En tant que démon de matière, je peux le sentir en vous. D'ailleurs, l'éveil de cet ADN dormant explique les changements que vous traversez.

—C'est vrai ? s'enquit Isabella, à l'évidence surprise. Mais pourquoi s'est-il réveillé ?

—Excellente question, la complimenta Gideon, sincèrement ravi de sa vivacité d'esprit. Il a resurgi dès l'instant où vous avez été en contact avec Jacob.

—Comment ?

Isabella et Gideon levèrent la tête vers la voix grave qui avait posé la question, et aperçurent Jacob debout devant la fenêtre, pieds écartés. Il paraissait tendu.

—Jacob !

Isabella réagit de manière enflammée, et se précipita hors du lit, enroulée dans les draps, avant de se jeter dans les bras de Jacob. Il l'enveloppa dans son étreinte, la souleva de terre et la balança légèrement tout en s'amusant de son accueil enthousiaste. Elle chercha sa bouche avec avidité, oubliant complètement la présence de l'autre démon.

Jacob ne put lui résister, même s'il avait bien conscience de l'œil de glace qui le scrutait avec attention. Il se délecta de son baiser et le lui rendit, sans cesser pour autant de recouvrir le dos d'Isabella afin de le protéger du regard importun de Gideon. Il savoura pendant quelques instants la sensation de cette peau nue et chaude sous le coton fin et ample. Puis, il la serra contre lui, enroula les jambes de la jeune femme autour de sa taille, et s'avança vers le lit. Il s'y assit, Isabella sur les genoux, et remonta la couverture pour l'en envelopper. Elle posa la joue contre son épaule avec satisfaction, et se blottit tout contre lui. Une fois installés, il glissa les doigts dans la chevelure de sa compagne et la caressa avec détachement et tendresse.

Gideon observa la scène avec stupéfaction. Il se remémora l'une ou l'autre conversation qu'il avait pu avoir avec Jacob au fil des ans sur le désir d'une compagne et le fait qu'ils préféraient s'en passer. Et quand bien même ils l'auraient souhaité, les relations entre immortels étaient compliquées et pénibles. Après avoir aimé et vécu avec un partenaire pendant des siècles, il était difficile de se remettre de sa disparition. Gideon et Jacob avaient tous deux perdu de nombreux proches, avaient survécu à leurs parents, frères, sœurs et aux enfants de ces derniers, qu'ils avaient vus succomber aux guerres, aux invocations et aux chasses. Les démons qui avaient réchappé des combats contre les vampires et les lycanthropes, enduré les obscures manipulations du peuple des ombres et leurs conséquences sinistres, sans oublier les retombées dévastatrices du conflit avec les druides, devaient à présent mener une existence solitaire. Après tant de siècles, ils n'avaient plus le cœur à aimer de nouveau. Pourquoi s'engager dans une relation et s'investir émotionnellement ? Le mariage était rare et les rapports sexuels se limitaient souvent aux semaines de la lune sacrée, quand les démons ne se maîtrisaient plus.

L'amour était l'affaire des jeunes et des fous…

Et des imprégnés.

La femme assise sur les genoux de Jacob était à moitié druide, Gideon n'aurait donc pas dû être aussi surpris. Néanmoins, elle n'appartenait pas à la civilisation qui définissait Jacob jusqu'au bout des ongles. Mais il n'y avait rien à faire. Des forces supérieures même aux pouvoirs des démons en avaient décidé ainsi.

Jacob observait Gideon à présent qu'il avait installé sa compagne confortablement entre ses bras protecteurs. L'Ancien savait que l'exécuteur attendait une réponse, et que sa présence dans la chambre de sa partenaire à moitié nue l'avait contrarié. Il ne s'en repentait pas. Il avait ses raisons, et n'avait pas à se justifier.

— Tu voulais savoir comment tu as réveillé ses capacités latentes. Sans entrer dans des détails trop compliqués, ton ADN renferme un code qui, au contact du sien, entraîne d'importantes altérations systémiques de son ADN. Et vice versa, mais dans une moindre mesure.

— Dans mon ADN aussi ? Je suis le même qu'avant, protesta Jacob.

— Tu n'as rien remarqué de nouveau ?

— Non. Je le saurais si quelque chose avait changé.

— *Jacob, tu oublies quelque chose.*

— *Quoi, petite fleur ?*

— *Tu possèdes une nouvelle aptitude. Tu es en train de t'en servir.*

Jacob s'immobilisa, serra les doigts dans ses cheveux tandis qu'il baissait la tête vers elle. Son regard débordait d'encouragement et d'approbation.

— Isabella vient de me rappeler un pouvoir apparu depuis peu, répondit Jacob tout bas.

Gideon se pencha un peu avant de déclarer :

— La télépathie. Cela confirme non seulement ce que je sais, mais aussi la prophétie. C'est l'un des premiers signes.

— Et il semblerait que je sois douée d'empathie envers mes ennemis, ajouta Isabella.

— Non.

— Bon sang, je vais le frapper ! grommela la jeune femme à l'intention de Jacob, ses yeux lançant des éclairs violets. Qu'est-ce que vous en savez ? s'écria-t-elle.

— De toute évidence, vous avez oublié notre accord : j'énonce des faits que vous acceptez comme tels, répliqua Gideon, placide.

— Bella, mon amour, reprit Jacob avec douceur, un démon de matière de l'âge de Gideon, doté de ses capacités, peut déceler tes facultés au premier coup d'œil. (Il se tourna vers l'Ancien, l'air contrarié, conscient qu'il ne servirait à rien de lui jeter un regard d'avertissement.)

Gideon expose les faits tels qu'il les voit. Son intention n'est pas de t'insulter. Il est du genre à aller droit au but. Il est mal vu, dans notre culture, de galvauder le sens des mots. Nous sommes une espèce très directe, et même si, pour la plupart, nous avons adapté notre langage aux sensibilités des humains, il n'en va pas de même pour Gideon qui est notre doyen et qui, de plus, vit reclus. C'est pourquoi il fait preuve de beaucoup moins de diplomatie que le reste d'entre nous.

— Admettons, répondit Isabella sans grande conviction.

— Pour ma part, Isabella, je tâcherai de me rappeler que votre langue comporte des nuances qui m'échappent. J'espère que vous saurez vous montrer indulgente.

L'humilité de Gideon le servit, car Isabella se détendit pour de bon, et hocha la tête avec sincérité pour signifier qu'elle comprenait. Gideon s'adossa à nouveau à son fauteuil avant de poursuivre.

— Parlez-moi du dernier incident avec le nécromancien. En détail.

Ils s'exécutèrent, Isabella relata avec précision les faits que Jacob agrémenta avec les impressions qu'il avait soutirées au sorcier emprisonné.

— Vous avez perçu le goût du sang dans votre bouche alors qu'il n'y en avait pas ?

— Oui, acquiesça Isabella.

— Vous ne voyez pas comme un parallèle ?

— Non. (Bella sentit la main de Jacob serrer la sienne et se faufila dans son esprit.) *Tes blessures. Tu t'es cogné contre la commode*, songea-t-elle alors. *Mais c'est arrivé après.*

—Une prémonition ? Ce n'est pas de l'empathie… c'est de la prescience ! Bella, tu vois le futur, se rendit soudain compte Jacob. Mais oui ! Tu as senti la fumée, le soufre. La nuit de notre rencontre, tu étouffais avant même qu'on atteigne l'entrepôt. Ce n'est qu'après avoir déconcentré le nécromancien et libéré Saul du sortilège que la fumée est apparue.

—Donc, la nuit dernière j'ai ressenti la tension de l'attaque peu avant qu'elle se produise ?

—Quelque chose comme ça, oui. Et la coupure dans ma bouche. Tu as goûté ce qui m'attendait quelques minutes plus tard.

—Beurk ! Quel pouvoir pourri ! À quoi ça sert d'avoir des prémonitions si on ne peut rien anticiper ?

—Avec le temps, l'entraînement et l'expérience, le délai entre le pressentiment et l'événement s'accroîtra et vous serez en mesure de mieux en comprendre la signification, lui expliqua Gideon.

—Génial. Et moi qui ai cru pendant tout ce temps qu'avoir vingt et un ans marquait une étape décisive de ma vie. Merci !

Elle roula des yeux, affichant son expression blasée caractéristique, ce qui fit glousser Jacob.

—La prémonition constitue une anomalie pour un druide, mais j'ai repéré cette prédisposition génétique quand je vous ai tenu la main. Voyez-vous, les druides possédaient… Les druides possèdent, se reprit-il, des capacités intrinsèques comme n'importe quelle espèce. C'est inscrit en nous de toute éternité, inchangé, à l'exception de l'évolution et des altérations, bien entendu.

Il est possible que les siècles de métissage entre druides et humains qui ont conduit à ce que vous êtes aujourd'hui aient provoqué certaines mutations inattendues, comme le prouve ce don pour le moins insolite.

» Comme nous, les druides puisent leur force de la nature. Par exemple, vos sens exaltés, la faculté de guérir rapidement, et votre endurance extraordinaire. Votre technique de combat instinctif, elle, est inhabituelle, mais si vous arrivez à percevoir le pouvoir, surtout maléfique, c'est strictement grâce à la nature. Il s'agit d'une intuition comparable à celle d'une proie en présence d'un prédateur.

— Le nécromancien. Elle l'a senti alors que je n'ai pas pu à cause de son don ? (Jacob fronça les sourcils.) Je ne comprends toujours pas pourquoi je n'ai pas réussi à le repérer avant son attaque.

— Tu n'as commis aucune erreur, Jacob, tu manquais d'informations. Beaucoup de démons vivent reclus. Leur invocation passerait inaperçue. Les nécromanciens ont fini par capturer quelqu'un qui t'était plus proche. Ce n'était qu'une question de temps.

— En quoi cela prouve-t-il que je n'ai commis aucune erreur ?

— J'ai récemment découvert que Lucas, l'aîné, avait disparu. Invoqué, je présume.

Jacob retint son souffle et se crispa à tel point qu'Isabella ne put s'empêcher de le serrer dans ses bras pour le réconforter. Il lui rendit la pareille d'un air absent tout en baissant la tête vers elle.

— Lucas est un démon de l'esprit. Si des nécromanciens l'ont emprisonné, il pourra les téléporter où ils voudront. Ils surgiront de nulle part sans crier gare.

— Mais il n'y a eu ni fumée ni odeur sulfurée comme quand Legna se déplace.

— Les aînés ne laissent pas de trace derrière eux. Leurs facultés leur permettent de voyager en toute discrétion. Tant que Lucas sera sous leur joug, il pourra transporter tous ceux qui l'y forceront, et ce, sans aucun avertissement. Voilà pourquoi, entre autres, notre sécurité est en péril. Les proches de Lucas, en particulier, courent un grave danger.

— Concentrons-nous sur les pouvoirs de Bella, reprit Jacob avec précipitation. Devons-nous nous attendre à autre chose ?

— Malheureusement, oui.

— Malheureusement ? répéta-t-elle.

— Ceci, bien entendu, est le point de vue d'un démon ayant combattu les druides par le passé. Je vais tâcher de demeurer impartial.

— Faites donc ça, lui rétorqua Isabella d'un ton acerbe.

— Quand cette faculté sera connue de tous, d'autres que moi feront preuve de parti pris. Préparez-vous à affronter des préjugés.

Elle leva de nouveau les yeux au ciel.

— Pire que ceux que je récolte en tant qu'« humaine » ?

— Je crains de n'avoir pas été assez clair. Vous risquez d'être considérée comme une menace, ce qui pourrait raviver le conflit entre démons et druides. Votre vie pourrait être en danger.

— Attendez une minute, je croyais qu'il était interdit de blesser les humains, protesta Isabella.

Elle s'agita lorsque Jacob lui serra le bras de toutes ses forces. Nul besoin de sonder son esprit pour deviner ses pensées.

— Vous n'êtes pas cent pour cent humaine. Comprenez-moi bien, nous avons beaucoup évolué depuis cette époque, mais comme toute société, la nôtre compte son lot de fanatiques. Même si nous jugeons certains comportements indignes de notre civilisation, la peur peut constituer un motif très puissant.

— Dis-nous ce que c'est, exigea Jacob à voix basse.

— Elle peut atténuer les pouvoirs. De toutes les créatures surnaturelles. Nécromanciens, vampires, lycanthropes…

— Démons.

— Oui, acquiesça Gideon. Et il ne s'agit pas d'une simple diminution, à moins que son métissage ait modifié cela. Elle peut, temporairement, les priver de leurs capacités. Voyez-vous, Isabella, lorsque vous développez une faculté, elle reste présente quoi qu'il advienne. Le véritable talent c'est de la réprimer. C'est ce qui a permis au roi des druides de tuer notre monarque. Ils avaient prévu une rencontre pacifique. Une fois seuls, le druide a neutralisé les pouvoirs du démon et l'a assassiné.

— Oh, Seigneur! Comment êtes-vous parvenus à vous faire confiance? Vu l'avantage décisif qu'ils possédaient sur vous, comment avez-vous pu fonder une civilisation ensemble? Et comment avez-vous réussi à éradiquer tout un peuple alors que vous ne pouviez les approcher sans risques?

Gideon hésita, affichant pour la première fois une envie très humaine de tergiverser. Isabella sentit Jacob redoubler d'attention.

—Tout d'abord, ce n'était pas tant une question de confiance que de nécessité. Druides et démons étaient destinés à partager une relation symbiotique. Un druide a besoin d'un démon pour éveiller son pouvoir. Un démon a besoin d'un druide pour tempérer le sien.

—Pourquoi un démon voudrait de son plein gré... Oh oui. La folie lunaire, répondit Isabella à elle-même.

—Oui, c'est l'une des explications, même si le problème affectait nos ancêtres à des degrés différents. Néanmoins, il suffit de passer en revue les avertissements concernant les unions avec les humains pour trouver une autre raison tout à fait fascinante. (Gideon riva ses yeux brumeux sur Isabella puis sur Jacob.) Les preuves étaient éparpillées partout dans ta maison la nuit dernière, Jacob. Si elle avait été une simple mortelle, la perte de contrôle que tu as expérimentée aurait pu non seulement la tuer, mais aussi être fatale à bon nombre d'individus dans le voisinage. Par chance, votre pouvoir est en train de s'activer, Isabella. Vu sa faible ampleur et les circonstances de ces... moments de déconcentration... vous ne vous en êtes pas aperçue.

» Pour ce qui est de l'éradication des druides, ce ne fut pas une tâche aisée. Aucune guerre ne l'est. Cependant, tout peuple a ses faiblesses, et celles-ci ont été exploitées en profondeur. (Jacob s'apprêta à lui poser une question, mais Gideon leva la main pour y couper court.) Voilà ce qu'il en est, conclut-il enfin, et c'est ce que je dois révéler au Conseil : tous les démons n'étaient pas censés trouver leur partenaire au sein de leur espèce, mais parmi les druides. En détruisant ces derniers, nous avons sacrifié toute possibilité de goûter un jour la plénitude avec un esprit complémentaire parfait. C'est ce que les humains nomment « âme sœur », je crois. Nous l'appelons « imprégnation ». Voilà pourquoi la plupart d'entre nous sont solitaires, et ne parviennent pas à connaître le réconfort auprès d'un membre du sexe opposé… pourquoi il n'y a pas eu d'imprégnation depuis des siècles…

» Jusqu'à aujourd'hui, se reprit-il d'une voix empreinte de respect. Jacob, tu es le plus chanceux des démons. C'est pour cette raison que, dès votre rencontre, vous avez été incapables de résister à cette attraction mutuelle. L'imprégnation est un acte d'une intensité merveilleuse et fascinante, et elle ne peut être évitée. Quand un démon et un druide destinés à s'imprégner se croisent, cela déclenche immédiatement les altérations génétiques que j'ai mentionnées. Prophétie ou non, votre union était prédestinée avant votre venue au monde.

Isabella observait l'Ancien, les yeux écarquillés, mais son attention était rivée sur Jacob. Il avait enfoui le visage dans ses cheveux et une sensation d'euphorie mêlée de douleur le submergeait.

— Ce qui nous amène à votre faiblesse, Isabella, poursuivit le médecin, sans tenir compte des émotions qui assaillaient son auditoire. Une fois que le druide a acquis ses pouvoirs au contact d'un démon, il doit le côtoyer tous les jours, un peu comme un humain doit s'exposer à la lumière du soleil pour garder la forme.

— Jacob me fait l'effet de… vitamines ? demanda Bella, hébétée.

— Il serait plus précis de dire qu'il constitue votre source d'énergie. Sa présence vous requinque, surtout après que vous avez sollicité vos capacités. Sans lui… Bref, vous savez ce qui arrive à une batterie dépourvue de son chargeur.

— Elle meurt, murmura Isabella, envahie par une effroyable sensation d'appréhension. Avez-vous… Essayez-vous de dire que… Avez-vous vaincu les druides en les privant de leur source d'énergie ? Vous… (Elle déglutit avec difficulté.) Vous les avez laissés se vider de leurs forces ?

— C'est pire que ça, Bella, répondit Jacob d'une voix grave et étouffée à mesure que l'horreur emplissait ses yeux. Ils ont affamé leurs âmes sœur imprégnées. Par le destin, Gideon ! Comment avez-vous pu détruire ce que vous aimiez le plus au monde et dont vous ne pouviez vous passer ?

— Peu l'ont fait de leur plein gré. Presque personne, en fait. Ceux qui n'avaient pas de compagnon ont dû contraindre les autres à respecter la loi.

— Jacob ! hoqueta Isabella, tremblotant dans ses bras, bouleversée par ces pensées.

— Je ne suis pas fier de cette histoire, druidesse, déclara Gideon tout bas. Je faisais partie de l'armée chargée de capturer les membres dissidents de ma propre espèce, et par conséquent de les forcer à tuer l'objet de leur affection. Je n'étais qu'un néophyte à l'époque, même si cela n'excuse rien. Je ne peux que vous supplier d'absoudre notre barbarie, de pardonner les erreurs d'une société inexpérimentée. Je n'implore pas votre pitié, mais sachez que nous avons payé pour cette insanité. Après la guerre, la vague de suicides qui a suivi a failli nous décimer. Aujourd'hui, nous menons une vie rudimentaire, dépourvue d'amour, avec la folie à nos trousses. On récolte ce que l'on sème, je présume.

Isabella n'en croyait pas ses oreilles. Des images de démons emprisonnés par leurs congénères, hurlant de douleur à l'idée de leurs âmes sœurs dépérissant en leur absence, emplissaient son esprit. Elle ne pouvait imaginer, après seulement quelques jours, être séparée de Jacob.

— Et tu as gardé tout ça pour toi, Gideon ? s'enquit Jacob d'une voix grave. Sais-tu ce qu'implique l'existence d'Isabella ?

— Oui. J'en suis conscient.

Celle-ci se tourna vers Jacob, l'air interrogateur. Elle ne l'avait jamais vu aussi tendu.

— En fait, Bella, les druides existaient pendant tout ce temps et, bien que noyés dans la foule des humains, certains ont très bien pu croiser la route d'un démon. Et comme ni l'un ni l'autre n'en avait connaissance, le druide a dû mourir de manière inexpliquée après avoir été privé de ce contact essentiel. Ce qui signifie… (Isabella le sentit frissonner de révulsion.) que pendant des siècles j'ai peut-être dépossédé de leur unique partenaire véritable les démons instinctivement attirés par d'autres hybrides. Gideon, comment as-tu pu taire un élément aussi crucial ?

— Je l'ignorais avant de vous rencontrer, Isabella. La dernière fois que j'avais vu un druide, c'était il y a mille ans. Crois-moi, exécuteur, j'ai bien conscience des conséquences que mon silence a entraînées. Tu peux me blâmer, mais sache que la culpabilité me ronge assez comme ça.

(Le démon de matière se releva enfin, l'air brisé sous le poids de son aveu.) Je demanderai à Noah de réunir le Conseil ce soir. J'y répéterai tout ce que je viens de vous raconter. Entends-moi bien, exécuteur. Ta compagne sera potentiellement en danger après mes déclarations. Je suis venu t'avertir en priorité uniquement parce que je te suis redevable. Prends également des mesures pour assurer ta propre sécurité, car Isabella ne survivrait pas longtemps s'il devait t'arriver malheur.

Sur quoi, Gideon les quitta dans un éclair de lumière argentée.

Chapitre 9

Une sensation accablante oppressait Jacob. Il ne connaissait pas de méthode pour accepter les nombreuses répercussions engendrées par les révélations de Gideon. Cependant, comme il s'agissait de sa civilisation et de son univers, il lui semblait être bien mieux préparé qu'Isabella pour les affronter. Adossée à la tête de lit, les genoux repliés contre la poitrine, la jeune femme gardait le silence.

Qu'aurait-il pu lui dire dans un moment pareil ? Il était responsable de tout ce qui lui était arrivé jusqu'à présent, de l'incroyable bouleversement de son existence qu'elle ne retrouverait jamais complètement, comme elle commençait tout juste à s'en rendre compte. Si elle voulait vivre, elle devrait rester auprès de lui, qu'elle le souhaite ou non, jusqu'à la fin de ses jours, ce qui à présent risquait de durer une éternité. Jacob n'avait jamais désiré cela. Il refusait qu'elle demeure à ses côtés par obligation, et cette pensée le contrarierait au plus haut point.

— Isabella, murmura-t-il, la voix pleine de remords.

Elle leva la tête, sa vulnérabilité et son désespoir transparaissaient dans ses immenses yeux violets.

—Je sais ce que tu penses, exécuteur. Que cela ne te serve pas de prétexte pour te blâmer davantage. (Elle recoiffa sa lourde crinière et esquissa un sourire triste.) Tu choisis mal ton moment pour respecter l'intimité de mon esprit. Si tu le sondais, tu verrais que je ne te tiens en rien pour responsable.

—Comment est-ce possible ? Si tu ne m'avais pas rencontré…

—Si on ne s'était pas rencontrés, l'interrompit-elle, j'aurais mené une vie étriquée sans jamais connaître la plénitude. Jacob, que crois-tu que je laisse derrière moi ?

Elle s'étira, puis descendit du lit pour s'approcher de lui. Sa proximité le réconforta aussitôt, et l'emplit d'un sentiment de quiétude en contradiction totale avec ses pensées.

—Depuis mon enfance, je me sens différente. J'ai toujours vécu à l'écart de la société, Jacob, en ermite, avec pour seule compagnie ma sœur et ses quelques amis. Cette fameuse nuit, je contemplais la lune, comme je l'ai fait des milliers de fois auparavant et, déjà à ce moment-là, je savais que l'obscurité et son astre renfermaient des secrets importants me concernant. J'ai passé des années à dévorer des livres à la recherche d'informations. Et je crois les avoir enfin trouvées. C'est toi que j'attendais pendant tout ce temps, Jacob.

—Éprouverais-tu la même chose si tu avais ton mot à dire dans toute cette histoire ? répliqua-t-il avec froideur.

—J'ai mon mot à dire, Jacob. (Elle lui prit la main.) Je pourrais choisir de retourner chez moi et doucement dépérir. Non pas parce que je serais privée de ma source vitale d'énergie, mais parce que j'aurais renoncé à tout ce que j'ai découvert avec toi. As-tu la moindre idée du cadeau que tu m'as fait en faisant irruption dans ma vie ?

Si cela égalait un tant soit peu le bonheur qu'elle avait apporté dans son existence misérable, il concevait sans peine l'ampleur du présent.

— C'est exact, Jacob, l'encouragea-t-elle tout bas. Tout cela fait partie d'un projet plus grand, prévu à notre insu, et que nous ignorons avant qu'il se réalise.

— J'ai toujours imaginé que le destin nous laissait notre libre arbitre, Bella. Que nous avions tous le choix. (Il marqua une pause, joua quelques instants avec les doigts délicats de sa compagne avant de les porter à ses lèvres.) Oui, je crois aux destinées particulières, mais… je ne voulais pas que tu me choisisses par obligation.

— Jacob, tu ne m'écoutes pas.

— Mais si ! Et je pense que tu ne sais pas ce que tu dis. C'est normal après tout, vu les bouleversements que tu viens de subir.

Elle retira brusquement sa main et planta le poing sur la hanche.

— Je suis une grande fille, Jacob. Je sais penser par moi-même ! Tu t'attends sans cesse au pire pour m'énerver, pour que je me sente piégée, et quand ce n'est pas le cas, tu es déçu et tu cherches par tous les moyens à m'acculer ! Ce n'est peut-être pas à moi que la situation pose un problème, exécuteur. Je commence à croire que c'est toi qui ne veux pas t'impliquer dans cette relation, c'est toi qui refuses ma présence ici.

— C'est faux !

—Alors, prouve-le! Non par tes pensées, mais par tes actes et tes paroles. Dis-moi que tu souhaites me voir rester et faire partie de ta vie comme je veux que tu fasses partie de la mienne.

Sa voix tremblait, il l'avait blessée. Jacob sentit sa souffrance, comme si de minuscules épingles lui piquaient la peau.

—Dis-moi que je ne suis pas la seule à découvrir l'amour absolu, inconditionnel, véritable, celui qui nous offre enfin la chance de ne former qu'un tout!

Jacob demeura muet pendant une minute, ses yeux noirs écarquillés tandis qu'il assimilait les propos d'Isabella. Il l'étudia des pieds à la tête, et ne trouva rien qu'il n'adorait déjà. Il le savait depuis longtemps, bien avant cette dispute. Il était tombé sous son charme dès l'instant où il avait perçu quelque pensée irrespectueuse flotter jusqu'à lui depuis une fenêtre cinq étages plus haut.

Le destin n'aurait pu mieux choisir pour lui.

En réalité, il n'avait jamais vraiment douté de ses sentiments pour elle. C'était lui-même qu'il remettait en question. Serait-il à la hauteur de ses attentes? Un homme qui avait vécu seul pendant des siècles et avait voué son existence à son travail et à ses responsabilités saurait-il comment traiter une femme aussi vibrante et passionnée qu'Isabella?

—Bella, je ne conteste pas ma capacité à t'aimer.

Il passa la main sous son épaisse chevelure pour lui enserrer la nuque et l'attirer contre lui afin de sentir sa chaleur.

— En dépit de tout mon amour, poursuivit-il, je crains de ne pas être digne du tien.

— C'est parce que personne ne t'a jamais démontré ta valeur, Jacob. Au cours des quatre cents dernières années, tu n'as connu que censure et hostilité. (Isabella lui enlaça la taille et se blottit tout contre lui, profitant de sa fervente affection.) Mais je suis là maintenant, et je compte bien mettre un terme à tout ça. Tu vas crouler sous mes remarques positives à tel point que tu auras envie de crier. Je te le jure, déclara-t-elle d'un air déterminé en l'étreignant de plus belle. Si tu restes avec moi, je te montrerai ce que, d'après moi, l'amour devrait être. Ne me quitte pas, Jacob.

Ce dernier enfouit le visage dans ses cheveux, révélant l'émotion profonde qui l'étreignait aussi fort que les bras d'Isabella.

— Gideon avait tort, petite fleur, répliqua-t-il d'une voix rauque. Ta capacité à annihiler mes pouvoirs est déjà bien présente. Je peux à peine parler.

— *Alors, tais-toi.*

Elle rejeta la tête en arrière, le submergeant de sentiments et de désirs intenses qui le terrassèrent. Il s'empara de sa bouche et l'embrassa avec ardeur.

— *Je t'aime, petite fleur.*

Le silence qui régnait dans la salle du Grand Conseil était si pesant que Jacob se demanda si la gravité avait changé. Tous restaient muets, c'était à peine s'ils respiraient. Même Ruth, qui avait la riposte facile, ne pipait mot.

Tout d'abord, la seule présence de Gideon avait suffi à les déstabiliser, sans mentionner l'information qu'il leur avait révélée. Il n'avait pas dû être aisé, songeait Jacob, d'entendre que cette race si fière de sa pureté s'était condamnée elle-même par son ignorance et ses préjugés tenaces, passés comme actuels. Les démons se rengorgeaient de leur intelligence, de leurs savoirs, ainsi que de leur culture et de leur puissance. Découvrir que leurs ancêtres s'étaient rendus coupables d'atrocités semblables à celles dont ils blâmaient l'espèce humaine « moins évoluée » constituait une perspective douloureuse et effroyable, bien qu'instructive.

— Il semblerait, dit Noah, brisant enfin le silence, que notre avenir en tant que peuple va changer de façon radicale. Le Conseil devra discuter des répercussions en détail. Je tiens à mettre les choses au clair : pour l'heure, je vous interdis d'approcher un humain, peu importent les circonstances. Nos lois resteront en vigueur jusqu'à ce que nous soyons en mesure de les réviser. L'exécuteur continuera de punir ceux qui ne pourront résister à leurs pulsions. Est-ce compris ?

— Tout à fait, répondit Elijah. Je confierai mes guerriers à Jacob sur-le-champ si le besoin s'en fait sentir.

— Cela nous amène à un sujet dont nous devons débattre tout de suite, reprit Noah. La druidesse, Isabella.

Jacob se raidit dans son siège, crispant les doigts sur la table. Noah ne lui avait pas dit qu'il comptait parler d'Isabella devant le Conseil. Il s'était préparé aux déclarations de Gideon, mais ignorait tout des pensées du roi.

— Chaque personne ici présente se doit de veiller à la sécurité d'Isabella. Elle ne doit courir aucun danger parmi nous, c'est capital. Cette femme nous a apporté le salut. Nous devons le reconnaître et lui accorder le respect qu'elle a mérité par ses actions à notre égard. C'est elle qui a découvert la prophétie, motivée par le seul désir de servir nos intérêts, alors que, jusqu'à présent, nous nous sommes montrés peu aimables. (Noah jeta un coup d'œil à Ruth et à quelques autres, et tous eurent la décence de baisser la tête.) La prophétie a jalonné son futur, et nous devons nous assurer qu'elle la réalise, saine de corps et d'esprit. (Il marqua une longue pause pour regarder Jacob.) Le rôle de l'exécuteur changera pour toujours. Ses responsabilités, déjà nombreuses, vont sans doute tripler. Après en avoir longuement discuté, Gideon et moi pensons que l'entraînement d'Isabella en tant qu'exécutrice doit débuter sans plus tarder.

Les individus attablés dans la pièce retinrent leur souffle. Noah constata que Jacob l'observait, les yeux plissés, comme pour le mettre en garde. Il s'inquiétait pour la sécurité d'Isabella, et Noah ne pouvait le lui reprocher. Cependant, il savait ce qu'il faisait.

— Si jeune ? Que pourrait-elle…, commença Ruth.

— Je ne me souviens pas d'avoir demandé votre avis, l'interrompit Noah d'un ton glacial.

L'expression de ses iris gris donna la chair de poule à Jacob alors que la remarque ne lui était pas destinée. Il ne pouvait qu'imaginer le ressenti de la conseillère.

— C'est un jour crucial dans l'histoire de notre peuple, poursuivit le roi, de nouveau placide. En ce jour, nous corrigeons nos erreurs et transformons le mal en bien. Isabella sera la première à rejoindre nos frères, mais elle ne sera pas la dernière. Songez au présent qui nous a été offert. Nous possédons enfin le secret d'une existence paisible. (Il croisa le regard de Jacob et le soutint sans ciller.) Jacob et Isabella nous guideront vers cet avenir. Ils nous mèneront aux druides dont nous avons tant besoin. La bénédiction de Jacob a déverrouillé les portes du futur.

Un silence encore plus pesant s'ensuivit. Submergé par une profonde gratitude, Jacob déglutit avec difficulté et détourna le regard. La déclaration du roi allait changer à tout jamais la façon de considérer l'exécuteur.

Les exécuteurs, rectifia Jacob pour lui-même.

Les exécuteurs.

Isabella rejeta la tête en arrière, quelques gouttes de sueur ruisselèrent de son front. À bout de souffle, elle se baissa pour éviter l'offensive imminente de son adversaire. Un instant plus tard, Elijah disparut avant de s'abattre sur elle.

— Pas juste, espèce de tricheur ! hurla-t-elle, reculant de deux pas pour contrer l'attaque.

Elle fondit sur son agresseur comme si elle plongeait dans la mer, mouvant son corps menu avec agilité et souplesse de sorte qu'Elijah passe au-dessus d'elle sans l'effleurer. Elle réalisa une roulade avant de se redresser dans un cri de triomphe.

Elijah se matérialisa aussitôt, et son éclat de rire se fit entendre une minute avant qu'il reprenne sa forme solide.

— Bon sang, Jacob, elle réfléchit vite !

Isabella sautillait dans tous les sens, riant et provoquant Elijah. Elle prit la pose, bandant ses minuscules biceps comme si elle était aussi musclée et robuste que le guerrier.

— Super druide remporte la manche!

Ses pitreries amusaient Jacob qui gloussa et gratifia Elijah d'un haussement d'épaules comme pour dire «Elle n'est pas ma compagne pour rien!» Isabella traversa la pelouse en courant et se jeta dans les bras accueillants de Jacob. Elle s'enroula autour de son cou, les jambes dans le vent, tandis qu'il la faisait tournoyer.

— Dis-lui d'arrêter de tricher! exigea-t-elle en l'embrassant jusqu'à lui faire perdre haleine.

— Arrête de tricher, ordonna-t-il au guerrier, trop essoufflé pour désobéir, avant de s'emparer à nouveau des lèvres d'Isabella.

— Oh, mon frère, prenez une chambre, gronda Elijah, sarcastique. On s'entraîne ou je vous regarde vous donner en spectacle?

Jacob rit et reposa Isabella à terre.

— Quand elle maîtrisera son pouvoir de neutralisation, tu ne seras plus en mesure d'utiliser les tiens, comme nous tous d'ailleurs. C'est pourquoi il vaut mieux qu'elle s'exerce au combat rapproché.

— Et à la diplomatie, s'empressa-t-elle d'ajouter. Je ne me battrai que si j'y suis obligée.

— Je suis tout à fait d'accord, lui concéda Jacob.

— N'oublie pas, Isabella, répliqua Elijah, qu'en combat réel tu risques de beaucoup moins rigoler. Se trouver contraint de blesser autrui n'a rien d'amusant ni d'agréable.

—Ne prends pas tes airs supérieurs avec moi, s'exclama-t-elle soudain avec agacement avant de se redresser, les yeux flamboyants d'indignation. Ou dois-je te casser le nez à nouveau pour te rappeler que je sais me battre avec sérieux si nécessaire ?

Bon sang, elle sait comment piquer au vif, songea Jacob impressionné en voyant le guerrier manifestement déstabilisé. Il ne serait guère surpris si sa capacité à déceler les faiblesses de son adversaire s'avérait son talent le plus remarquable.

—Très bien, on arrête l'entraînement pour aujourd'hui, déclara Jacob, lui enserrant la taille pour l'attirer à lui.

—Jacob, tu avais promis de m'emmener patrouiller avec toi. Je veux apprendre à traquer correctement. Je veux voir comment tu travailles.

—Pas encore, petite fleur.

—Quand ? demanda-t-elle avec impatience.

—Bientôt, lui assura-t-il.

—Tu ne veux pas que je t'accompagne, affirma-t-elle soudain.

Au diable cette connexion mentale ! pensa Jacob non sans irritation.

—Ce n'est pas tout à fait…, commença-t-il.

—Bien sûr que si, insista-t-elle.

Attention, c'est parti pour les poings sur les hanches, se dit Jacob avec ironie.

—Un peu que je m'énerve ! lui rétorqua-t-elle aussitôt, l'amenant à maudire ses réflexions errantes. Tu ne me fais pas confiance.

— C'est faux. Notre communication télépathique n'est pas encore au point, Bella. N'interprète pas mal mes pensées. Ce n'est pas une question de confiance, c'est juste que… Si ma vie était en danger, je crains que tu ne gardes pas tes distances, même si tu m'auras promis le contraire, et que tu te lances dans la bataille sans te soucier de ta sécurité. Jusqu'à ce que tu sois en mesure de te protéger toute seule, ce qui ne devrait plus tarder, je refuse que tu coures le moindre risque.

— Jacob.

Elle l'observa avec attention, les yeux plissés, et il lut dans son esprit les paroles qu'elle allait prononcer avant même qu'elles ne franchissent ses lèvres et ne transpercent son ego.

— Et ne t'avise pas de me rappeler que tu m'as déjà sauvé la mise à deux reprises si tu ne veux pas finir l'arrière-train meurtri, l'avertit Jacob.

La colère d'Isabella s'apaisa lorsqu'elle se rendit compte du coup bas qu'elle s'apprêtait à lui assener, considérant le fait que Jacob s'en blâmait assez comme ça. Elle baissa la tête, et se tourna vers Elijah pour voir s'il s'était éclipsé en douce. Bien sûr que non ! Il n'avait pas bougé et écoutait leur conversation l'air hilare. Elle aurait tant souhaité posséder, pour une fois, le pouvoir de se transformer en poussière et de se transporter dans un endroit plus calme.

À peine l'idée lui avait-elle effleuré l'esprit qu'une étrange sensation de légèreté la parcourut. Elle regarda aussitôt Jacob, constatant avec plaisir qu'il avait anticipé son désir avec une telle prévenance.

Mais ce dernier paraissait choqué. Lorsqu'ils retrouvèrent leur forme solide, Isabella chancela, déséquilibrée par ce brusque retour de poids. Cela ne ressemblait pas à Jacob. D'ordinaire, ces transitions passaient presque inaperçues.

— Ce n'était pas moi, déclara-t-il d'une voix rauque.

Perturbé, il écarquilla ses yeux noirs, et s'éloigna d'elle, bras tendus, afin de pouvoir toucher l'énergie environnante. Elle reconnut la manœuvre : il sollicitait toute l'étendue de ses sens, chevauchait les courants telluriques, en testait les rythmes et l'harmonie naturelle à l'affût de la moindre perturbation ou intrusion. Bien entendu, un autre démon de terre pouvait masquer ces signes évidents, pour autant qu'il s'agisse d'un aîné. À l'heure actuelle, seuls trois d'entre eux, dont Jacob, possédaient un tel talent. Il connaissait bien la signature des deux autres et savait qu'ils ne se trouvaient pas dans les parages.

— Jacob ? demanda Elijah, la tension irradiant en vagues immenses de son imposante stature.

Celui-ci jeta un coup d'œil au guerrier et une seconde plus tard, tous deux se transmutèrent respectivement en poussière et en vent avant de s'élever dans le ciel à la vitesse de la lumière.

— *Reste où tu es,* ordonna Jacob à Isabella.

— *Quel est le problème ? Que se passe-t-il, Jacob ?*

— *Je l'ignore. Quelqu'un vient d'essayer de te transformer en poussière, et je peux te jurer que ce n'était pas moi.*

Isabella se sentit terrassée par les répercussions de cette éventualité. Elle s'assit, ses genoux soudain trop faibles pour la soutenir. Était-ce là ce que redoutait Gideon ? Un autre démon cherchait-il à lui nuire à cause de cette vieille hostilité envers un peuple que leurs ancêtres avaient persécuté de façon si injustifiée ?

— *Non, Bella, c'est autre chose*, lui assura Jacob avec douceur. *Je pense affirmer sans me tromper qu'au cours des derniers jours les miens ont appris à accepter ta présence et les conséquences de ton existence.*

— *Mais alors qui…*

— *C'est ce que j'aimerais comprendre. Peux-tu rejoindre Noah sans danger ?*

— *Oui. Évidemment. C'est juste en face, Jacob.*

— *Crois-moi, quand il est question de pouvoirs pareils, petite fleur, ça peut sembler le bout du monde. Va vite. Il te protégera.*

En un éclair, Isabella se releva et se mit à courir à en perdre haleine. Son endurance fraîchement acquise en faisait une sprinteuse hors pair, et elle traversa l'immense pelouse jusqu'à la demeure de Noah en moins d'une minute.

Ce dernier, qui discutait d'un rouleau avec deux érudits, leva la tête lorsqu'elle fit irruption dans la pièce, rouge et essoufflée. Il n'avait pas besoin de partager avec elle le même lien que Jacob pour deviner qu'elle était bouleversée. Elle paraissait terrorisée, une expression qu'il n'avait encore jamais vue sur son visage.

Même quand elle avait cru que Jacob allait se vider de son sang, elle n'avait manifesté que rage et détermination à le sauver. Cette fois, ses yeux reflétaient une véritable panique, et Noah, mû par son instinct, projeta aussitôt un cercle de protection magique. Sa maison était constituée de pierre et d'acier afin que rien ne fonde lorsqu'il chauffait les murs à une vitesse effrayante comme c'était le cas en ce moment. Il suffisait d'approcher l'extérieur de la bâtisse pour se brûler gravement.

— Dis-moi, ordonna-t-il à la petite exécutrice.

Elle obéit, et raconta tout ce qui était arrivé en ce court laps de temps, n'omettant aucun détail. Noah ne put lui reprocher son angoisse. Sentir ses membres se désagréger, une molécule après l'autre, sous l'effet d'une source inconnue avait dû l'affoler au plus haut point.

— Va chercher Legna, Isabella. Elle doit être dans sa chambre. Ne t'inquiète pas. Tu seras en sécurité ici, avec nous.

Après que la jeune femme eut quitté la pièce en quatrième vitesse, Noah interpella les deux érudits d'un bref signe de tête. Celui à sa gauche, démon de matière, s'assit brusquement et aussitôt son double astral se projeta hors de son corps. Le démon d'esprit à sa droite ferma les yeux et disparut dans un léger déplacement d'air. Noah avait intimé l'ordre à tous ses sujets de défendre par tous les moyens la druidesse, et la rapidité des deux hommes à voler à la rescousse de cette dernière emplit le roi de fierté.

Isabella n'intégrait pas une fonction d'exécuteur traditionnelle, et échappait donc à l'appréhension et à l'hostilité habituelles. Les démons étaient un peuple pragmatique, on ne pouvait le nier. Elle permettait de changer ce qu'ils redoutaient le plus au monde. La folie des lunes sacrées et le châtiment outrageant qui s'ensuivait appartenaient peut-être au passé. Cela les avait incités à accueillir la petite humaine au sein du sérail.

Lorsque Isabella revint accompagnée de Legna, frère et sœur s'installèrent l'un en face de l'autre et commencèrent à ériger davantage de protections autour de la forteresse de Noah. Ils travaillaient en tandem, appliquant une instruction à la fois. Legna s'ouvrit aux pensées et aux intentions de toute présence à deux kilomètres à la ronde. Noah délimita un périmètre à l'intérieur duquel toute énergie se trouvait aspirée. La démone le cerna ensuite d'un cercle de peur. Quiconque franchirait cette barrière ne pourrait résister au besoin de fuir.

Isabella sentit son corps se couvrir de chair de poule à mesure que la magie emplissait la pièce. Elle se frotta les bras, frigorifiée malgré la chaleur qu'irradiait Noah. Des gouttes de sueur perlaient sur la lèvre supérieure de Legna, sans doute à cause de sa proximité avec son frère, ou peut-être parce qu'elle se concentrait très fort, exploitant toutes ses ressources.

Dans le seul but de la protéger.

Isabella éprouva une profonde humilité. Elle s'approcha sans réfléchir de ses gardiens, ravie de réchauffer sa peau glacée grâce au feu dégagé par Noah.

Soudain, elle prit conscience du monde qui l'entourait. Une myriade de sensations et d'intuitions qui n'étaient pas les siennes bombardèrent son cerveau, et la foudroyèrent les unes après les autres à la vitesse de l'éclair. Elle ressentit la peur de dizaines d'animaux fuyant la tension qui se propageait dans les environs. Elle partagea les disputes, les ébats amoureux, les plaisanteries et les démonstrations de respect de personnes du voisinage. Le tumulte l'obligea à se boucher les oreilles pour les protéger de cette cacophonie. Elle perçut la crispation de Jacob, la fureur d'Elijah. En un instant, elle découvrit que l'imposant guerrier avait commencé à l'apprécier même s'il s'efforçait de lui prouver le contraire pour l'agacer.

Submergée, Isabella se laissa choir sur le sol en marbre, le regard dans le vide, tandis qu'elle essayait de chasser ce trop-plein de stimuli. L'instinct de conservation l'assaillit avec violence…

… et se propulsa hors d'elle.

Des flammes jaillirent tout autour d'elle, se propageant à toute vitesse en vagues circulaires, l'emprisonnant dans un anneau de feu. Legna hurla. Noah cria.

Puis, le silence s'abattit sur la pièce.

Chapitre 10

Jacob et Elijah patrouillaient dans le ciel lorsqu'ils sentirent le tourbillon d'une énorme vague de chaleur. Ils reprirent leur forme solide, tournoyant sur eux-mêmes à la recherche de la source. Horrifiés, ils virent un incendie ravager le palais et la pelouse qui l'entourait.

Les deux démons réagirent sans attendre. Jacob tendit les bras, déversant de la terre sur le feu vorace. Elijah vola vers les nuages, et projeta une violente rafale sur l'arrière du mur de flammes afin qu'elles suivent leur trajectoire et s'éteignent au lieu de redoubler d'intensité. La terre les recouvrit, les étouffant aussitôt en les privant d'oxygène. Par mesure de précaution, le guerrier provoqua un déluge qui inonda tout en quelques minutes.

Un instant plus tard, ils fondaient sur la demeure de Noah.

Jacob remarqua tout de suite qu'aucune barrière magique n'en empêchait l'accès. Si Isabella avait demandé l'aide et la protection de Noah, l'exécuteur n'aurait pas dû être en mesure de s'approcher. Il essaya de se connecter à Isabella, une boule d'angoisse dans la gorge. Avant l'explosion, il avait décelé dans son esprit une puissante vague de terreur, mais à présent il n'y régnait plus qu'un lourd silence.

Elijah et Jacob s'engouffrèrent à travers les hautes fenêtres telles des flèches de poussière et de vent, et redevinrent solides moins d'une milliseconde après avoir touché le sol.

Jacob constata avec effroi que la grand-salle avait été ravagée par les flammes.

Et au centre de la pièce calcinée gisaient trois corps.

— Bella ! hurla Jacob, qui s'élança sur le marbre noirci, manquant de trébucher, pressé de ramasser le petit corps inerte.

Aveuglé par la panique, il tenta néanmoins d'évaluer la sévérité de ses blessures. Elle était cramoisie et couverte d'ampoules, brûlée comme si elle était restée au soleil pendant des heures. Ses cheveux avaient roussi et ses vêtements avaient fondu. Son compagnon faillit s'étouffer de rage en sentant le mélange des deux odeurs.

— Ce sont Noah et Legna !

Elijah s'agenouilla à côté du roi et de sa sœur. Ils étaient méconnaissables, la peau et les habits carbonisés, la magnifique chevelure de Legna réduite en cendres. Son fardeau dans les bras, Jacob jeta un coup d'œil à la scène et vit les yeux d'Elijah se remplir de larmes tandis qu'il essayait de prendre le pouls de son souverain avec une infinie délicatesse.

— Impossible, tonna Jacob. Noah est immunisé contre le feu !

— Il nous faut Gidcon. Tout de suite !

Jacob regarda Elijah se relever, les poings serrés, l'esprit en ébullition. L'exécuteur n'avait encore jamais vu son ami user d'un tel pouvoir.

Gideon sentit la perturbation s'approcher quelques secondes avant qu'elle s'abatte sur les fenêtres de sa demeure avec la force et le vacarme d'un ouragan. Il posa son livre et se leva, inclinant la tête, l'air songeur. Il était convoqué et, vu la puissance de l'appel, il pensait savoir par qui. Il se rembrunit à cette idée, mais ne perdit pas de temps pour ouvrir la porte et affronter le cyclone. Une seconde plus tard, il fut emporté par le vortex et propulsé dans l'atmosphère.

Les cendres s'élevèrent dans un tourbillon de débris lorsque Elijah traîna Gideon dans la pièce avant de le rematérialiser. Dès que l'Ancien recouvra son apparence solide, le guerrier vacilla et s'effondra, épuisé. Il avait utilisé toutes ses ressources pour réaliser cet exploit à une telle distance.

Gideon promena ses yeux d'argent tout autour de lui, évaluant l'ampleur de la catastrophe. Incapable, pour une fois, de contenir son émotion, il jura tout bas.

— Que s'est-il passé ?

— On n'en sait rien, répondit Jacob.

Il s'empressa de résumer ce qu'Elijah et lui avaient vu tandis que le médecin s'agenouillait à côté de Noah et Legna.

Il s'occupa en premier du roi, effleurant son poignet calciné, et explorant mentalement son organisme. Ses poumons, qui avaient inspiré une chaleur intense, avaient été brûlés, mais c'était sa peau et ses cheveux qui avaient le plus souffert. Pour un humain, cela aurait été fatal, cependant Gideon pouvait réparer ces dégâts sans peine. Il commença par bloquer tous les récepteurs de la douleur pour soigner d'abord les poumons. Puis, il modifia leur mode de fonctionnement afin qu'ils fournissent à Noah plus d'oxygène qu'en temps normal. Après quoi, Gideon s'appliqua à régénérer son épiderme, cellule après cellule. Au bout d'un quart d'heure, les deux démons qui rongeaient leur frein, morts d'angoisse, aperçurent enfin des parcelles de peau neuve et saine. Après en avoir restauré cinquante pour cent, Gideon délaissa Noah pour se consacrer à Legna. S'il attendait de rétablir complètement le roi, il perdrait sa sœur. Il caressa la joue naguère sublime de cette dernière.

Il n'avait pas conscience de chuchoter au rythme du processus de reconstruction. Jacob l'observait, fasciné, tandis que Gideon répétait la liste des opérations mentales nécessaires à la guérison. Rapide et sans faille. La carnation naturelle de Legna illumina de nouveau ses membres, sa gorge et son visage élégant. Elle retrouva son teint de pêche, doux et resplendissant.

Gideon ne reporta pas pour autant son attention sur le roi. Il allongea la patiente sur ses cuisses et ôta sa chemise pour en recouvrir le corps dénudé de Legna, lissant l'étoffe avec délicatesse jusqu'à ses genoux. Puis, il la souleva, effleurant de ses longs doigts son cuir chevelu fraîchement cicatrisé, et approcha les lèvres si près de sa peau qu'il parut l'embrasser. Son incantation ne tarda pas à faire effet, et des boucles couleur café commencèrent à orner son crâne nu. En l'espace de cinq minutes, elles avaient atteint ses épaules. Gideon ne s'arrêta que lorsque les cheveux de

Legna retombèrent en cascade somptueuse sur ses bras et ses jambes.

Il se libéra enfin de l'amas luxuriant qu'il venait de créer, et reposa doucement Legna sur le sol, s'attardant quelques secondes sur le creux de sa nuque. Puis, dans un profond soupir, Gideon se retourna vers Noah. Le puissant démon de matière s'imposait une tâche titanesque, mais cela ne transparaissait pas dans ses yeux de glace.

Quand il ne lui resta plus qu'à s'occuper des cheveux de Noah, Gideon s'interrompit de nouveau pour scruter Isabella. Il se leva, enjamba les corps endormis du roi et de sa sœur, puis s'accroupit face à Jacob. Ce dernier avait beau savoir que l'Ancien ferait son possible pour sauver la jeune femme, il ne put s'empêcher de lui couler un regard implorant. Gideon tendit les bras vers Isabella, puis hésita un instant.

— Jacob, je dois la toucher pour la guérir.
— Je le sais. Qu'est-ce que tu attends ?

L'exécuteur ne put contenir l'impatience mêlée d'irritation dans sa voix.

— Parfois, les conjoints imprégnés réagissent mal lorsqu'un membre du sexe opposé touche leur partenaire, même de façon innocente, même en cas de danger. J'ai pu en faire l'expérience.

Jacob fronça les sourcils, réfutant d'emblée l'idée d'un comportement aussi ridicule. Il ne laisserait pas sa jalousie entraver le rétablissement d'Isabella. Puis, il se rappela les vagues d'hostilité qui le submergeaient chaque fois que Noah lui témoignait de l'affection. Sans oublier qu'au cours des derniers jours, pendant qu'Elijah l'entraînait, il avait dû s'en éloigner par moments pour ne pas voir le guerrier poser la main sur sa compagne et faire mine de l'attaquer.

Il réprima un rire sardonique.

— Soigne-la, murmura-t-il, la voix rauque.

Gideon hocha aussitôt la tête. Il s'efforça de la manipuler avec froideur, s'assurant que ses gestes ne pouvaient être mal interprétés par l'exécuteur. Les blessures d'Isabella étaient superficielles, et c'était la moins touchée des trois. C'était troublant et contraire à toute logique. Celui qui aurait dû réchapper de cette explosion sans aucune égratignure, c'était Noah. Les dégâts infligés à la peau d'Isabella furent réparés en moins de deux, et Gideon inspecta son corps et son esprit à la recherche d'un indice qui expliquerait pourquoi elle était la moins affectée.

Par sa seule pensée, il régénéra les pointes roussies de ses cheveux d'ébène et leur redonna leur longueur et leur vigueur d'origine. Puis, il lui jeta un puissant sort de sommeil revigorant, le renforçant par deux fois afin qu'elle ne se réveille pas de sitôt. Il se redressa et s'éloigna du cercle formé par les démons au sol avant de s'approcher d'un quatrième corps que les autres n'avaient pas remarqué.

— Samson.

Gideon répondit à la question muette que se posaient l'exécuteur et le capitaine.

Elijah avait un peu récupéré et s'avança vers Jacob pour l'aider à transporter leurs amis dans un endroit mieux protégé et plus propre.

— Non. Repose-toi. Je vais les emmener chez moi…, commença Jacob.

— Tu ne peux pas ! On ignore encore si d'autres nécromanciens peuvent s'infiltrer chez toi depuis l'autre nuit.

— Je ne parle pas de Douvres. Je ne suis pas un imbécile, aboya-t-il.

Puis il se rendit compte de son intonation agressive et présenta ses excuses.

— Non. (Elijah leva la main avec indulgence.) Tu as raison. Tu n'es pas un imbécile et tu n'as sûrement pas besoin que je te rappelle ce que saurait le plus imprudent des néophytes. Je suis désolé. Cet incident m'a épuisé et terrorisé.

— Suis-moi. Ma maison est grande, et tu dois te reposer en lieu sûr, ordonna Jacob avant de se relever, le corps d'Isabella dans les bras.

Lorsque Gideon entra dans la pièce, Jacob était assis dans un fauteuil au chevet d'Isabella, étreignant de toutes ses forces sa main minuscule. Il embrassait avec douceur sa peau, lui parlait tout bas même si elle ne pouvait l'entendre.

— Quand comptes-tu la réveiller ? s'enquit-il d'une voix noyée d'émotions, même s'il essayait de les contenir.

— Il vaudrait mieux qu'elle dorme pendant au moins deux jours, l'informa Gideon. Jacob, ce que tu ressens est tout à fait normal pour un conjoint imprégné. Il t'est difficile de ne plus percevoir ses pensées dans ta tête. Crois-moi, c'était tout aussi insupportable pour elle quand tu avais perdu connaissance. Ta disparition lui serait fatale, poursuivit Gideon, et en son absence, tu dépérirais toi aussi. C'est pour ça que nous sommes si peu nombreux, ne l'oublie pas. C'est cela l'imprégnation et, avec le temps, votre lien s'intensifiera davantage.

— Je sais, murmura Jacob, détournant le visage, les yeux rivés sur la lune presque pleine derrière la fenêtre.

Jacob n'aurait plus jamais à redouter les tentations de ces lunaisons sacrées, songea Gideon. Le médecin pouvait sentir en ce moment même la compulsion persistante écharper son esprit de ses griffes acérées. Il se demanda, l'espace d'un instant, comment ce serait de vivre libre, sans le risque imminent de sombrer dans la folie. L'Ancien avait passé les dernières années à étudier les moyens de conserver sa paix intérieure lors de ces phases. Il était possible de repousser la menace, de la contrer, de l'oublier même, mais on ne pouvait s'en affranchir.

L'imprégnation constituait le seul remède.

Mais il y avait un inconvénient. Lors des pleines lunes de Samhain et de Beltane, deux imprégnés étaient attirés l'un vers l'autre par un besoin sexuel impérieux, désespéré, irrépressible. Voilà pourquoi, historiquement, un exécuteur soumis à l'imprégnation était obligé de se retirer. Comment pourrait-il se montrer vigilant lors des deux nuits les plus terribles alors que sa partenaire l'obsédait plus que tout ? Même Jacob, à cet instant précis, refusait de s'éloigner de sa compagne.

Gideon avait gardé le silence sur cette question. Il ne l'avait pas révélée au Conseil, espérant qu'un couple d'exécuteurs imprégnés leur serait bénéfique. Il souhaitait de tout cœur ne pas avoir à dépouiller Jacob de la seule chose qui avait donné un sens à sa vie au cours de ces quatre cents dernières années.

— Jacob, tu dois t'en aller.

L'intéressé se tourna vers l'Ancien si vite que Gideon entendit sa nuque craquer. Il croisa le regard noir et menaçant de l'exécuteur.

— Elle n'a pas besoin de ta présence constante. Elle est déjà complètement guérie, et le sommeil naturel suffira à recharger ses batteries jusqu'à ton retour demain matin.

Le démon de terre demeura silencieux. Il reporta son attention sur Isabella et se contenta de contempler son visage angélique.

— Jacob..., reprit Gideon. Jacob, tu ne peux pas rester assis ici jusqu'à son réveil. Tu as d'autres tâches à accomplir cette nuit.

— La nuit est terminée, rétorqua Jacob d'une voix glaciale.

— Dans trois heures seulement. Tu dois t'assurer de...

— Ne me dis pas ce que je dois ou ne dois pas faire! gronda Jacob, bondissant sur ses pieds, les poings serrés, et repoussant le fauteuil avec une telle force qu'il percuta le mur et se brisa. Ne t'avise pas de m'expliquer comment et quand je dois accomplir mon devoir! Tu sais mieux que quiconque à quel point j'excelle dans mes fonctions, Ancien!

Gideon ne cilla pas malgré cette gifle magistrale. Il dirigea son regard cristallin aux lueurs métalliques sur les débris du siège avant de le reporter sur Jacob.

— Tu es loin de comprendre l'intensité de votre lien, Jacob. Les contes de fées et les souvenirs lointains des parents de Noah ne suffisent pas à t'y préparer. Tu ignores la signification véritable de l'imprégnation.

— Vraiment? Noah serait ravi de l'apprendre!

Jacob arbora un sourire carnassier dénué d'humour ou d'amitié. Celui d'un prédateur qui distrayait sa proie pour mieux l'effrayer et la pousser à commettre une erreur.

— Noah ne connaît que trop bien les bonheurs et malheurs de l'imprégnation. Vivre avec des parents imprégnés est bien différent de les observer de loin. Et pourtant, aujourd'hui, tu en sais plus que lui, plus qu'il n'en saura jamais. Dépendre à ce point de l'existence de l'autre, ne pouvoir se passer de sa présence… N'oublie jamais que je connais mieux l'histoire de cette particularité que toi, et que tu dois suivre mes conseils. C'est impératif. N'accorde jamais plus d'importance à Isabella qu'à ton travail.

Jacob répondit par un antique juron qui en dit long sur ses sentiments.

— Je dois donc me fier à un homme qui était sensible à ce lien il y a mille ans, siffla Jacob avec mépris.

Cette fois, le coup porté par l'exécuteur eut l'effet escompté. Gideon se rappela alors que seul un diplomate comme Jacob pouvait user de mots comme d'armes tranchantes.

— Il existe une loi, Jacob, qui libère l'exécuteur de ses fonctions une fois qu'il est imprégné.

La révélation de Gideon, plus directe que cruelle, eut un impact considérable sur l'autre démon.

— Je n'ai jamais…, bredouilla Jacob, manquant de s'étouffer.

— Je sais, et tu n'as jamais entendu parler d'union entre démons et druides non plus, l'interrompit Gideon avec impatience. Jacob, nous étions camarades, et je te dis cela comme un ami qui regrette que cela ait dû changer.

Je n'affirme pas que cette loi sera toujours appliquée, ni même qu'on découvrira son existence. J'espère qu'elle restera aux oubliettes jusqu'à ce que tu aies le temps de… prouver qu'elle est obsolète.

Jacob desserra le poing gauche, plia et déplia les doigts avec agitation.

— Mais si un seul démon échappe à ta vigilance, si un humain est blessé, surtout dans ces circonstances, alors que les informations au sujet des druides se propagent à toute vitesse, les répercussions seront rapides et douloureuses. Loi ou non, je ne pense pas que tu puisses vivre avec cette culpabilité. Tu n'as jamais échoué, tout comme ton frère avant toi. Ne risque pas la damnation alors que le bonheur est à ta portée.

— Je n'aurais jamais dû la laisser, avoua Jacob en toute hâte, soulevant la main d'Isabella à tâtons et la pressant contre sa cuisse. Elle aurait dû être ma priorité.

— Elle l'était. À moins que tu l'aies quittée pour jouer à cache-cache dans les nuages avec Elijah ?

— Bon sang, Gideon ! Tu commences vraiment à me taper sur les nerfs !

— Quelle expression humaine pleine d'éloquence, lui fit remarquer Gideon. Elle n'aura pas mis longtemps à déteindre sur toi.

— Déteindre sur moi ? Gideon, elle est moi. Et chaque partie de moi est elle. Mais cela t'échappe, n'est-ce pas ? Autrement, tu n'aurais jamais participé à l'atrocité perpétrée par notre peuple. (Jacob reposa enfin les yeux sur Isabella, et la lune baigna son profil d'une intense lueur.) J'espère vivre assez longtemps pour voir le jour où tu rencontreras une créature aussi délicate et sublime que mon Isabella, et où tu comprendras ce que découvrir sa moitié signifie. J'attends avec impatience le jour où tu viendras à regretter les banalités que tu m'as débitées d'un air si supérieur. (Jacob détourna son regard perçant de sa belle endormie et toisa le médecin.) Sais-tu pourquoi je suis l'exécuteur ?

— Noah t'a désigné.

— Comme mon frère. Élu, comme mes grands-pères et une dizaine d'aïeux avant moi. On dit que c'est le seul trône dans la civilisation des démons dont on hérite par lien biologique direct. Quelque chose dans le sang de ma famille nous y prédestine. Quand Adam a été élu, j'ai pensé ne jamais être appelé. J'étais… très différent de son vivant.

— C'était il y a bien longtemps, Jacob. Nous étions tous différents.

— J'avais dans les deux cents ans. (Jacob rit tout bas à ce souvenir.) J'étais le dernier-né, le bébé de ma mère, malgré mon âge. J'étais gâté, paresseux, et j'aimais jouer de mauvais tours.

Il esquissa un sourire qui illumina ses yeux d'un éclair juvénile.

— Nous étions en guerre contre les vampires, ajouta Gideon avec solennité. Tu es devenu un chasseur de primes exceptionnel.

— Les frissons et la gloire, expliqua Jacob. (Il sourit de nouveau, cette fois d'un air coquin.) Et les femmes, chuchota-t-il comme si Bella pouvait l'entendre. Je n'étais pas encore blasé à l'époque. (Il soupira avec tristesse.) Puis Adam a disparu subitement, de façon mystérieuse.

Nous avons compris qu'il était décédé… et j'ai su qu'on allait me demander de prendre sa place.

Jacob en était venu au fait et jeta un coup d'œil à l'Ancien pour s'assurer qu'il le suivait.

— Je n'ai jamais failli. Aussi longtemps que je vivrai, aucun démon ne portera atteinte aux autres espèces. Et si l'un des nôtres transgresse nos règles ou attaque un congénère, je ne le laisserai jamais échapper à la justice. Tel est mon devoir. Je ne connais rien d'autre, je ne sais rien faire d'autre. Ni la loi ni l'amour ne peuvent m'en priver. La loi que je fais appliquer stipule que seule la mort peut soustraire l'exécuteur à sa position. Si ta révélation tombe dans les oreilles d'autres démons, les membres du Conseil qui me haïssent, c'est-à-dire une grande majorité, auront un prétexte pour me destituer. Kane n'est pas prêt, Gideon. Il est doté des instincts particuliers propres à notre famille qui font de nous des exécuteurs talentueux, mais c'est tout.

— Une anomalie génétique, dit Gideon avant de jeter un coup d'œil entendu à Jacob.

— Oui. Je ressens un picotement dans mon cerveau dès qu'un démon envisage de franchir la barrière de la raison. Imagine des ondes que je suis le seul à percevoir. À ton avis, pourquoi rien ne m'échappe ? Mes pouvoirs élémentaires ne me servent qu'à traquer et appréhender les transgresseurs. Peu de gens le savent, Gideon. Même toi tu éprouves des difficultés à déceler ce que tu cherches en moi, toi qui es capable de détecter n'importe quel gène existant dans l'univers. Si ce détail venait à être découvert, penses-tu que je vivrais encore longtemps ? Et Bella ? Ne crois-tu pas que ses jours seront comptés maintenant que la même faculté a été dépistée chez elle ? Ce qui nous protège, c'est l'idée que si un exécuteur meurt, un autre lui succédera. Que le prochain ne différera en rien de son prédécesseur. Certains seraient ravis de m'assassiner et d'éliminer mon frère pour se libérer, car nous sommes les derniers de notre lignée.

» Si je reste assis ici pendant des heures, c'est parce que je ne ressens pas le besoin de partir. Si je reste, c'est pour assurer l'avenir des démons, pour les protéger d'eux-mêmes. Cette femme… (Il frotta de nouveau la main d'Isabella contre sa hanche.) Cette femme donnera un jour naissance à mon successeur. Il héritera de mon sang, de ma fonction. En demeurant à son chevet, soucieux qu'elle vive, respire et m'aime, j'accomplis mon devoir. (Jacob cligna des yeux, son regard d'obsidienne dépourvu d'émotions.) Et je pense que le débat est clos à jamais, Gideon.

Son ton était dénué de menace, et l'Ancien comprenait très bien. Jacob devait protéger sa famille, c'est pourquoi la culpabilité qui l'accablait si souvent l'avait déserté.

— Je te remercie d'avoir sauvé ma vie et celle des gens qui me sont chers, Gideon. Je te suis redevable, et je ne saurais te refuser l'aide que tu me demanderas.

— Je te servirai tant que tu auras besoin de moi. N'aie aucun doute là-dessus, répondit Gideon à voix basse.

— Merci, mais… (Jacob pinça les lèvres.) Je ne te comprends plus, mon vieil ami. Tu es devenu un étranger pour moi. Je t'ai toujours considéré comme un homme sage et bienveillant, qui, comme moi, ne pouvait souffrir de voir un innocent blessé. Je n'arrive pas à croire que pendant toutes ces années tu n'aies jamais songé à avouer à Noah que le remède contre notre folie avait été détruit avec les druides. Tu l'as laissé espérer, tu nous as tous laissés espérer. En vain. C'était cruel et arrogant. Égoïste. Indigne d'un vénérable Ancien comme toi. (Jacob secoua la tête, perplexe.) Nous n'avons plus rien en commun, Gideon, et cela me désole.

Noah fut le premier à se libérer de l'impressionnant sort de sommeil de Gideon, signe de l'incroyable pouvoir du roi. Pourtant, lorsque Jacob se réveilla pour la nuit et l'aperçut, assis en silence dans le noir, cela ne manqua pas de l'étonner. Il s'avança vers son monarque, et s'installa face à lui sur la table basse.

— Je ne m'attendais pas à te voir avant encore un jour, déclara-t-il, la voix empreinte de soulagement.

— Ce n'est pas mon genre de rester alité aussi longtemps. Je manipule l'énergie, c'est mon essence même. Je servirais bien mal notre élément le plus puissant si je n'étais pas capable de puiser la force dans des sources extérieures pour me reconstituer. (L'expression de Noah était maussade même s'il s'efforçait de paraître désinvolte.) Où est ma sœur?

— Ici. Elle dort. Isabella aussi.

Le roi sembla se raidir tout d'un coup, et une sensation de nervosité tenailla Jacob.

— Combien de temps dormira-t-elle?

— Legna? D'après Gideon, un ou deux jours.

— Non, la druidesse.

Voilà qui angoissa Jacob pour de bon. À part lui, Noah avait toujours été le seul à traiter Isabella avec respect en l'appelant par son prénom au lieu d'employer des termes impersonnels comme «l'humaine» ou «la druidesse».

—Noah, que s'est-il passé? demanda Jacob, même s'il préférait soudain ne pas connaître la réponse.

—Je ne peux pas te fournir de détails. L'incident nous a frappés si vite qu'on n'a rien vu venir. Mais voilà ce dont je suis sûr: Isabella a bien failli nous tuer, ma sœur et moi.

—Pardon? s'écria Jacob d'une voix grave et menaçante, plissant les yeux de façon défensive.

—Legna et moi dressions des barrières de protection. Isabella avait peur. Naturellement, elle s'est approchée de ceux qui tentaient de l'aider. Et à ce moment-là... (Noah marqua une pause, et secoua la tête, muet d'étonnement.) De toute ma vie, je n'avais jamais senti mes pouvoirs me déserter ainsi. C'était comme si on les aspirait, qu'on m'éteignait de l'intérieur, qu'on m'ôtait la moindre molécule d'énergie. J'étais... vide, mort... aveugle, sourd, paralysé face à la force qui brûle en moi et que je gouverne depuis mes huit ans.

—Son pouvoir neutralisateur s'est réveillé?

—Et comment, mon ami!

—Mais si elle a absorbé votre magie, comment as-tu pu dresser cet immense mur de flammes?

—Ce n'était pas moi. Jacob, Isabella ne s'est pas contentée de modérer nos facultés, elle nous les a volées. C'est elle qui a provoqué l'incendie. Elle a utilisé mon énergie et mon pouvoir pour y parvenir.

—C'est impossible! s'exclama Jacob, furieux.

Il refusait de croire ce que lui racontait Noah.

— Imagine une minute la terreur d'Isabella. Je l'ai entendue hurler, je l'ai vue se couvrir les oreilles comme si elle était à l'agonie, puis soudain, ma force a été aspirée et projetée hors de mon corps dans une explosion massive dont elle formait l'épicentre. Après ça, je ne me rappelle rien. Et à l'évidence, je devrais m'en réjouir, car tout ce qui m'oblige à dormir un jour entier pour récupérer ne doit pas être une expérience dont je souhaite me souvenir.

— Gideon n'a rien mentionné à ce sujet ! Noah, je t'en supplie, n'en blâme pas Isabella. Tu sais que c'était involontaire. Comment aurait-elle pu le deviner ? Nous l'ignorions tous. Et si Gideon était au courant et qu'il n'a rien dit, je le tuerai de mes mains.

— Je ne pense pas qu'il savait. Avant qu'Isabella vienne me chercher, je lisais un manuscrit qui décrivait en détail la nature des druides avec deux érudits. Il n'y était rien écrit de plus que ce que Gideon nous avait déjà relaté. Non, Jacob, c'était différent. Personne n'aurait pu le prévoir. (Le roi poussa un profond soupir.) Je ne lui en veux pas. Néanmoins, en toute honnêteté, les récents événements m'ont appris la véritable peur. Aujourd'hui, je sais ce que c'est que de craindre quelque chose. Quelqu'un. L'idée de me trouver sous le même toit qu'elle me terrifie, je suis sûr que tu peux le comprendre.

— Ce n'est donc pas une source extérieure qui a essayé de désintégrer Isabella.

Les deux démons tournèrent la tête et braquèrent les yeux sur l'Ancien qui venait d'apparaître par projection astrale sans émettre le moindre bruit.

— C'est Isabella, poursuivit le médecin. Elle a puisé ton pouvoir, Jacob, et s'en est servi pour satisfaire un désir qui, sur le coup, lui paraissait impérieux.

— Oui, je m'en souviens. Elle voulait se retrouver seule, et regrettait de ne pas posséder mes facultés pour nous expédier ailleurs. Cela a duré quelques instants. C'était étrange, maladroit, mais jamais je n'ai soupçonné Isabella. Comment est-ce possible ? Tu n'as jamais parlé d'une telle capacité !

— C'est une aberration. Une mutation, peut-être due à l'hybridation avec les humains. Je ne sais pas vraiment. C'est une anomalie qui s'est développée au fil des siècles. J'ai bien précisé que certaines choses pouvaient avoir changé. J'admets, néanmoins, que je pensais plutôt à des faiblesses, une dilution des pouvoirs résultant d'un métissage improbable. Je n'aurais jamais cru qu'un druide deviendrait plus puissant une fois son patrimoine génétique mélangé à celui des humains. Je me rends compte, aussi, que si Bella n'est pas la seule de son espèce, ces modifications se retrouveront chez d'autres. Aucun druide ne sera identique. Leurs talents dépendront, semble-t-il, de leurs partenaires démons. Bella agit comme un miroir pour Jacob, elle absorbe son image, ses facultés, et les reflète. Voilà pourquoi, peut-être, les druides sont parfaits pour nous, pourquoi ils nous permettent de contenir nos pouvoirs et nos instincts les plus vils.

Gideon posa ses yeux froids métalliques sur Noah.

— Rappelle-toi les premières phases de notre développement. Isabella n'est pas différente de toi ou moi lorsque nous étions jeunes. Si mes forces décuplaient chaque fois qu'un néophyte provoque un accident par manque d'exercice ou de maîtrise, je serais capable de soigner l'univers d'un simple claquement de doigts. Ce qui rend la situation si difficile pour toi, Noah, c'est de constater ta vulnérabilité. Cela peut être humiliant. Surtout quand on se fait surprendre par un don qu'on a gouverné à sa guise pendant des siècles. Ces incidents peuvent être évités sans problème grâce à la pratique. C'est celui qui l'entraîne qui court le plus grand risque.

Gideon reporta son attention sur l'exécuteur.

— Je suis d'accord, lui concéda Noah, hochant la tête avec sévérité. Et je comprends. Mais peut-elle faire de même avec tous les Nocturnes ? Avec les nécromanciens ? As-tu la moindre idée de la puissance d'un tel individu et du danger qu'il peut représenter ?

— Un individu qui refuse d'écraser une mouche, leur rappela Jacob avec brutalité. Isabella est une âme bonne et douce. Une diplomate. Nous devons veiller à ce qu'elle s'appuie sur le respect et l'estime qui constituent déjà le socle de son éthique. N'oubliez pas qu'elle donnerait sa vie pour vous tellement vous comptez pour elle. Je souffre de devoir lui apprendre ce qui s'est passé. Je vais aller dans sa chambre à son réveil pour lui raconter qu'une force qu'elle ne maîtrise pas a failli tuer les personnes qu'elle considère comme sa famille, ses amis. Tu connais Isabella comme moi, Noah. À ton avis, comment va-t-elle réagir ?

Sur ce, Jacob se leva et laissa les deux autres démons derrière lui tandis qu'il montait l'escalier.

Chapitre 11

—Je crois que je vais vomir.

Jacob se renfrogna, quitta son fauteuil pour s'asseoir sur le lit, à côté d'Isabella, où il pourrait la toucher et la réconforter dans l'étreinte de ses bras.

—Non. Arrête. Je ne veux pas me sentir mieux pour l'instant, dit-elle d'une voix ferme, avant de détourner le regard, les yeux noyés de larmes.

Jacob se recula, s'efforçant d'honorer sa requête alors qu'il mourait d'envie de faire le contraire.

—Bella, tout le monde va bien, maintenant. C'était un accident.

—Un accident ? Chéri, percuter une voiture de police, c'est un accident. Ça, c'est une catastrophe.

Jacob ne l'avait jamais entendue si amère et abattue ; la souffrance de Bella élança son âme.

—J'aurais dû m'en rendre compte. C'était mon corps, mes réflexions. Pourquoi n'ai-je pas fait le lien ? Oh, Seigneur ! Quand je pense à ce qui aurait pu arriver… à ce qui est arrivé…

—Depuis plus de mille ans, cela a été le lot de tous les néophytes doués de talents extraordinaires, que ce soit parmi les démons ou chez les autres espèces de Nocturnes.

Ni Legna, ni Noah, ni personne ne te tient pour responsable de ce qu'aucun de nous n'aurait pu prévoir. Tu n'imagines pas le nombre de fois où Noah a perdu son sang-froid étant jeune et mis le feu à la maison de ses parents… (Il secoua la tête.) Bon sang, Bella, la première fois que je me suis transformé, il m'a fallu une semaine pour comprendre comment retrouver mon apparence normale.

Cette confidence lui arracha un petit rire.

— Ah, voilà qui est mieux. Demande-moi sur quel animal s'était porté mon choix.

— Je ne préfère pas…

— Un cochon. Mais pas n'importe lequel, bien sûr, poursuivit-il, tandis que la jeune femme éclatait de rire. Un immense phacochère, féroce, la bave aux lèvres. J'en avais aperçu un au zoo, et paf… (Bella se retint de pouffer.) Pendant des années, mon père a adoré raconter à tout le monde comment il avait dû extirper son propre fils du zoo. J'en étais si contrarié, paraît-il, que j'ai couiné tout le long du trajet. Comme c'était un démon de matière, il n'était pas en mesure de me transformer en une créature moins voyante. Il ne m'a jamais lâché avec ça. Tu imagines ? On te rappelle pendant des siècles le moment le plus humiliant de toute ta vie.

Bella n'en pouvait plus. Elle avait roulé sur le lit, et riait à gorge déployée, se tenant les côtes.

— Arrête ! le supplia-t-elle, enfonçant la pointe d'un orteil dans le flanc de Jacob. Je t'ai dit que je ne voulais pas me sentir mieux !

— Bien sûr, je crois que Legna nous a tous battus à ce petit jeu. Vois-tu, quand les démons de l'esprit se téléportent, ils doivent penser à téléporter aussi leurs vêtements.

— Oh non...

— Oh si. Une cérémonie fastueuse a lieu tous les dix ans pour l'anniversaire du sacre de Noah, et tout le monde y assiste, même les plus solitaires d'entre nous. Legna avait seize ans, et était en retard comme tout adolescent qui se respecte. Elle a fait irruption dans la pièce et, à l'époque, vu son jeune âge, elle était dix fois moins discrète qu'aujourd'hui. Toute l'attention s'est portée sur elle. Elle est devenue écarlate! Je ne savais même pas qu'on pouvait rougir à ces endroits-là. C'était un moment fort enrichissant.

— Tu m'étonnes! s'esclaffa Isabella, et son visage rosit de compassion. La pauvre!

— Noah a réagi très vite et l'a enveloppée d'un épais écran de fumée pour la soustraire à une multitude d'yeux ébahis. On ne plaisante pas avec ça, cela dit. Noah a même édicté une loi nous l'interdisant. C'était le seul moyen pour qu'elle accepte de se montrer à nouveau en public. Je risque gros en te racontant ceci. Si tu pouffes en la voyant, petite fleur, c'en est fini de moi. Alors, je t'en prie...

— Bien sûr, je ferai attention, gloussa-t-elle avant de se redresser pour poser la joue sur son épaule. Jacob, soupira-t-elle, frottant le nez contre sa chemise. Qu'ai-je fait pour te mériter?

— Tu as dû être très, très vilaine, la taquina-t-il avant de se tourner pour l'enlacer et la serrer contre lui.

Elle se laissa faire sans ciller, et enjamba ses cuisses avant de s'asseoir sur les talons pour scruter de ses yeux améthyste les moindres détails de son magnifique visage. Il paraissait fatigué et avait les cheveux ébouriffés, sans doute à force de se les être triturés. Elle tendit les bras vers lui et attrapa une longue mèche ébène qu'elle caressa avec tendresse.

— Sûrement, lui concéda-t-elle avec douceur. C'est quand même drôle que tu parviennes si bien à apaiser ma culpabilité après un événement aussi terrible, mais que tu n'arrives pas à en faire de même pour toi.

— Eh bien, reprit-il, enroulant à son tour l'index autour des boucles de jais d'Isabella, c'est pour ça, je suppose, que j'ai la chance de t'avoir. Tu es très douée pour me distraire.

— Je vais me charger de ton entraînement, tu vas voir ! lui assura-t-elle.

— Je n'en doute pas, petite fleur. Et le tien portera ses fruits d'ici peu. Cela demandera du travail, des efforts, beaucoup d'expérimentations, et ne se fera pas sans quelques accrocs, mais tu m'as toujours semblé une élève très assidue. Et rapide. À dix ans près, tu es quasiment une néophyte, et pourtant tes capacités sont bien plus impressionnantes que celles de la plupart des jeunes démons placés en famille d'accueil.

Bella poussa un soupir, et roula des yeux.

— OK, tu m'as de nouveau perdue. Famille d'accueil ? Et quelle est la différence au juste entre néophyte, adulte et aîné ?

— La famille d'accueil est une tradition très importante dans notre culture. Quand le pouvoir d'un démon mûrit et qu'il commence à provoquer des accidents… (Il leva un sourcil dans sa direction.) Du début de l'adolescence jusqu'à ses vingt ans, ce dernier est confié à ses *Siddah*. Euh… (Il chercha l'équivalent pendant un moment.) Un parrain et une marraine qui sont choisis dès la naissance pour le former et l'éduquer.

— Vous confiez vos enfants à des inconnus ?

La voix et l'expression de Bella reflétaient sa profonde horreur.

— Du calme. (Il s'empressa de la rassurer, enfonçant les doigts dans sa chevelure pour lui masser le crâne.) À l'âge où la plupart quittent leur famille, ils seraient déjà considérés comme adultes chez les humains. C'est comme s'ils partaient pour l'université.

— Et pour les autres ? Les préadolescents ?

Jacob soupira, anticipant la réaction d'Isabella.

— C'est comme pour les humains. Dès neuf ans, parfois huit… mais ça reste quand même très rare avant seize ans, se hâta-t-il d'ajouter.

— Pourquoi ne pouvez-vous pas entraîner vous-mêmes vos enfants ? Je ne comprends pas ! Ça doit être affreux d'être arraché comme ça à son foyer !

— Tout d'abord, répondit Jacob avec fermeté, la forçant à le regarder dans les yeux, même s'il ne pouvait supporter la vue de ces deux pépites mauves baignées de larmes, on veille à ce qu'ils ne se sentent pas abandonnés. Les fins de semaine sont réservées au repos et aux parents biologiques, et puis les *Siddah* choient leurs enfants adoptifs comme les leurs. Ils font partie de leur vie dès la naissance. Ils sont de la même famille sans être du même sang.

— Mais…

— Laisse-moi finir, l'interrompit-il avec douceur. Les parents n'élèvent plus leur progéniture passé un certain âge pour une bonne raison. Il est souvent difficile pour un père ou une mère de faire preuve du stoïcisme et de l'autorité nécessaires pour maîtriser un enfant doué de pouvoirs. Les démons ont tendance à chérir leurs petits jusqu'à… Bref, si donner trop d'amour fait de nous de mauvais parents, soit. Il y a bien longtemps, on s'est aperçus que les jeunes se montraient plus disciplinés avec les tantes, oncles et amis proches. Je sais que cela vaut aussi pour la société humaine. Les enfants les écoutent, leur obéissent et se tiennent à carreau en leur présence, ce qu'ils ne font pas forcément avec papa et maman. Voilà pourquoi cette tradition d'accueil a été instaurée. Cela leur permet de grandir plus vite, d'acquérir un meilleur sang-froid, davantage de connaissances et d'éthique. Nous leur inculquons la morale, Bella. Le *Siddah* leur apprend à se concentrer, et les deux familles débordent d'amour et de patience. Pour moi, ces années comptent parmi les plus belles de toute ma vie. Sonde mon esprit, mon cœur, et partage mes souvenirs. Tu verras que j'adorais mes *Siddah* sans pour autant cesser d'aimer mes parents. Je connais tes peurs. Cela ne se produira pas.

— Quel âge avais-tu ? demanda-t-elle, explorant sa mémoire offerte.

— Presque douze ans.

— Onze ans ! Tu n'avais que onze ans !

— Bella, tu oublies que… je suis un démon de terre. Comme les démons de feu, nous sommes rares et puissants. Tu as vu ce qui se passe quand nous faisons l'amour, Bella, et je suis un aîné doté de maîtrise, d'entraînement et de siècles d'expérience. Tout comme je n'étais pas préparé à ta venue, un adolescent se sent complètement démuni devant l'éveil de ses pouvoirs. On ignore comment gérer ce surplus d'intensité et d'hormones, ajouta-t-il. Mon *Siddah* a été la première et seule personne à qui j'ai parlé de sexe. Je n'aurais jamais pu en discuter avec ma mère. Elle aurait quitté la pièce en courant et en hurlant : « Mon bébé, mon bébé ! »

Il l'imita en forçant la voix et en s'arrachant les cheveux.

— D'accord, d'accord, mais ton père…

— Je l'adorais, mais je ne le voyais pas beaucoup. Bien sûr, nous étions en guerre à l'époque…

— En guerre ? Encore ? (Elle soupira.) Attends. Laisse-moi le temps de me remettre du choc, railla-t-elle avec ironie.

— Les Nocturnes sont des espèces belliqueuses, avoua-t-il à contrecœur. Les lycanthropes sont les pires. Leur part animale est omniprésente, et ils sont extrêmement territoriaux. Nous nous sommes combattus de façon régulière au cours des trois cents dernières années.

— Trois cents !

Elle n'en croyait pas ses oreilles.

— C'est une longue histoire avec un dément en son centre, répondit-il de manière élusive. Sa fille, qui est reine depuis quinze ans, a exigé la paix. Nous étions heureux d'accepter. Bon. Revenons-en à la seconde partie de ta question. Les néophytes sont âgés de dix à cent ans, les adultes de cent à trois cents, et les aînés de trois cents à sept cents. Et au-delà, on parle d'Anciens.

— Tu es presque un Ancien ! s'écria-t-elle. Tu es vraiment trop vieux pour moi.

— Et je serai le seul démon de terre à avoir atteint ce stade, déclara-t-il.

— Oh.

Il perçut les émotions de Bella : cela signifiait qu'aucun autre n'avait survécu aussi longtemps.

— Les temps ont changé, lui assura-t-il en la serrant dans ses bras puissants et réconfortants. Nous vivons en paix, ou du moins coexistons de manière pacifique avec les autres Nocturnes. Il n'y a plus de guerre.

Elle ferma les yeux, et il entendit ses pensées haut et fort.

— *Si. Et j'ai peur pour toi.*

Les nécromanciens. Bon sang, il avait bien failli les oublier.

— C'est du ressort d'Elijah. C'est lui qui gère les problèmes interespèces que nous pouvons rencontrer. Il nous en débarrassera comme il l'a fait par le passé. Fais-lui confiance, il ne s'avoue pas facilement vaincu. Et avec un peu de chance, nos devoirs ne se chevaucheront pas trop souvent.

— Je vois. Et il débusquera ces nécromanciens en… leur demandant de se manifester ? Ne me prends pas pour une idiote.

Elle recula, agacée, et se releva pour s'éloigner de lui, les poings sur les hanches.

— Bella, s'exclama-t-il en se redressant. Je ne ferai jamais cela. Ton intelligence fait partie des qualités que je respecte le plus.

— Mmmh. Dis-moi quelque chose, gros malin, comment as-tu découvert l'existence du nécromancien ?

Elle marquait un point et il grimaça. Elle avait raison. L'unique moyen de localiser ces derniers était de traquer les invoqués. C'était sa tâche. Tôt ou tard, il devrait combattre des praticiens de magie.

— Tu n'es pas seul, Jacob, lui rappela-t-elle avec fermeté. C'est notre devoir, notre travail, de pourchasser et de détruire les transformés, et d'affronter les nécromanciens qui nous en empêchent. Ah, j'oubliais, ajouta-t-elle en s'avançant pour se trouver nez à nez avec lui. Plus tu me couves et joues les preux chevaliers, plus vite je risque de me faire exploser la cervelle ! C'est ce que tu veux ? Parce que je pourrais…

— Bien sûr que non ! s'écria-t-il, et ses yeux s'assombrirent à cette effroyable pensée.

— Alors, arrête !

— D'accord ! Désolé !

— Ne sois pas désolé. Sois futé ! Comporte-toi en partenaire, pas en simple protecteur. J'assurerai tes arrières, Jacob. Tu veux que je passe mon temps à observer les petits oiseaux dans les arbres alors que je devrais me préparer à… ce qui nous attend ? Moi, non. Je ne veux pas mourir… et je ne veux pas que tu meures non plus.

Elle poussa un profond soupir, faisant gonfler sa frange.

— De toute façon, reprit-elle, les deux vont de pair.

— Oui, je sais.

Jacob tendit la main vers son visage, caressa la naissance de ses cheveux, et posa les pouces sur les commissures de ses lèvres boudeuses.

— Tu me pardonnerais si je te disais que je suis un peu rouillé en ce qui concerne les relations amoureuses ?

— Un peu ? On doit entendre tes articulations grincer jusque sur Mars ! s'exclama-t-elle avec insolence.

Il rit et se baissa pour l'embrasser, espérant gommer ainsi son expression renfrognée et son regard excédé. Il avait à peine ôté les lèvres de ses cils recourbés qu'un bâillement interrompit ses démonstrations de tendresse. Il secoua la tête et battit des paupières pour se concentrer.

— Tu es fatigué.

— Je n'ai pas bien dormi ces derniers jours.

— Jacob, l'envie de te gifler me démange de nouveau, l'avertit-elle. Je t'épuise, c'est ça ? Je draine ton énergie vitale.

— Oui, c'est vrai, reconnut-il. Mais comme tu l'as dit, petite fleur, tu t'y prends si bien… (Il gloussa lorsqu'elle le gratifia d'une grimace.) Je suis sérieux. Te rends-tu compte que nous pouvons désormais faire l'amour sans risquer de faire sombrer l'Angleterre sous les flots ?

Elle n'y avait pas pensé. Un sourire malicieux se dessina sur sa bouche pulpeuse.

— Tu as raison, lui concéda-t-elle, laissant ses mains remonter le long de son torse, sur ses épaules et jusqu'au duvet soyeux de sa nuque. J'avais remarqué que tu évitais l'aspect physique de notre relation.

— Seulement pour ton bien, Bella, murmura-t-il, dévorant des yeux son corps souple et accueillant.

En l'espace d'une seconde, sa désapprobation mêlée d'indignation céda la place à une voluptueuse sensualité. Il ne s'y ferait jamais.

—Je ne voulais pas mettre un terme à nos ébats, mais ce nécromancien nous a surpris la dernière fois à cause de mon désir pour toi. Il est si puissant, si incontrôlable qu'il…

—Fait trembler la terre ? s'enquit-elle d'un air espiègle.

—Bien vu. Oui, petite insolente.

Il lui pinça les fesses et elle gloussa.

—Euh, dois-je te rappeler, cependant… (Elle se mordit la lèvre inférieure, et balaya le corps de Jacob d'un regard affamé.) Je pourrais très bien être celle qui la fait bouger maintenant.

—Oh. Mince, j'avais oublié ce détail.

Elle sentit les mains de Jacob lui enserrer la taille. Il se pencha un peu plus, s'imprégna de son odeur dont il semblait vraiment se délecter. Il poussa un profond soupir, et frotta le visage contre son cou.

—Rester loin de toi me demande un effort monumental, petite fleur. Je ne peux même pas t'expliquer à quel point ces derniers jours ont été insoutenables.

—Et moi donc, lui souffla-t-elle. Je commençais à penser que tout ce qui t'intéressait c'était de m'épuiser à l'entraînement. Bien sûr, j'ai perçu quelques images mentales très suggestives qui m'ont assurée du contraire.

Isabella s'approcha comme pour l'embrasser, et le regarda se préparer à recevoir le baiser qui ne vint pas. Elle lui décocha un sourire mutin.

—Et encore, c'était celles que je n'essayais pas de dissimuler, lui rétorqua-t-il, en lui caressant la joue du bout des doigts avant de descendre jusqu'à ses seins, mais il s'arrêta avant d'en effleurer la pointe sensible.

Elle chancela légèrement vers lui, brûlant de suivre la main qui refusait de tenir ses promesses. Elle se ressaisit assez vite, ses yeux d'un violet profond étincelaient de volupté.

— Quoi qu'il en soit, poursuivit-elle, cela ne change rien aux faits. Nous avons vu les dégâts qu'un tel pouvoir entre mes mains peu expertes pouvait causer. Et si je devais décrire à quel point tes caresses me font perdre la raison, il en ressortirait que faire l'amour ensemble nous fait courir un risque encore plus grand.

— Perdre la raison ? répéta Jacob tandis qu'elle laissait glisser les doigts sur son torse, électrisant le moindre de ses nerfs.

— Mmmh, répondit-elle. Surtout quand tu poses les lèvres sur moi. (Elle se pencha pour effleurer sa nuque solide, et le sentit déglutir avec difficulté.) J'adore leur contact, murmura-t-elle contre sa peau.

Jacob inspira, le souffle court, le désir le tenaillant corps et âme.

— Bella, soupira-t-il, la gorge serrée par la chaleur qu'elle lui transmettait.

— Je me demandais…, reprit-elle avec nonchalance tandis qu'elle déboutonnait lentement la chemise de son amant.

Elle termina sa phrase en le repoussant sur le lit, la bouche sur les plages de chair qu'elle venait de révéler. Il sentit sa langue l'explorer avec appétit. Les sensations qu'elle éveillait en lui le mettaient hors d'haleine, mais elle hoqueta avant lui. Elle se redressa et le dévisagea, l'air bouleversée et émerveillée.

—Jacob, je peux… (Elle ferma les yeux et inspira profondément.) C'est à ça que tu fais allusion ? s'enquit-elle, la voix empreinte de ravissement. Quand tu dis que tu aimes mon odeur ?

Jacob ne pouvait respirer et encore moins répondre tandis qu'il la regardait user de ses facultés pour s'exciter toute seule.

—Oui, ma belle, parvint-il enfin à articuler.

Elle poussa un petit cri de plaisir, et écarta les pans de sa chemise d'un geste impatient afin de presser à nouveau la bouche contre sa peau, mêlant cette fois les sens aiguisés de Jacob à sa curiosité tactile naturelle. Elle le goûta avec avidité, et décela instantanément les zones les plus réceptives sur son cou et son torse. Elle se tortilla contre lui et, toujours aussi appliquée, le couvrit de baisers jusqu'au nombril. Jacob, quant à lui, enfonça les doigts dans sa soyeuse chevelure, et serra les poings.

—Bella…, gronda-t-il tandis qu'elle collait son doux visage contre le corps de Jacob, et le parcourait de sa langue brûlante.

Elle le mettait au supplice. Elle atteignit sa braguette, qu'elle s'empressa d'ouvrir avant de reculer pour l'aider à ôter les vêtements qui empêchaient son enthousiaste exploration. Il se rallongea sur le dos, et elle se coucha sur lui pour l'embrasser, reflétant ainsi le plaisir qu'elle éprouvait.

Elle descendit de nouveau le long de son buste, cherchant inlassablement à le combler, à le satisfaire. Elle lui effleura les hanches et les cuisses, avant d'y promener ses lèvres sensuelles. Les cheveux d'Isabella tombaient en cascade de part et d'autre de Jacob qui s'efforça de les recoiffer pour mieux profiter de ce spectacle attrayant. Il sentit la respiration de sa compagne s'accélérer à mesure qu'elle l'échauffait, et se crispa d'impatience. Elle lécha la hampe de chair qui s'offrait à elle avant de l'attirer dans les chaudes et moites profondeurs de sa bouche. Malgré ses six siècles d'existence, Jacob n'avait jamais connu une expérience plus érotique. Isabella était parfaite. Alors qu'elle lui prodiguait cette merveilleuse caresse, sa propre excitation décuplait. Il le perçut dans les tremblements, les petits sons étouffés qui vibraient dans la gorge d'Isabella et se répercutaient sur ses nerfs à fleur de peau. Il pouvait le voir dans les yeux améthyste qu'elle leva vers lui.

Jacob fit remonter Isabella qui enjamba son amant sans broncher. Elle se redressa pour ôter sa chemise de nuit qu'elle s'empressa de jeter de côté. Reposant aussitôt les mains sur Jacob, elle lui caressa le torse et le ventre avant d'effleurer le sexe, dur et ardent, plaqué contre l'intérieur de ses cuisses. Jacob poussa un léger grognement, un cri d'excitation mêlée de satisfaction devant l'audace d'Isabella. Il savait qu'elle réagirait ainsi. Mais rien n'aurait pu le préparer aux délicieuses sensations que cela lui réservait, à la brûlure inextinguible que cela créait en lui.

Elle occupait son esprit, y lisait ses moindres pensées et désirs. Tout ce qu'il voulait éprouver, elle le lui offrait sur un plateau. Elle s'appliquait à la tâche, lui faisant perdre la tête. À peine songea-t-il qu'il ne pouvait supporter plus longtemps cette douce torture qu'elle se releva, et d'un mouvement habile, l'amena à se glisser en elle.

Son cri d'extase, vibrant et mélodieux, recouvrit celui de Jacob, reflétant son intense volupté.

—Jacob, gémit-elle d'une voix rauque. Tu es incroyable !

En proie au tourbillon de sensations dont elle le bombardait, Jacob l'empoigna par les hanches pour ne pas perdre la tête. Elle se cambra, et il laissa échapper un juron.

—Qu'est-ce que ça signifie ? s'enquit-elle, ponctuant sa demande d'un va-et-vient du bassin qui l'attira davantage en elle.

—Ça signifie…, répondit-il, s'efforçant de rester cohérent tandis qu'elle se balançait de nouveau, l'emprisonnant autant que possible dans le tréfonds de son corps avide. Ça veut dire que tu as volé mes pensées et mon âme pour les mettre à la merci de ton plaisir.

—Mmmh, je crois que ça me plaît, ronronna-t-elle tout bas, achevant de lui démontrer ses propos par ses mouvements langoureux.

Il regarda sa peau laiteuse s'empourprer sous l'effet de l'excitation. Il sentit à quel point chaque réaction qu'elle suscitait en lui décuplait sa jouissance. Isabella ferma les yeux, et continua de le chevaucher lascivement. De plus en plus rouge, de plus en plus chaude, elle le recouvrait du délicieux nectar dont elle ruisselait. Elle usait de lui avec un talent inné et n'allait pas tarder à atteindre l'extase.

—Bella, tu seras ma ruine, haleta Jacob, se calant sur son rythme endiablé, sondant son esprit pour partager ses sensations.

Elle était si proche de la libération, la moindre molécule de son corps vibrait d'une ferveur contenue. Puis, un sursaut d'appréhension la parcourut. Perdue, elle craignit soudain de lâcher prise. Il savait pourquoi, mais refusait qu'elle renonce à la jouissance alors que lui ne s'en privait pas. Il tendit le bras vers elle, et effleura son intimité avec le pouce. Il trouva tout de suite sa zone sensible, et elle ne put résister davantage au mélange de ses caresses et de ses coups de reins.

Elle rejeta la tête en arrière, et hurla tandis que tous ses muscles se crispaient. À cet instant précis, Jacob se sentit pris au piège d'un étau, submergé par une moiteur sucrée et d'une chaleur exceptionnelle. Il atteignit le septième ciel dans un moment intense, explosif et parfait. Celui-ci lui sembla durer une éternité tout en s'achevant trop vite.

Bella s'effondra sur lui, les membres flasques, comme si elle ne les commandait plus. Jacob l'enlaça, et enfouit le visage contre son épaisse chevelure, s'efforçant de retrouver son souffle. Il resta connecté à elle, et sut qu'elle ne l'aurait abandonné pour rien au monde. Hors d'haleine, elle pantelait d'épuisement, blottie contre le cou de Jacob. Elle ne s'était pas encore remise de leurs ébats passionnés, et tremblait comme une feuille.

— Plus jamais je n'éprouverai ça, déclara-t-elle.

— Ma puce, lui susurra-t-il à l'oreille, accorde-moi quelques minutes, et je te garantis que tu l'éprouveras de nouveau.

— Jacob !

Elle rit, essayant de le gronder, sans succès. Puis, elle redressa la tête pour croiser son regard.

— La terre n'a pas tremblé !

— Mince alors, je dois être en train de perdre la main, railla-t-il avant de se pencher pour lécher avec insolence son mamelon dressé.

— Jacob, tu sais ce que je veux dire, gloussa-t-elle. Arrête !

— Arrêter quoi ? Ça ?

Isabella haleta, surprise de constater qu'elle n'était pas aussi fatiguée qu'elle le croyait. Et lui non plus. Le feu qui lui brûlait les entrailles suffisait à le prouver.

— Et tu te moques de ma libido ? s'exclama-t-elle.

— Quelle idée ! J'adore ta libido.

— Il me semble... Jacob, j'essaie de parler !

— Et moi, j'essaie de te faire taire, rétorqua-t-il, réitérant sa caresse.

— Tu connais une meilleure façon d'employer ma bouche, c'est ça ? s'enquit-elle d'un air espiègle.

— Des dizaines. Tu veux que je les énumère ?

— Oh non. Je m'en charge.

— Dis-moi une chose.

— Quoi donc ? demanda Jacob, appréciant la douceur de ses cheveux tandis qu'elle frottait la joue contre son torse avec la sensualité d'une chatte.

— Personne ne m'a jamais expliqué pourquoi le nécromancien voulait savoir ton nom.

Jacob s'immobilisa, et Isabella lui octroya quelques instants pour rassembler ses pensées. Elle savait que la question était importante même si elle ignorait pourquoi.

— Dans de nombreuses cultures, il est admis que révéler son nom revient à se laisser posséder. Pour les démons, c'est une vérité factuelle. Le nom d'un démon est l'ingrédient clé dans une invocation. Sans lui, le nécromancien ne peut parvenir à ses fins, il ne peut le dominer, et n'a aucun moyen de le réduire en esclavage.

Isabella se recula un peu pour se plonger dans ses yeux de jais.

— Mais tout le monde connaît ton prénom, Jacob. N'importe quel démon capturé peut le fournir.

— Non. Je suis le seul à le connaître.

— Je ne comprends pas.

Jacob se redressa, et glissa vers l'arrière afin de s'adosser à la tête de lit tandis qu'elle changeait de position. Elle enroula les bras autour des jambes repliées de Jacob et appuya le menton sur son genou sans cesser de le regarder.

— Quand un démon vient au monde, on organise une cérémonie au cours de laquelle l'enfant reçoit son nom, commença-t-il. Quatre personnes sont présentes : le père, la mère et les *Siddah*. Ils sont les seuls à connaître le véritable nom du démon.

Jacob s'interrompit pendant une minute, et caressa le contour de sa joue veloutée.

— Il faut voir ça comme… un moyen de contrôle. (Il secoua la tête, conscient que l'explication n'était pas adéquate.) Même si explorer nos capacités ne constitue pas un crime, nous devons utiliser certaines méthodes pour garder à l'œil le néophyte, et cela requiert que les parents et les *Siddah* connaissent son nom. Cet outil nous permet de réprimer un pouvoir, d'apaiser et soulager l'esprit du jeune. Cela l'aide à se concentrer pour recouvrer son sang-froid, et s'avère aussi fort commode quand il se montre un peu trop… *seneta yu va*. (Il chercha une traduction et rit.) Quand il a les chevilles qui enflent.

— Alors tu ne t'appelles pas vraiment Jacob ?

— Bien sûr que si. Cela te paraîtra peut-être ironique, mais après nous avoir donné nos noms de pouvoir, les parents choisissent un prénom usuel, comme Jacob, Noah ou Elijah, qui s'inspire, en général, de…

— La Bible !

— Oui. (Jacob lui décocha un sourire radieux.) Les démons vouent un profond respect à la religion chrétienne. Comme tu le sais, elle nous a offert une paix et une liberté qui ne seront jamais égalées. Nommer notre progéniture d'après son livre saint nous permet de lui rendre hommage.

— Je trouve ça merveilleux.

— Il s'agit d'une tradition très intime. Le père et la mère passent toute une journée à décider d'un prénom. Ils se retrouvent seuls, loin du monde, et commencent par se rappeler la première fois qu'ils se sont vus, comment ils sont tombés amoureux l'un de l'autre, les fondations sur lesquelles l'enfant a été conçu.

— C'est vraiment très beau, Jacob, murmura Isabella.

Elle détourna le regard un instant, et il remarqua qu'elle lui dissimulait quelque chose.

— Qu'y a-t-il, petite fleur ?

Elle reposa les yeux sur Jacob, et se mordilla la lèvre inférieure avec anxiété.

— Jacob, d'après la prophétie, toi et moi aurons un enfant un jour.

Le démon se figea, le souffle coupé, tandis qu'une inexplicable sensation de peur l'envahissait.

— Cela te perturbe ? s'enquit-il l'air le plus détaché possible.

Isabella se demanda s'il se rendait compte à quel point son esprit était pénétrable à cet instant précis. Parfois, Jacob semblait oublier qu'elle ne quittait jamais vraiment ses pensées. L'idée qu'elle ne désire pas avoir d'enfants avec lui le terrifiait presque.

— Franchement, oui, commença-t-elle, baissant la tête afin de cacher son sourire.

— Je vois.

— Tant mieux. C'est impensable, et je compte sur toi pour remédier à la question.

Jacob ne pouvait parler. Il sentit son cœur se serrer douloureusement dans sa poitrine.

Puis, elle se retourna, les yeux pétillants de malice.

— Au fait, comment se marient les démons ?

Jacob respira enfin, la gamme d'émotions qui le traversait se reflétait sur son visage.

— Isabella…, dit-il, d'une voix lourde de reproches. Isabella Russ, serais-tu en train de te moquer de moi ?

— Comment ? Mais non, Jacob ! s'offusqua-t-elle avec innocence. Je te demandais de faire de moi une honnête femme. Si tu imagines que c'est une blague, je pense qu'il est temps que je rentre chez moi.

Elle fit mine de se lever, mais il la retint et la rejeta sur le lit avant de se pencher sur elle, l'air menaçant.

— Tu mérites une bonne correction, siffla-t-il en la secouant par les épaules. Tu prends plaisir à me torturer !

— Pas plus que toi, mon cher !
— Isabella !

Il prononça son prénom dans un grognement, mais ne put s'empêcher d'éclater de rire à la fin.

— Alors, ta réponse ?
— Tu m'as posé une question ?
— Je crois t'avoir demandé de m'épouser.
— Ah… Eh bien, je ne me rappelle pas t'avoir vue t'agenouiller, objecta-t-il.
— Écoute, je suis une femme moderne, mais là ça va trop loin. Et après quoi ? Tu vas exiger une bague en diamant ?
— En fait, je préfère les émeraudes, gloussa-t-il.
— Je n'en doute pas. Bon, exécuteur, je n'ai pas toute la nuit.
— Dans ce cas, exécutrice, répliqua-t-il, je dois t'apprendre que les démons n'organisent pas une cérémonie de mariage traditionnelle.
— Ça m'aurait étonnée, rétorqua-t-elle, levant les yeux au ciel. Quoi que vous fassiez, je suis certaine que c'est prétentieux et intense. Après tout, c'est ce qui vous caractérise.
— Oui. Nous sommes des créatures étranges. (Son expression changea, un air sérieux imprégna ses iris noirs.) Il t'est arrivé tant de choses en si peu de temps, Bella. Comment peux-tu être si sûre de toi ?
— Jacob, reprit-elle avec douceur, comment pourrait-il en être autrement ? Tu es ma destinée spéciale. Je n'ai pas besoin qu'une prophétie me le dicte. (Elle caressa avec tendresse le contour de son visage.) Nos âmes, nos cœurs ne

font qu'un. Je le sens dans chaque molécule de mon corps. Je l'ai senti dès l'instant où j'ai vu un imbécile arpenter une rue mal éclairée du Bronx aux heures les plus sombres de la nuit.

— Mmmh. Je t'aime aussi, murmura-t-il, souriant contre sa bouche.

Il l'embrassa jusqu'à lui faire perdre haleine pour l'empêcher de poursuivre ses taquineries. Il se cala contre elle, leurs gabarits s'emboîtant avec une facilité déconcertante. Elle était taillée pour lui, et cela se percevait au moindre de leurs contacts.

— Au cours de ma longue existence, j'ai connu et expérimenté bien des choses, chuchota-t-il, la voix rauque d'émotion, mais avant de te rencontrer j'ignorais tout de l'amour. Je n'avais jamais ressenti pour une femme ce que j'éprouve pour toi. Je ne peux te promettre que partager ma vie sera aisé. Une grande incertitude pèse sur mon avenir comme sur le tien.

— Je sais, Jacob. Je sais que ce n'est pas un conte de fées. De toute façon, vivre heureux et avoir beaucoup d'enfants, même si ça peut paraître tentant, c'est trop de pression pour moi. On continuera de se disputer, je serai toujours aussi bornée, et je suis sûre que je te taperai sur les nerfs par moments. Mais je me rachèterai en t'aimant de tout mon cœur.

— Je serai toujours aussi dur envers moi-même, et je t'agacerai sans doute souvent. Je commettrai des erreurs parce que je manque cruellement d'expérience en matière de relations amoureuses. Je suis resté seul si longtemps, petite fleur, et je crains que ça ne m'amène à faire beaucoup de faux pas. Mais je me rattraperai, Isabella, car je t'aime déjà de tout mon cœur. (Jacob esquissa un sourire, et essuya du pouce les larmes qui ruisselaient sur la joue de la jeune femme.) Je ne voulais pas te faire pleurer.

— C'est plus fort que moi. Mon cœur… (Elle frotta la paume contre l'emplacement de l'organe mentionné.) J'ai l'impression qu'il va exploser.

— C'est étrange, petite fleur. Depuis notre rencontre, le mien n'a cessé de grossir pour s'assurer de s'accommoder au tien.

Il se pencha vers elle et l'embrassa avec délicatesse avant de se reculer. Il se leva en lui tenant les mains pour l'aider à sortir du lit.

— Viens, reprit-il. Nous avons quelque chose à faire.
— Quoi ?
— Tu verras.

Noah redressa la tête lorsqu'il entendit des pas dans l'escalier. Une anxiété inhabituelle l'assaillit quand il aperçut ses exécuteurs descendre vers lui. Il s'empressa de la réprimer, se rappelant qu'Isabella ne blesserait jamais personne intentionnellement. Il se leva néanmoins, obéissant à une sorte d'instinct primitif. Il devait s'entretenir avec elle debout.

Dès qu'ils arrivèrent devant lui, Isabella se prosterna à ses pieds, ses magnifiques yeux violets empreints de remords. Elle saisit la main du roi et la pressa contre sa joue avec une grande émotion.

— Pardonne-moi, Noah, supplia-t-elle dans un murmure.

Ce dernier sentit son cœur se serrer et regretta aussitôt tous les sentiments que la peur avait fait naître en lui. Il posa un genou à terre et souleva le menton de la jeune femme.

— Il n'y a rien à pardonner, petite exécutrice, répliqua-t-il avec douceur. (Il lança un coup d'œil à Jacob, et lut la gratitude dans son regard.) Tout ce que j'attends de toi, Isabella, c'est de continuer à faire le bonheur de ce démon que je considère comme un frère. Je ne l'ai jamais vu aussi heureux que depuis ton arrivée.

Jacob prit une courte inspiration. Il n'aurait jamais pensé que Noah l'appréciait à ce point.

— Faire quelque chose qui me procure autant de plaisir n'a rien d'une pénitence, Noah, assura-t-elle au souverain dont elle enserra le poignet faute de se jeter dans ses bras, ce qui, elle le savait, aurait contrarié son possessif compagnon. Mais je peux te promettre que tu pourras toujours compter sur moi. Je te serai loyale au même titre qu'à Jacob et à ma sœur.

— Viens. (Noah se releva et aida Isabella à en faire de même.) Tu en as assez dit. Je suis satisfait. Je refuse que tu te tracasses davantage à cause de cet accident.

Puis, Jacob s'avança, prenant la main libre de sa partenaire avant de lui décocher un coup d'œil. Les exécuteurs se courbèrent en même temps pour s'agenouiller de nouveau devant le roi. Côte à côte, main dans la main, ils levèrent la tête vers Noah de concert. Ce dernier sentit sa cage thoracique se comprimer de bonheur.

— Mon roi, commença Jacob d'une voix basse mais passionnée tandis qu'il prononçait les paroles d'un rituel qui remontait à la nuit des temps, nous demandons ta bénédiction. Accorde à tes dévoués sujets la permission d'être mariés lors de la pleine lune, comme le furent mes parents et les tiens, afin que le pouvoir et la loyauté de notre couple uni puissent te servir ainsi que notre espèce aussi longtemps que nous vivrons.

— Mon roi, répéta Isabella tout bas, les yeux emplis de larmes, nous demandons ta bénédiction. Accorde à tes dévoués sujets la permission d'être mariés lors de la pleine lune, afin que notre couple uni puisse offrir au peuple des démons sa prochaine génération. Je jure que nos enfants te seront aussi fidèles que leur père et moi, car c'est ainsi que nous les élèverons.

Noah demeura silencieux, s'efforçant de réprimer les émotions qui le submergeaient. Jamais il n'aurait pensé que ce jour viendrait, celui où Jacob s'agenouillerait devant lui, la nuque courbée à côté de sa future épouse. Celle-ci n'appartenait pas à leur espèce, mais Jacob lui avait appris les paroles rituelles et Isabella les avait récitées avec dévotion et sincérité.

— Exécuteurs, dit-il enfin, posant les mains sur leurs têtes, vous avez ma bénédiction. Je n'aurais qu'une seule requête.

Ils levèrent les yeux en même temps.

— Autorisez votre souverain à célébrer la cérémonie, car je ne pourrais supporter qu'un autre scelle votre union.

Un soudain mutisme frappa Jacob. Noah n'avait uni qu'un seul couple au cours de son règne, sa sœur Hannah et son compagnon. L'honneur qu'il leur faisait était inestimable. Isabella lut la réaction de Jacob, comprit aussitôt la signification de cette offre, et se mit à pleurer tout bas, mue par une profonde gratitude. Sans se soucier davantage du protocole, elle se releva et se jeta dans les bras du roi.

— Merci, Noah ! Merci de tout cœur ! sanglota-t-elle, claquant des baisers sonores sur sa joue.

Le roi, un brin perplexe devant l'effusion d'Isabella, s'empressa d'étreindre la nouvelle exécutrice. Au bout de plusieurs minutes, comme elle était toujours accrochée à lui, il rit et regarda Jacob qui s'était levé, lui aussi.

— Exécuteur, reprends ta compagne avant qu'elle ne me noie sous ses larmes, s'esclaffa-t-il.

Jacob s'approcha pour obéir. Il s'empara de son Isabella à fleur de peau et la serra fort contre lui.

— Tu m'honores, Noah. Nous acceptons avec un immense plaisir, déclara Jacob.

— J'avais cru comprendre, gloussa Noah. Isabella, il te reste deux jours pour organiser le mariage.

Il marqua une pause pour bâiller, et aperçut Bella qui venait de se figer dans les bras de Jacob.

— Plus important, répondit-elle avec amertume, j'ai deux jours pour apprendre comment éviter de faire perdre connaissance à mes invités.

— En fait, répliqua aussitôt Noah, il semblerait que l'effet se limite, pour l'heure, aux personnes qui sont près de toi. À mon avis, tu devrais surtout te soucier de garder le marié conscient.

— Viens, petite fleur. Allons trouver Elijah. J'aimerais qu'il assiste aussi au mariage.

— Un instant. (Elle le retint d'une main sur le torse.) Je dois encore présenter mes excuses à quelqu'un.

Elle s'approcha de Jacob, déposa un tendre baiser sur sa joue, puis s'arracha à son étreinte pour rejoindre l'escalier. Arrivée au palier, elle se dirigea vers la chambre de Legna.

Chapitre 12

Isabella et Jacob arpentaient la rue où ils s'étaient rencontrés. Arrivée devant son immeuble, elle s'arrêta pour observer la fenêtre par laquelle elle était tombée et avait croisé le chemin de sa destinée.

—J'espère que ma sœur est à la maison. Elle n'a pas répondu au téléphone, mais ça ne lui ressemble pas de sortir si tard.

—Peut-être qu'elle prend du bon temps, ironisa Jacob, promenant les doigts sur ses fesses tout en l'attirant contre lui.

—Jacob !

—Viens. Qu'on en finisse avec les invitations pour que je puisse me retrouver seul avec toi, murmura-t-il en lui effleurant la nuque du bout des lèvres.

Isabella gloussa, repoussant les mains de Jacob.

Riant à gorge déployée, elle enfonça sa clé dans la serrure et s'engouffra dans l'appartement. Elle était si pleine d'énergie et de joie qu'elle n'attendit pas Jacob pour foncer vers la chambre de sa sœur.

—Hé, la marmotte ! Il est 2 heures du matin ! Debout ! claironna-t-elle avant de grimper sur le lit et de bondir dessus avec enthousiasme.

Corrine émit un faible gémissement, mais semblait bien décidée à continuer de dormir.

— Je suis rentrée ! Réveille-toi !

Isabella sauta et remua le matelas, consciente que tôt ou tard Corrine devrait se rendre. Elle attrapa l'oreiller et lui frappa les fesses.

— Co', allez !

Isabella fronça les sourcils, et repoussa les mèches auburn qui barraient le visage de sa sœur.

Jacob sursauta lorsque le cri d'Isabella lui parvint du fond de l'appartement. Il s'empressa de la rejoindre, et la trouva agrippée à une femme, qu'il supposa être sa sœur.

— Jacob, elle est souffrante ! Je n'arrive pas à la réveiller !

Jacob se précipita auprès de sa compagne. Gardant son calme, il attrapa Corrine et la retourna pour la déposer au creux de leurs bras. La cascade de cheveux roux qui dissimulait son visage retomba sur le côté révélant un teint grisâtre, des yeux cernés, et des traits qui semblèrent familiers à Jacob.

— Tu la connais ? demanda Isabella, bouleversée, qui venait de lire dans ses pensées.

— Oui, j'ignore comment, mais je suis sûr de l'avoir déjà vue. Récemment.

— Jacob… (En proie à une intense panique, Isabella respirait avec difficulté.) Jacob, il n'y a qu'une seule raison pour que tu aies été en contact avec une humaine à cette époque de l'année !

Le démon manqua de défaillir lorsqu'un souvenir glaçant lui revint en mémoire.

— Non ! Bon sang ! Non !

Un violent frisson de rage le parcourut et fit vibrer le lit. Il empoigna Corrine avant de traverser la pièce pour l'éloigner de Bella qui s'était redressée, folle de douleur et d'angoisse.

— Rends-la-moi ! hurla-t-elle en pleurs, les bras tendus vers sa sœur. Rends-la-moi !

— C'est impossible ! Tu dois rester loin d'elle, Bella !

— C'est ma sœur !

Bella rampa sur le lit et se jeta sur Jacob lorsqu'il fit demi-tour pour déposer Corrine au sol. Il la relâcha, et se releva d'un bond pour arrêter le mouvement rapide et impulsif de Bella avec le seul pouvoir qu'il détenait, celui de ses muscles et de ses paroles acérées.

— Bella ! Concentre-toi !

Il lui cria cet ordre en plein visage, et elle se figea entre ses mains, sous le choc. Elle sentit aussitôt les vibrations secouer l'immeuble, et parvint à recouvrer son sang-froid tandis qu'elle en prenait conscience. Jacob l'aida à sortir de la chambre à reculons. Plus ils s'éloignaient de Corrine, plus cette dernière ainsi que le bâtiment se remettaient à trembler. Jacob l'attira contre lui dès qu'ils eurent quitté la pièce, pressa les lèvres contre son front, et lui murmura des mots réconfortants.

— Écoute, petite fleur, écoute-moi bien. (Il prit la tête d'Isabella entre les mains et se plongea dans son regard violet profond.) Elle est vivante, mais très faible. Elle respire avec peine.

— Il faut que je reste avec elle. Je t'en prie !

Elle se plaqua contre lui avec désespoir et se pencha vers la porte derrière laquelle gisait sa sœur sans défense.

— Non ! Tu dois te calmer et me faire confiance. (Il la força de nouveau à le regarder.) Si tu entres alors qu'elle est si fragile, Bella, tu ne lui seras d'aucun secours, au contraire.

— Qu'est-ce que tu racontes ? C'est ma sœur !

— Justement ! hurla-t-il en retour. Elle est de ta famille ! Et elle a croisé un membre de la mienne ! Kane, Bella. C'était lui le démon qui recherchait ta sœur la semaine dernière.

Il marqua une pause pour fermer les yeux, et se gifla mentalement d'avoir raté un détail si flagrant.

— Qui ça ? demanda-t-elle, l'air hagard.

— Kane, mon plus jeune frère. La nuit où je t'ai rencontrée, j'ai dû le pourchasser et l'arrêter après qu'il eut essayé de subjuguer une jolie rousse. Il s'agissait de Corrine.

— Corrine. Kane... Oh, Seigneur, Jacob... Ma sœur est une druidesse !

— Il faut croire, lui concéda-t-il avec sévérité. Quand je pense que je l'ai laissé la toucher pour me prouver que... (Il secoua la tête.) Même si leur contact a été très bref, cela a suffi. Elle est vidée, drainée de son énergie vitale.

Cette prise de conscience sembla affaiblir Isabella. Ses genoux cédèrent et Jacob fut contraint de la porter jusqu'au canapé devant la fenêtre.

— Pourquoi refuses-tu que je la voie ? pleurnicha Bella. Pourquoi fais-tu ça ?

— Chut, Bella, lui souffla-t-il d'une voix rassurante tandis que le plancher et l'immeuble tanguaient autour de lui.

De petits objets flottaient dans les airs, et Jacob pria que l'effet soit limité à cet appartement ou que le voisinage soit en train de dormir à poings fermés.

— Mon tendre amour, lui susurra-t-il à l'oreille. Observe bien la pièce et dis-moi pourquoi je ne peux pas te laisser la rejoindre.

Cela lui permit de se concentrer sur autre chose que sa douleur, et Jacob parvint alors à l'installer sur le canapé. Il perçut le moment où elle commençait à comprendre. Les bibelots regagnèrent leurs emplacements d'origine les uns après les autres, certains sans une égratignure. Les plus délicats ne résistèrent pas à l'impact et se brisèrent en mille morceaux. Cependant, cela n'apaisa pas son chagrin qui la transperçait de part en part. Elle tremblait comme une feuille et pleurait toutes les larmes de son corps.

— Je ne peux pas rester avec elle, sanglota-t-elle, et le son de sa voix fendit le cœur de Jacob, parce que je volerais son pouvoir. Je la tuerais. Oh, Seigneur ! Jacob, et si…

— Non, non, non, murmura-t-il aussitôt. Je l'entends respirer. Je sens qu'elle est en vie. Certaines de mes facultés sont purement physiques, mon amour, et tu ne peux pas me les subtiliser.

— Va la retrouver ! s'écria-t-elle avec désespoir, repoussant Jacob de toutes ses forces pour le forcer à la quitter. Ne la laisse pas seule comme ça ! Jacob, je t'en conjure !

— Bella, écoute-moi ! (Un vacarme assourdissant retentit dans la pièce lorsque des objets plus lourds furent soulevés avant de s'écraser au sol.) Concentre-toi ! Si tu continues sur ta lancée, New York va sombrer sous les flots, et on va tous mourir. Toi, moi et ta sœur !

C'était dur, mais il devait interpeller sa raison. Il ne l'avait jamais vue à ce point esclave de ses émotions.

Sauf quand ils faisaient l'amour.

—Regarde-moi ! lui ordonna-t-il, la tenant fermement par les tempes pour l'y obliger. Je dois récupérer mon pouvoir, Bella, et je sais que tu es capable de me le restituer. Je dois demander à Gideon de nous rejoindre. Je mettrais trop longtemps à essayer de recharger mes batteries, et on ne pourra jamais traverser les océans et les continents à temps pour sauver Corrine.

Il inspira, et contempla le visage strié de larmes d'Isabella et ses grands yeux qui en abritaient encore.

—Je sais que tu peux y arriver, ma puce, poursuivit-il. Tu te rappelles quand nous avons fait l'amour ? (Il sécha ses pleurs avec un baiser et la sentit acquiescer.) Tu t'es retenue. J'ai perçu ta réticence à lâcher prise de peur que la moitié de l'Angleterre ne se trouve rayée de la carte.

Elle tendit les bras vers lui pour le serrer fort, le front niché contre son cou.

—J'ai refusé que tu résistes, lui susurra-t-il à l'oreille. Mais tu l'as dit toi-même. La terre n'a pas tremblé. Tu te souviens ?

—Oui, répondit-elle contre son épaule.

—Où est-il passé, petite fleur ?

Elle leva la tête après une courte hésitation.

—Comment ça ?

—Tu m'as entendu. Pendant que nous faisions l'amour, qu'as-tu fait de mon pouvoir ? Je sais que je ne le possédais plus. À cet instant, tu m'avais dépouillé de tous mes biens, la taquina-t-il avec douceur.

—Jacob, l'admonesta-t-elle, le visage brûlant.

—Tu me l'as pris, petite voleuse, pour le mettre à l'abri quelque part en toi. Je sais que tu te rappelles où tu l'as rangé. Souviens-toi de ce moment de doute, juste avant que je touche la zone délicate qui t'excite tant… (Il effleura sa joue qui commençait à rougir.) Tu as décidé en toute connaissance de cause de bloquer mes facultés afin de te laisser aller sans danger, Bella. Où est-il, mon amour, cet endroit secret où tu l'as enfermé ? Regarde en toi.

Elle ferma les yeux, et il la sentit réfléchir, rechercher ce dont il parlait. Il l'avait apaisée et la cajolait par de douces paroles, l'arrachait à sa douleur présente pour qu'elle puisse se concentrer.

La seconde d'après, Jacob fut projeté du canapé, atterrit sur le parquet et glissa sur la surface vitrifiée sur près d'un mètre. La résurgence de son pouvoir lui fit l'effet d'une bombe. Il lutta pour se relever, et fit signe à Isabella que tout allait bien lorsqu'elle voulut l'aider, l'air inquiet et bouleversé.

— Ça m'apprendra à être dans la lune, gronda-t-il avec ironie. Je vais bien. Très bien, même. Pfiou !

Il secoua la tête, assailli par des milliers de sensations et d'émotions. Isabella était un véritable entrepôt. Tandis qu'il s'était efforcé de récupérer ses facultés heure après heure, elle n'avait cessé de les détourner pour les stocker ailleurs. C'est alors qu'il se rendit compte de sa chance : elle aurait pu le faire exploser en les lui restituant. Il avait un mal fou à se concentrer. C'était une impression assez érotique. Tant de vie et d'énergie, imprégnées de la présence et du parfum d'Isabella après en avoir puisé l'essence pendant des heures, bouillonnaient en lui !

Isabella observait avec fascination Jacob qui vacillait sous le poids de ses aptitudes retrouvées. Elle n'avait pas la moindre idée de comment elle s'y était prise, mais elle avait réussi. Cependant, elle pouvait de nouveau les percevoir en elle, comme si elle ne faisait qu'un avec Jacob. Son pouvoir, riche et brûlant comme la terre, se déversait en elle tels des milliers de grains de céréales… lentement… puis plus vite, comme si la porte du silo était restée ouverte et qu'elle n'avait aucun moyen de la refermer. Jacob lui jeta un coup d'œil, et lui fit partager cet instant de volupté. Elle vit ses yeux s'illuminer de reflets indigo, sentit chacun de ses muscles se crisper et durcir à mesure que la magie le submergeait. Elle le contempla, admira son allure majestueuse, tandis qu'il tendait les bras pour toucher l'énergie naturelle du monde alentour. Elle regarda ses paupières se clore d'un sensuel battement de cils.

Irradiant de pouvoir, il convoqua en urgence ceux qui devaient les rejoindre.

Kane leva la tête, percevant la présence familière de son frère dans son esprit. Il avait décidé d'ignorer son appel, et fit la sourde oreille. Il n'avait pas été en mesure d'affronter Jacob depuis cette nuit terrible et, avec le châtiment imminent, il ne pensait toujours pas en être capable. De toute façon, il était assigné à résidence, songea-t-il avec amertume, fusillant du regard l'aîné, démon de l'esprit, qu'il appelait jadis *Siddah*. Il était furieux, et ne cherchait pas à le cacher.

— Tu te conduis comme un enfant, le réprimanda Abram qui feuilletait un magazine humain dénommé *Cosmopolitan*. Réponds à la convocation.

— En quoi ça te concerne ? lui rétorqua Kane, arpentant la pièce avec frustration. Je ne suis qu'un sale criminel. Pourquoi Jacob aurait-il besoin de moi ? Pour que je le regarde se pavaner maintenant qu'il a trouvé une compagne ? Imprégnée, qui plus est ! Oh, j'ai une idée ! Je pourrais être leur témoin ! Je resterais en retrait, vert de jalousie, à haïr mon propre frère. Et ça ne fera qu'empirer après la punition. Comme si ça pouvait servir à quelque chose ! Je n'arrive pas à me sortir cette femme de l'esprit, ses traits sont gravés dans ma mémoire. Je peux sentir sa peau contre ma paume. Je meurs de ne pouvoir toucher cette splendide créature qui est…

— Humaine, termina Abram avec tendresse, le visage empreint d'une bienveillante compassion.

— Par le destin ! Pourquoi ne règle-t-il pas la question une fois pour toutes ? Que le châtiment l'efface de mon cerveau. Je le mérite.

— Kane…

Abram se redressa, reposant les pieds au sol, et déploya ses sens pour percevoir les convocations répétées, dont la dernière venait de les secouer tous deux avec violence. Il saisit sa tête bourdonnante tandis que la vague passait. Il ne l'avait ressentie qu'à travers Kane qui, lui, avait écopé du plus gros.

Ce dernier était allongé sur le dos, la douleur lui vrillant le crâne.

— Ouah. (Il se rassit et s'ébroua pour recouvrer ses esprits.) Punaise, il n'avait qu'à préciser que c'était important, s'exclama Kane avec agacement.

— Il me semble qu'il vient de le faire. J'ignorais que votre connexion était si puissante, Kane. Félicitations.

— Tu crois que j'y étais pour quelque chose ? Oh non, ça venait de Jacob. (Il marqua une pause.) Cool ! gloussa-t-il. Heureusement que je n'ai pas cherché la bagarre, ajouta-t-il avec irrévérence, ironisant au sujet de son arrestation pour la première fois depuis qu'elle avait eu lieu.

— Tu ferais mieux d'y aller, dit Abram.

— Fais comme si j'étais…

Il disparut dans une explosion de fumée sulfurée qui força l'aîné à s'éventer frénétiquement avec son magazine.

— Parti, termina Abram avec un soupir amusé.

Isabella sentit l'odeur caractéristique du soufre près d'une demi-heure plus tard. Elle pencha la tête, et Jacob lui jeta un coup d'œil depuis le lit de Corrine. Incapable de rester loin de sa sœur, Bella faisait du surplace sur le seuil. Gideon était parvenu à la conclusion que, pour l'instant, cette distance était suffisante.

Néanmoins, Isabella était troublée. Elle plissa les yeux et secoua la tête.

— Il arrive, l'informa-t-il, identifiant la prémonition de sa compagne.

Cependant, l'immense nuage qui apparut derrière elle la prit par surprise. Manquant d'étouffer, elle se mit à agiter les mains dans tous les sens, et aperçut en plein milieu de la perturbation un séduisant jeune homme qu'elle n'avait encore jamais vu. Sa ressemblance avec Jacob la frappa aussitôt.

— Isabella, éloignez-vous de lui tout de suite, lui ordonna Gideon. Vous êtes trop puissante pour Kane.

Il a besoin de tous ses pouvoirs afin d'aider votre sœur au plus vite.

La jeune femme acquiesça, et déglutit avec difficulté. Elle sentit un frisson glacé la parcourir tandis qu'elle s'exécutait, terrifiée à l'idée de constituer un obstacle au rétablissement de sa sœur. La mort dans l'âme, elle se résolut à quitter le chevet de Corrine. Elle autorisa Jacob à la prendre par le bras pour l'accompagner dans le salon. Il la mena jusqu'au canapé, s'y installa et la fit asseoir sur ses genoux. Il la berça, lui murmurant de douces paroles réconfortantes à l'oreille. Elle s'agrippa à lui, sanglotant en silence.

—Arrête, Bella. Je sais que tu te tiens pour responsable. Je l'entends.

—Je ne peux pas m'en empêcher. Je viens de vivre les plus beaux jours de ma vie, et pendant que je profitais égoïstement de mon bonheur, ma sœur gisait ici, seule… à l'agonie. Ça m'est insupportable!

—Tu ne pouvais pas savoir.

—J'aurais dû m'en rendre compte! Je suis censée être intelligente. J'aurais dû deviner que je n'étais sans doute pas l'unique druide de ma famille! Comment ai-je pu être aussi stupide?

—Tous ceux qui t'ont entendue parler d'elle des dizaines de fois au cours des derniers jours auraient dû y penser. Ta négligence est tout à fait concevable, Bella. Comment aurais-tu pu savoir qu'elle avait rencontré un démon la même nuit que toi? Ma puce, j'étais là. Après avoir compris ce qu'impliquaient les révélations de Gideon, j'aurais dû me lancer à la recherche de tous les humains que j'ai «sauvés» ce mois-ci pour m'assurer qu'aucun d'eux n'était druide. J'aurais pu leur porter secours, même si je ne peux plus rien pour ceux que j'ai croisés par le passé.

— Combien, Jacob ? Combien sont dans la nature, en train de faner comme Corrine ?

— Difficile à dire.

Contre toute attente, il la reposa sur le canapé, soudain incapable de rester immobile, puis se leva et se mit à faire les cent pas dans la pièce.

— Et malheureusement, je prête rarement attention aux mortels que je protège. D'habitude, je m'intéresse davantage au démon fautif. Je ne sais même pas comment m'y prendre pour les retrouver.

Isabella se redressa et le saisit par le bras pour le maintenir sur place.

— C'est possible, mais je parie que les démons en question, eux, n'auront pas oublié ceux pour qui ils ont enfreint la loi sacrée.

Jacob plongea les yeux dans son regard améthyste empreint de gravité, et un profond soulagement l'envahit. Il porta la paume d'Isabella à ses lèvres et l'embrassa avec fougue.

— *Tu dois y aller, mon amour, et remédier à la situation.*
— *Tu as besoin de moi.*

— Je t'en prie, Jacob, retrouve-les et assure-toi que personne ne souffre comme ma sœur. Leurs familles doivent être mortes d'inquiétude. Retrouve-les, s'il te plaît.

Il ne put qu'acquiescer. Le dévouement d'Isabella l'émerveillait, et pourtant elle se reprochait encore son égoïsme. Il lui caressa l'arrière de la tête de sa large main et l'attira contre sa bouche pour lui prodiguer un baiser tendre et passionné.

— Je t'aime, petite fleur, lui susurra-t-il avec ferveur. Je vais régler le problème, pour toi.

— Je n'en doute pas, répondit-elle, confiante.

Kane apparut dans la chambre à coucher inconnue, l'air complètement perdu. Il n'aperçut pas ce qui l'entourait de prime abord, car son regard perplexe s'était attardé sur son frère qui sortait de la pièce, une petite femme aux cheveux noirs à son bras. Jacob s'était contenté de le bousculer sans même le saluer. Kane se tourna et manqua de s'étouffer lorsqu'il aperçut Gideon. Il ne s'était jamais trouvé à moins de deux mètres de l'Ancien, et éprouvait toutes les difficultés du monde à comprendre ce qu'il pouvait bien lui vouloir. En temps normal, il aurait sondé les esprits des personnes présentes pour obtenir des réponses sans se fatiguer, mais il n'avait aucune chance de percer les défenses mentales du vénérable Gideon. La brune n'émettait rien, c'était comme si elle n'était pas là. Quant à Jacob, il lui aurait collé une raclée pour avoir osé envisager d'utiliser son pouvoir sur lui.

Kane rit tout bas. C'était étrange, mais malgré son appréhension à rencontrer l'Ancien, qui se tenait devant lui, solennel et implacable, il ne s'était pas senti aussi détendu depuis des jours. Cette désagréable sensation de nervosité s'estompait peu à peu, et il poussa un profond soupir de soulagement.

— Bon, qu'est-ce qu'il y a ? finit-il par demander.

— La prochaine fois que tu es convoqué, dit l'Ancien d'une voix monocorde, ses yeux argentés lançant des éclairs, je te suggère de te dépêcher.

— Je sais, mais je devais d'abord régler le problème de mon assignation à résidence, rétorqua-t-il sur un ton sec.

Gideon se contenta de hausser les sourcils, avant de faire un pas décidé sur sa gauche, révélant ainsi la femme allongée sur le lit.

Kane hoqueta à sa vue, son souffle resta bloqué dans sa gorge, le faisant tousser. Elle était pâle comme la mort, presque grise, nulle trace de vie ou d'énergie ne transparaissait de son visage émacié, mais il n'y avait pas de doute possible : il aurait reconnu entre toutes ces boucles cuivrées et ces traits délicats à jamais gravés dans sa mémoire.

— Qu'est-ce qui se passe ici, bon sang ? s'enquit-il d'une voix grave, ses yeux indigo similaires à ceux de Jacob lorsqu'ils flamboyaient de rage.

Le cœur de Kane se mit à cogner dans sa poitrine du simple fait de se trouver dans la même chambre qu'elle.

— Je te présente Corrine, répondit Gideon avec un geste de la main.

— Je connais son prénom, répliqua aussitôt Kane.

Il arracha son regard de la jeune femme, toujours aussi belle malgré son état.

— C'est la sœur d'Isabella, expliqua Gideon pour dissiper tout malentendu. Et un jour, elle fera partie de ta famille. Néanmoins, ce ne sera pas parce qu'Isabella épousera ton frère.

Kane ouvrit la bouche pour demander des précisions, mais soudain il comprit.

Cela lui apparut comme une évidence.

Il s'approcha du lit, une part de lui s'attendait toujours à ce que Jacob intervienne pour lui couper l'herbe sous le pied, comme il l'avait fait la première fois. Il pouvait à peine respirer lorsque, d'une main tremblante, il attrapa les doigts graciles qui reposaient sur la couverture. Ses ongles étaient longs et manucurés à la perfection. Il décela la ligne de ses os à travers sa peau translucide, et son visage se tordit de douleur à cette vue. Assailli par un flot d'émotions comme il n'en avait jamais éprouvé, il sentit sa gorge se serrer.

—Elle n'a pas encore fait son choix. Rien n'est couru d'avance, tu comprends, Kane ? (Le sermon qui parvenait à ses oreilles était affectueux et sérieux.) Tu dois conquérir son amour. Mais avant, mon jeune ami, tu dois l'aider à se rétablir. Viens. Assieds-toi. Sois patient. Tout sera révélé en temps voulu.

Kane obéit au grand Ancien sans prononcer un mot.

Isabella arpentait la pièce lorsqu'une brusque rafale tournoya à côté d'elle. Un bruit sourd retentit dans son dos, elle fit volte-face et aperçut Elijah, à terre, immobile.

—Mince, c'était stupide, maugréa-t-il.

Malgré son inquiétude, Isabella ne put s'empêcher de rire lorsque le géant se releva en s'époussetant l'arrière-train.

—Pardon, Elijah.

—Ouais, ouais. Ce n'est pas ta faute. Je me suis trop approché. (Il lui décocha un sourire penaud.) Tu vas bien ? Jacob m'a demandé de venir. Qu'y a-t-il ?

Elle lui résuma brièvement la situation. À sa grande surprise, le guerrier s'avança vers elle et lui passa un bras autour des épaules.

— Ne t'inquiète pas, Bella. Gideon se targue de n'avoir jamais perdu un seul patient.

— Elijah, quel âge as-tu? s'enquit-elle soudain. Tu es différent des autres démons que j'ai pu rencontrer. Ne le prends pas mal, surtout, mais tu agis presque comme un humain. La seule fois où je t'ai vu faire preuve de la même solennité et de la même déférence que les autres, c'était lors du Conseil.

— En fait, j'ai cinq cent soixante-seize ans. Après Gideon, Jacob, Noah et moi sommes les démons les plus âgés encore en vie.

— Qu'est-il arrivé à tes parents? À ceux de Jacob?

À voir Elijah baisser les yeux et blêmir, Isabella comprit l'importance de la question, et se demanda pourquoi elle ne se l'était pas posée plus tôt.

— Disons simplement que la dernière fois où des nécromanciens sont apparus, ils ont causé de sacrés dégâts. Mes parents, le père de Noah, et celui de Jacob ont été invoqués au cours des siècles passés. La mère de Jacob n'a pas survécu longtemps après la naissance de Kane. Je sais que je ne ressemble pas beaucoup aux autres. Il faut croire qu'après l'enlèvement de mes parents j'en ai eu assez de la solennité de notre culture.

— Ça se conçoit, en effet. Merci d'avoir partagé ça avec moi. J'imagine que ce ne doit pas être facile d'en parler.

— D'autant plus maintenant que les nécromanciens sont de retour. J'espère cependant que ta présence augure des jours meilleurs. Cette fois, peut-être, nous ne succomberons pas à leurs attaques, si des druides aussi généreux et bienveillants que toi nous viennent en aide.

— Je prie pour que tu aies raison, Elijah. Mais connaissant les humains, je me rends compte qu'être druide n'en fera pas forcément de bonnes âmes.

— Cela vaut pour toutes les espèces, Bella. Regarde les gens comme Ruth, par exemple, ajouta-t-il avec un clin d'œil.

— Tu es incorrigible, Elijah. (Elle marqua une longue pause.) Dis-moi, comment les nécromanciens obtiennent-ils vos noms véritables puisque si peu de personnes les connaissent ?

— Eh bien, j'ai honte de l'avouer, mais c'est notre faute. Avant de garder le rituel secret, nous avions coutume de consigner les noms et les naissances. Un jour, les nécromanciens ont trouvé le moyen de se procurer l'une de ces listes. Le ravage n'est pas près d'être oublié. Gideon est le seul Ancien à avoir survécu, et il ne reste qu'une trentaine d'aînés dont Jacob, Noah et moi.

» J'ignore comment ils ont réussi, cette fois, à obtenir le nom du premier démon. Il doit s'agir de Lucas, car c'était le *Siddah* de Saul et des autres disparus. Il a dû les révéler sous la torture. Un *Siddah*, c'est...

— Jacob m'a déjà expliqué leur rôle. Lucas était-il celui d'autres démons ? Avait-il des enfants dont il pourrait divulguer le nom ?

— Lucas a deux filles. (Elijah détourna le regard, tirant sur un fil décousu du canapé.) Et c'était un maître très estimé. Il était le *Siddah* de beaucoup d'entre nous.

—Oh, non. Elijah, soupira Isabella, comment pouvez-vous les protéger ?

—On ne peut pas. Chacun d'eux sait qu'il risque d'être le prochain.

—C'est horrible, s'étrangla Isabella. Vous le saviez pendant tout ce temps. Pourquoi personne ne m'a prévenue ?

—Ça aurait changé quoi, Bella ? Il n'y a rien que tu puisses faire. La seule solution, c'est de commencer à pourchasser ces enfoirés.

La jeune femme assimila ses paroles en silence, les yeux rivés sur les motifs du parquet tandis qu'il l'observait.

—Je suis désolée, déclara-t-elle tout bas. Je me sens tellement impuissante. Je constitue un énorme obstacle pour tous ceux que j'approche. Je déteste ça.

—Nous passons tous par là, Bella. Je sais exactement ce que tu ressens. Nous partageons tous ta frustration.

—Elijah. (Elle promena soudain sur le guerrier un regard pétillant d'espièglerie.) Je ne peux m'empêcher de me demander si une druidesse à la langue bien pendue avec ton nom inscrit dans ses gènes ne t'attendrait pas quelque part…

Elle éclata de rire en voyant son expression horrifiée.

—Ce n'est pas la peine d'être désagréable, répliqua-t-il. Je te promets ceci, petite exécutrice, il n'existe pas une seule femme, démone ou druidesse, dans tout l'univers capable de me convaincre que je me porterais mieux en sa compagnie. N'essaie pas de jouer les entremetteuses pour moi, tu gaspillerais ton énergie.

Isabella, qui s'apprêtait à répondre, s'interrompit lorsqu'ils entendirent la porte de la chambre s'ouvrir enfin. Elle se précipita vers Gideon.

— Elle va bien ?

— Elle ira bien après quelques jours d'exposition constante à Kane. Je ne pense pas qu'elle se réveille d'ici là, mais elle est hors de danger. Elle a fait preuve d'un courage remarquable, exécutrice. D'ordinaire, il faut beaucoup moins de temps pour causer de tels dégâts. C'est peut-être parce que son contact avec Kane a été aussi bref.

Isabella se mordilla la lèvre avec nervosité pendant quelques instants.

— Cela signifie, je suppose, que Kane et elle... sont... comme Jacob et moi ?

— Cela n'a rien de très surprenant, druidesse. Jacob et Kane partagent le même patrimoine génétique, tout comme Corrine et vous. Il paraît logique que si Jacob et vous êtes complémentaires, il en aille de même pour vos frères et sœurs.

— Elle va rater la cérémonie, déplora Isabella.

— Mais elle vivra pour assister à la sienne.

Isabella acquiesça, rassérénée par cette pensée.

Jacob se faufila dans la pièce à travers la fenêtre par laquelle était tombée Isabella pour atterrir dans ses bras et illuminer sa vie. Il reprit sa forme naturelle, et balaya du regard la chambre baignée de lumière à la recherche de sa bien-aimée. Recroquevillée sur le canapé, elle frissonnait dans son sommeil, caressée par la légère brise d'octobre. Cette nuit, enfin, la lune serait pleine. Ce serait la première lune sacrée qu'il passerait en tant que partenaire imprégné. Ces nuits vaines et solitaires qui l'avaient hanté des siècles durant allaient prendre fin. Cette nuit, il prendrait sa compagne pour femme.

Il s'approcha à pas de loup, s'agenouilla devant son lit d'appoint, et enveloppa son corps tremblotant d'une couverture de laine. Il recoiffa une mèche de cheveux, s'abreuvant des courbes de son sublime visage. Cela n'était vraiment pas nécessaire, car il était gravé dans sa mémoire et dans son cœur jusqu'à la fin des temps.

— *Je t'aime aussi, Jacob.*

Elle ouvrit les yeux tandis que cette phrase réchauffait l'âme et l'esprit de Jacob.

— Je ne voulais pas te réveiller, murmura-t-il en souriant.

— Dans ce cas, tu dois devenir quelqu'un d'autre, Jacob, parce que je suis certaine de toujours sentir ta présence quand tu es près de moi.

— Pour rien au monde, petite fleur. Je suis très heureux d'être qui je suis et de t'avoir à mes côtés.

Il pressa la bouche contre la sienne avec révérence. Elle sourit contre ses lèvres, attendant qu'il se recule de nouveau afin qu'elle puisse l'examiner avec attention.

— Tu as l'air épuisé.

— Je suis un Nocturne, petite fleur. Nous ne sommes pas censés sortir en plein jour.

— Les as-tu tous retrouvés? Dis-le-moi, je t'en prie.

— Oui. Tous ceux du mois. Gideon a déclaré que je pouvais me contenter des deux dernières semaines, mais je préfère être minutieux. Surtout vu l'enjeu.

— Y avait-il des druides?

— Un seul, Bella.

Il n'eut pas besoin de lui raconter ce qui s'était passé, elle le lisait sur son visage tourmenté.

— Oh, non… (Les larmes lui montèrent aux yeux, elle se redressa et l'attira contre elle pour le serrer de toutes ses forces.) Oh, Jacob.

Il demeura muet et immobile tandis qu'elle essayait de le réconforter. Le druide qu'ils avaient perdu était un mâle, et la démone qu'il avait punie par ignorance était la fille cadette de Ruth, qui venait de trouver son âme sœur.

Jacob n'avait jamais considéré la conseillère comme une connaissance impartiale, mais nul doute que cet incident en avait fait une puissante rivale. Par conséquent, à compter de ce jour, elle en serait une pour Isabella aussi. Leur futur ne serait guère facile, et cela l'accablait. En son for intérieur, il se demandait s'il avait eu raison de la faire entrer dans sa vie, et ainsi de la jeter en pâture à ses propres ennemis, domestiques comme extérieurs. Mais il savait aussi qu'il ne pourrait jamais se priver de sa douce compagnie, ce qui, en toute logique, valait aussi pour Isabella. Il en voulait pour preuve les événements de la journée.

L'exécuteur ne se laissait pas aisément effrayer, mais la peur le gagnait quand il pensait à ce que deviendrait Bella s'il devait lui arriver malheur.

— Jacob, lui murmura-t-elle tendrement à l'oreille, effleurant du bout des doigts le duvet à la naissance de sa nuque. Jacob, physiologie à part, comment pourrais-je survivre à ta perte ?

Celui-ci jura tout bas.

—C'est comme ça que tu respectes l'intimité de mon esprit ? railla-t-il sans grand enthousiasme.

—Tu projettes, c'est toujours ce que nous faisons quand quelque chose nous tracasse. (Elle recula la tête et sonda ses yeux profonds et troublés.) Mais tu dois cesser de me cacher les vérités terrifiantes, Jacob. Ne me crois-tu pas capable de gérer la situation ? De t'aider à surmonter les difficultés ? Je ne veux pas être ta partenaire simplement parce que le destin en a décidé ainsi. Je veux être ta moitié quoi qu'il advienne, et je ne renoncerai pas. Pour le meilleur et pour le pire, dans la joie comme dans la tristesse. Tout cela fait partie de la vie, et tu ne peux pas me préserver de tout.

—Je peux essayer, répliqua-t-il avec entêtement, posant le front sur celui d'Isabella tandis qu'il se renfrognait. Quel homme en pleine possession de ses moyens exposerait de bon cœur son âme sœur au danger et aux menaces ?

—Celui qui fait confiance à sa femme pour se battre avec lui s'il le faut, tout comme elle compte sur la force et l'instinct de protection de son compagnon. Tu avais dit que tu pouvais accepter le fait que je sois née pour combattre à tes côtés. Cela a-t-il changé ?

—Non, Bella. Mais ce n'est pas toujours facile, et tu dois m'en excuser.

—Bien sûr, répondit-elle avec douceur, pressant un baiser délicat sur ses lèvres. Je comprends. Mais notre rencontre a donné un sens à ma vie. C'est depuis cet instant que j'ai commencé à vivre vraiment, alors ça me paraît logique que cette existence-là prenne fin le jour où tu me quittes. Et crois-moi, je veillerai à ce que ça ne se produise pas avant plusieurs siècles. (Elle esquissa un sourire affectueux, et arbora un regard empreint d'humour et de tendresse.) D'ici là, qui sait, il se pourrait que tu te lasses des choses qui te charment tant aujourd'hui. Franchement, j'ai un caractère de chien.

— Je t'assure, répliqua Jacob en gloussant tandis qu'il la plaquait contre son torse, que j'en suis bien conscient.

Isabella rit et se blottit contre Jacob, frottant le visage contre l'étoffe de sa chemise.

Chapitre 13

Isabella expira, exhalant un nuage de vapeur dans l'air glacé de la nuit. Elle tritura les longs rubans que Legna avait entrelacés autour de son bras et qui pendaient au niveau de son poignet en deux boucles soyeuses.

—Arrête de gigoter, l'admonesta la sœur du roi, tapant du bout du doigt la main fébrile d'Isabella.

—Je me marie dans quelques minutes, Legna. J'ai le droit d'être agitée, non ?

Lorsqu'elle prononça cette phrase à haute voix et s'entendit évoquer son mariage imminent, Isabella sentit son cœur se serrer.

—À ma connaissance, les mariées sont censées rougir. Toi, tu es blême. (Legna continua de nouer des rubans dans les cheveux de la jeune femme.) Et même si ton teint grisâtre s'accorde à merveille avec le tissu argenté de ta robe, je pense qu'un peu de couleur naturelle te siérait mieux. (Elle lissa un pan de l'étoffe chatoyante qui drapait les épaules d'Isabella à la mode antique.) Tu sais, poursuivit-elle, il n'y a que deux nuits dans l'année où les démons célèbrent cette cérémonie, Samhain et Beltane. Si tu t'évanouis, tu devras attendre jusqu'au printemps.

— Merci pour l'info, tu es trop bonne, répliqua Isabella non sans sarcasmes.

— En fait, par pure bonté, je vais t'apprendre que ton mari est mort de trouille, lui aussi. Si ça peut te rassurer, il est à deux doigts de vomir.

— Legna ! (Bella éclata de rire.) Tu es odieuse ! (Elle se tourna vers la démone, sublime dans sa robe de mousseline blanche, et l'admira pendant un instant.) Comment le sais-tu ? Tu es trop près de moi pour percevoir ses états d'âme.

— Parce que quand je suis allée chercher les rubans, il était assis à côté de Noah, la tête entre les genoux. (Legna gloussa.) Je n'avais jamais vu Jacob se tracasser à ce point. Je ne peux m'empêcher de trouver ça amusant.

Isabella esquissa un sourire las, et se massa les tempes.

— Dis-moi, Legna, comment fais-tu pour filtrer tout ça ?

— C'est-à-dire ?

— Toutes ces émotions. J'ai l'impression de partager celles de tout le monde dans un rayon de huit kilomètres à la ronde.

— C'est une question d'habitude. Je repousse tout ce qui est inutile et bloque ce qui me perturbe. Crois-moi, j'ai mis quelques années à renforcer mes barrières pour y arriver. Préfères-tu que je m'éloigne ? Cela t'aiderait ?

— Non, surtout pas ! Ta présence me permet de rester ancrée. Et toutes ces voix, c'est... un peu comme une musique de fond.

—Je trouve intéressant que mon empathie t'affecte sans que tu aies à fournir d'efforts, alors que quand tu absorbes le pouvoir d'un mâle tu dois te concentrer pour l'utiliser.

—Ou paniquer, lui rappela Isabella pince-sans-rire. Mais tu as raison. C'est peut-être parce que, toi comme moi, nous devons apprendre à dompter nos capacités plutôt que les exploiter. Jacob, Noah et les autres mâles doivent canaliser leur énergie pour se servir de leurs facultés. Toi, tu dois te concentrer pour ne pas y avoir recours.

—Pas toujours. La téléportation requiert une énorme concentration.

—Ce qui explique pourquoi je suis encore ici et non dans un coin perdu du Pérou.

Legna rit, et apporta une ultime retouche à la coiffure d'Isabella. Puis, elle recula d'un pas et émit un sifflement approbateur.

—Voilà, tu es fin prête. Tu es magnifique, Isabella.

—Merci, répondit-elle, portant une main nerveuse à ses cheveux pour apprécier le travail minutieux de Legna. Je te remercie de m'avoir tenu compagnie. C'est Corrine qui aurait dû être là, mais elle est trop mal en point. Et puis, tu as toujours été si bonne et généreuse avec moi. Ta présence me touche énormément.

—Cela compte beaucoup pour moi aussi, renchérit Legna, serrant la main d'Isabella dans la sienne. Je suis honorée que tu m'aies jugée digne de remplacer ta sœur.

—Oh, Legna, tu en es plus que digne. Je suis ravie que nous devenions bonnes amies. Après ce qui s'est passé, je craignais que tu refuses de m'approcher à moins de vingt kilomètres.

— Crois-moi, si je te racontais les bourdes que j'ai commises plus jeune, tu ne pourrais plus t'arrêter de rire. (Elle lui décocha un sourire chaleureux, et lui pressa une dernière fois la main.) Assez parlé. Tu es prête ?

— Oui. Rappelle-moi pourquoi je dois me geler les miches au fin fond des bois ?

Legna gloussa.

— Parce que c'est la tradition. Ton époux doit te trouver et te porter jusqu'à l'autel. Cette recherche reflète son désir de ne rien laisser s'interposer entre vous. Te mener à l'autel évoque son devoir : à savoir t'aider à surmonter les obstacles afin que vous jouissiez ensemble de moments de bonheur.

— C'est très romantique, répliqua Isabella, quoiqu'un peu sexiste.

— Pas du tout. Le partage des responsabilités au sein d'une union est représenté de façon tout aussi puissante. La mariée doit nouer le lien nuptial autour du poignet de son époux. Le ruban blanc symbolise l'honnêteté, l'amour et la fidélité, et son acceptation signifie que les mariés jurent de s'assister en toutes circonstances. Le noir, c'est la promesse qu'ils feront toujours le nécessaire pour préserver leur couple, leurs enfants, et les fondements de notre civilisation.

— Mais tu as attaché un ruban rouge à l'extrémité du noir. Qu'est-ce que ça signifie ?

— En fait… (La démone esquissa un sourire.) Ce ruban est de mon invention. C'est un moyen de rappeler que tu possèdes ta propre culture et que tu as tout autant le droit que Jacob de la transmettre à ta descendance. Il n'y a rien de plus naturel, après tout.

— Legna, s'esclaffa Isabella en lui décochant un regard oblique, j'admire ton esprit de rébellion et ton féminisme.

— Je n'ai jamais prétendu être vieux jeu, avoua l'intéressée avec un clin d'œil. À présent, je dois filer retrouver Jacob pour lui annoncer que tu es prête et que tu l'attends. (Elle se pencha pour déposer un baiser affectueux sur la joue d'Isabella.) Bonne chance. Je te souhaite beaucoup de bonheur.

— Merci infiniment, Legna.

La démone sourit, fit volte-face et disparut. Après qu'elle eut quitté son champ de vision, le bruit de son déplacement à travers les fourrés s'estompa lui aussi et une petite brise porta des effluves de soufre jusqu'à Isabella.

Soulagée d'être enfin débarrassée des facultés d'empathie de Legna, Isabella se rassit contre le gros rocher situé près des grands pins. Elle tritura sa robe et ses fanfreluches pendant quelques instants, puis se frotta les bras pour se réchauffer. C'était une nuit particulièrement glaciale, et s'ils n'avaient pas été en octobre, elle aurait juré qu'il allait neiger. Elle expira, s'amusa à souffler des traînées de vapeur dans l'air, à créer des nuages d'épaisseurs diverses, plus ou moins vite.

— Bon sang, Jacob, je me les pèle !

— Je me suis dépêché, je t'assure, mais j'ai pensé qu'il serait plus sage de marcher sur les derniers mètres.

Isabella se retourna, son sourire radieux éclaira la nuit argentée bien mieux que la plus pleine des lunes. Elle lui sauta au cou, s'abreuvant avec avidité de sa chaleur et de son affection.

— Je le vois d'ici. « Papa, raconte-moi votre mariage. » « Eh bien, fiston », reprit-elle, imitant avec une facilité surprenante le timbre grave et l'accent de Jacob, « les premiers mots de ta mère furent : "Je me les pèle !" »

— Très romantique, non ? railla-t-il. Alors comme ça, tu penses que notre premier-né sera un garçon ?

— J'en suis sûre à cinquante pour cent, répliqua-t-elle en riant.

— Sage calcul. Viens, petite fleur, je compte t'épouser avant la fin de l'heure. (Il la serra dans ses bras et la souleva contre son torse.) Malheureusement, nous allons devoir traverser le bois à pied.

— Legna m'a expliqué que c'était la coutume.

— Oui, eh bien, figure-toi que beaucoup ont tenté d'y échapper.

Il s'approcha pour nicher son visage frigorifié dans le creux de son cou.

— On ne peut pas tricher. Les invités le devineraient sans peine. Cela prend plus de temps de marcher que de voler.

— Tu as raison, petite fleur. Mais tuer les heures dans cette nature sauvage n'est pas forcément une tâche difficile pour un jeune couple sur le point de se marier.

— Jacob ! s'exclama-t-elle, faussement indignée.

— Certaines traditions ne sont pas nécessairement rendues publiques, répliqua-t-il, taquin.

— Vous êtes infernaux !

— Mmmh, et si j'étais en mesure de me changer en poussière là, maintenant, refuserais-tu de… batifoler avec moi ?

Un frisson provoqué par la chaleur de son murmure et de son intention parcourut Isabella.

—T'ai-je déjà refusé quoi que ce soit?

—Non, mais ce serait le moment idéal pour commencer. Sauf si tu veux arriver en retard à notre mariage, gloussa-t-il.

—Et si je refusais… pour l'instant? demanda-t-elle de sa voix de velours, déposant un baiser sur le cou robuste de Jacob balayé de longues mèches rebelles.

Il serra les doigts sur le corps d'Isabella et la pressa plus fort contre lui, essayant de se concentrer sur son avancée.

—Si c'est la réponse que tu comptes me servir, Bella, alors je te suggère d'arrêter de m'aguicher. Sinon, je vais trébucher et on va atterrir tous les deux dans la boue.

—D'accord, lui concéda-t-elle, donnant un dernier coup de langue sur l'artère qui vibrait de plus en plus fort.

—Bella…

—Jacob, je veux passer le reste de la nuit à te faire l'amour.

Celui-ci ralentit le pas et s'octroya un moment pour retrouver son souffle.

—Pourquoi ai-je toujours cru que c'était au marié de se bercer de fantasmes lubriques au sujet de la nuit de noces alors que la mariée, elle, devait prendre la cérémonie plus au sérieux?

—C'est toi qui as commencé, lui rappela-t-elle avec amusement.

—Je t'en supplie, Isabella. Autorise-moi à quitter ces bois sans entacher davantage ma dignité. (Il poussa un profond soupir, et se tourna pour frotter le visage contre les cheveux de sa promise.) C'est tellement facile pour toi de me faire perdre la tête et d'attiser mon désir. Si tu continues à m'exciter comme ça, tu seras toute rouge et en sueur quand on arrivera devant l'autel, et nos invités n'auront pas à faire intrusion dans nos esprits pour en deviner la cause.

— Je suis désolée, tu as raison.

Elle se détourna de son cou.

Jacob reprit sa marche rituelle avant de s'interrompre de nouveau au bout de trente secondes.

— Bella…, l'avertit-il sur un ton menaçant.

— Pardon ! L'idée m'a effleuré l'esprit, c'est tout !

— Dans quoi me suis-je encore fourré ? s'enquit-il tout haut, soupirant de façon dramatique tandis qu'il recommençait à avancer.

— Eh bien, d'ici une heure, j'espère bien te le montrer.

— Pourquoi mettent-ils aussi longtemps ? grommela Elijah.

— Elijah, chut ! le tança Legna. C'est leur mariage. Laisse-les tranquilles.

Elle s'approcha de son frère pour se blottir contre lui, l'autorisant à la réchauffer pendant qu'ils attendaient l'arrivée des mariés.

— Jacob ! Je te jure que si tu ne me reposes pas tout de suite, j'en épouse un autre !

La voix perçante d'Isabella, mi-sérieuse, mi-amusée résonna dans la nuit. Les trois démons qui attendaient dans la petite clairière se retournèrent de concert et virent le couple surgir d'entre les arbres. Jacob avait bien porté sa bien-aimée à travers bois, mais en la faisant basculer par-dessus son épaule, exposant sans remords son arrière-train.

Elijah manqua de s'étouffer de rire, et Legna laissa échapper un soupir horrifié. Noah empêcha sa sœur d'intervenir.

—Ne t'en mêle pas, Legna. Qu'attendais-tu de ces deux-là?

—*Ça t'apprendra, petite allumeuse.*

—*Jacob, je t'en prie! C'est humiliant!*

—*Et me retrouver devant l'autel complètement excité ne m'aurait pas embarrassé, peut-être?*

—*J'ai dit que j'étais désolée!*

—*Avant ou après le striptease mental que tu m'as retransmis?*

Isabella souffla avec exaspération avant de pouffer.

—Ton outrage à la bienséance causerait une syncope à la reine d'Angleterre.

—Tant mieux, comme ça on sera deux!

Jacob s'approcha de l'assemblée amusée, debout à côté de l'autel constitué d'un énorme tronc d'arbre. D'un haussement d'épaules, il reposa la mariée à terre. Isabella se tourna vers l'assistance, recoiffant ses mèches rebelles avec aplomb, tâchant d'agir comme si elle était arrivée en limousine.

—Isabella, Jacob, tenez-vous devant l'autel, leur ordonna Noah d'une voix impressionnante de solennité malgré ses yeux qui riaient.

Le couple, tout sourires, s'exécuta sans tarder, s'efforçant de réprimer un fou rire.

— Isabella, poursuivit le roi, prends la main droite de Jacob dans la tienne.

La jeune femme tendit son bras enrubanné et glissa la paume dans celle de son compagnon.

— À présent, enlace les rubans autour de son poignet.

Pendant qu'elle s'affairait, Isabella sentit Legna passer derrière elle et poser les deux mains sur ses épaules. Elijah fit de même avec Jacob.

— À cet instant, je suis censé vous demander si vous avez obtenu la permission de votre souverain, mais… je pense que c'est inutile vu la situation.

La petite assemblée rit.

— Les deux démons derrière vous expriment par leur position leur soutien à votre union. Ils ne vous lâcheront qu'une fois la cérémonie achevée, après quoi vous devrez vous épauler et vous assister mutuellement jusqu'à ce que la mort vous sépare. (Noah se tourna vers le marié.) Jacob, l'exécuteur, bien-aimé de cette femme, père de ses futurs enfants, gardien de son cœur, de son âme et de sa vie, agenouille-toi devant elle pour lui montrer que tu acceptes le don qu'elle te fait en devenant ta compagne, ton épouse, la joie et le centre de ta destinée.

Jacob s'empressa d'obéir, et s'agenouilla dans l'herbe humide avant de plonger le regard dans celui d'Isabella.

— Isabella, tu es mon destin, dit-il tout bas, portant leurs mains jointes à ses lèvres.

— Lève-toi, Jacob. (Noah se tourna alors vers la jeune femme.) Isabella, l'exécutrice, bien-aimée de cet homme, mère de ses futurs enfants, gardienne de son cœur, de son âme et de sa vie, agenouille-toi devant lui pour lui montrer que tu acceptes le don qu'il te fait en devenant ton compagnon, ton époux, la joie et…

Legna poussa un cri étouffé, interrompant le sermon de Noah. Le son inattendu rompit le silence solennel du moment et attira l'attention de tout le monde.

— Legna, tu me fais mal, gémit Isabella quand la démone s'agrippa à elle de plus belle.

Isabella fit volte-face pour voir ce qui l'avait à ce point perturbée, et aperçut ses yeux emplis d'effroi. Legna hurla. C'était un cri de terreur atroce qui donna la chair de poule à Isabella. D'instinct, elle tenta de la retenir, et s'accrocha avec détresse au bras de son amie.

— Legna !

C'était la première fois que Bella entendait Noah hausser ainsi le ton, et la peur qui émanait de son cri ne manqua pas de l'alarmer. À cet instant précis, elle songea que des créatures telles que ces trois hommes ne devaient redouter que très peu de choses.

Isabella hoqueta quand elle remarqua soudain que les membres inférieurs de Legna avaient commencé à s'évaporer. La sœur du roi ressemblait à une sorte de spectre, dont la moitié du corps flottait dans les airs. Legna hurla de nouveau, à l'évidence en proie à une terrible souffrance, et s'agrippa à la mariée de toutes ses forces tandis que Jacob s'efforçait d'arracher Isabella à sa prise.

Celle-ci comprit très vite ce qui se passait, et que le spectacle auquel elle assistait portait un nom. Les répercussions de cette atrocité la transpercèrent comme un millier de poignards.

— Non ! Non ! s'égosilla-t-elle, se cramponnant à Legna, enserrant de sa main libre le corps évanescent de son amie.

— Bella ! Lâche-la ! rugit Jacob.

La force d'Isabella, sa seule présence, empêchait les autres démons d'intervenir.

— Ne pars pas, Legna ! Bats-toi ! Ne les laisse pas t'enlever !

Bella se mit à pleurer, les larmes ruisselaient sur ses joues pâles et froides tandis que les cris glaçants de Legna s'enchaînaient, chacun plus terrifiant que le précédent.

Soudain, la douleur submergea Isabella, c'était une torture insoutenable, comme elle n'en avait jamais connu.

Un éclair rutilant la foudroya telle une onde de choc atomique, faisant exploser son corps en mille morceaux.

Jacob tonna de rage lorsque Isabella lui fut arrachée et les rubans qui les liaient furent coupés en deux, juste avant que les deux femmes disparaissent complètement.

— Bella ! hurla Jacob, son immense joie se transformant en paralysante agonie.

Il tomba à genoux, creusant la terre qui portait les traces de pas encore fraîches d'Isabella, griffant sans relâche l'herbe et le terreau du lieu sacré. Il rugit tel un animal blessé, l'impossible poids de son chagrin résonna dans le froid et la nuit jusqu'à couvrir tous les arbres de la forêt. Il se tourna brusquement, tapant des poings contre l'autel. Le bruit du bois ainsi fendu retentit dans l'obscurité.

— Jacob…

Ce dernier balança le bras en arrière, repoussant avec violence Elijah qui s'était approché de lui.

— Comment ? demanda-t-il avec fureur, les yeux écarquillés, l'air farouche.

À l'évidence, sa colère l'aveuglait. Il ne voyait plus rien si ce n'était la peur et la douleur sur le visage d'Isabella à l'instant où on la lui avait arrachée.

— Elle n'est pas un démon ! reprit Jacob. Elle ne peut être invoquée ! Qui saurait comment y parvenir ? Qui connaîtrait sa valeur ?

Personne ne pouvait lui répondre.

Elijah sursauta et perdit l'équilibre quand la terre sous ses pieds se mit à gronder et trembler, à rouler et tanguer comme une mer déchaînée. Le guerrier agrippa l'exécuteur.

— Jacob ! Arrête !

L'exécuteur décocha au démon de vent un regard vide. Le terrain se fendit entre les pieds d'Elijah, qui décolla sans réfléchir. Il baissa les yeux et aperçut des fumerolles. Quelques secondes plus tard, de la lave en fusion suinta des fissures qui marbraient désormais la surface du sol.

C'est alors qu'Elijah comprit qu'il avait accusé le mauvais démon.

Il s'éleva dans le ciel, se cramponnant aux nuages jusqu'à ce qu'ils s'entrechoquent. La pluie commença à tomber, aspergeant le magma qui cherchait à échapper aux abîmes dans lesquels il aurait dû rester confiné. Une explosion de vapeur recouvrit la zone lorsque Elijah redescendit et se posa derrière son monarque.

Noah se dressait, jambes écartées, les poings serrés si fort que ses ongles lui perçaient la peau, faisant couler son sang. Elijah voyait qu'il tremblait de tous ses membres, mais cela n'était pas lié aux vibrations de la terre.

L'espace d'un instant, Elijah ne sut comment réagir, puis il saisit le roi par le bras et le secoua pour attirer son attention.

—Assez! gronda-t-il sans ménagement. Jacob. Noah. Le temps presse. Nous trois sommes les seuls à pouvoir les sauver. Nous devons unir nos forces et nous y atteler dès maintenant. Tout de suite. Il n'y a pas une seconde à perdre, même si votre souffrance et votre colère sont tout à fait justifiées!

Jacob se releva avec peine. Il avait l'impression que son cœur avait été aspiré par le même vortex qui avait emporté Isabella. Il jeta un regard glacial à Elijah et au roi. Il perçut sur le visage impassible de Noah ses propres pensées. *Le temps n'est rien.* Aucun démon, pas un seul, n'était sorti indemne d'une invocation. Or Bella n'était pas des leurs, et Legna… Jamais ils ne les abandonneraient sans se battre.

La terre cessa enfin de gronder pour faire place à un silence de mort. Seules quelques bandes de roches fumantes de-ci de-là témoignaient du courroux de Noah. Le monarque prit une profonde inspiration, comme pour se purger de sa colère avec une bouffée d'oxygène.

—Non, Elijah, le corrigea-t-il dans un grognement. Nous quatre. Va chercher Gideon. Qu'il nous rejoigne sur-le-champ.

Le timbre de Noah était méconnaissable, et Elijah voyait qu'il fonctionnait en pilote automatique. Mais peu importait, du moment que le roi se décidait à agir.

— Quand on la retrouvera… (Noah braqua le regard sur Jacob sans desserrer les dents, un tic nerveux faisait trembler sa joue.) Tu ferais mieux de te rappeler exactement qui tu es, exécuteur, et quel est ton devoir. Si elle souffre ne serait-ce qu'une seconde…

— Elle ne souffrira pas, lui jura Jacob d'une voix qui reflétait le sang glacé qui coulait dans ses veines. Tu m'as accordé ta confiance et jamais je ne te décevrai.

Puis, sur le même ton, l'exécuteur s'adressa au capitaine guerrier.

— Va chercher Gideon. Tout de suite.

Elijah savait reconnaître le chasseur tapi en Jacob et le vit surgir en cet instant. Il comprit alors que celui qui avait enlevé la compagne de l'exécuteur allait le payer très cher. Quant à Legna… tout guerrier chevronné qu'il était, Elijah refusait d'y penser. Ils seraient contraints d'affronter la question bien assez tôt.

Un quart de seconde après cette réflexion, Elijah fusionna avec le vent. Jacob décocha au roi un regard glacé et implacable.

— Il reste de l'espoir. Si Bella est avec elle, si elle a survécu à leur magie…

Il dut s'interrompre pour réprimer un sursaut de rage, accablé par l'idée qu'elle avait tout aussi bien pu y succomber.

— Tant qu'elle respirera, reprit Jacob, il restera de l'espoir. Elle fera tout son possible pour protéger Legna.

— Et s'il n'y en avait plus ? s'enquit Noah avec stoïcisme, secoué par des tremblements comme la terre quelques minutes auparavant. Ta compagne laissera-t-elle ma petite sœur…

Noah ferma les yeux, et crispa les mâchoires. Sa fureur était telle qu'il semblait à deux doigts de cracher du feu.

— Une personne si peu expérimentée, si sensible, trouvera-t-elle la force d'accorder la paix à Legna si nous ne parvenons pas à les localiser ? renchérit le roi. Ma sœur deviendra-t-elle un monstre en proie à ses lubies démentes, avide de meurtres et de fornication ? J'ai veillé sur elle, l'ai protégée et choyée depuis le décès de ma mère alors qu'elle n'avait pas cinq ans, déclara-t-il d'une voix sépulcrale. Pardonne-moi si je ne fais pas confiance à une novice pour mener à bien une tâche d'une telle ampleur. Je refuse d'assister à ce spectacle les bras croisés.

— Je te le jure, Noah, je refuse, moi aussi, de rester impuissant. Aie foi en Bella. Sous sa douceur apparente se cache une guerrière farouche et un sens moral équivalent au mien. Tu peux être tranquille.

— Je serai tranquille quand Legna sera en sécurité. À l'abri de ses ravisseurs… ou d'elle-même.

— Je sais. Et je serai tranquille quand je serai marié.

— Fais tout ce qui est en ton pouvoir pour assurer l'un, exécuteur, et je ferai mon possible pour te fournir l'autre.

Jacob tendit la main et Noah la serra afin de sceller le serment. Aucun des deux ne remarqua que le toucher du roi consumait les rubans lacérés qui enveloppaient la paume de l'exécuteur.

Isabella tombait à toute vitesse sans pouvoir se contrôler.

Puis, en un clin d'œil, elle percuta le sol. Le choc lui bloqua la respiration et lui brouilla la vue. Des milliers d'étoiles dansaient devant ses yeux.

—La vache! Deux pour le prix d'une! s'exclama un homme au loin.

—C'est impossible! répliqua un autre.

—Tu le vois, non? C'est donc possible!

—Toi! Démon! Qu'est-ce que ça veut dire?

Il y eut un long sifflement mêlé de borborygmes, puis une voix terrifiante qu'Isabella avait déjà entendue auparavant répondit.

—C'est… une première, maître. Mais vous en avez deux. Deux. Serai-je récompensé? Libérez-moi, maître.

—Non, démon. Je ne suis pas encore satisfait. (L'individu décida d'adopter un ton doucereux et hypnotique.) Mais une fois mes expériences achevées, je te libérerai, promis.

Bella entrouvrit péniblement les yeux, et se retrouva éblouie par la lumière environnante. La même lueur bleuâtre qu'elle avait vue dans l'entrepôt après avoir rencontré Jacob inondait la pièce. La jeune femme se rassit lentement, s'attendant à ce que tous les os de son corps craquent un par un. Or, après une brève inspection, elle se rendit compte qu'elle était à peine meurtrie. Elle plissa les yeux, et promena son regard alentour.

Elle occupait le centre d'un immense pentacle dessiné à la craie sur le parquet. L'éclair bleuté s'estompa peu à peu, lui permettant d'y voir plus clair, et elle aperçut Legna qui gisait, recroquevillée, à moins de trente centimètres.

Tout lui revint brusquement en mémoire. Elle se rappela ce qui s'était passé et comprit où elles avaient atterri. Mais comment cela avait-il pu se produire ? Isabella était humaine. D'après ce qu'on lui avait raconté, quand un démon était invoqué, ceux qui se trouvaient à ses côtés ne couraient aucun danger. Une invocation était un acte très spécifique limité à la source de pouvoir liée au nom utilisé pour emprisonner le démon.

Alors, comment avait-elle pu se faire prendre, elle aussi ?

Elle songea soudain qu'elle avait des questions plus urgentes à régler. Elle se tourna, à quatre pattes, et rampa jusqu'à Legna. Elle effleura la joue de son amie, et constata qu'elle était brûlante. Qu'avait dit Jacob au sujet de l'invocation ? Avait-il mentionné le temps nécessaire pour qu'une transformation devienne permanente ? *Oh, pourquoi n'ai-je pas été plus attentive ?* Comment se faisait-il qu'elle n'ait jamais rien lu sur ce sujet avec tous les livres, rouleaux, prophéties et lois qu'elle avait compulsés ?

— Regarde, celui-là est réveillé.

— Ce sont des femelles. Je ne pensais pas qu'il y en avait.

— Tu n'as jamais entendu parler de succubes ? Ces suppôts de Satan sont des deux sexes, qu'est-ce que tu crois ! Regarde comme ils savent se rendre attirants ! Comment ne pas se laisser tenter ?

Isabella finit par lever la tête pour voir le visage des gens qui discutaient. Deux hommes se tenaient assez près du pentacle, et un couple était assis sur une table non loin de là.

C'est alors qu'elle remarqua l'odeur.

Une puanteur effroyable, mélange de corne brûlée, de fioul et d'œuf pourri. Prise de violentes nausées, elle sentit son estomac se révulser. Elle pressa la manche contre le nez, espérant bloquer ces effluves putrides.

— Celle-là est minuscule, s'esclaffa la femme. Tu devrais la renvoyer.

Sa plaisanterie fit glousser ses acolytes. Le plus grand des trois s'avança vers le bord du pentagramme et s'accroupit pour regarder Isabella dans les yeux.

— Qu'en penses-tu, infâme créature ? On devrait te renvoyer ?

Isabella ne répondit pas. Au lieu de quoi, elle serra Legna dans ses bras, s'efforçant d'installer son amie évanouie le plus confortablement possible. Puis, dans un élan de protection, elle la berça contre sa poitrine.

— Oh, si c'est pas mignon ! On dirait qu'elle se soucie de sa copine.

— Laisse tomber, Ingrid. D'ici quelques heures, elles seront aussi hideuses et dégoulinantes de bave que les autres. Et elles commenceront à cracher des noms pour sauver leur peau, comme celui-là, là-bas. Ces monstres ignorent tout de la loyauté.

Isabella suivit des yeux le geste nonchalant du nécromancien, et remarqua, pour la première fois, le second pentacle au centre duquel se trouvait un démon complètement transformé, copie conforme de Saul avant sa mort.

— Tu sais, Kyle, je crois que la petite est plus forte qu'elle en a l'air. Le mâle a mis des heures à se réveiller. L'autre femelle est encore dans les vapes, mais celle-là a déjà repris connaissance.

— Pas faux, répliqua l'intéressé.

Il ramassa un objet et visa la tête d'Isabella. Avec Legna sur les genoux, la druidesse n'eut d'autre choix que de se baisser. Le projectile lui heurta l'épaule avant de retomber au sol. Elle s'ébroua et fusilla du regard ses geôliers.

—Tu l'as fichue en rogne, gloussa Ingrid, se tenant les côtes tandis qu'elle se tordait de rire.

—Oh, je t'ai fichue en rogne, vermine? railla Kyle.

—Je ne crois pas que ça parle, souligna le plus grassouillet des nécromanciens, assis à côté de la sorcière.

—Je suis sûr que si, c'est juste têtu comme bestiole. Pas vrai, pétasse? Saleté de démon? (Kyle observa Isabella, un rictus sadique sur les lèvres.) Tu veux sortir, hein, vermine? Si tu es gentille, je te laisserai partir. Bientôt. Allez, dis quelque chose. Je sais que tu en meurs d'envie.

Isabella se contenta de détourner la tête, réprimant des larmes de colère. Elle était certaine de ne pas être en danger immédiat, en revanche les prochaines minutes seraient décisives pour la survie de Legna. Elle essaya de se calmer, tenta de joindre Jacob, mais leur connexion semblait être rompue. Elle ignorait à quelle distance les nécromanciens les avaient transportées, et supposait que la pièce avait été bardée de sorts pour l'empêcher d'appeler à l'aide.

Elle poursuivit ses réflexions, et songea que si son don de tempérance fonctionnait comme Gideon l'avait affirmé, elle devrait être capable de neutraliser toute forme de magie. Néanmoins, c'était sa botte secrète, et elle resta muette et immobile, à l'affût du moment opportun pour abattre ses cartes. Elle jeta un coup d'œil aux figures dessinées à la craie autour et en dessous d'elle. Elles étaient destinées à retenir les démons. Mais qu'en était-il des druides ? Peut-être sa présence avait-elle suffi à annuler leurs effets.

Ses quatre ravisseurs étaient trop occupés à se montrer effrontés et arrogants. Ils n'avaient même jamais dû envisager la possibilité que leurs prisonniers puissent briser un symbole de pouvoir aussi puissant. Isabella reporta son attention sur l'autre démon qui mâchonnait l'une des griffes de son pied. Pourquoi douteraient-ils du pentacle ? Il avait si bien fonctionné jusqu'à présent.

Oh, Jacob, où es-tu ? Je ne sais pas si je suis capable d'y arriver toute seule.

Cependant, elle allait peut-être devoir se faire une raison, songea-t-elle, quand elle reçut un lourd silence comme unique réponse. Elle ne pouvait laisser Legna être leur prochaine victime. Cela dit, il ne s'agissait pas simplement d'évasion. Elle devait s'assurer que le véritable nom de son amie ne soit plus jamais divulgué, que personne ne puisse s'en servir à ses dépens. Par conséquent, elle ne pouvait se contenter de détruire les nécromanciens, elle devait aussi anéantir le démon perverti qui l'avait sacrifiée en espérant recouvrer la liberté.

Isabella commença à bercer doucement son fardeau, plus pour son propre confort qu'autre chose. Elle s'efforça de réfléchir, de considérer la situation avec lucidité, passant en revue toutes les options qui s'offraient à elle. Si, en effet, son don lui permettait de neutraliser le sort d'emprisonnement, il pouvait tout aussi bien affecter ses geôliers. Cependant, il suffisait que l'un d'entre eux s'approche un peu trop près et constate la moindre perturbation pour que la supercherie soit découverte avant même qu'elle ait eu le temps d'agir.

D'un point de vue physique, aucun d'eux ne constituait un défi majeur. En réalité, ils ressemblaient à une belle brochette de ringards. Ils lui rappelaient un peu les membres du club d'échecs du lycée. Ils étaient intelligents, cela ne faisait aucun doute. Ils devaient même être doués de facultés exceptionnelles pour être capables d'user de magie aussi complexe. Isabella, qui continuait à pomper le pouvoir de Legna, se rendit compte qu'elle pouvait percevoir d'autres détails à leur sujet.

Ils arboraient tous une assurance aussi démesurée que factice. Ils savaient qu'ils étaient puissants, futés, et qu'ils accomplissaient des prodiges, mais cela ne changeait rien au sentiment de mal-être ancré en eux qu'ils s'efforçaient de réprimer. Isabella le connaissait bien. Elle-même avait eu du mal à se débarrasser de l'étiquette de marginale qui lui avait collé à la peau pendant toute sa scolarité. Mais contrairement aux quatre individus devant elle, elle avait compris que ces moqueries d'adolescents importaient peu dans la vraie vie. Son diplôme en poche, elle les avait laissées derrière elle pour découvrir un monde qui glorifiait l'intelligence et la créativité. Elle avait persévéré pour en tirer tous les avantages possibles.

Eux étaient restés prisonniers de cette mentalité d'écoliers, même s'ils avaient tous atteint la trentaine. Pas étonnant qu'ils se soient lancés dans cette croisade sordide. Cela leur permettait de jouer les brutes, pour changer, de prouver leur supériorité.

Isabella assimila tous ces faits en silence, et les rangea dans un coin de son cerveau. Son petit doigt lui soufflait que ces informations pouvaient s'avérer utiles.

Le dénommé Kyle avait fini par s'éloigner, lassé par l'absence de réaction d'Isabella. Il portait une cape bleu et or, digne de Merlin l'Enchanteur, à l'instar de ses acolytes. Au prix d'un effort surhumain, Isabella réprima un éclat de rire devant l'absurdité de ce spectacle.

— Pourquoi en a-t-on capturé deux à votre avis ? demanda le nécromancien bedonnant.

— Elles ont peut-être le même nom. Je n'en sais rien, Rick. Mais tu connais le dicton, faut pas cracher dans la soupe. Santo va être très impressionné. Plus on attrapera de créatures, plus il partagera sa magie avec nous. J'ai hâte de savoir lancer des boules de feu.

— Moi, je veux qu'il m'apprenne le sort d'envoûtement, répliqua Ingrid. Je donnerais cher pour prendre l'apparence d'un top model et inculquer la notion d'humilité à certains types de ma connaissance.

— Tu n'as pas besoin de ça. Tu m'as, moi, maintenant, lui rappela Rick, s'approchant pour lui passer un bras autour des épaules.

Isabella détourna son attention de leur conversation pour la reporter sur Legna. La démone était un peu pâle, toujours comateuse, mais sinon elle paraissait inchangée. D'un côté, cela soulageait Isabella, mais de l'autre, cela la perturbait. Il lui avait pourtant semblé que la transformation commençait tout de suite après l'invocation. Cela dit, elle ignorait si des troubles internes affectaient Legna. Elle se mordit la lèvre avec inquiétude, ferma les yeux, et, une fois encore, essaya de contacter Jacob.

Chapitre 14

Jacob se tenait juché sur la tête de l'une des nombreuses gargouilles qui ornaient la vieille bâtisse. Il huma la fraîche brise nocturne afin d'y déceler quelque information tout en s'efforçant de calmer l'angoisse responsable des battements frénétiques de son cœur. Il regarda le trottoir, dix étages plus bas, où se trouvait Noah, adossé contre le mur de brique du même bâtiment, l'air oisif. En vérité, ce dernier traquait le flux et le reflux de l'énergie environnante. Chaque créature vivante de l'univers possédait une signature énergétique unique.

Ce que les nécromanciens ignoraient, c'était qu'une invocation ne consistait pas simplement à arracher un démon d'un lieu pour l'emprisonner dans un autre. Elle transformait la victime en énergie pure qui suivait alors un chemin extrêmement tangible pour atteindre son point d'arrivée, peu importent les kilomètres parcourus. Ce trajet pouvait être retracé sans difficulté par ceux qui savaient s'y prendre.

Le problème survenait à la fin du pistage. Plus on s'approchait du repaire d'un nécromancien, plus la recherche devenait complexe. Jacob avait appris lors de la dernière vague d'invocations que les sorciers étaient très doués pour voiler leur présence. Ils usaient de sorts, d'artefacts et de diverses méthodes pour se rendre invisibles même aux chasseurs les plus chevronnés.

Jacob devait alors s'en remettre à l'instinct et à la logique plutôt qu'à ses sens. Il devait réfléchir à la cachette la plus pratique. Malheureusement, comme cela avait été le cas pour Saul, les zones très peuplées comme le Bronx rendaient les possibilités infinies. Il y avait des dizaines d'entrepôts autour de l'appartement d'Isabella. Sans la prémonition de cette dernière, Jacob aurait perdu des heures à tous les fouiller.

La discrétion, cependant, n'était pas le fort des nécromanciens. À bien des occasions, Jacob les avait localisés en se contentant de poser des questions, comme il l'avait fait avec la jeune femme la nuit de leur rencontre. Très souvent, leurs activités singulières attiraient l'attention. Sans oublier le facteur qu'ils ne pouvaient masquer : leur odeur. Jacob pouvait les débusquer en un clin d'œil pour peu qu'ils aient traversé la rue peu de temps auparavant.

Jacob bondit de son perchoir, altérant légèrement son poids et la gravité tandis qu'il s'approchait du trottoir. Il atterrit sans un bruit à côté de Noah.

— Je n'ai rien. Et toi ? Tu as été plus chanceux que moi ?
— Non.

Noah soupira et se massa la nuque.

— Elles ne peuvent pas être bien loin.
— Tu arrives à percevoir Bella ?
— Non.

Jacob serra les dents. Soudain, il flaira un parfum familier.

— Elijah ! s'écrièrent en chœur le roi et l'exécuteur.

Le démon se matérialisa sous leurs yeux quelques secondes plus tard.

— Du nouveau ?

— Gideon pense pouvoir les retrouver, déclara le guerrier. Il arpente les environs sous sa forme astrale. D'après lui, le code génétique de Bella fonctionnerait comme un radar. Aucune idée de ce que ça signifie, mais ça m'a l'air d'être une bonne nouvelle.

Isabella suivait une courbe à l'extrémité du pentacle. Elle avait décidé de s'éloigner de Legna, songeant que cela pourrait l'aider à reprendre connaissance.

Deux des nécromanciens avaient quitté la pièce. Le troisième était occupé dans la cuisine de fortune située à une distance respectable. La femme était toujours assise sur la table, et faisait éclater une bulle de chewing-gum, le regard rivé sur un énorme livre presque aussi ancien, en apparence, que certains des ouvrages qu'Isabella avait lus dans la bibliothèque de Noah. Il était clair, cependant, que son attention était partagée entre la page ouverte devant elle et les mouvements d'Isabella, qu'elle observait avec une curiosité évidente.

Au bout de quelques minutes, Ingrid reposa le grimoire et bondit sur ses pieds. Elle enfonça les mains dans les poches et avança vers le pentagramme.

— Hé, toi ! cria-t-elle en direction d'Isabella. C'est quoi cet accoutrement ? La robe et les fanfreluches ?

La jeune femme interrompit sa marche, inclina la tête et la dévisagea.

—J'assistais à un mariage, l'informa-t-elle à voix basse.

Ingrid, à l'évidence surprise qu'elle réponde, écarquilla les yeux.

—Un mariage ? C'est une blague ?

—Non. (Isabella s'approcha un peu plus du contour du pentacle.) On se marie, et on a même des enfants. On a des artistes, des poètes, des docteurs et des ministres, tout comme vous.

—Ouais, c'est ça.

Ingrid ricana avec mépris.

—Pourquoi mentirais-je ?

—Parce que tu vas essayer par tous les moyens de sauver ta peau.

—Et à notre place, vous n'en feriez pas de même ?

Cette remarque sembla déstabiliser la sorcière, qui se dandina d'un pied sur l'autre, l'air mal à l'aise, et fit claquer son chewing-gum.

—Moi, au moins, je ne finirais pas comme ça, déclara-t-elle, désignant le démon dans le second pentacle.

—Tu en es sûre ? La magie dont vous vous servez est malsaine, corruptrice. Elle peut avilir n'importe qui. Même un humain.

—Tu parles ! (Ingrid se fendit d'un rire proche de l'aboiement.) Nos sorts ne font qu'ôter les envoûtements que vous utilisez pour masquer votre apparence. Chaque démon qu'on invoque est beau comme un dieu. Ce n'est pas naturel. Voilà à quoi les monstres dans ton genre ressemblent en vrai !

—Les monstres ? Qu'est-ce qui nous rend plus monstrueux que vous ? Vous qui réduisez en esclavage un être vivant pour l'exploiter sans une once de pitié ou de compassion.

— Vous n'êtes pas des êtres vivants, mais des créatures de l'enfer. J'en ai lu un rayon sur vos tromperies, votre cruauté et vos ruses. Vous y prenez un malin plaisir. Ce que vous faites est contre nature. À la différence des autres humains, on sait que la magie existe tout comme ces créatures infâmes qui peuplent la nuit et empoisonnent la vie de personnes innocentes. Vampires, garous et Dieu sait quoi encore !

— Tu sembles tellement sûre de toi.

— Parce que j'ai raison !

— Je me demande, reprit Isabella à voix basse, ce que tu éprouverais si nos positions étaient inversées et qu'on pensait cela de toi. Après tout, tu pratiques la magie. Les gens pourraient te craindre.

— Ne sois pas stupide. Ça n'a rien à voir ! Et ne crois pas que tes manigances vont fonctionner, vermine. Je les connais.

— Tu n'en connais pas la moitié, rétorqua Isabella, dont les yeux lançaient des éclairs.

— Vas-y, la provoqua Ingrid. Essaie. Sers-toi de tes sorts et de tes pouvoirs. J'adorerai te voir te tordre de douleur par terre quand le pentacle te les renverra en pleine face. Ça t'apprendra à vouloir me rouler.

— Toi d'abord ! la défia Isabella. Montre-moi donc ces facultés dont tu uses de façon si vertueuse. Elles doivent être capables de franchir ces barrières. Allez, tu meurs d'envie de me foudroyer d'une décharge électrique. Oh oui, j'en ai déjà rencontré des individus de ton espèce ! l'informa Isabella le sourire aux lèvres lorsque Ingrid ouvrit grand les yeux. Oh, et regarde ! Je suis toujours en vie. En pleine forme, même ! Tu imagines ? siffla-t-elle avec mépris.

— Menteuse ! Tu n'es qu'une saleté de démone !

— Tu dois le connaître, poursuivit Isabella avec détachement. Il a mentionné appartenir à un cercle. Vous ne devez pas être bien nombreux. Un type élancé, aux cheveux noirs ? Un croisement entre un geek et un athlète. Non ? Ça ne te dit rien ?

— La ferme ! hurla la femme, serrant les poings de colère. (Des ondes d'énergie bleutée commencèrent à nimber son aura.) Tu ferais mieux de la boucler si tu ne veux pas voir avec quelle rapidité ma magie peut traverser le pentacle.

Isabella s'avança d'un pas sans se départir de son rictus moqueur.

— Ingrid, ne t'approche pas d'elle ! (Kyle l'agrippa par le bas, et l'entraîna à l'écart.) Tu es stupide ou quoi ?

— Lâche-moi ! protesta cette dernière, se libérant de sa prise. Elle est piégée. Je ne courais aucun danger.

Kyle jeta un regard méfiant à Isabella, qui lui décocha un sourire mauvais en retour, et se délecta du frisson de gêne qui parcourut son tortionnaire.

— Bon, dit-il, tu causes en fin de compte.

— J'écorche peut-être les mots, mais oui, je parle.

— Kyle, sa diction ne ressemble pas à celle des autres, chuchota Ingrid, l'air farouche. Ils avaient tous cet accent bizarre. J'ai l'impression qu'elle… je ne sais pas… qu'elle vient de Brooklyn.

— Qu'est-ce que ça change ? lui rétorqua-t-il avec irritation. Elle peut jacasser comme Scarlett O'Hara si elle veut! Ça reste une démone. Ce sont tous des menteurs, des tricheurs, toujours à essayer de nous rouler. Ne sois pas aussi naïve, Ingrid.

—Je ne suis pas naïve! J'ai un mauvais pressentiment avec celle-là. On dirait qu'elle n'a pas peur. Tous les autres étaient terrifiés d'être enfermés.

Kyle s'arrêta et sembla étudier la question un moment. Il fit volte-face et se dirigea vers le second pentacle.

—Toi! Tu la connais? demanda-t-il, désignant la druidesse.

—Celle-là…

Le démon toisa Isabella en poussant des bruits gutturaux, griffant le plancher de ses doigts crochus.

Legna laissa échapper un petit cri étouffé. Bella se retourna, tiraillée entre les paroles imminentes du démon et son désir d'aider son amie. Elle priait que ce dernier, peu importait son identité, ne l'ait jamais rencontrée. Cela ne changerait rien, en vérité. Elle n'avait aucun moyen de l'empêcher de parler. Elle se tourna vers Legna, la vit lever la tête avant de se redresser péniblement. Elle ne s'approcha pas, redoutant que sa proximité affecte le regain d'énergie de la démone.

—*Aine ya hulli caun*, articula soudain Isabella, se rendant compte seulement à cet instant qu'elle pouvait employer ses talents de linguiste à autre chose qu'à déchiffrer des prophéties.

Legna reporta son attention sur elle, les yeux écarquillés de terreur.

—Langue de démon, gloussa le monstre pris au piège. Démone, celle-là. Oui.

— Qu'est-ce qu'elle a dit ? demanda Kyle.

Merde, songea Isabella avec agacement.

— Langue de démon. Oui… (Il arracha un énorme éclat de bois du parquet.) « N'aie crainte. » Elle dit « n'aie pas peur » à Legna… Indirianna… jolie, succulente Indirianna.

Isabella déglutit avec difficulté et s'étreignit pour se réchauffer. Elle savait que le démon venait de prononcer le nom de pouvoir de Legna, elle le lisait dans le regard pétrifié de son amie.

— Lucas, gémit-elle avec douleur.

— Indirianna ! s'esclaffa ce dernier qui se mit à bondir comme un chimpanzé en rut. *Rentinon Siddah to Indirianna !*

— Lucas ! sanglota Legna, rampant vers l'extrémité du pentacle pour se rapprocher du démon transformé.

— Legna, l'avertit Isabella avec douceur, la prenant par le bras pour l'attirer vers elle. Ce n'est plus le Lucas que tu connais, lui chuchota-t-elle à l'oreille. Ne le provoque pas, ses réactions ne feraient que t'accabler davantage.

Secouée de frissons, Legna ravala ses larmes, et Isabella sentit la nausée qui assaillait son amie.

— Depuis quand ? parvint à demander Legna.

Elle se rassit soudain et s'inspecta sous toutes les coutures, parcourant son corps de ses mains tremblotantes, un membre après l'autre.

— Un peu plus d'une heure. Legna, combien de temps te reste-t-il ?

— Je l'ignore. Personne ne le sait. Jusqu'à présent, nous n'avons réussi à arracher qu'un seul démon à l'invocation.

— Un seul ? répéta Isabella, bouleversée.

— Oui, et malgré tout, il n'a plus jamais été le même. C'était comme si sa part civilisée luttait sans cesse contre l'animal dément tapi en lui.

— Que lui est-il arrivé ?

Les yeux de Legna s'emplirent de larmes.

— Jacob l'a supprimé. Il n'avait pas le choix, car le démon avait commencé à agresser nos femmes. Quand Jacob l'a attrapé, la bataille a été féroce, et il a été forcé de l'achever. Oh, Bella… je suis morte de peur. Que fera Jacob lorsqu'il m'aura retrouvée ?

— Legna… Legna, Jacob ne te tuera pas.

— Jacob l'exécuteur ! Exécuteur, viens ! Tue-moi ! Tue-moi, exécuteur ! s'esclaffa la bête sauvage en face d'elles, sautant et roulant sur place comme un forcené.

Legna hoqueta et Isabella blêmit.

— Connais-tu le nom de Jacob ? murmura Legna avec angoisse.

— Non.

La sœur du roi poussa un soupir de soulagement, et se détendit pour la première fois depuis qu'elle avait repris connaissance.

— Bien. Lucas est un démon de l'esprit mâle, c'est-à-dire un pur télépathe. Il aurait pu le lire dans tes pensées.

— Legna, tu oublies que la télépathie n'a aucun effet sur moi. Personne n'a accès à mon esprit, excepté Jacob.

— Ah, c'est vrai. C'est bien, lui concéda Legna, à bout de souffle, sa cage thoracique s'élevant et s'abaissant à toute allure. Mais… le destin me vienne en aide, sans mes facultés, je ne peux l'empêcher de me subtiliser des noms.

— Éloigne-toi de moi, Legna, ça te facilitera peut-être la tâche.

— Non ! Reste près de moi, la supplia-t-elle, apeurée.

— D'accord, chut, d'accord, murmura Isabella, la serrant contre elle. Essayons de trouver une solution. Sais-tu combien de temps le démon secouru a été détenu ?

— Non. Mais Jacob m'a dit qu'il avait mis quatre heures à retrouver Saul.

— Calme-toi. Ne t'inquiète pas. Je ne laisserai pas la même chose t'arriver.

— Hé, vermines ! Ça suffit les bavardages ! Si vous complotez pour vous enfuir, vous pouvez oublier ! aboya Kyle, faisant sursauter Legna dans les bras d'Isabella. Vos mâles n'ont pas réussi malgré tous leurs efforts, alors vous vous doutez bien que vous êtes trop faibles pour y parvenir.

— Génial. Un nécromancien phallocrate. Un vrai cadeau pour l'humanité, répliqua Isabella avec sarcasme.

— Fais gaffe à ce que tu dis, toi ! l'avertit Kyle.

— Isabella, ne les provoque pas, l'implora Legna.

— C'est bon, j'arrête, promit-elle, caressant avec tendresse les tresses couleur café de Legna.

Elle se tut, et le nécromancien en sembla satisfait. Il se dirigea vers Ingrid d'un pas guilleret et suffisant.

— Tu vois ? Elle a autant la trouille que les autres. Elle cherche juste à le cacher, Ingrid.

— Si tu le dis. Quand est-ce qu'on va lancer le premier sort ? Je me demande à quoi elles vont ressembler. Surtout la petite.

— D'ici une demi-heure. Dès qu'on sera au complet.

Isabella regarda Legna dans les yeux. La démone avait entendu Kyle, elle aussi, et s'efforçait, à l'évidence, de refouler sa peur pour réfléchir de manière logique. Bella aurait presque préféré qu'elle s'en abstienne. Si Legna commençait à penser à ses pouvoirs de druidesse alors que Lucas se trouvait assez près pour sonder son esprit…

— Des éléphants roses, murmura Legna. Des éléphants roses.

Isabella sourit, et s'autorisa même un petit rire.

— Des éléphants roses en robe à pois, ajouta-t-elle.

— Des éléphants roses en robe à pois sous des parasols coquelicot.

— Éléphants roses! Pachydermes roses. Des pois. Des pois partout! gloussa Lucas, hilare.

Les deux femmes échangèrent un regard victorieux. Tant que Legna gardait l'image absurde dans sa tête, l'identité et les facultés d'Isabella étaient sauves. Bella dut admettre qu'une telle discipline lui faisait défaut. Elle pouvait subtiliser les pouvoirs d'autrui par inadvertance, mais elle n'aurait jamais pu voler l'expérience de Legna, sa sagesse et les siècles d'entraînement qu'il lui avait fallu pour rester maîtresse d'elle-même en toutes circonstances.

Elles se trouvaient donc seules avec deux nécromanciens. Isabella songea que le moment serait propice pour tenter une évasion, mais deux autres sorciers connaissaient le nom de Legna. Elle ne pouvait pas non plus compter sur l'intervention opportune de Jacob, même si sa présence lui serait d'une grande aide.

— Seigneur, Jacob, où es-tu? marmonna-t-elle tout bas.

Assise par terre, Isabella grattait d'un air absent le cercle de craie qui les retenait prisonnières. Prenant conscience de son geste, elle leva la tête pour vérifier si on la regardait. Les nécromanciens étaient occupés. Se cachant derrière Legna, elle pouvait essayer de franchir la limite. Elle se mordit la lèvre, et glissa lentement le doigt vers l'extérieur avant de revenir à l'intérieur.

Test réussi, songea Bella avec un soupir, soulagée que son action n'ait pas entraîné d'effet indésirable. Elle n'était pas piégée dans le pentacle.

Soudain, Legna frissonna, et tout son corps se crispa. Puis elle se détendit et s'écroula au sol, perdant connaissance. Alors, une étrange brise souleva la robe et les cheveux de la femme évanouie. Quelques instants plus tard, elle rouvrit les yeux, se redressa, et planta le regard sur Isabella.

— Salutations, petite exécutrice, dit-elle, et ses iris argentés, reflétant l'expérience des siècles, chatoyèrent de mille feux.

— Gideon ? chuchota Bella, époustouflée.
— Le seul et l'unique.

L'Ancien se leva, son allure et sa prestance irradiaient de la silhouette de Legna. Il prit le temps d'observer la pièce, prêtant attention au moindre détail. Puis il ferma les paupières et se concentra.

Au bout d'un long moment, le médecin dans le corps de Legna s'assit face à Isabella, un genou fléchi, et le poignet posé dessus avec nonchalance. C'était une posture typiquement masculine, et Isabella dut détourner la tête pour ne pas éclater de rire.

— Dites-moi ce que vous savez, ordonna-t-il avec sa rudesse habituelle.

— Quatre nécromanciens, trois hommes et une femme. Et comme vous pouvez le voir, Lucas. (Elle indiqua le démon dans l'autre pentagramme et marqua une pause.) Gideon, comment se fait-il que je sois ici ?

— Je ne saurais l'expliquer avec précision. Je n'en suis qu'au stade des hypothèses. Une fois mon enquête terminée, je vous dirai de quoi il retourne.

— Gideon, grommela-t-elle entre ses dents. Je me contenterai de votre meilleure théorie.

— Fort bien. Le nom d'un démon est lié à l'essence de son pouvoir. Un pouvoir que vous étiez en train d'absorber lorsque Legna a été invoquée. Je suppose qu'on vous a confondue avec la véritable cible, et voilà pourquoi vous avez été emportée avec elle.

— Oh. Je vois.

— Un acte de la providence, exécutrice. J'ai ausculté Legna, et mon diagnostic m'assure qu'elle se porte bien. Tout cela ne l'a affectée en rien. Je pense que vous neutralisez l'énergie responsable de la transformation.

— Hé ! Je vous ai dit de la boucler, non ? aboya Kyle du fond de la pièce.

Gideon toisa le nécromancien comme si c'était une mouche agaçante.

Isabella se pencha vers lui pour chuchoter.

— Où est Legna ?

— Elle dort. Elle est en sécurité dans son subconscient.

— J'ignorais que vous pouviez faire ça.

— N'avez-vous jamais entendu parler de possession démoniaque ?

Isabella se redressa sous l'effet de la surprise. Si elle ne le connaissait pas mieux, elle aurait juré que Gideon venait de faire une plaisanterie. Cependant, il ne s'était pas départi de son flegme légendaire.

— Ça suffit comme ça. Je vais te donner une bonne leçon, vermine, éructa Kyle, s'avançant vers le pentacle d'un pas indigné, ses yeux bruns brillants de colère.

— Qu'est-ce que ça peut bien faire qu'on discute entre nous ? Tu as peur à ce point de ne pouvoir nous maîtriser ? rétorqua Bella, essayant de le manipuler pour éviter qu'il découvre la vérité.

— À peine ! s'écria-t-il, vexé. Mais tu finiras par m'obéir, espèce de garce.

Kyle balaya la pièce du regard, à l'affût d'une forme de châtiment. La respiration d'Isabella s'accéléra et elle chercha le réconfort dans les yeux argentés de Gideon. Au lieu de quoi, elle les vit se fermer, et quelques secondes plus tard, le corps inerte de Legna s'écroula au sol.

— Tu l'as fait s'évanouir ! ricana Ingrid. C'est trop drôle ! Allez, Kyle. Occupe-toi de la petite, maintenant. Elle l'a bien mérité !

Isabella se leva brusquement, écarta les pieds et planta les poings sur les hanches. Peu importait le sort qu'ils lui réservaient, elle refusait de l'attendre, assise, comme une mauviette.

— Kyle, que se passe-t-il ?

Le nécromancien fit volte-face et aperçut les deux autres qui étaient revenus.

— Parfait. Vous êtes là. On va pouvoir passer aux choses sérieuses. J'ai hâte d'entendre ces deux-là s'égosiller.

Isabella longea l'énorme symbole sur toute la largeur pour atteindre le côté le plus proche des quatre sorciers. Ils ne lui prêtèrent pas attention et joignirent les mains pour former un cercle. Derrière elle, Legna commença à s'agiter et Lucas à pousser des cris stridents. Perverti ou non, le démon connaissait, à l'évidence, le rituel qu'ils s'apprêtaient à accomplir, et paraissait terrifié.

— Bella ?

— Reste en arrière, rassemble tes forces, murmura-t-elle à Legna.

Des étincelles de lumière bleue, semblables à de minuscules feux d'artifice, cernèrent les nécromanciens occupés à psalmodier.

— *Vite, Gideon ! Dépêchez-vous !* pria-t-elle de tout son cœur.

— *On est en route, petite fleur.*

Lorsque cette voix puissante et aimante parvint à ses oreilles, Isabella ressentit un soulagement inespéré et dut retenir ses larmes.

— *Jacob ! Je t'en supplie, je n'y arriverai pas sans toi ! Je ne peux pas protéger Legna, combattre les nécromanciens et un transformé toute seule ! Je sais que je ne suis pas assez forte.*

— *Garde ton calme, Bella. Tu es capable de tout pour assurer ta survie. Tu l'as toujours été. On arrive.*

— *Ils sont quatre, et ils savent comment unir leur énergie. Ils ont déjà commencé. Sois prudent, Jacob, je t'en conjure ! Si tu t'approches trop près de moi, tu perdras tes pouvoirs !*

— Je sais, chérie. Détends-toi et fais-nous confiance. Quand je te le dirai, prépare-toi à faire diversion. Si tu romps leur concentration, le sort se retournera contre eux et les foudroiera de plein fouet.

— Je sais exactement quoi faire.

— Je reconnais bien là ma petite exécutrice. Rappelle-toi, quand tu auras brisé le charme, Lucas sera libre. On se charge des nécromanciens. Occupe-toi de lui.

Isabella acquiesça même si Jacob ne pouvait la voir. Elle reporta toute son attention sur le quatuor devant elle, les yeux plissés en deux fentes lavande étincelantes. Elle fit le vide dans son esprit et se focalisa sur les rubans de lumière bleue qui circulaient entre les sorciers. Si elle avait vu son sourire à cet instant précis, elle aurait compris qu'elle avait accompli son destin de chasseuse.

— Bella, maintenant ! Sois prudente.

Elle ne répondit même pas. Elle franchit le cercle entourant le pentagramme, et s'avança rapidement vers ses geôliers en se raclant la gorge.

— Excusez-moi, où est-ce qu'une demoiselle peut trouver à manger dans le coin ?

Ingrid fut la première à réagir.

— Kyle ! s'écria-t-elle, les yeux exorbités. Kyle ! Elle n'est plus dans le pentacle !

Ce dernier sursauta et se tourna vers Bella. Le filet d'énergie, dont le flux venait d'être interrompu, oscilla dans tous les sens de façon erratique.

— C'est parce qu'elle n'est pas une démone. Punaise, pour des grosses têtes, ce que vous pouvez être stupides !

Il n'en fallut guère plus. Déconcentrés, les sorciers perdirent prise sur leur magie. Une énorme explosion propulsa les quatre humains et la druidesse dans les airs. Isabella percuta un mur, et le choc bloqua sa respiration. Il lui sembla entendre un os se briser, et le bruit sinistre résonna dans son crâne. Elle s'écroula comme une pierre, et lâcha un faible grognement. Elle essaya de se relever et de retrouver son souffle, en vain, tandis qu'une vive douleur lui tenaillait le flanc droit.

Elle serra les dents, déterminée à se remettre debout malgré tout. Jacob et les autres comptaient sur elle. Elle était l'exécutrice pourfendeuse de transformés, et elle devait accomplir son devoir. Elle se redressa avec difficulté et rejeta les cheveux en arrière, ce qui ne manqua pas de lui arracher un cri.

C'est alors qu'elle aperçut Jacob.

À grand fracas, il entra dans la pièce dans un tourbillon de poussière noire avant de reprendre sa forme habituelle, non moins impressionnante, en moins de temps qu'il ne fallait pour dire « ouf ». Un halo de rage l'enveloppait, chaque muscle de son corps était tendu, les traits de son splendide visage reflétaient son désir de vengeance. Il était aussi beau et terrifiant qu'un ange exterminateur.

Sa vue procura à Bella un élan de force et de détermination comme elle n'en avait encore jamais connu. Elle se rengorgea, fière de son compagnon, ôtant la main de sa taille tandis qu'elle s'efforçait d'endormir la douleur. Une rafale la secoua, faisant flotter ses mèches enrubannées comme une bannière noire. Elle ne se retourna même pas pour voir Elijah se matérialiser. Toute son attention était rivée sur le second pentacle.

Lucas bondit dans les airs, enfin libre de quitter sa prison grâce à ses ailes majestueuses. Il se dirigea vers une grande fenêtre, pas le moins du monde perturbé par la vitre qui se trouvait sur son chemin. Isabella s'élança à sa poursuite, et escalada les caisses empilées jusqu'à l'embrasure. Elle n'en revenait pas de sa chance. Si la bataille avait lieu à l'extérieur, elle n'aurait pas à s'inquiéter de subtiliser les pouvoirs de ses compagnons.

— *Bella ! Pas dehors ! Si tu le laisses sortir, il t'échappera.*

— *Fais-moi confiance, mon amour, il n'en aura pas envie. C'est toi qui me l'as dit, les transformés n'ont que deux idées en tête. Maintenant que sa survie est assurée, il voudra assouvir son autre besoin… exacerbé à outrance par la pleine lune.*

Elle sentit l'angoisse et le doute tourbillonner en lui, mais il ne la contredit pas. Isabella retourna à sa tâche, et sauta tête baissée par la fenêtre quelques secondes après que Lucas l'eut fracassée.

Elijah pivota vers le nécromancien le plus proche, un homme courtaud et joufflu qui semblait terrorisé au point de souiller son pantalon. Il lui décocha un sourire carnassier et le salua d'un grognement menaçant.

— Approche, sorcier, que ça en vaille la peine. Que tu meures auréolé de gloire, au moins.

En guise de réponse, Elijah reçut une violente décharge électrique dans le dos. Il chancela, déséquilibré par l'attaque. Il avait l'impression qu'on venait de l'écorcher vif. Le guerrier s'était entraîné à résister à bien pire. Il passa outre à la douleur et recouvra l'équilibre tandis qu'il faisait volte-face pour rechercher son agresseur.

—Laisse-le tranquille, enfoiré de monstre ! s'écria une voix de femme.

Elle était cinq fois plus puissante que celui qu'elle protégeait. Avant même qu'Elijah ait pu bouger, une traînée bronze et argent la percuta de plein fouet pour la plaquer au sol. Legna poussa alors un cri de triomphe tandis qu'elle saisissait la sorcière à la gorge, la forçant à rester immobile et à la regarder dans les yeux.

—Je suis une vermine, c'est ça ? Une créature de l'enfer ? siffla-t-elle d'une voix féroce qui vibrait dans tout son être.

L'excitation procurée par son regain de pouvoir l'étourdissait un peu alors que l'influence non négligeable de la lune attisait sa bestialité. Son regard de prédatrice transperça les pupilles noires de la nécromancienne tandis qu'elle pénétrait dans son esprit.

—Vois, magicienne. Contemple ton enfer.

Legna fouilla chaque souvenir, parcourut les moindres peurs imaginées au fil des ans par sa victime. Elle lui retourna le cerveau comme un jardinier laboure son champ, extirpant de ce précieux terreau tous les péchés et méfaits diaboliques qu'elle avait commis.

Ingrid poussa un hurlement glaçant tandis qu'elle se faisait happer par son enfer personnel, celui qui la terrorisait depuis qu'elle en avait appris le concept à l'âge de six ans. Elle fut propulsée dans un gouffre ravagé par les flammes et le poison, sentit sa chair se consumer pendant que l'enfer hurlait son nom, un cri perçant interminable, à la mesure de son châtiment imminent. Toutes les personnes et créatures auxquelles elle avait nui au cours de sa vie surgirent peu à peu de la mare toxique dans laquelle elle baignait. Assoiffées de vengeance, elles s'agrippaient à elle, l'écharpaient, la lacéraient.

Ingrid était vivante quand ses victimes commencèrent à la mettre en pièces.

Et bel et bien morte entre les mains de Legna quand elles eurent terminé.

— L'enfer est dans ta tête, nécromancienne, murmura-t-elle à son ennemie vaincue. Tout comme la mort, dès l'instant où tu y crois.

Pendant ce temps, Gideon, sous sa forme astrale, survolait son adversaire. Le magicien étudiait les options possibles, essayant de trouver une issue. Gideon le voyait aux mouvements furtifs de ses yeux.

— Toute attaque serait vaine. Tu ne peux me blesser, têtard, déclara-t-il d'un air détaché.

Malheureusement, le nécromancien ne comprit pas que l'Ancien se bornait à énoncer un fait.

Il commença à faire apparaître un tourbillon toxique qu'il envoya en direction du démon de matière, y mettant tout son élan de sorte que la substance imprègne sa structure cellulaire. Gideon regarda le nuage le traverser comme s'il contemplait la progression d'une colonie de fourmis. Comme il combattait sous sa forme la plus éthérée, le poison n'avait nulle part où se fixer, et se répandit sur le sol. Les yeux du nécromancien faillirent sortir de leurs orbites devant ce spectacle. Puis, le regard implacable de l'Ancien le cloua sur place.

— Quelle tragédie qu'une créature si faible et pathétique ait réussi à infliger une telle souffrance à mon peuple, déclara Gideon d'une voix glaciale.

Puis, en un éclair, il reprit son apparence solide, recouvrant ses muscles d'acier et ses réflexes aiguisés. Avec une grâce sauvage, il agrippa le nécromancien par la gorge, puis il pivota sur lui-même pour le fracasser contre un mur sans cesser d'étrangler l'infâme personnage qui se débattait. D'une simple pression des doigts, il ôta toute vie au pauvre mortel imprudent. Puissante magie ou non, il était fragile comme n'importe quel humain, et n'était pas de taille à affronter un démon. Sans mentionner, bien entendu, la rage à peine contenue que l'Ancien d'ordinaire impassible s'efforçait de réprimer.

— Tu ne menaceras plus jamais Magdelegna ni aucun autre démon par ton ignorance. La mort est un châtiment bien trop clément, nécromancien. Sois reconnaissant.

Le sorcier laissa échapper un dernier souffle, puis Gideon le relâcha en secouant la main d'un geste absent, comme s'il se débarrassait d'un nuisible quelconque. Le corps tomba à terre, et l'Ancien lui tourna le dos sans une once de regret.

Il chercha Legna du regard. Ses yeux brumeux se posèrent sur elle alors qu'elle se relevait après avoir vaincu la nécromancienne. Elle rejeta la tête en arrière, prit la profonde et purifiante inspiration de la prédatrice satisfaite d'avoir abattu sa proie. Il n'avait jamais vu plus belle femme au monde, et en cet instant, en cette heure victorieuse, il la trouvait simplement éblouissante. Gideon sentit une émotion féroce l'assaillir, un besoin impérieux si vital qu'il dut faire appel à toute sa maîtrise pour le réprimer et le bouter hors de ses pensées afin que Legna ne soit jamais au courant.

Chapitre 15

Jacob et Noah, côte à côte, combattaient Kyle.

De loin le plus puissant des quatre, celui-ci déclencha un déluge de flèches électriques du bout de ses doigts. Noah tendit la main, et les éclairs la ciblèrent comme attirés par un aimant. Il y eut un bruit sonore lorsque le roi contra l'assaut féroce du sorcier en absorbant littéralement son énergie. Ce dernier demeura de marbre, et lança aussitôt une nouvelle attaque, ce qui ne manqua pas d'impressionner son adversaire.

Soudain, le sol sous Jacob et Noah se fendilla, et tous deux se retrouvèrent entraînés dans le gouffre. Vif comme l'éclair, l'exécuteur altéra leurs poids et la gravité, ce qui leur permit d'atterrir sur leurs pieds en douceur. Ils firent volte-face pour rejoindre le nécromancien, mais la créature belliqueuse les avait suivis et lévitait au-dessus d'eux tout en poursuivant son offensive.

De nulle part, une pluie de piques de fer se déversa sur les deux démons.

Jacob les sentit s'enfoncer dans sa chair avant même de voir qu'elles se dirigeaient vers lui. Plusieurs autres frappèrent Noah, qui s'effondra par terre. Chaque pointe qui l'écorchait faisait à Jacob l'effet d'un cigare ardent qu'on éteindrait sur sa peau, et la brûlure le fit basculer en avant. Il s'efforça de réunir toute sa concentration et agrippa Noah par le poignet pour perdre leurs deux corps dans un tourbillon de fumée noire. Les clous ainsi dépourvus de cible retombèrent avec fracas sur le ciment.

Les démons se matérialisèrent de nouveau, sans prêter attention à la douleur, et lancèrent enfin une contre-offensive.

Noah libéra une boule de feu qu'il projeta vers le nécromancien à la vitesse de la lumière. Ce dernier marmonna quelque formule magique et le projectile percuta une barrière invisible à moins d'un mètre de lui. Noah jura dans sa barbe tandis que Jacob se concentrait. Le roi sentit l'atmosphère de la pièce changer et vit le sorcier frissonner. Jacob restreignit la portée de son action. Causer l'effondrement de l'immeuble en manipulant la gravité ne figurait pas dans ses objectifs. Kyle vacilla, déstabilisé par l'augmentation de son propre poids, et tomba à genoux.

Puis, soudain, Jacob fut frappé par un puissant retour de pouvoir qui le heurta de plein fouet avant de le soulever de terre. Il s'écrasa violemment au sol, secoué par une quinte de toux asphyxiante. Il n'avait encore jamais traversé pareille épreuve. Jusque-là, ses rencontres avec les nécromanciens s'étaient limitées à la traque des transformés. Celui qui avait le plus d'expérience dans l'anéantissement de ces créatures était Elijah. Leur ennemi était bien plus dangereux que Noah et lui ne l'avaient soupçonné. Et à mesure qu'il le comprenait,

Jacob n'en éprouvait que plus de respect pour le capitaine guerrier.

Kyle souriait de toutes ses dents, se délectant, à l'évidence, de leurs tentatives d'offensives infructueuses. Puis, il agita les mains et se mit à murmurer un autre sort. Cette fois, une avalanche de lames semblables à celles d'une scie circulaire déferla droit sur eux, emplissant la pièce d'une plainte funeste tandis qu'elles fendaient l'air dans leur direction. Jacob et Noah proférèrent le même juron avant de s'évaporer dans une colonne de fumée poussiéreuse, échappant de peu à la catastrophe.

— C'est ça, vermines! persifla le sorcier. Fuyez tant que vous le pouvez. Vous n'imaginez pas toutes les attaques à base de fer que j'ai en stock pour vous!

— On doit sortir d'ici. On entrave le combat de Jacob et Noah. Ils ne peuvent pas se donner à fond tant qu'on reste dans l'immeuble, déclara Legna.

Gideon disparut aussitôt. Elijah agrippa son prisonnier et se fondit dans le vent. Legna se précipita vers l'escalier de fortune constitué de caisses, celui qu'Isabella avait emprunté pour rejoindre la fenêtre, et regarda au-dehors. Elle se focalisa sur une rue non loin de là, puis quitta le bâtiment dans un « pop » avant de réapparaître à l'angle choisi.

Elle se tourna face à ses deux acolytes lorsqu'ils se matérialisèrent à ses côtés.

— Où est Isabella?

— Jolie.

— Ouais, ouais, je connais la chanson, maugréa Isabella tandis que Lucas serpentait autour d'elle dans une danse outrageusement lubrique.

Ils se trouvaient à quelques pas de l'immeuble qu'ils venaient de fuir, dans un fossé fraîchement biné, sans doute un futur terrain à bâtir. Isabella avait conscience de la bataille qui faisait rage derrière elle entre Jacob et le nécromancien, mais elle tâchait de rester concentrée sur les fantasmes dépravés du démon devant elle. Elle jeta un coup d'œil alentour, se demandant si elle pouvait dénicher sur le chantier quelque objet en fer, mais ce métal était obsolète. L'acier l'avait remplacé depuis longtemps, préféré pour sa solidité et sa résistance à la corrosion.

Le démon gonfla les narines tandis qu'il flairait l'odeur d'Isabella, et léchait de sa langue fourchue l'un de ses longs crocs avec une avidité évidente.

— Viens là, mon beau, je sais que tu en meurs d'envie, l'appela-t-elle d'une voix suave, rejetant les cheveux en arrière afin d'exhiber ses courbes généreuses.

Elle paraissait vraiment sûre d'elle, ce qui était assez incroyable vu son état d'anxiété. Il lui semblait que sa cage thoracique allait exploser. Pouvait-elle y arriver sans arme de fer ?

Souviens-toi, petite fleur…

Soudain, un flot d'images envahit son esprit. Celles de son apprentissage avec Elijah et des victoires remportées haut la main en combat rapproché depuis le début de cette aventure. Jusque-là, son instinct l'avait toujours guidée et, combiné à l'entraînement, il lui permettrait de vaincre ses ennemis avec encore plus de facilité.

Le démon bondit sur Isabella, retomba à terre et rampa dans la boue, pris de court par la rapidité de sa proie. Il se redressa à quatre pattes, renifla et s'ébroua pour se débarrasser de la poussière, puis se tourna pour voir où elle était passée. Elle se dressait là où il s'était tenu avant de se jeter sur elle, et époussetait le bas de sa robe argentée.

Troublé, le transformé l'observa pendant un moment, et huma l'air avec méfiance, se demandant si sa cible n'avait pas changé entre-temps. Cette fois, ce fut lui qui bougea trop vite pour Isabella : il lacéra de ses griffes l'étoffe de soie lorsqu'elle esquiva son attaque à la dernière seconde. Elle haleta quand son flanc l'élança de nouveau. À la douleur de ses côtes brisées s'ajoutait celle de l'écorchure infligée par les serres de l'infâme créature. Le démon la gifla du revers de la main, le coup la souleva de terre et la projeta au sol. Une quinte de toux secoua Isabella. Il s'approcha d'elle à tâtons, lui grimpa péniblement sur le corps, se cramponnant à elle de ses doigts poisseux et crochus.

— Bella !

Noah tourna brusquement la tête lorsque Jacob hurla le nom de sa compagne. À l'évidence, l'attention de l'exécuteur était partagée à cet instant entre deux batailles, alors que son roi avait grand besoin de lui. Il agrippa la manche de Jacob pour le soustraire à l'attaque du nécromancien, et le propulsa contre un mur afin de l'inciter à se ressaisir.

— Concentre-toi ! gronda-t-il.

La fureur de Jacob se mêla à celle de Bella et la décupla. Elle tendit le bras vers son assaillant et lui creva les yeux. Le monstre hideux se recula aussitôt, poussant des cris de rage atroces. Toujours au sol, Isabella pivota et balança les jambes en l'air avec une force impressionnante pour frapper le démon à la tête. Un craquement satisfaisant marqua la réussite de l'action.

Une fois la bête à terre, la petite exécutrice fonça sur elle à toute allure. Elle se battait comme une lionne, portant chaque coup sur les parties les plus vulnérables de son adversaire avec une ruse digne d'une prédatrice. À la voir, on pouvait croire qu'elle s'amusait avec la puissante créature, jouait avec elle comme un chat avec une souris. Le démon hurla de douleur et de frustration tandis que sa proie l'assaillait avec la hargne de vingt chiens de l'enfer.

Bella adressa une prompte supplique au destin avant de se jeter sur le démon, serrant de toutes ses forces le poing qu'elle enfonça dans la cage thoracique déformée qui renfermait son cœur noirci.

Le cri d'un félin sauvage fendit la nuit.

Jacob et Noah tentèrent de poursuivre le nécromancien dans leur forme éthérée, mais ce dernier projeta une nouvelle barrière pour les maintenir à distance. L'exécuteur et le roi tombèrent à terre après s'être matérialisés de nouveau.

— Comment s'approcher de lui, bon sang ?
— Les autres sont sortis. Nous n'avons plus besoin de nous approcher désormais, déclara Jacob d'une voix sinistre.

Puis il écarta les bras et fit littéralement trembler la terre.

Kyle ne s'était pas attendu à un séisme et prit peur, comme n'importe quel humain, lorsque l'immeuble commença à s'effondrer autour de lui. Cela le déconcentra et Noah ne manqua pas d'en profiter. Évitant soigneusement Jacob, il lança une énorme boule d'énergie qui embrasa tout sur son passage. Les flammes dévastèrent la pièce. Le nécromancien hurla quand sa cape ridicule et le reste de ses vêtements furent réduits en cendres. L'odeur de chair brûlée emplit l'atmosphère.

Et ainsi, en un battement de cœur, le combat fut terminé.

Jacob et Noah quittèrent cet enfer. Le roi était dans son élément, mais l'exécuteur ne pouvait supporter davantage la chaleur. Ils apparurent sur la chaussée à côté de leurs compagnons, traînant derrière eux les effluves de fumée et de suie.

— Hmm, joli feu de camp, mon cher frère, gloussa Legna avant de se jeter au cou de Noah qui l'étreignit aussitôt, gagné par un soulagement évident.

— Tu vas bien ? Dis-moi que tu vas bien, répéta-t-il avec inquiétude sans cesser de la serrer, l'empêchant presque de respirer.

— Je vais bien, Noah. Il ne m'est rien arrivé. Gideon affirme que c'est grâce à Isabella.

— Le destin soit loué, s'exclama-t-il avec ferveur, de nous avoir envoyé Isabella.

— Où est-elle ?

Tous se figèrent et se tournèrent vers Jacob.

— Tu n'en sais rien ? s'enquit Elijah.

—Non. Je ne peux pas… Elle n'est pas avec moi… (Il inclina la tête comme s'il écoutait quelque chose.) Attendez… elle est proche… et elle est contrariée. Bon sang, elle pleure!

Comme si cela avait été chorégraphié par avance, ils quittèrent tous le trottoir, à l'exception d'Elijah, chacun à sa manière, s'élançant à la poursuite du tourbillon de poussière qu'était Jacob.

L'exécuteur reprit sa forme solide une fois sur le chantier, et balaya les lieux d'un regard acéré à la recherche de sa compagne. Un profond apaisement l'envahit lorsqu'il l'aperçut, assise sur une souche à quelques mètres de là. Il se précipita à ses côtés et s'arrêta en dérapant sur la terre poudreuse qui l'entourait.

—Bella?

Elle leva les yeux, et à sa vue Jacob ne put retenir un hoquet d'effroi qui résonna trois fois quand les autres le rejoignirent. Isabella était couverte de boue, de suie et d'une substance visqueuse. Ses cheveux se dressaient sur sa tête en courts pics carbonisés, de petites volutes de fumée s'élevaient encore de la masse calcinée. La seule zone propre se trouvait sur ses joues, là où de grosses larmes roulaient et nettoyaient sa peau.

Bella éclata en sanglots. Elle paraissait si désespérée que Jacob tomba à genoux et la serra tout contre lui.

—Oh, mon amour, ça va aller, lui susurra-t-il, l'étreignant de toutes ses forces et la rassurant de son mieux. Que s'est-il passé?

Elle sentait mauvais, avait une mine atroce, mais semblait indemne. Un poids énorme quitta les épaules de Jacob. Il accueillit volontiers la vitalité et l'émotion contenues dans ses larmes. Elle pleurait d'embarras et de colère. Elle s'en voulait pour une raison qui, pour le moment, lui échappait, mais elle était saine et sauve dans ses bras, là où était sa place. Rien d'autre n'importait.

—J'ai... J'ai oublié, hoqueta-t-elle lamentablement avant de tressaillir. C'est stupide. J'ai oublié que quand on les tue... ils explosent! Oh, Jacob! Jacob! Mes cheveux sont brûlés! gémit-elle d'une voix pathétique.

Jacob détourna les yeux, s'efforçant par tous les moyens de ne pas rire. Il s'interdit même d'y penser. Si elle percevait en lui la moindre trace d'amusement, elle le foudroierait sur-le-champ. Cela dit, c'était difficile, car son soulagement renforçait sa bonne humeur.

Malheureusement, Noah ne fit guère preuve de la même maîtrise. Il réprima tant bien que mal son rire derrière un son étouffé, et récolta une tape sur la tête en guise de réprimande.

—Noah! Arrête! lui souffla Legna.

—Je suis navré, Bella, bredouilla le roi ne pouvant se retenir davantage, mais c'est plus fort que moi!

—Bien, renifla Isabella, indignée. Allez-y, moquez-vous. Je l'ai mérité. (Elle se tourna vers Noah, l'étincelle dans ses yeux trop rapide pour que Jacob l'aperçoive.) Après tout, tu as connu le même sort, Noah, et par ma faute. Je ne t'ai pas laissé un poil sur le caillou. Je suis sûre que tu étais encore plus ridicule que moi!

— Bella ! s'écria Legna d'un ton incrédule mais amusé tandis que l'humour désertait son frère qui ne tarda pas à piquer un fard.

Puis, Bella éclata d'un rire délicat, à mi-chemin entre le gloussement et le sanglot.

— Je dois avoir une drôle d'allure, je présume. Et je sais que tu t'évertues à garder ton sérieux, Jacob, mais tu peux arrêter, je t'y autorise.

— Non, je ne rirai pas de toi, petite fleur. Je suis trop soulagé de t'avoir retrouvée pour me moquer.

Bella essuya ses larmes de ses mains sales, puis leva les yeux vers lui, l'air embarrassée.

— On peut rentrer ? J'ai besoin d'une douche.

— Bien sûr. (Il l'attira contre lui tandis qu'il se relevait.) Ta tâche n'a pas été aisée cette nuit, ma petite exécutrice. Tu l'as bien méritée, ta douche !

— Tu les as tous tués ? Oh, bien entendu, quelle question ! Tu es Jacob. (Elle renifla, séchant ses dernières larmes.) Je suis contente. Cela signifie… (elle fut prise d'un bâillement impérieux, et termina sa phrase tout en s'étirant) que Legna est hors de danger.

— On a eu de la chance. Ils n'étaient pas si forts que ça, en fin de compte. J'ai vu des nécromanciens bien plus puissants, et ils sont difficiles à vaincre, déclara Noah avec solennité.

— Merci, Isabella. (Legna serra la main boueuse de l'exécutrice avec affection.) Et ne t'inquiète pas pour tes cheveux. Gideon peut arranger ça. N'est-ce pas, Gideon ?

— Si tel est ton désir.

Legna s'interrompit et se plongea dans le regard argenté impassible du démon, se demandant pourquoi il avait formulé sa réponse ainsi. Était-ce son imagination, ou l'avait-il adressée à elle et non à Bella ? Néanmoins, il paraissait aussi indifférent qu'à l'accoutumée, et elle haussa les épaules, préférant poursuivre.

— Et n'oublie pas, reprit Legna avec intérêt à l'intention d'Isabella. Cette nuit, tu te maries !

— À condition qu'on termine la cérémonie avant le lever du soleil, lui fit remarquer Noah.

— Euh…, je ne voudrais pas casser l'ambiance, intervint Isabella, mais je crois que je me suis fêlé une côte.

— Oh, bon sang ! s'exclama Jacob, la reposant sur ses pieds avec délicatesse. Pourquoi ne l'as-tu pas dit plus tôt ? Je devais te faire mal à te porter comme ça !

— C'est un fait, ajouta Gideon, vu qu'elle a trois côtes brisées et de multiples entailles. Sous le tissu carbonisé, elle saigne abondamment.

— Oh. C'est sans doute pour ça que je souffre, ironisa Isabella.

— Tu crois ? rétorqua Legna non sans sarcasme.

— Je ne peux pas vous soigner sous ma forme astrale. J'attendrai votre retour chez Noah.

Gideon disparut dans une étincelle de lumière blanche.

— Facile à dire pour lui.

— Ne t'en fais pas, Bella, déclara la démone en s'empressant de reculer. L'agence de voyages Legna est à ton service.

Dans un déplacement d'air presque inaudible, celle-ci téléporta la druidesse. Les hommes guettèrent le signe de tête de Legna.

— Saine et sauve, annonça-t-elle.

Puis, avec un large sourire, elle s'évapora, elle aussi.

Gideon se relevait tout juste lorsque les deux femmes se matérialisèrent devant lui quelques instants plus tard. Des travaux d'envergure pour restaurer le palais avaient été entrepris, mais Isabella ne put s'empêcher de songer, malgré tout, que les intérieurs encore couverts de suie s'accommodaient à la perfection avec son allure et son état d'esprit actuels. Elle aperçut un banc de pierre et s'y assit en soupirant tandis que Legna se précipitait à son côté et lui prenait la main.

L'Ancien s'approcha de l'exécutrice, s'accroupit devant elle tout en l'examinant avec attention, tous les sens en éveil. Le médecin riva ses yeux d'argent sur la tache de sang qui s'élargissait sous le sein droit d'Isabella.

— Vous avez de la chance de ne pas vous être perforé un poumon.

Il chercha une couture à la taille de sa robe de mariée et la tint de sa main libre. D'un mouvement rapide, il arracha un large pan de tissu, exposant la profonde blessure d'Isabella. Lorsqu'elle vit le fragment d'os qui sortait de la peau de son amie, Legna poussa un petit cri, comme si elle partageait sa souffrance.

— Vous résistez bien, lui fit remarquer Gideon.

Bella lui jeta un coup d'œil surpris.

— Gideon… venez-vous de me faire un compliment ? s'enquit-elle, s'assurant que sa voix reflétait bien son étonnement.

Legna y mit un terme en se fendant d'un grognement amusé qui fit glousser Bella, avant de la faire hoqueter de douleur.

— Peut-être daignerez-vous enfin respecter un Ancien ? déclara l'inébranlable Gideon de son air supérieur habituel.

Le démon ferma les yeux et laissa ses doigts glisser sur l'encolure de la robe d'Isabella, le long de son sternum. Bella tressaillit et Legna haleta.

— Tu ne peux pas l'anesthésier ?
— C'est ce que je suis en train de faire, répliqua Gideon d'un ton perplexe tandis qu'il se concentrait davantage. Vous devez vous détendre, Isabella, lui ordonna-t-il en s'approchant de la plaie afin de soigner d'abord ses côtes cassées.

— Attendez !

Isabella agrippa le bras de Gideon et porta en même temps la paume à son front, comme si une migraine atroce venait de la frapper.

— Oh, bon sang, s'exclama tout bas Legna, ne pouvant s'empêcher de glousser alors qu'elle percevait ce que l'Ancien ne pouvait voir. Gideon, je te conseillerais de patienter encore un peu.

— Balivernes ! Plus on attend, plus ce sera pénible pour elle.

— Explique donc ça à son futur mari, rétorqua Legna, en éloignant de Bella le poignet du médecin, comme s'il allait la contaminer.

Jacob ne pouvait tolérer, semblait-il, que Gideon pose les mains sur Isabella en son absence. L'Ancien soupira, mais attendit quelques minutes que la puissante triade de démons apparaisse dans la grand-salle.

Jacob étouffa un juron, passant la main dans ses cheveux tandis qu'il s'avançait vers Bella tel un cerbère.

— Ne laisse jamais, ordonna-t-il le souffle court, un autre homme te toucher sans d'abord me prévenir. Mieux encore, ne laisse jamais un autre homme te toucher.

— Jacob, ne sois pas ridicule, le tança-t-elle.

— Obéis-moi pour une fois, Bella.

Elle refusait d'en rester là, mais l'envie d'en finir au plus vite avec les soins dépassa son besoin de polémiquer. Elle haussa donc les épaules malgré son manque évident de conviction.

— Mes excuses, Gideon, dit-il au médecin sur un ton crispé. Je t'en prie, continue.

L'Ancien acquiesça, et l'étudia pendant une longue minute avant de reporter lentement son attention sur la compagne blessée de Jacob. Cette fois, il chercha une zone de son corps sans connotation sexuelle, et lui effleura le front du bout des doigts tout en caressant ses cheveux désormais calcinés.

L'exécuteur émit un grognement si féroce que Gideon sursauta et s'éloigna d'Isabella comme si un animal avait essayé de le mordre. Lorsque son regard croisa celui, bestial, de Jacob, il s'étonna que ce dernier se soit retenu. Au bout d'un moment, Jacob sembla recouvrer son sang-froid, et se rendit compte avec horreur qu'il venait de menacer le membre le plus ancien de leur espèce.

— Oh, bon sang! soupira-t-il, se détournant de sa compagne et du médecin. Je vais... attendre ailleurs.

Il se transforma en une pluie de poussière et s'éclipsa à la faveur d'une forte brise.

Troublée par ce comportement contradictoire, Isabella jeta un coup d'œil à Gideon.

— La lune a des effets que même vous ne pouvez soulager, druidesse, expliqua-t-il. Vous pouvez l'empêcher de perdre le contrôle et de causer des dégâts avec ses facultés, mais votre proximité affecte seulement la manifestation de ses pouvoirs. Vous n'avez aucune influence sur la bête en lui ni sur les instincts qui l'animent. En toute franchise, je suis surpris de me trouver encore en un seul morceau.

Bella hoqueta soudain, stupéfaite.

— N'ayez crainte, exécutrice. Je suis certain que Noah et Legna m'auraient secouru.

— Je m'en fiche, s'écria-t-elle sans même remarquer l'expression un brin consternée du médecin. Jacob est parti!

— Il a compris qu'il ne pouvait se maîtriser. C'était une sage décision.

— Je le sais bien, répliqua-t-elle sur un ton exaspéré. Et vous passez pour un tout-puissant Ancien? (Elle roula des yeux.) Réfléchissez! Il est parti alors qu'il se tenait à côté de moi! (Elle poussa un long soupir tandis qu'ils continuaient à l'observer, l'air dubitatif.) D'accord... on va essayer comme ça: Jacob, ici. (Elle désigna le sol crasseux qui portait encore la trace de ses chaussures.) Bella, là. Jacob... Bella... Démon... Druide... Pouvoir... Neutralisateur de pouvoir!

— Hé! s'écria Legna qui voyait enfin où son amie voulait en venir. Comment as-tu fait?

— Je… n'en sais rien.

— Tu as bien dû faire quelque chose, renchérit Noah.

— C'est le cas, déclara Gideon avec calme. Elle s'est blessée.

— C'est vrai, lui concéda Isabella avant de froncer les sourcils. Et ça change quoi, au juste?

— Quand les récepteurs de la douleur sont saturés, le flux d'énergie de votre corps est interrompu. De la même façon que les plaies et une peine intense freinent la concentration des démons. Pour vous, néanmoins, tout se joue au niveau de l'inconscient.

— Oh, j'ai compris! (Isabella arbora un sourire de triomphe.) Vous feriez mieux de me soigner tant que vous le pouvez. J'entends Jacob grommeler dans mon esprit.

— Je vous suggère de penser à autre chose qu'à mon toucher. Je ne voudrais pas que vous lui transmettiez par inadvertance les images qu'il s'évertue à refouler.

— Hé, Bella! s'exclama Legna, hilare. Tu as vu des éléphants roses récemment?

Isabella trouva Jacob assis sur l'autel, les poings sur les genoux, le menton sur les poings tandis qu'il contemplait les nuages voilant la lune. Elle se pencha pour lui embrasser la joue, et ses mèches soyeuses qui venaient de repousser lui effleurèrent le nez et la bouche. Il leva la tête, et ouvrit la paume pour s'emparer de sa chevelure d'ébène.

— Tu dois être épuisée, dit-il tout bas. On est toujours éreinté après une séance de guérison.

— Comme après avoir botté le train de saletés de nécromanciens, rétorqua-t-elle, pressant la main avec insistance contre la cuisse de Jacob jusqu'à ce qu'il relâche la jambe.

Elle se tourna et s'installa sur ses genoux avant d'enrouler les bras autour de son cou. Il se demanda si elle soupçonnait à quel point son étreinte l'affectait. Quand il la tenait ainsi, il se sentait comme le roi du monde. Il l'attira contre son torse et lui baisa le front.

— Tu es le roi de mon monde, lui murmura-t-elle en lui rendant son baiser. Quelle chance d'avoir pour monarque une âme aussi romantique et aimante.

— Et toi, tu es la reine de mon cœur, Bella, déclara-t-il avec ardeur. Tu m'acceptes comme je suis, et tu m'aimes comme personne. C'est tellement intense que, parfois, je me dis que c'est un miracle si je n'explose pas.

— Je t'en prie, Jacob, soupira-t-elle, si tu m'aimes, raye ce verbe de ton vocabulaire.

Il gloussa et lui embrassa la joue et le cou avant de remonter avec délicatesse vers ses lèvres.

— La nuit est finie. Nous n'aurons pas le temps de terminer la cérémonie, avoua-t-il à regret.

— J'imagine que toi et moi avons rendez-vous à Beltane.

— Je suis désolé. Je voulais que ce soit un jour spécial pour toi. J'ai même pensé qu'il pourrait être normal… presque humain, poursuivit-il.

— Il n'y a rien de plus normal qu'une série d'imprévus qui ruinent le plus beau jour de la vie d'une femme, Jacob.

— Certes, mais combien de mariées se retrouvent carbonisées après avoir combattu un monstre ? s'enquit-il avec amertume.

—Celles qui oublient d'esquiver. Allez, Jacob, arrête. Si tu éprouves du ressentiment pour ce que je suis devenue à cause de toi, alors tu en éprouves pour ce que je suis... pour moi.

—Jamais! rétorqua-t-il avec férocité. Jamais je ne t'en voudrai! (Il garda le silence pendant un long moment.) Mais je ne serai jamais heureux de te voir braver le danger. Pardonne mon paternalisme, Bella, mais je ne supporterai jamais que tu risques ta vie.

—Crois-tu que c'est plus facile pour moi, exécuteur? Tu ignores à quel point ça a été dur de te laisser, de t'abandonner alors que tu devais affronter cet enfoiré bourré de préjugés. J'avais conscience de son pouvoir, je le sentais dans tout mon être. (Elle plaqua le front contre le creux de son cou.) Mais je suis contente que tu sois celui que tu es parce que, entre autres choses, j'ai quelqu'un à qui demander: «Est-ce que ça devient plus facile?»

—Quoi donc?

—Tuer, Jacob. Jamais... intentionnellement... C'est toujours aussi dur?

—Toujours, lui assura-t-il avec fermeté. Le jour où cela te paraîtra facile, il faudra commencer à t'inquiéter.

Elle acquiesça en silence tandis qu'il l'étreignait encore plus fort.

—Petite fleur, regretteras-tu un jour de m'avoir rencontré? lui demanda-t-il tout bas.

—Oui, répondit-elle sans ambages.

—Je vois, dit-il d'une voix crispée.

—Tu veux une date précise?

—Tu es en train de me taquiner, comprit-il soudain.

— Non, je suis très sérieuse. J'ai une date bien précise en tête.

Jacob se recula pour la regarder dans les yeux, et arbora un air perplexe devant la lueur malicieuse qui illuminait ses pupilles.

— Quelle est cette date ? Et pourquoi penses-tu à des éléphants roses ?

— C'est le 8 septembre, parce que d'après Gideon, ce sera le jour de mon accouchement. Ça peut encore changer, car avec la combinaison d'ADN de druide, d'humain et de démon la gestation risque de durer plus de neuf mois, comme me l'a expliqué l'Ancien. Et à ma connaissance, quand les contractions commencent, les femmes regrettent toujours d'avoir laissé un homme les toucher.

Jacob bondit sur ses pieds, reposa Isabella par terre, la tint à bout de bras avec fermeté et l'examina comme s'il la passait aux rayons X.

— Tu es enceinte ? demanda-t-il en la secouant légèrement. Depuis quand le sais-tu ? Tu as combattu ce monstre alors que tu portais mon enfant ?

— Notre enfant, le corrigea-t-elle non sans indignation, plantant aussitôt les poings sur les hanches. Et Gideon vient juste de me l'apprendre, donc j'ignorais que j'étais enceinte pendant que j'affrontais cette créature !

— Mais… cela fait plusieurs jours qu'il t'a soignée ! Pourquoi ne pas te l'avoir dit à ce moment-là ?

— Parce qu'alors je n'étais pas enceinte, Jacob. Rappelle-toi, on a fait l'amour depuis…

— Oh ! Oh, Bella, s'exclama-t-il, soudain hors d'haleine.

Il semblait avoir besoin de s'asseoir et de souffler dans un sac en papier. Elle s'approcha de lui pour le stabiliser tandis qu'il remontait avec difficulté sur l'autel. Il posa les bras sur les cuisses et se pencha en avant en essayant de reprendre son souffle. Bella éprouva l'envie impérieuse d'éclater de rire, et se mordit la lèvre inférieure pour se retenir.

Il était beau l'exécuteur calme, serein et maître de lui en toutes circonstances, celui que tous les démons de la planète craignaient comme la peste.

— Ce n'est pas drôle, grommela-t-il, outré.

— Ah non ? Tu devrais te voir ! railla-t-elle.

— Si tu continues à te moquer de moi, je te jure que tu vas avoir droit à une fessée.

— Des promesses, toujours des promesses, gloussa-t-elle, en l'étreignant avec tendresse.

Jacob finit par rire aussi, et lui enlaça la taille pour la ramener vers ses genoux.

— Tu as demandé si… Gideon sait ce que c'est ?

— C'est un bébé. Je lui ai dit que je ne voulais pas connaître le sexe. Et ne t'avise pas de le découvrir, parce que je le lirai aussitôt dans tes pensées, et si tu me gâches la surprise, je te tue !

— Bon sang… Elle détruit deux démons et s'imagine qu'elle peut tous nous commander, déclara-t-il d'un air narquois.

Il l'attira encore plus près de façon à enfouir le visage dans sa chevelure, et se demanda si le cœur d'un vieux démon solitaire tel que lui pouvait contenir autant de bonheur. Il lui semblait que sa cage thoracique allait exploser.

— Seras-tu aussi heureux lorsqu'il faudra changer les couches et essuyer le vomi ?

— Tu plaisantes ? Ce sera le meilleur moment !

— Tu es sûr ? (Elle retrouva soudain son sérieux.) Jacob, tu as vécu seul pendant si longtemps. Tu vas déjà avoir du mal à t'habituer à ma présence, mais à celle d'un bébé ?

— Bella… ma jolie petite fleur, dit-il avec douceur et révérence. (Il prit sa tête entre les mains et posa le front contre le sien.) Après plus de six cents ans de célibat, je pense être prêt pour toi et une demi-douzaine de bambins ! Rien ne me ferait plus plaisir.

— Oh, Jacob, soupira-t-elle avant de l'embrasser avec avidité. Comment ai-je fait pour avoir une chance pareille ?

— Eh bien, pour autant que je m'en souvienne… tu as eu le malheur de tomber d'une fenêtre.

— Ah non, c'était un coup de chance parce que tu m'as rattrapée.

— Non, petite fleur, murmura-t-il, marquant une pause pour l'embrasser avec passion. Je crois qu'on peut dire sans se tromper que c'est toi qui m'as attrapé.

EN AVANT-PREMIÈRE

Découvrez un extrait de la suite des aventures
du Clan des Nocturnes

(version non corrigée)

Traduit de l'anglais (États-Unis) par Hélène Assens

Prologue

« Nous devons redoubler de vigilance, car le temps est proche. À l'ère de la rébellion de la Terre et des Cieux, quand Feu et Eau ravageront les plaines, le plus ancien de tous reviendra, prendra femme, et engendrera le premier enfant de l'élément Espace, camarade du premier enfant de l'élément Temps, né des exécuteurs… »

La Prophétie perdue des démons

Durant un long moment, le vampire aux yeux bleu nuit observa le démon d'un air pensif. Il avait des pupilles noires légèrement ovales, aux contours juste assez étranges pour susciter la curiosité de son interlocuteur, et le pousser à s'approcher insensiblement, afin de les examiner d'un peu plus près, de s'abîmer en elles comme dans une toile bien tissée. Puisque le démon silencieux n'était pas sujet à une telle tentation, le regard insistant du vampire n'avait d'autre but que de chercher à déchiffrer ses intentions.

Faisant preuve d'une patience et d'une clémence qui ne lui ressemblaient guère, le vampire s'enfonça de nouveau dans son fauteuil, et posa avec désinvolture une cheville sur son genou. Comme à l'accoutumée, le démon attendait l'instant opportun pour commencer à parler de ce qu'il avait en tête, de ce qui l'avait conduit dans le repaire du vampire. C'était toujours une bonne chose qu'il pèse avec autant de soin ses paroles, songea ce dernier, car lorsque l'Ancien s'exprimait, c'était souvent pour asséner des vérités brutales à la personne avec qui il conversait. Cette caractéristique avait beau être admirable, elle n'était pas aussi agréable qu'on pouvait l'escompter, en particulier quand le démon se faisait le messager des bouleversements majeurs que connaîtraient les Nocturnes.

Depuis la nuit des temps, bien avant que les mortels ne se répandent sur la terre comme une pandémie ayant échappé à tout contrôle, les Nocturnes avaient existé. Les civilisations des ténèbres. Ceux qui se prélassaient au clair de lune et dormaient ou s'abritaient du soleil lorsque ses rayons ardents tentaient d'atteindre leur peau ou leur esprit sensibles. Les clans avaient couru parmi les bêtes sauvages de la Nature, et leurs dons étaient enracinés en elle, les reliant au sol, aux créatures libres et au magma qui palpitait en son cœur. Et même si à l'heure actuelle les mortels constituaient de loin la population dominante, les Nocturnes étaient encore là. Les civilisations des ténèbres avaient été préservées, chacune possédant ses propres traditions et coutumes, et chacune s'étant fait une place dans ces lieux qui demeuraient isolés et en général trop inhospitaliers pour les humains. Certaines s'étaient adaptées et vivaient à présent en marge de leurs sociétés, imitant ou jouissant des mœurs des mortels… ou d'un simulacre soigné. Presque tous les clans avaient veillé à élaborer des lois ou des croyances pour encadrer les rapports de leurs membres avec les êtres humains.

Le temps n'avait pas coupé les liens que les Nocturnes entretenaient avec la lune et le soleil. Des erreurs et des ennemis avaient sérieusement éclairci leurs rangs, et pourtant ils avaient survécu… discrètement, sans que la plupart des mortels ne soupçonnent leur existence, cherchant des moyens de vivre en harmonie dans un monde changeant. Mais le monde n'en était ni à sa première ni à sa dernière évolution, et toujours les Nocturnes danseraient sous la lune et dormiraient à l'abri du soleil.

— Cela fait bien longtemps que je ne t'ai vu, Gideon, fit remarquer le vampire.

Doté de l'humeur fantasque de son peuple, il choisit subitement de ne plus attendre que le démon soit prêt à parler.

— Je n'escomptais pas ta visite, ajouta-t-il.

Gideon arracha son froid regard argenté du rare et délicat lait de zèbre qu'il faisait tournoyer dans son verre avec nonchalance. Ce lait exotique, ainsi que d'autres semblables, avait l'effet de l'alcool sur les démons. Ce qui prouvait que, même si les Nocturnes ressemblaient beaucoup aux mortels, et en général à ceux d'allure respectable et dotés d'une très grande beauté, des différences sensibles existaient sur le plan chimique et physiologique. Des différences qui permettraient à un œil non averti de les identifier comme des êtres surnaturels, s'ils décidaient de les montrer.

Cependant, les Nocturnes faisaient preuve d'une extrême prudence en la matière. Même le plus petit soupçon de mythe ou de mystère pouvait rendre les humains excessivement zélés. Craindre ce qui était plus puissant qu'eux était dans leur nature, un défaut qui ne disparaîtrait pas tant qu'ils n'auraient pas mûri en tant qu'espèce.

Bien qu'il ait lui-même des traits exceptionnellement fascinants, le vampire fut frappé, comme chaque fois, par l'impression que les yeux de mercure en fusion du démon le transperçaient. Le visage de Gideon, aristocratique et perpétuellement jeune, ne laissait deviner en rien qu'il avait vécu plus d'un millénaire, contrairement à ses yeux. Par contraste avec sa peau hâlée, ceux-ci semblaient d'autant plus saisissants.

Il avait également des cheveux d'un argent incroyablement pur, assez longs pour lui effleurer la clavicule, et retenus en arrière par une mince lanière de cuir tanné. Chez les humains, cette couleur serait un signe de vieillesse, mais le vampire savait que Gideon était né ainsi et que, malgré cela, il ne paraîtrait jamais plus de trente-cinq ans. Peut-être qu'on lui donnerait presque la quarantaine, si on tenait compte de son regard.

— Si tu t'es senti offensé, Damien, je te présente mes excuses, dit le démon d'un ton distant, sa voix aux riches intonations retentissant dans la vaste pièce.

Damien balaya cette idée d'un claquement de langue accompagné d'un geste de sa main fine et élégante.

— Nous avons traversé les âges, Gideon. Nous avons appris depuis longtemps à ne pas nous offusquer quand l'un d'entre nous se retire pour une raison ou une autre. (Il plissa ses yeux indigo en regardant le démon assis en face de lui.) Mais je reconnais être intrigué par ce qui motive ta visite après tout ce temps.

— J'ai bien peur qu'elle ne soit pas aussi courtoise que j'aurais pu le souhaiter, répondit Gideon. Je suis venu te délivrer une mise en garde.

— Une mise en garde?

Damien haussa ses sourcils au tracé harmonieux.

— Oui. En tant que membre le plus ancien de mon espèce s'adressant au plus ancien de la tienne.

Damien accueillit l'hommage que lui rendait Gideon par cette distinction en inclinant la tête avec grâce.

— En dépit des grandes différences qui existent entre nos communautés, Gideon, nous nous sommes tous deux toujours trouvé de nombreux points communs.

— Et c'en est un autre qui m'amène à ta porte à présent. Un ennemi commun.

À cette révélation, le vampire se redressa, soudain tendu.

— Des nécromanciens.

Ce n'était pas une question. Ils avaient tous deux vécu trop longtemps pour ignorer ce qui importait à chacun.

— Bon sang, cracha Damien, qui se leva brusquement pour arpenter son vaste salon. J'aurais dû m'en douter. J'aurais dû sentir que quelque chose clochait!

— Comment ça? demanda Gideon en arquant un sourcil inquisiteur.

— Gerard a disparu. J'avais supposé qu'il devait être allé en terre, comme le fait régulièrement mon peuple, mais Gerard venait juste de sortir d'un sommeil d'un siècle, et cela m'a donc paru étrange qu'il y retourne si rapidement.

— Il est toujours possible que ce soit le cas.

— Possible, convint-il, mais il n'est pas le seul à manquer à l'appel, et tu sais aussi bien que moi qu'il n'est guère probable qu'il s'agisse d'une coïncidence. As-tu la moindre idée du nombre de sorciers auquel nous avons affaire cette fois ?

Le vieux vampire s'immobilisa et serra les poings ; le mépris manifeste que lui inspiraient les humains qui pratiquaient la magie noire et empoisonnaient l'existence des Nocturnes depuis des siècles flamboya dans ses yeux féroces.

— Quel imbécile j'ai été d'espérer que, comme on n'avait plus vu de nécromanciens au cours du siècle dernier, on en avait été complètement débarrassé, poursuivit-il. Encore maintenant cela heurte mon intelligence d'en parler.

— Tu n'as pas été plus ou moins stupide que nous autres, dit Gideon d'un ton sinistre. Je suis le plus ridicule de tous.

Le démon demeura silencieux l'espace d'un long battement de cœur, et les sens surnaturels de Damien vibrèrent distinctement lorsqu'il perçut vaguement ses pensées troublées. Par respect, cependant, il n'envisagerait jamais de sonder Gideon pour les connaître.

— Outre le retour de ces nécromanciens, poursuivit Gideon d'une voix égale qui ne laissait rien transparaître de ses émotions, nous avons découvert que les druides existaient toujours.

— Les druides ?

Voilà une nouvelle qui surprenait véritablement Damien. Il les croyait disparus depuis près d'un millénaire. Leur résurrection paraissait un millier de fois plus improbable que celle de ces maudits nécromanciens. Damien était loin d'ignorer que démons et druides avaient autrefois été engagés dans une terrible guerre, et l'histoire relatait que les vainqueurs avaient éradiqué les vaincus jusqu'au dernier.

— Comment as-tu obtenu cette information ? demanda-t-il, intrigué.

— Je les ai rencontrés. Ce sont des hybrides, en partie d'origine druidique, en partie humains. Il semblerait que les druides se soient cachés parmi les mortels depuis des siècles, afin d'échapper à leurs persécuteurs démoniaques.

— Et se soient reproduits avec eux, ajouta Damien, comprenant soudain. Et ils sont suffisamment purs pour posséder des aptitudes, même après tout ce temps ?

— La pureté... (Gideon réprima un sourire.) Il faut croire que la pureté est moins puissante que la fusion de ces espèces-là. Seules deux druidesses sont actives pour l'heure, et toutes deux sont sous la protection des démons, en outre d'être très convoitées. (Il inclina légèrement la tête.) Dans l'ensemble.

— Je n'ai pas encore rencontré de civilisation qui n'ait connu des évolutions brutales. Il fallait s'y attendre. Du moins, elles ne sont pas opprimées.

— La guerre est oubliée depuis longtemps. Les plus âgés d'entre nous qui pourraient toujours nourrir du ressentiment contre les druides ont péri, et de tels sentiments puérils sont derrière moi à présent.

— Je n'en doute pas, convint Damien sans arrière-pensée.

— La première druidesse est la compagne de notre exécuteur, l'autre celle du plus jeune frère de ce dernier.

La première… Elle est puissante d'une façon surprenante. D'une façon dont pour l'instant je n'ai pas le loisir de discuter. Sa sœur s'éveille à ses aptitudes bien plus lentement, mais j'ai des raisons de présumer qu'elle sera tout aussi exceptionnelle. Il est également manifeste que d'autres suivront.

Damien rejoignit son fauteuil, et s'assit en prenant tout son temps, défroissant ses élégants vêtements sombres tandis qu'il réfléchissait. Il prêtait toujours la plus grande attention à la manière dont ses interlocuteurs parlaient, formulaient leurs phrases. Gideon lui avait déjà avoué lui cacher délibérément certaines informations, mais le prince vampire sentait que cette histoire recelait d'autres profondeurs qui promettaient d'être passionnantes et dangereuses.

— Je suppose que tu surveilles ces… hybrides ? L'idée de créatures dotées de pouvoirs déambulant librement dans notre monde n'est pas pour me plaire. L'égarement des nécromanciens est déjà suffisamment inquiétant, sans parler des Nocturnes guère honorables qui sont parmi nous.

— Je suis étonné que tu poses une question aussi évidente, fit remarquer Gideon d'un ton serein.

Il prit une petite gorgée de sa boisson, et la fit rouler un moment sur sa langue pour en savourer le bouquet.

— Je trouve parfois du réconfort à énoncer ce qui me préoccupe simplement pour être rassuré. Je sais que tu feras le nécessaire. Et plus encore, je suppose, vu le passé que tu partages avec les druides.

Damien leva son propre verre, et examina d'un air songeur le liquide rubis qu'il contenait.

— J'ai toujours pensé que leur éradication était une décision malheureuse, Gideon. Mais c'était une époque, si je m'en souviens bien, où nous autres vampires étions cupides au point de nous réjouir à l'idée que démons et druides s'entre-tuent, nous permettant ainsi de devenir plus puissants. Même si j'étais jeune alors, je me rappelle qu'on considérait en ce temps que nous n'avions pas à nous ingérer dans vos affaires, et réciproquement.

— Peut-être que si vous l'aviez fait, en l'occurrence, beaucoup de souffrances auraient été évitées, avança Gideon.

Le vieux démon s'exprima d'un ton neutre, mais Damien était trop sage et trop âgé pour ignorer l'importance que ces paroles avaient pour ce dernier.

— La guerre pèse lourdement dans la mémoire de chacun de nous, Gideon, dit le vampire doucement. Moi-même, poussé par un ennui et une impulsivité juvéniles, j'ai levé mon peuple contre le tien, il y a quatre siècles.

— Je te suis reconnaissant de tes efforts pour m'absoudre, Damien ; néanmoins, il vaut mieux que tu dépenses ton énergie à d'autres fins.

Il posa son verre sur la table à ses côtés ; le son du cristal heurtant avec fracas le verre richement sculpté indiqua qu'il ne se sentait pas aussi calme et détaché qu'il voulait le laisser paraître.

— J'ai pleinement conscience d'avoir une part de responsabilité dans les atrocités que nous avons commises contre les druides, poursuivit-il, ainsi que de ce qu'il en a coûté aux miens. Peut-être qu'une petite partie de mon absolution repose entre les mains de ceux qui marcheront sur les traces des deux druidesses, mais mes péchés sont bien trop grands pour être aisément pardonnés.

— Nul péché qui pèse sur une âme durant un millénaire n'est trop grand pour être pardonné, Gideon. (Ses yeux indigo s'assombrirent un peu plus.) Du moins, c'est ce que j'espère à titre personnel.

Gideon ne contredit pas de nouveau le vampire. Tous deux portaient un nombre considérable de crimes sur leurs épaules, et aucun ne pouvait se résoudre à anéantir ne serait-ce qu'une fraction des espérances de l'autre. Étrange qu'au bout de tout ce temps ils soient encore capables d'espérer. Le démon avait toujours soupçonné, néanmoins, que l'espoir était une sorte de mécanisme de défense. Gideon était une créature cynique, de la tête aux pieds, ce que nul le connaissant un minimum ne contesterait, même si on serait peut-être un peu surpris de découvrir qu'une partie de lui s'accrochait encore à une lueur d'absolution. Il n'était pas homme à s'expliquer sur ses actes ni à s'en excuser. Il était le plus vieux et le plus puissant des démons, et cette distinction s'accompagnait du privilège de faire pratiquement tout ce qui lui chantait. Pour avoir atteint un âge aussi avancé, on estimait qu'il savait ce qui était le mieux.

Quel meilleur exemple que sa présence dans le repaire du prince vampire, assis en face de lui. Parmi les siens, Damien occupait une position semblable à celle de Gideon. Même si vampires et démons n'étaient pas ennemis, ils n'étaient pas non plus de grands amis. Au sein de leurs espèces respectives, certains ne se toléraient guère, et d'autres encore cherchaient activement à se nuire. Mais cela avait été vrai de différentes sociétés, depuis la nuit des temps. Une paix parfaite ne serait pas envisageable tant que le libre arbitre et l'ignorance opiniâtre existeraient dans le monde, même pour des êtres d'une telle longévité, si puissants et si renommés pour leur vive intelligence et leurs raisonnements subtils.

Aux origines
de la bit-lit,
une héroïne
s'est dressée
contre les démons...

BUFFY REVIENT

CHEZ Milady

SORTIE DU PREMIER VOLUME
LE 28 SEPTEMBRE 2012

Achevé d'imprimer en août 2012
Par CPI Brodard & Taupin - La Flèche (France)
N° d'impression : 69732
Dépôt légal : septembre 2012
Imprimé en France
81120835-1